suhrkamp taschenbuch 2966

Zwei Häftlinge, Zellengenossen, haben einen Zeitvertreib für die langweiligen Abende gefunden: Molina, der wegen Päderastie zu acht Jahren Gefängnis verurteilt ist, erzählt dem aufgrund linksextremer Aktivitäten inhaftierten Valentín Arregui in aller Ausführlichkeit alte Hollywood- und Ufafilme.
Als Arregui medikamentös verdorbenes Essen erhält, das seinen physischen und moralischen Widerstand brechen soll, pflegt ihn Molina.
Mit zunehmender körperlicher Schwäche verringert sich Valentíns Unvermögen, Dienste anzunehmen, die eigene Abhängigkeit anzuerkennen, Angst zu verraten, dankbar zu sein. Er begreift, daß Molina ihn liebt, und gibt dieser Liebe Antwort.
Puig hat sich in diesem fast nur in direkter Rede geschriebenen Roman zwei Themen gestellt. Er schildert Terror und Willkür der Polizei (der Roman ist in Argentinien verboten und hat zu Puigs Ausweisung geführt) und gibt eine durch ausführliche wissenschaftliche Fußnoten unterstützte konkrete Darstellung homosexueller Liebe. Ohne den »klassischen« Helden, den Revolutionär, zu schmälern, macht Puig deutlich, daß er eine zweite, menschlichere Art des Heldentums schätzt, ein nicht der abstrakten Idee, sondern dem konkreten Mitmenschen geltendes äußerstes Opfer.
Manuel Puig wurde 1932 in einer Kleinstadt der Provinz Buenos Aires geboren. In Buenos Aires studierte er Philosophie und Architektur, brach dieses Studium ab und besuchte in Rom die Filmhochschule. Er war Assistent prominenter europäischer und argentinischer Regisseure. 1962 fuhr er mit einem Drehbuch nach New York, aus dem sechs Jahre später, als ihm die Erkenntnis kam, daß »der Film nicht auszudrücken vermag, was sich im Roman sagen läßt«, der Roman *La traición de Rita Hayworth* (Verraten von Rita Hayworth, st 344) wurde. 1973 erschien der »Kriminalroman« *The Buenos Aires Affair,* 1976 *El beso de la mujer araña* (Der Kuß der Spinnenfrau). Puig lebt in den USA.

Manuel Puig

Der Kuß der Spinnenfrau

Roman

Aus dem Spanischen von
Anneliese Botond

Suhrkamp

Titel der 1976 bei Editorial Seix Barral, Barcelona, erschienenen
Originalausgabe: *El beso de la mujer araña*
Umschlagfoto:
William Hurt in der gleichnamigen Verfilmung
von Hector Babenco.
Foto: Kinoarchiv Peter W. Engelmeier, Hamburg

suhrkamp taschenbuch 2966
Erste Auflage 1998

Druck: Ebner Ulm
Printed in Germany
Umschlag nach Entwürfen von
Willy Fleckhaus und Rolf Staudt

1 2 3 4 5 6 – 03 02 01 00 99 98

Erster Teil

Erstes Kapitel

– Mit ihr ist irgendwas los, das merkt man, sie ist nicht wie alle anderen Frauen. Sie wirkt jung, höchstens fünfundzwanzig, das Gesicht ist irgendwie katzenhaft, kleine Stupsnase, Gesichtsform ... mehr rund als oval, breite Stirn, auch die Wangen sind groß, aber dann laufen sie spitz nach unten, wie bei Katzen.
– Und die Augen?
– Hell, höchstwahrscheinlich grün, sie hat sie halb geschlossen, um besser zeichnen zu können, sie blickt auf das Modell, den schwarzen Panther im Zoo, der zuerst ruhig im Käfig liegt, aber als sie das Zeichenpult oder den Stuhl verrückt, entdeckt sie der Panther durch das Geräusch und fängt an, im Käfig hin und her zu laufen, und brüllt das Mädchen an, das bis dahin nicht recht gewußt hat, wie es die Zeichnung schattieren soll.
– Konnte der Panther sie nicht vorher riechen?
– Nein, weil er ein Riesenstück Fleisch im Käfig hat, kann er nichts anderes riechen. Der Wärter hat ihm das Fleisch direkt hinter die Gitterstäbe gelegt, absichtlich, damit der Panther nicht unruhig wird, denn so kommt kein anderer Geruch von draußen herein. Und sowie das Mädchen die Wut der Bestie bemerkt, fängt es an, schneller und immer schneller zu stricheln, und was sie zeichnet ist ein Tiergesicht, aber gleichzeitig auch ein Teufelsgesicht. Der Panther, ein Männchen, schaut sie an, und man weiß nicht, ob er es tut, weil er sie in Stücke reißen und auffressen möchte, oder ob er sie aus anderen, noch schlimmeren Instinkten so anschaut.
– Sind an diesem Tag keine Leute im Zoo?
– Nein, fast niemand. Es ist Winter und kalt. Die Bäume im Park sind kahl. Ein kalter Wind weht. Das Mädchen ist beinahe allein im Zoo, den Klappstuhl, auf dem sie sitzt, hat sie selber mitgebracht, auch das Pult, um das Zeichenpapier aufzulegen. Ein Stück weiter weg stehen ein paar

Schulkinder mit ihrer Lehrerin vor dem Giraffenkäfig, aber sie gehen rasch fort, sie halten die Kälte nicht aus.

– Und ihr ist nicht kalt?

– Nein, sie spürt die Kälte nicht, sie ist wie in einer anderen Welt, in sich versunken zeichnet sie den Panther.

– Wenn sie in sich versunken ist, kann sie nicht in einer anderen Welt sein. Das ist ein Widerspruch.

– Ja, richtig, sie ist in sich versunken, in eine Welt, die in ihr selbst ist und die sie eben erst zu entdecken anfängt. Sie hat die Beine ineinandergeschlungen, die Schuhe sind schwarz, mit hohen dicken Absätzen und vorne offen, die dunkel lackierten Zehennägel schauen heraus. Und die Strümpfe glänzen, sie sind aus diesem glasartigen Seidengewebe, bei dem man nicht weiß, ob das Fleisch rosig ist oder der Strumpf.

– Entschuldige, aber erinnere dich, was ich dir gesagt habe: keine erotischen Beschreibungen. Du weißt, es ist nicht ratsam.

– Wie du willst. Also, ich erzähl weiter. Sie hat Handschuhe an, aber damit sie rascher zeichnen kann, zieht sie den rechten Handschuh aus. Die Nägel sind lang, fast schwarz lackiert, und die Finger weiß, bis sie von der Kälte blau anlaufen. Eine Weile hört sie auf zu arbeiten und steckt die Hand unter den Mantel, damit sie warm wird. Der Mantel ist dick, schwarzer Flausch, mit breiten Schultern, aber ganz dichter Flausch, wie das Fell einer Perserkatze, nein, noch viel dichter. Und wer steht hinter ihr? Jemand will sich eine Zigarette anzünden, aber der Wind löscht das Streichholz aus.

– Wer denn?

– Warte. Sie hört das Streichholz knistern und erschrickt, dreht sich um. Der Typ sieht gut aus, kein geschniegelter Laffe, eine sympathische Erscheinung in Schlapphut und bauschigem Mantel, sehr weite Hosen. Er tippt sich an den Hutrand zur Begrüßung und entschuldigt sich, aber ihre Zeichnung, sagt er, sei enorm. Sie sieht, daß er ein anständiger Typ ist, es steht ihm im Gesicht, ein ruhiger

Typ, sehr verständnisvoll. Sie richtet sich mit der Hand ihre Frisur, die vom Wind halb zerzaust ist. Sie trägt gekrauste Simpelfransen, und das Haar reicht bis auf die Schulter, wie man es damals hatte, auch die Haarspitzen sind gekraust, beinahe wie mit Dauerwelle.

– Ich stell sie mir dunkel vor, nicht sehr groß, rundlich und mit Bewegungen wie eine Katze. Das Tollste, was es gibt.

– Ich denke, du wolltest dich nicht aufregen?

– Erzähl weiter.

– Sie antwortet, daß sie gar nicht erschrocken ist. Aber während sie ihr Haar richtet, läßt sie das Blatt los, und der Wind bläst es fort. Der Typ läuft hinterher und erwischt es und gibt es dem Mädchen zurück und bittet um Entschuldigung. Nicht der Rede wert, sagt sie, und an ihrem Akzent merkt er, daß sie Ausländerin ist. Sie erzählt ihm, daß sie Flüchtling ist, in Budapest Malerei studiert hat und bei Kriegsausbruch nach New York ausgewandert ist. Er fragt sie, ob sie kein Heimweh hat nach ihrer Stadt. Da ist ihr, als hätte sie eine Wolke vor den Augen, ihr ganzes Gesicht verdüstert sich, und sie sagt, daß sie nicht aus einer Stadt kommt, sondern aus den Bergen, irgendwo in Transsylvanien.

– Der Heimat Draculas.

– Ja, in diesen Bergen sind finstere Wälder, und dort leben wilde Tiere, die im Winter vor Hunger wahnsinnig werden, und dann müssen sie in die Dörfer hinunter und töten. Und die Leute sterben vor Angst. Sie legen Schafe und andere tote Tiere vor die Haustür und leisten Gelübde, damit ihnen nichts passiert. Kurz und gut, der Mann möchte sie wiedersehen, und sie sagt, daß sie am folgenden Nachmittag wieder hier zeichnen wird, wie immer in letzter Zeit, sooft die Sonne scheint. Am nächsten Nachmittag ist er, ein Architekt, zusammen mit anderen Architekten und einer jungen Frau, die auch seine Kollegin ist, in seinem Büro, und als es drei schlägt und nicht mehr viel Zeit bleibt, bis es dunkel wird, legt er seine Lineale und

Zirkel hin und will in den Zoo hinübergehen, der fast gegenüber liegt, im Central Park. Die Kollegin fragt ihn, wohin er geht und warum er so guter Laune ist. Er behandelt sie wie eine gute Freundin, aber sie, das sieht man, ist im Grund in ihn verliebt, auch wenn sie sich nichts anmerken läßt.
– Ist sie häßlich?
– Nein, kastanienbraunes Haar, das Gesicht sympathisch, nicht weltbewegend, aber angenehm. Er geht, ohne ihr den Gefallen zu tun und zu sagen, wohin. Sie ist traurig, aber sie läßt es niemand merken und stürzt sich in die Arbeit, damit sie nicht noch deprimierter wird. Im Zoo ist die Dämmerung noch nicht angebrochen, es ist ein Tag mit einem sonderbaren Winterlicht, alles scheint sich deutlicher abzuheben als sonst, die schwarzen Gitterstäbe, die weiß gekachelten Käfigwände, auch der Kies ist weiß, und nur die kahlen Bäume sind grau. Und dazu die blutroten Augen der Raubtiere. Aber das Mädchen, Irene heißt sie, ist nicht da. Mehrere Tage vergehen, der Mann kann sie nicht vergessen, bis er eines Tages durch eine elegante Avenida geht und auf das Schaufenster einer Kunstgalerie aufmerksam wird. Dort hat jemand ausgestellt, der nichts anderes malt als Panther. Der Mann geht hinein, drinnen steht Irene und wird von anderen Besuchern beglückwünscht. Und jetzt weiß ich nicht genau, wie es weitergeht.
– Streng dein Gedächtnis an.
– Warte ... Ich weiß nicht mehr, ob es an dieser Stelle oder erst später ist, daß eine Frau sie begrüßt, vor der sie erschrickt ... Schön, jedenfalls beglückwünscht sie auch der Mann, und dabei stellt er fest, daß sie verändert ist, glücklich, sie hat nicht diese Schatten im Blick wie das erste Mal. Er lädt sie in ein Restaurant ein, sie läßt alle Kritiker stehen, und sie gehen fort. Sie sieht aus, als ob sie zum ersten Mal durch die Straßen gehen könnte, als ob sie gefangen gewesen wäre und jetzt frei in jede beliebige Richtung gehen könnte.

– Aber er hat sie in ein Restaurant eingeladen, nicht in jede beliebige Richtung.
– Sei doch nicht so pingelig. Schön, sobald er vor einem ungarischen Restaurant stehenbleibt, oder einem rumänischen oder so was Ähnlichem, fühlt sie sich wieder sonderbar. Er hat geglaubt, er tut ihr einen Gefallen, wenn er sie in ein Lokal bringt, wo sie unter Landsleuten ist, aber der Schuß geht nach hinten. Und er merkt, daß irgendwas nicht stimmt mit ihr, und fragt sie danach. Sie lügt und sagt, das erinnert sie an den Krieg, der zu dieser Zeit noch voll im Gang ist. Da schlägt er ihr vor, irgendwo anders zu essen. Aber ihr wird klar, daß er, der Arme, nicht viel Zeit hat, er hat nur seine Essenspause, dann muß er wieder ins Büro. Also nimmt sie sich zusammen und geht in das Restaurant, und alles ist in schönster Ordnung, die Atmosphäre ist angenehm ruhig, sie essen gut, und sie ist wieder mit dem Leben zufrieden.
– Und er?
– Er ist glücklich, weil er merkt, daß sie irgendeinen Komplex überwunden hat, ihm zuliebe, weil er sich diesen Plan ausgedacht hat, um ihr einen Gefallen zu tun. Wie es eben geht, wenn zwei sich kennenlernen und die Sache läuft. Und er ist so in Fahrt, daß er beschließt, nachmittags nicht mehr ins Büro zu gehen. Er erzählt ihr, daß er zufällig an der Galerie vorbeigegangen ist, daß er eigentlich nach einem anderen Geschäft gesucht hat, um ein Geschenk zu kaufen.
– Für die Architektenkollegin.
– Woher weißt du das?
– Nur so. Ich hab's eben erraten.
– Du hast den Film gesehen?
– Nein, bestimmt nicht. Erzähl weiter.
– Und das Mädchen, Irene, sagt, dann können sie ja zusammen in das Geschäft gehen. Jetzt ist sein einziger Gedanke, ob ihm das Geld reicht, um zwei gleiche Geschenke zu kaufen, eins für den Geburtstag seiner Kollegin, das andere für Irene, damit er sie endgültig

erobert. Auf der Straße sagt Irene zu ihm, daß es sie, ganz merkwürdig, an diesem Tag nicht bedrückt, daß es schon kurz nach drei dunkel wird. Er fragt sie, warum die Nacht sie traurig macht, ob sie sich vor der Dunkelheit fürchtet. Sie denkt nach und sagt ja. Und da bleibt er stehen vor dem Geschäft, in das er gehen wollte, sie schaut mißtrauisch in die Auslage, es ist eine wunderhübsche Vogelhandlung, in den Käfigen sieht man von außen die verschiedensten Vögel von einem Trapez zum anderen hüpfen, ganz vergnügt, oder schaukeln oder an einem Salatblatt knabbern oder Körner aufpicken oder in kleinen Schlückchen aus dem frischen, eben gewechselten Wasser trinken.

– Entschuldige, ist eigentlich Wasser im Krug?

– Ja, ich habe ihn gefüllt, als sie zum Duschen aufgemacht haben.

– Ah, dann ist es gut.

– Magst du ein bißchen? Es ist gut, ganz frisch.

– Nein, sonst haben wir morgen wieder das Problem mit dem Mate. Erzähl weiter.

– Jetzt übertreib nicht. Es reicht uns für den ganzen Tag.

– Und du verhätschel mich nicht. Ich hab vergessen, Wasser zu holen, als aufgemacht wurde. Wenn du nicht daran gedacht hättest, wären wir jetzt ohne Wasser.

– Wir haben mehr als genug, sag ich dir . . . Aber sowie die beiden in die Vogelhandlung hineingehen, ist es, als wäre der Teufel los. Wie wahnsinnig und blind vor Angst fliegen die Vögel mit aller Wucht gegen die Gitterstäbe und knicken sich die Flügel. Der Besitzer weiß nicht, was er tun soll. Die Vögel kreischen vor Angst, es hört sich wie das Gekreisch von Geiern an, nicht wie Vogelgesang. Sie nimmt den Mann bei der Hand und zieht ihn mit sich hinaus. Die Vögel beruhigen sich sofort. Sie bittet ihn, er soll sie jetzt gehen lassen. Sie verabreden sich und trennen sich bis zum nächsten Abend. Dann geht er in den Laden zurück, die Vögel singen ganz vergnügt, er kauft einen Vogel für den Geburtstag. Und dann . . . ich erinnere mich nicht mehr, wie es weitergeht. Ich bin müde.

– Erzähl noch ein Stück.
– Ich bin dermaßen schläfrig, daß ich mich auf den Film nicht mehr besinnen kann. Wie wär's, wenn wir ihn bis morgen verschieben?
– Wenn du dich nicht mehr erinnerst, verschieben wir ihn besser auf morgen.
– Beim Mate erzähl ich dir weiter.
– Nein, besser nachts. Am Tag mag ich mich mit solchem Quatsch nicht abgeben. Da gibt's Wichtigeres zu denken.
– . . .
– Wenn ich nicht lese und trotzdem nichts sage, dann denke ich nach. Aber versteh mich nicht falsch.
– Schon gut. Ich werd dich nicht mehr ablenken. Nur keine Sorge.
– Ich sehe, du verstehst mich. Ich danke dir. Bis morgen also.
– Bis morgen. Und träum von Irene.
– Mir gefällt die Architektenkollegin besser.
– Hab ich mir gleich gedacht. Tschau.
– Bis morgen.

. . . .

– Wir haben aufgehört, wo er in die Vogelhandlung geht und die Vögel vor ihm nicht erschrecken. Vor ihr haben sie Angst.
– Das habe ich nicht gesagt. Das hast du dir bloß gedacht.
– Also, was passiert dann?
– Schön, sie sehen sich weiterhin und verlieben sich ineinander. Er fühlt sich wahnsinnig von ihr angezogen, weil sie so sonderbar ist, und sie ist einerseits ganz lieb zu ihm, sie schaut ihn an und streichelt ihn und kuschelt sich in seinen Arm, aber wenn er sie fest umarmen und küssen will, dann entschlüpft sie ihm und läßt kaum zu, daß er ihre Lippen mit seinen Lippen berührt. Sie bittet ihn, sie nicht zu küssen, er soll sich von ihr küssen lassen, und sie gibt ihm kleine, zärtliche Küßchen, aber wie ein Kind, mit fleischigen, weichen, aber geschlossenen Lippen.
– Früher gab es in Filmen nie Sex.

– Wart, du wirst schon sehen. Nämlich eines Abends führt er sie wieder in das Restaurant, das kein Luxusrestaurant ist, aber sehr malerisch, mit karierten Tischtüchern, und alles aus Holz, nein, aus Stein, nein, jetzt weiß ich es wieder, es sieht innen aus wie ein Bauernhaus mit Gaslampen, und auf den Tischen stehen gewöhnliche Kerzen. Und er hebt das Weinglas, ein rustikales Glas, und stößt mit ihr an, denn heute nacht wird ein sehr verliebter Mann sich verloben, wenn seine Auserwählte einverstanden ist. Sie hat Tränen in den Augen, aber vor Glück. Sie stoßen an und trinken, ohne ein Wort zu sagen, und fassen sich bei der Hand. Plötzlich zieht sie ihre Hand zurück, sie hat gesehen, daß jemand auf den Tisch zukommt. Es ist eine Frau, schön auf den ersten Blick, doch dann merkt man, daß etwas Sonderbares in ihrem Gesicht liegt, etwas Furchteinflößendes, aber man weiß nicht, was. Denn es ist ein Frauengesicht, aber auch ein Katzengesicht. Die Augen sitzen hoch und sind, ich weiß nicht, wie ich sagen soll, unheimlich, ganz ohne Weißes, das ganze Auge ist grün, in der Mitte die schwarze Pupille, sonst nichts. Und die Haut ist sehr blaß, wie weiß gepudert.
– Aber du hast doch gesagt, daß sie schön ist?
– Ja, sie ist schön, und an den ausgefallenen Kleidern sieht man, daß sie eine Europäerin ist, sie trägt eine Bananenfrisur, aber um den ganzen Kopf.
– Was ist eine Bananenfrisur?
– Das ist ... wie soll ich dir das erklären? ein Haarwulst, so etwas wie ein Schlauch rings um den Kopf, der die Stirn streckt, aber auch hintenherum geht.
– Ist auch nicht wichtig. Erzähl weiter.
– Aber vielleicht irre ich mich, ich glaube eher, sie hat eine Art Zopf um den Kopf gelegt, das paßt auch besser zu dieser Gegend, und trägt ein bodenlanges Kleid und über den Schultern eine Fuchsstola. Sie kommt an den Tisch und schaut Irene haßerfüllt an, oder nein, eher wie jemand, der einen hypnotisieren will, mit einem bösartigen Blick auf jeden Fall. Sie steht am Tisch und spricht in einer ganz

ausgefallenen Sprache. Er steht auf, wie es sich für einen Herrn gehört, wenn eine Dame kommt, aber die Katzenhafte schaut ihn nicht mal an und sagt noch einen Satz zu Irene. Irene antwortet in der gleichen Sprache, furchtbar erschrocken. Er versteht kein Wort von dem, was sie reden. Da sagt die Frau zu Irene, damit auch er es versteht: »Ich habe dich sofort erkannt, du weißt, woran. Bis bald ...« Und geht fort, ohne den Mann auch nur angeschaut zu haben. Irene ist wie versteinert, sie hat Tränen in den Augen, aber die Tränen sind trüb, wie Wasser in einem schmutzigen Teich. Sie steht auf, ohne ein Wort zu sagen, hüllt ihren Kopf in einen langen weißen Schleier, er läßt einen Geldschein auf dem Tisch und geht mit ihr hinaus, eingehakt. Sie sagen sich nichts, er merkt, daß sie angstvoll zum Central Park hinüberschaut, es schneit leicht, der Schnee dämpft alle Geräusche und jeden Laut, die Autos fahren wie auf Gleitschienen über die Straßen, ganz leise, unter den Straßenlaternen schimmern die weißen Schneeflocken, von ferne meint man so etwas wie Raubtiergebrüll zu hören. Und es könnte leicht Raubtiergebrüll sein, denn nicht weit von da, im Central Park, ist der städtische Zoo. Sie bleibt stehen, sie bittet ihn, er soll sie umarmen. Er schließt sie in seine Arme. Sie zittert vor Kälte oder aus Furcht, obwohl das Raubtiergebrüll anscheinend verstummt ist. Sie sagt, aber wie hingehaucht, daß sie Angst hat, nach Hause zu gehen und die Nacht über allein zu sein. Ein Taxi fährt vorüber, er hält es an, wortlos steigen beide ein. Sie halten vor seinem Haus, es ist eines von diesen alten, sehr gepflegten Wohnhäusern, alles mit Teppichen ausgelegt, Holzbalken in den sehr hohen Decken, in der Vorhalle eine dunkle geschnitzte Holztreppe, und am Fuß der Treppe steht eine große akklimatisierte Palme in einem phantastischen Blumentopf. Mit schätzungsweise chinesischer Bemalung. Daneben ist ein riesiger Spiegel, der Rahmen über und über geschnitzt, genau wie die Treppe. Sie schaut in den Spiegel, studiert eingehend ihr Gesicht, als ob sie irgendwas in ihren Zügen sucht. Es gibt keinen Aufzug, er wohnt im ersten Stock. Auf dem Teppich sind die Schritte kaum zu hören, wie im Schnee. Die Wohnung ist groß, alle Möbel stammen aus dem Ende des vorigen Jahrhunderts, sehr streng, sie ist früher die Wohnung der Mutter des Mannes gewesen.

– Und was tut er?

– Nichts, er weiß, daß etwas in ihr steckt und sie quält. Er bietet ihr etwas zu trinken an, Kaffee, was sie will. Sie möchte aber nichts trinken, sie bittet ihn, sich zu setzen, sie hat ihm etwas zu sagen. Er zündet sich eine Pfeife an und schaut sie gütig an, wie es seine Art ist. Sie hat keinen Mut, ihm in die Augen zu sehen, sie legt ihren Kopf auf seine Knie. Und dann erzählt sie ihm, daß es in ihrem Heimatdorf im Gebirge eine schreckliche Legende gibt, vor der sie sich immer entsetzlich gefürchtet hat, schon als kleines Mädchen. Und wie das genau war, erinnere ich mich nicht mehr, irgendeine Geschichte aus dem Mittelalter, als diese Dörfer einmal Monate und Monate von der Außenwelt abgeschnitten waren und die Leute vor Hunger starben, und alle Männer waren in den Krieg gezogen, irgend sowas, und die hungrigen wilden Tiere kamen aus dem Wald bis an die Häuser, ich weiß nicht mehr genau, und dann erschien der Teufel und verlangte, eine Frau sollte zu ihm herauskommen, dann brächte er ihnen Essen, und eine Frau kam heraus, die Mutigste, und neben dem Teufel stand ein vor Hunger halb wahnsinniger Panther. Die Frau schloß einen Pakt mit dem Teufel, damit sie nicht sterben mußte, und ich weiß nicht mehr, was dann mit der Frau passiert ist, jedenfalls bekam sie ein Kind mit einem Katzengesicht. Und als die Männer vom Kreuzzug zurückkamen, ging der Soldat, der mit der Frau verheiratet war, ins Haus, und als er sie küssen wollte, zerriß sie ihn lebendigen Leibes, wie ein Panther ihn zerrissen hätte.

– Das versteh ich nicht, du erzählst alles ganz durcheinander.

– Das Gedächtnis läßt mich im Stich. Aber das tut nichts

zur Sache, denn ich erinnere mich genau, daß Irene erzählt, im Dorf würden noch immer Pantherfrauen geboren. Der eine Kreuzfahrer war jedenfalls tot, aber ein anderer hatte gemerkt, daß die Frau ihn umgebracht hatte, und ging ihr, die durch den Schnee geflüchtet war, nach, und am Anfang waren ihre Spuren Menschenspuren, aber als er näher an den Wald kam, waren es Pantherspuren. Der Kreuzfahrer ging immer tiefer in den Wald hinein, obwohl es Nacht war, bis er im Dunkeln grüne Augen aufleuchten und irgend etwas Lebendiges auf dem Sprung liegen sah. Da bildete er mit dem Schwert und dem Dolch das Kreuzzeichen, und der Panther beruhigte sich und verwandelte sich wieder in eine Frau, die wie im Halbschlaf dalag, wie in Hypnose, aber der Kreuzfahrer wich zurück, weil er das Gebrüll anderer Raubtiere näherkommen hörte, und das waren die Panther, die die Frau gerochen hatten und die nun kamen und sie zerfleischten. Der Kreuzfahrer kehrte halb ohnmächtig ins Dorf zurück und berichtete alles. Und die Pantherfrauen, heißt es in der Legende, sind noch immer nicht ausgestorben, irgendwo in der Welt sind sie, nur verborgen, und sehen wie normale Frauen aus, aber wenn ein Mann eine von ihnen küßt, verwandelt sie sich plötzlich in ein wildes Tier.

– Und sie ist eine Pantherfrau?

– Sie weiß nur, daß diese Geschichten sie entsetzlich geängstigt haben, als sie klein war, und daß sie immer mit dem Albtraum gelebt hat, von diesen Frauen abzustammen.

– Und was hat die im Restaurant zu ihr gesagt?

– Genau das fragt auch der Mann. Und da wirft sich Irene in seine Arme und weint und sagt, die Frau hätte ihr nur guten Tag gesagt. Aber später sagt sie doch, nein, sie faßt sich ein Herz und erzählt, die Frau hätte ihr in dem Dialekt ihres Heimatdorfes gesagt, sie solle nicht vergessen, wer sie sei, sie hätte nur ihr Gesicht zu sehen brauchen und sofort gewußt, daß sie Schwestern wären. Und sie solle sich in Acht nehmen mit den Männern. Er lacht laut auf.

»Begreifst du denn nicht?«, sagte er, »sie hat gesehen, daß du aus der gleichen Gegend bist, weil Landsleute sich immer gegenseitig erkennen, wenn ich in China einem Nordamerikaner begegne, gehe ich auch zu ihm hin und sage ihm guten Tag. Und weil sie eine Frau ist und ein bißchen altmodische Ansichten hat, hat sie dir gesagt, du sollst aufpassen. Verstehst du?« Das sagt er ihr, und sie beruhigt sich einigermaßen. Und dann fühlt sie sich so ruhig, daß sie in seinen Armen einschläft. Er bettet sie auf das Sofa und schiebt ihr ein Kopfkissen unter den Kopf und holt aus seinem Bett eine Decke. Dann geht er in sein Schlafzimmer, und die Szene endet damit, daß er in Pyjama und Schlafrock, einem schönen glatten, aber nicht luxuriösen Schlafrock, dasteht, sich eine Pfeife ansteckt und sie, die schläft, von der Tür aus nachdenklich anschaut. Im Kamin flackert ein Feuer, nein, ich erinnere mich nicht mehr, wahrscheinlich kommt das Licht von dem Nachttisch in seinem Zimmer. Als das Kaminfeuer verlöscht, nur noch ein bißchen Glut übrig ist, wacht Irene auf. Und es wird hell.

– Sie wacht auf, weil ihr kalt ist, wie wir.

– Nein, etwas anderes weckt sie auf, aber ich wußte, daß du das sagen würdest. Sie wacht auf, weil ein Kanarienvogel im Käfig singt. Zuerst hat Irene Angst hinzugehen, aber dann hört sie, daß der Vogel ganz zufrieden ist, und da faßt sie sich ein Herz und geht hin. Sie schaut ihn an, seufzt tief auf, erleichtert und glücklich, weil der Vogel nicht vor ihr erschrickt. Sie geht in die Küche und bereitet Toast mit Butter und cornflakes vor und . . .

– Sag bloß nichts vom Essen.

– Und kleine Eierkuchen.

– Bitte, im Ernst. Weder vom Essen noch von nackten Frauen.

– Schön. Und dann weckt sie ihn auf, und er ist glücklich, daß sie sich in seinem Haus so wohl fühlt, und fragt sie, ob sie nicht für immer hierbleiben will.

– Liegt er noch im Bett?

– Ja, sie hat ihm das Frühstück ans Bett gebracht.
– Ich mochte das nie, gleich nach dem Aufwachen frühstücken. Vor allem will ich mir zuerst die Zähne putzen. Erzähl weiter, bitte.
– Schön. Er will sie küssen, aber sie läßt ihn nicht an sich heran.
– Er würde auch schlecht aus dem Mund riechen, weil er sich die Zähne nicht geputzt hat.
– Wenn du anfängst, Witze zu machen, hat es keinen Reiz weiterzuerzählen.
– Nein, bitte, ich hör dir zu.
– Er sagt noch einmal, daß er sie heiraten will. Sie antwortet, daß sie ihn von ganzem Herzen liebt und daß sie am liebsten nicht mehr fortgehen möchte aus diesem Haus, sie fühlt sich so wohl hier, und dabei sieht sie sich um – die dunklen Samtvorhänge sind noch zu, um das Licht zu dämpfen, und damit es hell wird, geht sie hin und zieht sie auf, und dahinter kommen andere Vorhänge zum Vorschein, aus Spitze. Jetzt sieht man die ganze Innenausstattung aus der Jahrhundertwende. Sie fragt, wer alle diese hübschen Dinge ausgesucht hat, und er, glaube ich, sagt, daß in allen diesen Schmuckstücken seine Mutter gegenwärtig ist, die Mutter sei sehr gut gewesen und hätte Irene sicher wie eine Tochter geliebt. Irene geht zu ihm hin und gibt ihm einen beinahe andächtigen Kuß auf die Stirn, weißt du, wie man einen Heiligen küßt. Und bittet ihn, er soll sie nie verlassen, sie möchte immer bei ihm bleiben, jeden Morgen möchte sie aufwachen und ihn an ihrer Seite sehen . . . aber ehe sie seine Frau wird, soll er ihr noch ein bißchen Zeit lassen, bis alle ihre Ängste vergangen sind.
– Merkst du, was mit ihr los ist?
– Sie hat Angst, daß sie eine Pantherfrau wird.
– Schön, ich glaube, daß sie frigid ist, daß sie Angst hat vor Männern oder sich das Sexuelle als etwas Gewalttätiges vorstellt, deshalb erfindet sie dieses Zeug.
– Wart ab. Er ist einverstanden und sie heiraten. Und in der Hochzeitsnacht schläft sie in dem Bett und er auf dem Sofa.

– Und schaut die Schmuckstücke seiner Mutter an.
– Wenn du dich lustigmachst, höre ich auf. Ich erzähl dir den Film im Ernst, weil er mir gefällt. Und es gibt auch einen bestimmten Grund, weshalb mir dieser Film wirklich sehr gefällt. Aber den kann ich dir nicht sagen.
– Sag doch. Was denn?
– Nein, ich wollte eigentlich darauf zu sprechen kommen, aber jetzt sehe ich, daß du dich lustigmachst, und das, ehrlich gesagt, macht mich wütend.
– Nein, mir gefällt der Film ja, aber schau, du hast deinen Spaß, wenn du ihn erzählst, und da wollte ich eben auch ein bißchen auf meine Kosten kommen, verstehst du? Ich bin kein Typ, der lange zuhören kann. Und auf einmal sitz ich da und soll stundenlang still sein und zuhören.
– Ich dachte, es hilft dir, die Zeit zu vertreiben und müde zu werden.
– Stimmt auch, genau, beides: es vertreibt mir die Zeit und macht mich müde.
– Also?
– Aber, wenn du nichts dagegen hast: mir würde es Spaß machen, daß wir die Dinge von Zeit zu Zeit ein wenig kommentieren, dadurch könnte ich mich an irgendwas abreagieren. Das wäre doch gerecht, oder nicht?
– Wenn du es bloß willst, um dich lustigzumachen über einen Film, der mir gefällt, dann nicht.
– Nein, schau, wir könnten ja auch einfach nur darüber reden. Ich wüßte zum Beispiel gern, wie du dir die Mutter des Typs vorstellst.
– Wenn du nicht wieder lachst.
– Versprech ich dir.
– Na ja . . . ich weiß nicht, eine Frau, die eben sehr gut ist. Eine reizende Person, die ihren Mann und ihre Kinder sehr glücklich gemacht hat, die immer gepflegt ist.
– Kannst du dir vorstellen, daß sie das Haus putzt?
– Nein, ich seh sie immer wie aus dem Ei gepellt, in einem Kleid mit Spitzenstehkragen, unter dem man den faltigen Hals nicht sieht. Sie hat das, was an manchen feinen Frauen

so hübsch ist, diesen leichten Anflug von Koketterie, auch wenn sie ganz ernsthaft sind. Man merkt diesen Frauen noch an, daß sie Frauen sind und gefallen möchten.
– Ja, immer wie aus dem Ei gepellt. Genau. Sie hat mehrere Dienstmädchen, sie beutet Leute aus, denen nichts anderes übrigbleibt, als ihr für ein paar Groschen zu dienen. Und, klar, sie war sehr glücklich mit ihrem Mann, der sie seinerseits ausgebeutet hat und von ihr verlangt hat, alles zu tun, was er wollte, nämlich wie eine Sklavin im Haus eingesperrt zu sein und auf ihn zu warten.
– Hör mal . . .
– . . . um jeden Abend auf ihn zu warten, wenn er aus seinem Rechtsanwaltsbüro oder seiner Arztpraxis heimkommt. Und sie war auch vollkommen einverstanden mit diesem System, hat sich nie aufgelehnt, und diesen ganzen Mist hat sie ihrem Sohn eingetrichtert, und der trifft jetzt auf die Pantherfrau. Soll er sehen, wie er mit ihr fertig wird.
– Aber hättest du im Grund nicht auch gern so eine Mutter, die liebevoll ist und immer gepflegt . . . Sei mal ehrlich.
– Nein. Und ich kann dir auch sagen, warum, wenn du es noch nicht begriffen hast.
– Hör zu, ich bin müde, und außerdem macht es mich wütend, daß du jetzt mit diesem Zeug kommst, denn ehe du mir damit gekommen bist, habe ich mich prima gefühlt, den ganzen Muff in der Zelle, alles hab ich vergessen, solange ich den Film erzählt habe.
– Auch ich hab alles vergessen.
– Na und? Warum hast du mir dann die Illusion genommen und dir auch, was soll das?
– Ich seh schon, ich muß dir das Problem deutlicher stellen, wenn du die Winke nicht verstehst.
– Aha, hier im Finstern gibst du mir Winke? Das finde ich fabelhaft.
– Ich werd's dir erklären.
– Ja, morgen, denn jetzt steht mir alles bis oben. Morgen

machen wir weiter ... Warum ist nur statt dir nicht der Verlobte der Pantherfrau mein Zellenkamerad geworden?

– Tja, das ist eine andere Geschichte, die interessiert mich nicht.

– Hast du Angst, über sowas zu sprechen?

– Nein, nicht Angst. Es interessiert mich nicht. Ich weiß längst alles über dich, obwohl du mir nichts erzählt hast.

– Schön, ich hab dir erzählt, daß ich wegen Verführung Minderjähriger hier bin, damit hab ich alles gesagt, komm mir jetzt bloß nicht als Psychologe.

– Gib zu, daß er dir gefällt, weil er Pfeife raucht.

– Nein, sondern weil er ein friedlicher Typ ist und verständnisvoll.

– Seine Mutter hat ihn kastriert, das ist alles.

– Mir gefällt er, und Schluß. Und dir gefällt die Architekten-Kollegin. Was hat die von einer Guerillera?

– Sie gefällt mir eben besser als die Pantherfrau.

– Tschau. Morgen erklärst du mir, warum. Laß mich schlafen.

– Tschau.

....

....

– Wir waren da, wo sie sich mit dem Pfeifenheini verheiraten will. Ich höre.

– Warum so ironisch?

– Nichts. Erzähl jetzt, los, Molina.

– Nein, erzähl du mir von dem Typ mit der Pfeife, wenn du ihn schon besser kennst als ich, der den Film gesehen hat.

– Der mit der Pfeife ist nichts für dich.

– Warum?

– Dir gefällt er, weil du Hintergedanken hast, die nicht so ganz keusch sind, oder? Gib's zu.

– Klar.

– Schön. Ihm gefällt Irene, weil sie frigid ist und er sie nicht anmachen muß, deshalb beschützt er sie und bringt sie in das Haus, in dem seine Mutter gegenwärtig ist; denn obwohl sie tot ist, ist sie in den Möbeln, den Vorhängen und dem ganzen Scheiß gegenwärtig. Das hast du doch selber gesagt?

— Weiter.

— Alles im Haus, was von seiner Mutter ist, hat er so gelassen, wie es war, weil er immer noch ein kleiner Junge im Haus seiner Mutter sein möchte, und deshalb hat er nicht eine Frau ins Haus gebracht, sondern ein kleines Mädchen zum Spielen.

— Aber das ist doch alles dein eigener Senf! Was weiß ich, ob das Haus von der Mutter war, ich hab das gesagt, weil ich die Wohnung wunderhübsch fand, und weil die Ausstattung alt war, hab ich gesagt, daß sie vielleicht von seiner Mutter war, sonst nichts. Womöglich hat er sie möbliert gemietet.

— Dann erfindest du also den halben Film selber dazu?

— Nein, ich erfinde gar nichts dazu, Ehrenwort, aber manches muß ich dir doch irgendwie erklären, um es für dich zu vervollständigen, damit du es siehst, wie ich es sehe. Zum Beispiel das Haus.

— Gib zu, daß es das Haus ist, in dem du leben möchtest . . .

— Ja, klar. Und jetzt muß ich über mich ergehen lassen, daß du mir sagst, was mir immer alle sagen.

— Na los, was werd ich denn sagen?

— Alle, durch die Bank, alle kommen sie mir mit demselben, immer.

— Womit?

— Daß ich zu sehr verhätschelt worden bin, als ich klein war, und deshalb bin ich so, daß ich meiner Mutter immer am Rockschoß gehangen habe, und deshalb bin ich so, daß sich aber jeder zusammenreißen kann, und was ich brauche, ist eine Frau, denn etwas Besseres als die Frau gibt es nicht.

— Das sagen sie dir?

— Ja. Und dann sage ich ihnen . . . Ausgezeichnet, einverstanden! Und da es nichts Besseres gibt als Frauen . . . will ich eben eine Frau sein. Erspar mir also, deine Ratschläge anzuhören. Denn ich weiß recht gut, was mit mir los ist, in meinem Kopf ist das alles glasklar.

– Ich seh das nicht so klar, wenigstens nicht in der Art, wie du es darstellst.

– Schön, aber ich hab nicht nötig, daß du kommst und mir irgendwas »klarstellst«. Wenn du willst, erzähl ich den Film weiter, und wenn du nicht willst, nur keine Aufregung! dann erzähl ich ihn mir selber, ganz leise, und saluti tanti, arrivederci Sparafucile!

– Wer ist Sparafucile?

– Von Oper keine blasse Ahnung! Sparafucile ist der Verräter im *Rigoletto.*

– Erzähl mir den Film und tschau! denn jetzt will ich wissen, wie es weitergeht.

– Wo waren wir?

– Bei der Hochzeitsnacht. Wo er sie nicht anrührt.

– Genau. Er schläft auf dem Sofa im Eßzimmer, ja, und was ich vergessen habe, dir zu sagen, sie sind sich einig geworden, daß sie zu einem Psychoanalytiker geht. Und sie fängt auch an damit und geht zum erstenmal hin, und da zeigt sich, daß der Typ ein schöner Mann ist, ein unwahrscheinlicher Beau.

– Was ist für dich ein schöner Mann? Das möchte ich gern wissen.

– Schön, ein dunkelhaariger Typ, mit Schnurrbart, groß, sehr vornehm, hohe Stirn, aber mit einem Schnurrbärtchen beinahe wie von einem Hochstapler, ich weiß nicht, ob du weißt, was ich meine, mit so einem Playboy-Bärtchen, das eigentlich alles über ihn sagt. Und wenn wir schon dabei sind: mein Typ ist der nicht, der den Psychoanalytiker spielt.

– Wer spielt ihn denn?

– Weiß ich nicht mehr, es ist nur eine Nebenrolle. Ein schöner Mann, aber für meinen Geschmack zu mager, wenn dich das interessiert, einer von denen, die im Zweireiher gut aussehen, aber wenn sie einen Einreiher

tragen, müssen sie eine Weste anziehen. Ein Typ, der den Frauen gefällt. Aber diesem merkt man es mehr oder weniger an, daß er, ich weiß nicht, sich allzu sicher ist, daß die Frauen ihn mögen, sobald er auftritt, und das stößt ab, auch Irene fühlt sich davon abgestoßen. Sie liegt auf dem Diwan und fängt an, ihre Probleme zu erzählen, aber sie fühlt sich irgendwie befangen, nicht wie neben einem Arzt, sondern wie neben einem Typ, und darüber erschrickt sie.
– Der Film ist bemerkenswert.
– Bemerkenswert wodurch? . . . durch Lächerlichkeit?
– Nein, durch Folgerichtigkeit. Der Film ist phänomenal. Erzähl weiter, und sei nicht so mißtrauisch.
– Sie erzählt ihm, daß sie Angst hat, keine gute Ehefrau zu sein, und am Ende machen sie aus, daß sie ihm das nächste Mal ihre Träume erzählt oder ihre Alpträume, und daß sie sich in einem Traum immer in einen Panther verwandelt. Alles in Ordnung, sie verabschieden sich, aber das nächste Mal geht sie nicht zur Sitzung, ihrem Mann lügt sie irgendwas vor, und anstatt zum Arzt geht sie in den Zoo und schaut den Panther an. Und da bleibt sie lange, völlig fasziniert, sie hat wieder den schwarzen Flauschmantel an, der wie Seide schimmert, und auch das schwarze Fell des Panthers schimmert wie Seide. Der Panther läuft in seinem Riesenkäfig auf und ab und läßt die Frau nicht aus den Augen. Da kommt der Wärter und öffnet die Tür, die seitlich im Käfig ist. Nur für eine Sekunde macht er sie auf, wirft das Fleisch hinein und sperrt wieder ab, aber dann lenkt er sich mit dem Haken ab, an dem das Fleisch hing, und darüber vergißt er, den Schlüssel abzuziehen. Irene sieht alles, sagt aber nichts, der Wärter nimmt den Besen und fängt an, in einiger Entfernung Papier und Zigarettenstummel zusammenzukehren. Verstohlen geht Irene zum Käfig, wo das Schloß ist. Sie zieht den Schlüssel heraus und betrachtet ihn, ein großer, rostiger Schlüssel. Sie überlegt, ein paar Sekunden vergehen.
– Und was tut sie?
– Aber dann geht sie zum Wärter und gibt ihm den

Schlüssel. Der Alte, ein ruhiger, freundlicher Typ, dankt ihr. Irene geht nach Hause und wartet auf ihren Mann, der immer um diese Zeit aus dem Büro zurückkommt. Und dabei habe ich vergessen, dir zu sagen, daß sie jeden Morgen ganz liebevoll dem Kanarienvogel Futter gibt und ihm das Trinkwasser erneuert, und der Kanarienvogel singt. Endlich kommt ihr Mann heim, sie umarmt ihn, küßt ihn beinahe, sie spürt ein solches Verlangen, seinen Mund zu küssen, und er freut sich und denkt, vielleicht hat ihr die psychoanalytische Behandlung gutgetan, vielleicht ist der Augenblick nahe, wo sie wirklich Mann und Frau werden. Aber da begeht er den Fehler und fragt sie, wie es ihr am Nachmittag in der Sitzung ergangen ist. Sie, die nicht dort war, fühlt sich wahnsinnig elend, schuldbewußt, und schon entschlüpft sie seinen Armen und lügt ihn an, ja, sie wäre dort gewesen und alles wäre gut gegangen. Aber sie entschlüpft ihm, und da ist nichts zu machen. Er muß sehen, wie er mit seinem Verlangen fertigwird. Am nächsten Tag ist er wieder bei der Arbeit mit den anderen Architekten, und die Kollegin, die ihn immer beobachtet, weil sie ihn nach wie vor liebt, merkt, daß er Sorgen hat, und schlägt ihm vor, ein Glas mit ihr trinken zu gehen, aber er, nein, sagt er, er hätte viel zu tun, er würde nach Dienstschluß hierbleiben, und da sagt sie, die ihn immer geliebt hat, daß sie auch dableiben und ihm helfen wird.
— Mir ist die Frau sympathisch. Es gibt doch merkwürdige Sachen. Du hast mir kein Wort von ihr erzählt, aber ich finde sie sympathisch. Mit der Phantasie passieren einem komische Dinge.
— Sie bleibt also mit ihm im Büro, und da sieht man, daß sie nicht wie andere Frauen ist: sie hat sich damit abgefunden, daß er geheiratet hat, jetzt will sie ihm nur noch als gute Freundin helfen. Da sind sie also und arbeiten nach Dienstschluß. Der Saal ist groß, mehrere Arbeitstische stehen darin, aber jetzt, wo alle fort sind, liegt alles im Dunkeln, außer seinem Arbeitstisch, der eine Glasplatte hat und von unten beleuchtet ist, die Gesichter

werden also von unten angestrahlt und die Körper werfen fast unheimliche Schatten, riesige Schatten, und wenn er oder die Kollegin ein Lineal nehmen, um eine Linie zu ziehen, sieht das Lineal wie ein Schwert aus. Sie arbeiten schweigend. Von Zeit zu Zeit mustert sie ihn heimlich, aber obwohl sie wahnsinnig gern wissen möchte, was ihn bekümmert, stellt sie ihm keine Fragen.

– Sie ist wirklich prima. Sie respektiert den anderen, sie ist diskret. Vielleicht mag ich sie deshalb.

– Unterdessen wartet Irene und wartet, und zuletzt entschließt sie sich und ruft im Büro an. Die andere hebt das Telefon ab und gibt den Hörer an den Mann weiter. Irene ist eifersüchtig, versucht es aber zu vertuschen, er sagt, er hätte sie vor einiger Zeit angerufen, aber sie sei nicht zu Hause gewesen. Klar, sie ist ja wieder im Zoo gewesen. Und weil er sie ertappt hat, muß sie den Mund halten, sie kann nicht protestieren. Und er kommt auch die nächsten Tage immer später nach Hause, aus irgendeinem Grund schiebt er die Heimkehr hinaus.

– Das ist alles total folgerichtig. Unwahrscheinlich.

– Also, was denn nun? ... Siehst du jetzt, daß er ganz normal ist? Er will mit ihr schlafen.

– Nein, hör zu. Vorher ist er gern nach Hause gegangen, weil er wußte, daß sie nicht mit ihm schlafen würde, aber jetzt besteht durch die Behandlung eine Möglichkeit, und das beunruhigt ihn. Solange sie das kleine Mädchen war, wie am Anfang, brauchten sie nur miteinander zu spielen, wie Kinder. Und da, beim Spielen, haben sie vielleicht angefangen, sexuell was zu machen.

– Wie Kinder beim Spielen – so eine Geschmacklosigkeit!

– Ich, siehst du, finde das gar nicht so übel an deinem Architekten. Entschuldige, wenn ich mir widerspreche.

– Was findest du nicht übel?

– Daß sie wie im Spiel angefangen haben, nicht mit Pauken und Trompeten.

– Schön, ich erzähl weiter. Aber eins sag mir noch: warum ist er dann so gern mit der Kollegin zusammen?

— Na, einfach weil er annimmt, daß nichts passieren kann, weil er verheiratet ist, die Kollegin ist sexuell für ihn nicht mehr vorhanden, weil er doch dem Anschein nach von seiner Frau vereinnahmt ist.

— Das ist alles bloß deine Phantasie.

— Wenn du deinen Senf dazugibst, warum nicht auch ich?

— Also weiter. Eines Abends sitzt Irene am gedeckten Tisch, das Abendessen ist fertig und er kommt nicht. Die Kerzen sind schon angezündet. Aber da ist etwas, was sie nicht weiß, nämlich daß er, weil dies ihr erster Hochzeitstag ist, sie nachmittags beim Psychoanalytiker abholen wollte, und sie natürlich nicht getroffen hat, weil sie ja nie hingeht. Dabei erfährt er, daß sie schon lange nicht mehr hingeht. Er ruft Irene an, aber sie ist nicht zu Hause, klar, sie ist wie alle Nachmittage in den Zoo gegangen, weil es sie unwiderstehlich dorthin zieht. Verzweifelt geht er in sein Büro zurück, und jetzt muß er der Kollegin unbedingt alles erzählen. Sie gehen in eine Bar in der Nachbarschaft und trinken ein Glas, aber eigentlich wollen sie gar nicht trinken, sondern nur privat, außerhalb des Büros, miteinander reden. Als Irene merkt, wie spät es schon ist, fängt sie an, im Zimmer herumzulaufen wie ein wildes Tier im Käfig, und zuletzt ruft sie im Büro an. Keine Antwort. Sie versucht irgendwas zu tun, damit die Zeit vergeht, sie ist wahnsinnig nervös, und plötzlich geht sie auf den Vogelkäfig zu und merkt, daß der Kanarienvogel um so verzweifelter mit den Flügeln schlägt, je näher sie kommt, und wie blind von einer Seite auf die andere flattert und sich die Flügel knickt. Sie kann ihrem Drang nicht widerstehen und öffnet den Käfig und streckt die Hand hinein. Und wie der Vogel die Hand näherkommen fühlt, fällt er tot herunter, wie vom Blitz getroffen. Irene ist verzweifelt, alle ihre Wahnvorstellungen sind wieder da, sie rennt hinaus, um ihren Mann zu suchen, nur ihn kann sie um Hilfe bitten, er wird sie verstehen. Aber auf dem Weg zum Büro kommt sie an der Bar vorbei, und da sieht sie die beiden. Wie versteinert bleibt sie stehen, sie kann keinen Schritt mehr gehen, vor Wut zittert sie, vor Eifersucht. Die beiden stehen auf, um zu gehen, Irene versteckt sich hinter einem Baum. Sie sieht, wie sie sich verabschieden und auseinandergehen.

– Wie verabschieden sie sich?

– Er küßt sie auf die Wange. Sie trägt einen Hut mit aufgeschlagenem Rand. Irene hat keinen Hut auf, ihr krauses Haar schimmert unter den Lampen auf der einsamen Straße, denn sie geht der anderen nach. Die andere nimmt den kürzesten Weg nach Hause, mitten durch den Park, den Central Park, der dem Büro gegenüber liegt. An manchen Stellen ist die Straße fast wie ein Tunnel, weil der Park hügelig ist und die Straße schnurgerade und manchmal mitten durch einen Hügel gegraben, aber es ist eine richtige Straße, mit Verkehr, wenn auch wenig, eine Verbindungsstraße, auch ein Autobus fährt durch. Und manchmal benützt die Kollegin den Autobus, damit sie nicht so lange zu laufen braucht, und manchmal geht sie zu Fuß, weil der Autobus selten kommt. Und diesmal beschließt sie, zu Fuß zu gehen, um ihre Gedanken zu lüften, denn ihr zerspringt beinahe der Kopf, seit sie mit dem Mann geredet hat, er hat ihr alles erzählt, daß Irene nicht mit ihm schläft, und auch, daß sie Albträume über Pantherfrauen hat. Und weil sie den Architekten liebt, ist die arme Frau ganz durcheinander, sie hat sich doch schon damit abgefunden, daß sie ihn verloren hat, und jetzt, nein, jetzt ist alles anders, es besteht wieder Hoffnung. Einerseits freut sie sich, weil noch nicht alles verloren ist, andererseits hat sie Angst, sich noch einmal Illusionen zu machen und wieder mit leeren Händen auszugehen. Über das alles denkt sie nach, während sie schnell geht, weil es kalt ist. Kein Mensch ist auf der Straße, der Park auf beiden Seiten liegt im Dunkeln, kein Lüftchen weht, kein Blatt bewegt sich, das einzige, was man hört, ist Absatzgeklapper von Frauenschuhen. Die Kollegin dreht sich um und sieht, aber ziemlich weit entfernt, eine Silhouette, aber bei der schwachen Beleuchtung kann sie nicht erkennen, wer es ist. Von da an hört man die Absätze immer rascher klappern. Langsam bekommt es die Kollegin mit der Angst zu tun, du weißt, wie das ist, wenn du gerade von unheimlichen Sachen geredet hast, von Gespenstern oder Verbrechern, da erschrickt man leichter, jede Kleinigkeit bringt einen auf Gedanken, und die Kollegin erinnert sich an die Pantherfrauen und all das und fängt an, sich zu fürchten, und geht schneller, aber sie hat erst den halben Weg hinter sich, eine Entfernung von etwa vier Blocks muß sie noch gehen, ehe sie an die ersten Häuser kommt und der Park zu Ende ist. Schließlich rennt sie beinahe, und dadurch wird es noch schlimmer.

— Darf ich dich unterbrechen, Molina?

— Ja, aber ich bin gleich fertig, wenigstens für heute nacht.

— Nur eine Frage, eine Sache, die ich gern wüßte.

— Was denn?

— Du darfst aber nicht böse werden?

— Das kommt drauf an.

— Es wäre interessant zu wissen. Und wenn du willst, kannst du mir nachher die gleiche Frage stellen.

— Also, los.

— Mit wem identifizierst du dich? Mit Irene oder mit der Architektin?

— Mit Irene, was glaubst du? Sie ist doch die Hauptgestalt, Dummkopf. Ich bin immer für die Heldin.

— Erzähl weiter.

— Und du, Valentin, für wen bist du? Jetzt sitzt du in der Patsche, weil du den Mann für bescheuert hältst.

— Du wirst lachen, mit dem Psychoanalytiker. Aber keine Witze! Ich hab deine Wahl auch ohne Kommentare respektiert. Erzähl weiter.

— Nachher kommentieren wir, wenn du willst, oder morgen.

— Ja, aber erzähl noch ein Stück.

— Nur noch ein kleines Stück, denn es macht mir Spaß, dir den Bonbon wegzunehmen, wenn er am besten ist. Dadurch schmeckt dir der Film besser. So muß man es auch mit dem Publikum machen, sonst ist es nicht zufrieden. Früher haben sie das im Radio so gemacht, und jetzt in den Fernsehserien.

– Los.

– Gut, wir waren da, wo die Kollegin nicht weiß, ob sie laufen soll oder nicht, als auf einmal die Schritte hinter ihr fast nicht mehr zu hören sind, will sagen, die klappernden Absätze der anderen, und jetzt hört die Architektin andersartige, fast lautlose Schritte, wie die Schritte einer Katze oder Schlimmeres. Und da dreht sie sich um und sieht die Frau nicht mehr. Wie konnte sie mit einem Schlag verschwunden sein? Aber nun glaubt sie einen Schatten vorbeihuschen zu sehen, der gleich darauf ebenfalls verschwindet. Und jetzt hört man Schritte zwischen den Sträuchern des Parks, Tierschritte, die näherkommen.

– Und?

– Morgen machen wir weiter. Tschau, schlaf gut.

– Das wirst du mir büßen.

– Bis morgen.

– Tschau.

ZWEITES KAPITEL

– Du kochst gut.
– Danke, Valentin.
– Aber damit verziehst du mich. Das kann sich nachteilig auf mich auswirken.
– Du bist verrückt! Genieß doch den Augenblick! Freu dich! Du wirst dir doch nicht das Essen versalzen mit dem Gedanken an das, was morgen passiert?
– An das Leben für den Augenblick glaub' ich nicht, Molina. Niemand lebt für den Augenblick. Das geht erst im Irdischen Paradies.
– Glaubst du an den Himmel und die Hölle?
– Langsam, Molina. Wenn wir schon diskutieren, dann ordentlich. Wir sind doch keine Schuljungen, die von Zweig zu Zweig hüpfen wie beim Examen.
– Ich hüpfe gar nicht von Zweig zu Zweig.
– Um so besser. Dann laß mich erst meinen Gedanken formulieren und das Problem stellen.
– Ich höre.
– Ich kann nicht für den Augenblick leben, weil mein Leben auf einen politischen Kampf bezogen ist oder, schön, sagen wir, auf eine politische Aktivität, verstehst du? Alles, was ich hier durchstehen muß, und das ist eine ganze Menge ... ist nichts im Vergleich zu den Folterungen ... die du nicht kennst.
– Ich kann's mir vorstellen.
– Nein, das kannst du dir nicht vorstellen ... Schön, ich kann das alles durchstehen, weil es den großen Plan gibt. Es gibt das Wichtige, das ist die soziale Revolution, und es gibt das Zweitrangige, das sind die Sinnesfreuden. Solange der Kampf dauert, und vielleicht dauert er, solange ich lebe, geht es nicht an, die Sinnesfreuden zu kultivieren, begreifst du? Weil sie für mich wirklich zweitrangig sind. Die eigentliche Freude ist, zu wissen, daß ich dem Nobelsten diene, dem ... schön, eben meinen Ideen ...

– Was heißt, deinen Ideen?
– Meinen Idealen ... dem Marxismus, wenn ich es in einem Wort sagen soll. Und diese Freude kann ich überall empfinden, auch hier in der Zelle, sogar unter der Folter. Und das ist meine Stärke.
– Und deine Freundin?
– Auch das muß zweitrangig sein. Auch für sie bin ich zweitrangig. Weil auch sie weiß, was das Wichtigste ist.
– Hast du ihr das beigebracht?
– Nein, ich glaube, wir haben es gemeinsam entdeckt. Hast du begriffen, was ich meine?
– Ja ...
– Das klingt nicht sehr überzeugt, Molina.
– Nein, aber kümmere dich nicht um mich. Ich bin schon am Einschlafen.
– Du bist verrückt! Und die Pantherfrau? Seit gestern nacht hältst du mich in Spannung!
– Morgen.
– Was ist los mit dir?
– Nichts ...
– Rede doch ...
– Nein, ich bin blöd, sonst nichts.
– Erklär mir das, bitte.
– Schau, ich bin eben so, mich verletzt manches. Ich hab dir dieses Essen gemacht, von meinen Vorräten, und obendrein habe ich dir den halben Avocado gegeben, wo ich nichts lieber mag als Avocados und ich mir die Hälfte für morgen hätte aufheben können. Und wozu? ... damit du mir an den Kopf wirfst, ich verhätschle dich.
– Aber sei doch nicht so, du bist wirklich zu empfindlich ...
– Was soll ich machen? Ich bin eben ein Gefühlsmensch.
– Viel zu viel. Das ist gut für ...
– Warum redest du nicht aus?
– Ach, nichts ...
– Sag's doch, ich weiß, was du sagen wolltest, Valentin.
– Sei doch nicht blöd.

– Sag's ruhig. Daß ich wie eine Frau bin, wolltest du sagen.
– Ja.
– Und was ist dabei, wenn man weich ist wie eine Frau? Warum darf ein Mann oder was immer, ein Hund, ein Strichjunge, nicht gefühlvoll sein, wenn ihm danach ist?
– Ich weiß nicht, aber einen Mann kann ein solches Übermaß hindern.
– Woran? Am Foltern?
– Nein, mit den Folterern fertigzuwerden.
– Wenn alle Männer wie Frauen wären, gäbe es keine Folterer.
– Und was würdest du tun, wenn es keine Männer mehr gäbe?
– Du hast recht, sie sind brutal, aber ich mag sie.
– Molina, du sagst, wenn alle Männer wie Frauen wären, gäbe es keine Folterer mehr. Da hast du wenigstens sowas wie eine Problemstellung, eine irreale zwar, aber doch eine Problemstellung.
– Du hast eine Art zu reden ...
– Wieso?
– Wie geringschätzig du das gesagt hast, »wenigstens sowas wie eine Problemstellung« ...
– Schön, entschuldige, wenn ich dich geärgert habe.
– Nichts zu entschuldigen.
– Schön, dann schau wieder freundlich und straf mich nicht.
– Wieso denn strafen? Du bist verrückt.
– Dann benimm dich auch so, als ob nichts gewesen wäre.
– Soll ich dir den Film weitererzählen?
– Klar, Mann!
– Was für ein Mann? Wo ist der Mann? Sag mir, wo er ist, damit er mir nicht auskommt.
– Schön, Schluß mit den Witzen, erzähl.
– Wo waren wir?
– Wo die Architektin, meine Verlobte, keine Menschenschritte mehr hinter sich hört.
– Schön, da fängt sie an, vor Entsetzen zu zittern, sie weiß

nicht mehr aus noch ein, sie wagt nicht mal mehr sich umzudrehen aus Angst, die Pantherfrau zu sehen, einen Augenblick bleibt sie stehen, um festzustellen, ob sie wieder Menschenschritte hört, aber nichts, vollkommene Stille, nur die Büsche im Park rascheln leicht im Wind ... oder von was anderem. Da stößt sie einen verzweifelten Schrei aus, eine Mischung aus Aufschluchzen und Angstschrei, aber der Schrei geht fast unter im Geräusch der automatischen Tür des Autobus, der gerade neben ihr hält – diese hydraulischen Türen, die ein Geräusch machen wie ein Schröpfkopf – und sie ist gerettet. Der Fahrer hat sie stehen sehen und hat ihr die Tür aufgemacht. Er fragt sie, was sie hat, aber sie sagt, nichts, sie fühlt sich nicht wohl, sonst nichts. Und steigt ein ... Schön, inzwischen ist Irene nach Hause gekommen, aber sie sieht ganz zerzaust aus, die Schuhe vollkommen verdreckt. Er ist total durcheinander, er weiß nicht, was er sagen soll, was er machen soll mit diesem komischen Geschöpf, das er geheiratet hat. Sie kommt herein, merkt, daß er irgendwie anders ist, sie geht ins Badezimmer, um die dreckigen Schuhe auszuziehen, und da hört sie, wie er sagt, denn jetzt, wo sie ihn nicht anschaut, bringt er den Mut auf, mit ihr zu sprechen, daß er sie beim Arzt abholen wollte und erfahren hat, daß sie nicht mehr hingegangen ist. Da fängt sie zu weinen an und sagt, daß alles aus ist, daß sie genau das ist, wovor sie immer Angst gehabt hat, es zu sein, eine Verrückte mit Wahnvorstellungen oder noch schrecklicher ... eine Pantherfrau. Da wird er wieder weich und nimmt sie in den Arm und, du hast recht gehabt, sie ist für ihn wirklich wie ein kleines Mädchen, denn wie er sie so sieht, wehrlos und verloren, fühlt er wieder, daß er sie von Herzen lieb hat, und legt ihren Kopf auf die Schulter, auf seine, und streichelt ihr Haar und sagt, sie soll nur Vertrauen haben, alles wird wieder gut.

– Der Film ist gut.

– Aber er geht weiter, er ist noch nicht fertig.

– Weiß ich, kann mir denken, daß er hier nicht aufhört.

Aber weißt du, was mir an ihm gefällt? Daß er wie eine – noch dazu gut durchschaubare – Allegorie über die Frau ist, die Angst hat, sich dem Mann hinzugeben, weil sie irgendwie animalisch wird, wenn sie sich dem Geschlechtlichen überläßt. Verstehst du?

– Na, ja . . .

– Es gibt doch diese Art Frauen, die sehr sensibel und zu geistig sind oder die mit Vorstellungen aufgewachsen sind, daß das Geschlechtliche etwas Schmutziges ist, eine Sünde, und diese Art Frauen sind total beschissen, mit aller Wahrscheinlichkeit werden sie frigid, wenn sie heiraten, weil sie in sich eine Barriere haben, man hat sie so weit gebracht, diese Barriere in sich aufzurichten, eine Mauer, und durch die dringen nicht mal Schüsse.

– Von was anderem ganz zu schweigen.

– Jetzt, wo ich im Ernst rede, kommst du mit den Witzen, da siehst du, daß du auch nicht anders bist.

– Sprich weiter, Stimme der Weisheit.

– Das war's, sonst nichts. Mach weiter mit der Pantherfrau.

– Schön, die Hauptsache ist jetzt, ob er sie dazu bringt, wieder Vertrauen zu haben und zum Arzt zu gehen.

– Zu mir!

– Ja, aber sie sagt zu ihm, daß der Arzt etwas hat, das ihr nicht gefällt.

– Klar, denn wenn sie geheilt wird, ist sie dem Eheleben ausgeliefert, dem Sex.

– Aber ihr Mann überredet sie, wieder hinzugehen. Und sie tut es auch, aber sie hat Angst.

– Weißt du, wovor sie hauptsächlich Angst hat?

– Wovor?

– Der Arzt, hast du gesagt, ist ein sexueller Typ.

– Ja.

– Und das ist das Problem, denn er erregt sie, und deshalb will sie sich nicht der Behandlung überlassen.

– Schön, sie geht also in die Praxis. Und sie sagt dem Arzt in aller Aufrichtigkeit, wovor sie am meisten Angst hat:

daß ein Mann sie küßt und sie eine Pantherfrau wird. Und da begeht der Arzt einen Fehler. Er möchte ihr die Angst nehmen, indem er ihr beweist: er fürchtet sich nicht vor ihr, er ist sicher, daß sie eine entzückende, anbetungswürdige Frau ist und nichts anderes, das heißt, der Typ wendet eine Behandlung an, die zur Hälfte gemein ist, denn nur weil er sie begehrt, schaut er, wie er sie küssen kann, das ist es, was er will. Aber sie gibt sich nicht hin, sondern im Gegenteil, sie spürt, daß der Arzt recht hat, daß sie normal ist, und so verläßt sie die Praxis, hocherfreut geht sie hinaus und schnurstracks zum Architektenbüro, so als hätte sie die Absicht und wäre fest entschlossen, noch in dieser Nacht mit ihrem Mann zu schlafen. Sie ist glücklich und läuft, fast atemlos kommt sie an. Aber an der Tür bleibt sie wie gelähmt stehen. Es ist schon spät, alle sind fortgegangen, außer ihrem Mann und der Kollegin, die beiden sprechen miteinander und halten sich an der Hand, man weiß nicht, ob aus Freundschaft oder weshalb. Er spricht und schaut dabei auf den Boden, die Kollegin hört ihm verständnisvoll zu. Sie haben nicht gemerkt, daß jemand hereingekommen ist. Und jetzt weiß ich nicht mehr, wie es weitergeht.
– Wart einen Moment, dann fällt es dir wieder ein.
– Danach, erinnere ich mich, kommt eine Szene in einem Schwimmbecken und eine andere im Architektenbüro und noch eine, die letzte, beim Psychoanalytiker.
– Sag bloß, daß die Pantherfrau zum Schluß bei mir bleibt!
– Nein, nur nicht so schnell. Schön, diesen ganzen letzten Teil erzähl ich dir, wenn du willst, ohne Zusammenhang, nur, was mir noch einfällt.
– Schön.
– Also, die beiden sind im Büro, er und die andere, und reden, und dann hören sie zu reden auf, weil sie eine Tür knarren hören. Sie sehen sich um, aber niemand ist da, es ist dunkel im Büro, nur der eine Arbeitstisch ist beleuchtet mit diesem halb unheimlichen Licht von unten nach oben.

Und da hört man Tierschritte, wie wenn ein Tier ein Stück Papier mit den Füßen zerknautscht, nein, jetzt fällt es mir wieder ein, in einer dunklen Ecke steht ein Papierkorb, der Papierkorb fällt um und das Papier raschelt unter den Schritten. Die andere schreit auf und versteckt sich hinter ihm. Er ruft, wer ist da? wer?, und da hört man zum ersten Mal den Atem des Tiers, eine Art Brüllen zwischen den Zähnen, verstehst du? Er weiß nicht, womit er sich verteidigen soll, und packt eines von den großen Linealen. Und man merkt, daß er sich unbewußt oder wie immer an das erinnert, was Irene ihm erzählt hat, daß der Teufel und auch die Pantherfrau vor dem Kreuz erschrecken, und das Licht am Arbeitstisch wirft einen riesenhaften Schatten an die Wand, das ist er und die Kollegin, die sich an ihn klammert, und ein paar Meter weiter sieht man den Schatten eines langschwänzigen Raubtiers, und er mit dem Lineal sieht aus, als hätte er ein Kreuz in der Hand. Es sind nur die zwei Zeichenlineale, die er über Kreuz hält, aber da hört man ein fürchterliches Aufbrüllen und im Dunkeln die Schritte eines Tiers, das erschrocken flüchtet. Schön, ob das, was jetzt kommt, noch in derselben Nacht passiert, weiß ich nicht mehr, ich glaube aber schon. Die andere geht nach Hause, sie wohnt in einer Art Frauenhotel, einem Frauenklub mit einem großen Schwimmbecken im Tiefgeschoß. Die Architektin ist nach allem, was passiert ist, sehr nervös, und wie sie in der Nacht in ihr Hotel zurückgeht, in dem Männer keinen Zutritt haben, denkt sie, daß es ihre aufgewühlten Nerven am besten beruhigen wird, wenn sie ein Weilchen schwimmt. Es ist schon spät in der Nacht, im Schwimmbad ist kein Mensch. Unten ist ein Umkleideraum, dort hat sie ein Fach, wo sie ihre Kleider aufhängen kann, und da zieht sie den Badeanzug und den Bademantel an. Unterdessen geht die Eingangstür des Hotels auf, und Irene kommt herein. Sie fragt die Hausmeisterin nach der anderen, und die Hausmeisterin, die natürlich keine Ahnung hat, sagt, daß die andere eben ins Schwimmbad hinuntergegangen ist. Weil Irene eine Frau ist, darf sie ohne weiteres herein. Im Schwimmbad ist es noch dunkel, die Architektin kommt aus dem Umkleideraum und zündet das Licht an, die Lampen im Schwimmbad, die unter Wasser angebracht sind. Sie richtet sich gerade das Haar, um die Bademütze aufzusetzen, da hört sie Schritte. Sie fragt, leicht erschrocken, ob es die Hausmeisterin ist. Sie bekommt keine Antwort. Da entsetzt sie sich, wirft rasch den Bademantel ab und springt ins Wasser. Von der Mitte aus schaut sie an den Rändern des Beckens entlang, die im Dunkeln liegen, man hört das Gebrüll eines Raubtiers, das wie wahnsinnig auf und ab läuft, man sieht es fast nicht, es ist wie ein Schatten, der an den Rändern entlanghuscht. Das Gebrüll ist kaum zu hören, immer nur wie Gebrüll zwischen den Zähnen, und die grünen Augen des Panthers glühen, während er die andere im Schwimmbecken anschaut, die jetzt anfängt, wie verrückt zu schreien. Die Hausmeisterin kommt gerannt und zündet alle Lichter an, sie fragt, was los ist. Es ist doch niemand da, weshalb das Geschrei? Die andere ist wie beschämt, sie weiß nicht, wie sie ihre Angst erklären soll, stell dir vor, wie soll sie der Hausmeisterin erzählen, daß eine Pantherfrau hereingekommen ist? Also sagt sie, sie hätte geglaubt, daß jemand da ist, daß sich ein Tier versteckt gehalten hat. Und die Hausmeisterin sieht sie an, als wollte sie sagen, was redet die denn, die dumme Ziege, und sagt, daß doch nur eine Freundin gekommen ist, die sie besuchen wollte, und sie hätte die Schritte gehört, und darüber wäre sie erschrocken. Aber mit einemmal sehen sie, daß der Bademantel, der auf dem Boden liegt, total zerfetzt ist, und daneben sind Spuren von einem Tier, das ins Wasser getappt ist ... Hörst du mir zu?

– Ja, aber ich weiß nicht, heute nacht muß ich immer an etwas anderes denken.

– Woran?

– Ach, nichts, ich kann mich nur nicht konzentrieren.

– Na, komm schon, sei nicht so zugeknöpft.

– Ich denke an meine Kameradin.

— Wie heißt sie?
— Das tut nichts zur Sache. Schau, ich hab dir nie von ihr erzählt, aber ich denke immer an sie.
— Warum schreibt sie dir nicht?
— Was weißt du denn, ob sie mir schreibt oder nicht? Ich kann dir genauso gut erzählt haben, daß ich Briefe von jemand anderes bekommen habe, und in Wirklichkeit sind sie von ihr. Oder wühlst du in meinen Sachen, wenn ich auf dem Klo bin?
— Du bist verrückt. Es ist nur, weil du mir nie einen Brief von ihr gezeigt hast.
— Schön, weil ich mir vorgenommen habe, nie davon zu reden, aber vorhin, ich weiß auch nicht, hätte ich gern etwas mit dir besprochen ... als du anfingst zu erzählen, daß die Pantherfrau der Architektin nachgeht, da hatte ich Angst.
— Wovor Angst?
— Nicht um mich selber, sondern um meine Kameradin.
— Ah ...
— Ich bin verrückt, dir damit zu kommen.
— Warum? Rede, wenn dir danach ist.
— Als du angefangen hast, zu erzählen, wie der Panther dem Mädchen nachgeht, habe ich mir vorgestellt, daß meine Kameradin in Gefahr ist. Und ich fühle mich hier so machtlos. Ich kann ihr nicht sagen, daß sie auf sich aufpassen soll, daß sie sich nicht zu sehr in Gefahr begibt.
— Ich verstehe.
— Schön, du kannst dir denken, daß sie, wenn sie meine Genossin ist, auch selber im Kampf steht, obwohl ich dir das nicht sagen sollte, Molina.
— Mach dir keine Sorgen.
— Denn ich will dich nicht belasten mit Informationen, die du besser nicht kennst. Sie belasten nur, und du hast an dem deinen genug.
— Ich, weißt du, habe dasselbe Gefühl, hier drinnen, daß ich nichts machen kann; nur ist es in meinem Fall keine Frau, das heißt, kein Mädchen, sondern meine Mama.

— Deine Mutter lebt allein, ja? oder nicht?

— Schön, sie lebt mit einer Tante von mir zusammen, mit der Schwester meines Vaters. Aber sie ist krank. Sie hat zu hohen Blutdruck, und manchmal versagt das Herz.

— Aber mit sowas kann man lang leben, das kann sich jahrelang hinziehen, weißt du?

— Aber sie soll keine Aufregung haben, Valentin.

— Was kannst du machen?

— Ja, Schlimmeres als das, was ich ihr angetan habe, kann ich ihr nicht antun.

— Warum sagst du das?

— Stell dir doch vor, die Schande, einen Sohn zu haben, der sitzt. Und der Grund . . .

— Denk nicht darüber nach. Das Schlimmste ist doch vorüber, nicht? Jetzt muß sie sich eben abfinden, das ist alles.

— Aber ich fehle ihr. Wir waren sehr eng verbunden.

— Denk nicht mehr darüber nach. Oder wenn schon . . . dann tröste dich damit, daß sie nicht in Gefahr ist wie die Person, die ich liebe.

— Sie hat die Gefahr inwendig, ihr Feind sitzt in ihr, das schwache Herz.

— Sie wartet auf dich, sie weiß, daß du herauskommst, wenn die acht Jahre um sind, und dann die Hoffnung auf gute Führung und so weiter. Das gibt ihr die Kraft, auf dich zu warten. So mußt du denken.

— Ja, du hast recht.

— Denn anders wirst du verrückt.

— Erzähl mir noch was von deiner Freundin, wenn du willst . . .

— Was soll ich dir sagen? Mit der Architektin hat sie nichts gemeinsam, ich weiß nicht, warum ich sie mit ihr in Verbindung gebracht habe.

— Ist sie hübsch?

— Ja, natürlich.

— Sie hätte ja auch häßlich sein können. Warum lachst du, Valentin?

– Nichts, ich weiß nicht, warum ich lache.
– Was belustigt dich denn so?
– Ich weiß nicht ...
– Irgendwas muß es doch sein ... über etwas lachst du doch?
– Über dich und mich.
– Warum?
– Ich weiß nicht. Laß mich nachdenken, sonst kann ich es dir nicht erklären.
– Schön, aber hör auf zu lachen.
– Besser, ich sag's dir erst, wenn ich genau weiß, worüber ich lache.
– Soll ich den Film zu Ende erzählen?
– Ja, bitte.
– Wo waren wir?
– Wo sich das Mädchen ins Schwimmbecken gerettet hat ...
– Schön, wie war das noch? ... Ja, jetzt kommt die Szene zwischen der Pantherfrau und dem Psychoanalytiker.
– Entschuldige ... und werd bitte nicht böse.
– Was ist?
– Machen wir lieber morgen weiter, Molina.
– Es ist doch gleich zu Ende.
– Ich kann mich nicht konzentrieren auf das, was du erzählst, entschuldige.
– Hat er dich gelangweilt?
– Nein, das nicht. Mir brummt der Kopf. Ich möchte nicht mehr reden, vielleicht vergeht mir dann die Hysterie. Denn mein Lachen war einfach hysterisch, nichts anderes.
– Wie du willst.
– Ich möchte an meine Kameradin denken. Da ist etwas, was ich nicht verstehe, und ich möchte darüber nachdenken. Ich weiß nicht, ob es dir auch schon so gegangen ist, daß du das Gefühl hast, jetzt ist dir etwas schon beinahe klargeworden, du hast den Faden des Knäuels in der Hand, aber wenn du nicht gleich daran ziehst, ist er futsch.
– Schön, also bis morgen.

– Bis morgen.
– Morgen ist der Film dann zu Ende.
– Jammerschade.
– Findest du auch?
– Ja, ich möchte am liebsten, daß er noch weitergeht. Und das Schlimmste ist, daß er schlecht ausgeht, Molina.
– Hat er dir wirklich gefallen?
– Schön, die Zeit ist uns damit schneller vergangen, oder?
– Aber so richtig gefallen hat er dir nicht?
– Doch, und es ist schade, daß er aus ist.
– Simpel, ich kann dir doch einen anderen erzählen.
– Wirklich?
– Ja, ich erinnere mich an viele, und haarscharf.
– Also großartig! Du denkst jetzt an einen Film, der dir besonders gut gefallen hat, und ich denke an das, worüber ich nachdenken muß, einverstanden?
– Zieh an deinem Faden.
– In Ordnung.
– Aber wenn Sie das Knäuel verwirren, Schülerin Valentina, bekommen Sie eine Vier in Handarbeiten.
– Kümmere dich nicht um mich.
– Schon gut, ich misch mich nicht mehr ein.
– Und nenn mich nicht Valentina, ich bin keine Frau.
– Darüber ist mir nichts bekannt.
– Bedaure, Molina, aber Vorführungen mach ich nicht.
– Keine Sorge, ich werd sie nicht von dir verlangen.
– Bis morgen, schlaf gut.
– Bis morgen, gleichfalls.

....

....

– Ich höre.
– Schön, an diesen letzten Teil, das habe ich dir gestern schon gesagt, erinnere ich mich nicht mehr genau. Noch in derselben Nacht ruft der Architekt den Psychoanalytiker an, er soll ins Haus kommen, denn sie warten auf Irene, die nicht da ist.
– In welches Haus?

– In das des Architekten. Kurz darauf ruft ihn die Kollegin an, er soll in das Frauenhotel kommen und mit ihr zusammen zur Polizei gehen, weil inzwischen die Sache im Schwimmbad passiert ist. Also läßt der Architekt den Analytiker allein, nur für einen Augenblick, und – jetzt setz dich hin! – wie Irene nach Haus kommt, steht sie dem Psychoanalytiker gegenüber. Es ist Nacht, natürlich, die Wohnung ist nur mit einer Tischlampe beleuchtet. Der Psychoanalytiker, der gelesen hat, nimmt die Brille ab, sieht sie an. Irene fühlt wieder diese Mischung aus Verlangen und Widerwillen, denn er ist attraktiv, das habe ich dir schon gesagt, ein Sexytyp. Und jetzt passiert etwas Seltsames, sie wirft sich ihm in die Arme, weil sie so schutzlos ist, sie hat das Gefühl, daß niemand sie liebt, daß ihr Mann sie verlassen hat. Und der Psychoanalytiker legt es so aus, daß sie ihn sexuell begehrt, und obendrein denkt er, wenn er sie küßt und es ihm gelingt, sie sich unter den Nagel zu reißen, dann wird sie auch die komische Idee los, daß sie eine Pantherfrau ist. Und er küßt sie und sie drücken sich aneinander, sie umarmen und küssen sich. Bis sie . . . ihn aus halbgeschlossenen Augen ansieht, bevor sie ihm entschlüpft, und ihre grünen Augen wie vor Begierde und gleichzeitig vor Haß funkeln. Und dann löst sie sich von ihm und geht ans andere Ende des Zimmers, in dem die wunderschönen Möbel aus dem Ende des Jahrhunderts stehen. Alle Sessel sind mit Samt überzogen, auf dem Tisch liegen gehäkelte Deckchen. Aber sie geht nur deshalb in diese Ecke, weil das Licht aus der Stehlampe nicht bis dahin reicht. Und sie wirft sich auf den Boden, und der Psychoanalytiker will sich verteidigen, aber es ist schon zu spät, denn dort in der dunklen Ecke verschwimmt alles für einen Augenblick, und schon hat sie sich in ein Pantherweibchen verwandelt. Er erwischt gerade noch den Feuerhaken am Kamin und packt ihn, um sich zu wehren, aber da springt die Pantherfrau schon auf ihn, er will mit dem Feuerhaken zuschlagen, aber sie hat ihm schon mit der Pranke den Hals aufgerissen und der Mann stürzt zu

Boden, stoßweise quillt das Blut aus seiner Wunde, die Pantherfrau brüllt und zeigt die makellosen, schneeweißen Fangzähne, und diesmal schlägt sie ihm ihre Pranke ins Gesicht, um es zu zerstören, die Wange und den Mund, die sie eben noch geküßt hat. Unterdessen ist Irenes Mann bei der Architektin, und von der Hotelhalle aus rufen sie den Psychoanalytiker an, um ihn auf die Gefahr aufmerksam zu machen, denn nun hilft nichts mehr, es war doch nicht nur Irenes Einbildung, sie ist wirklich eine Pantherfrau.

– Nein, sie ist eine psychopathische Mörderin.

– Schön, aber das Telefon klingelt und klingelt und niemand hebt ab, der Psychoanalytiker liegt tot auf dem Boden, verblutet. Da gehen der Mann, seine Kollegin und die Polizei, die sie zuvor schon verständigt haben, zusammen ins Haus, langsam gehen sie die Treppe hinauf, die Tür oben ist offen und drinnen liegt der Tote. Irene ist nicht da.

– Und dann?

– Ihr Mann weiß, wo er sie finden kann, daß sie nur an einem einzigen Ort sein kann, und obwohl es schon über Mitternacht ist, fahren sie in den Park, genauer, in den Zoo. Ah, aber ich habe vergessen, dir zu erzählen . . .

– Was denn?

– Am Nachmittag war Irene wie alle anderen Nachmittage im Tiergarten, um diesen Panther zu sehen, von dem sie wie hypnotisiert ist. Und dort steht sie, als der Wärter mit den Schlüsseln kommt, um den Tieren ihr Fleisch zu bringen. Es ist derselbe alte vergeßliche Wärter wie am Anfang. Irene steht in einiger Entfernung, sieht aber alles. Der Wärter kommt mit den Schlüsseln, schiebt die Käfigtür auf, schiebt die Querstange zurück, öffnet die Tür und wirft ein großes Stück Fleisch hinein, dann schiebt er die Querstange wieder zurück, läßt aber den Schlüssel im Schloß stecken. Sobald er sie nicht mehr sehen kann, geht Irene an den Käfig und nimmt den Schlüssel an sich. Schön, das alles war am Nachmittag, aber jetzt ist es Nacht und der Psychoanalytiker ist schon tot, während Irenes

Mann und die andere und die Polizei zum Tiergarten fahren, der nur ein paar Häuserblocks weit entfernt ist. Aber Irene kommt vor ihnen am Käfig des Panthers an. Sie geht wie eine Schlafwandlerin, in der Hand hat sie den Schlüssel. Der Panther schläft, aber Irenes Geruch weckt ihn auf, Irene beobachtet ihn durch die Gitterstäbe. Langsam geht sie auf die Tür zu, steckt den Schlüssel hinein und schließt auf. Inzwischen kommen die anderen, man hört schon die Autos, die Sirenen, die den Weg durch den Verkehr bahnen, obwohl die Straßen um diese Zeit fast menschenleer sind.
Irene schiebt die Stange zurück und öffnet die Tür, sie gibt dem Panther den Weg frei. Sie ist wie verzückt, sie hat einen seltsamen Gesichtsausdruck, halb tragisch, halb lustvoll, ihre Augen sind feucht. Mit einem Satz springt der Panther aus dem Käfig, einen Augenblick lang sieht es aus, als würde er in der Luft schweben, vor ihm ist nur Irene. Allein mit seinem Schwung wirft er sie um. Die Autos kommen näher. Der Panther läuft durch den Park und überquert die Straße, gerade als eines der Polizeiautos in Höchstgeschwindigkeit heranrast. Das Auto überfährt ihn. Sie steigen aus und sehen den toten Panther. Der Architekt geht bis an den Käfig, und da entdeckt er Irene, die auf dem Kies liegt, genau an der Stelle, wo er sie das erste Mal getroffen hat. Ihr Gesicht ist von einem Prankenhieb zerfetzt, sie ist tot. Die Kollegin geht zu ihm hin und beide umarmen sich, weil sie das grausige Schauspiel, das sie gesehen haben, vergessen wollen – und Schluß.

– ...

– Hat er dir gefallen?

– Ja ...

– Gut oder nicht so gut?

– Schade, daß er aus ist.

– Wir haben uns ganz gut unterhalten, nicht?

– Ja, klar.

– Das freut mich.

– Ich bin einfach verrückt!

– Was ist los?
– Es tut mir leid, daß er aus ist!
– Na schön, ich erzähl dir einen anderen.
– Nein, das ist es nicht. Du wirst lachen, wenn ich es dir sage.
– Sag.
– Es tut mir leid, weil ich die Personen liebgewonnen habe. Und jetzt ist es, als wären sie tot.
– Am Ende hat auch der Valentin sein Herzchen ...
– Irgendwo muß sie ja raus ... die Schwäche, mein ich.
– Das ist doch keine Schwäche!
– Komisch, daß man sich immer mit irgendwas anfreunden muß ... Es ist, als ob ein Mensch immerzu Gefühle absondern müßte ...
– Glaubst du?
– ... wie der Magen Säfte absondert.
– Meinst du?
– Ja, wie ein schlecht geschlossener Wasserhahn. Und die Tropfen fallen auf x-Beliebiges, man kann sie nicht aufhalten.
– Warum?
– Was weiß ich? ... weil sie überschwappen.
– Und du willst nicht an deine Kameradin denken ...
– Und es ist, als ob man es nicht verhindern könnte ... Alles, was mich an sie erinnert, wird mir lieb.
– Erzähl mir noch ein bißchen, wie sie ist.
– Alles würde ich darum geben, wenn ich sie in die Arme nehmen könnte, und wär's nur für einen Augenblick.
– Der Tag wird kommen.
– Manchmal denke ich, daß er nicht mehr kommen wird.
– Du hast doch nicht lebenslänglich Zuchthaus.
– Aber ihr kann etwas passieren.
– Schreib ihr doch, sag ihr, sie soll vorsichtig sein, und daß du sie brauchst.
– Nie. Wenn du so denkst, wirst du nie die Welt verändern.
– Und du glaubst, du wirst die Welt verändern?

– Ja, du kannst ruhig darüber lachen . . . Es hört sich komisch an, aber was ich in erster Linie tun muß ist, die Welt verändern.

– Aber du kannst sie nicht mit einem Schlag verändern, und allein schon gar nicht.

– Ich bin aber nicht allein! das ist es ja! . . . Hörst du? . . . Das ist die Wahrheit, das ist das Wichtige! . . . Auch in diesem Augenblick bin ich nicht allein, ich bin bei ihr und allen anderen, die so denken wie sie und ich. Das ist es! . . . Und das darf ich nicht vergessen. Genau das ist der Anfang des Knäuels, den ich manchmal verliere . . . Aber jetzt habe ich ihn zum Glück und laß ihn nicht mehr los. Ich bin nicht von meinen Genossen getrennt, ich bin bei ihnen! Jetzt, in diesem Augenblick! . . . Es schadet nichts, daß ich sie nicht sehen kann.

– Wenn du dich damit abfinden kannst – phänomenal!

– Du bist wirklich ein Idiot!

– Was sind denn das für Ausdrücke!

– Dann bring mich nicht auf die Palme . . . Red nicht daher, als ob ich ein armer Irrer wäre, der sich mit einem beliebigen Quatsch selbst betrügt. Du weißt genau, daß es nicht so ist. Ich bin kein Maulheld, der in einer Bar politisiert, oder? Der beste Beweis dafür ist, daß ich hier bin, und nicht in der Bar.

– Verzeih . . .

– Schon gut . . .

– Du wolltest mir von deiner Kameradin erzählen, und hast nichts mehr erzählt.

– Nein, besser, wir vergessen das wieder.

– Wie du willst.

– Obwohl ich nicht wüßte, warum ich nicht darüber sprechen sollte. Es muß mir nicht wehtun, von ihr zu sprechen.

– Wenn es dir wehtut, dann nicht.

– Es muß mir nicht wehtun . . . Das einzige, was ich dir besser nicht sage, ist ihr Name.

– Eben fällt mir der Name der Schauspielerin ein, die die Architektin gespielt hat.
– Wie heißt sie?
– Jane Randolph.
– Nie gehört.
– Das liegt auch schon lange zurück, der Film ist aus den vierziger Jahren. Wir können deine Kameradin Jane Randolph nennen.
– Jane Randolph . . .
– Jane Randolph in . . . *Das Geheimnis der Zelle sieben.*
– Einer der Anfangsbuchstaben stimmt.
– Welcher?
– Was soll ich dir von ihr erzählen?
– Was du willst, was für ein Typ Mädchen sie ist.
– Sie ist vierundzwanzig, Molina. Zwei Jahre jünger als ich.
– Dreizehn jünger als ich.
– Revolutionär war sie schon immer. Zuerst hat sie es mit der . . . schön, von dir werde ich mich nicht zieren . . . mit der sexuellen Revolution gehabt.
– Erzähl, bitte.
– Sie kommt aus einer bürgerlichen Familie, keine reichen Leute, aber du weißt ja, zweistöckiges Haus in Caballito. Aber zu Hause ist sie schlicht versauert. Ihre ganze Kindheit und ihre Jugend hindurch hat sie mitangesehen, wie sich ihre Eltern gegenseitig kaputtmachen. Der Vater, der die Mutter getäuscht hat, du weißt schon, was ich meine . . .
– Nein, was meinst du?
– Er hat sie dadurch getäuscht, daß er ihr nicht gesagt hat, daß er andere Beziehungen braucht. Und die Mutter hatte nichts Besseres zu tun, als ihn vor der Tochter zu kritisieren, sie ist darin aufgegangen, das Opfer zu sein. Ich glaube nicht an die Ehe, oder genauer, an die Monogamie.
– Und dabei ist es so schön, wenn sich zwei das ganze Leben lang mögen.
– Hättest du das gern?

– Mein Traum.
– Und warum liebst du dann Männer?
– Was hat das damit zu tun? . . . Ich möchte fürs ganze Leben mit einem Mann zusammen sein.
– Also bist du im Grund ein Bourgeois?
– Eine Bourgeoise!
– Aber begreifst du denn nicht, daß das alles pure Täuschung ist? Wenn du eine Frau wärst, würdest du das nicht wollen.
– Ich bin verliebt in einen wunderbaren Mann, und ich habe keinen größeren Wunsch, als das ganze Leben an seiner Seite zu verbringen.
– Und weil das nicht möglich ist, denn wenn er ein Mann ist, wird er auch Frauen lieben, werden dir nie die Augen aufgehen.
– Erzähl mehr von deiner Kameradin, ich habe keine Lust, von mir zu sprechen.
– Also gut, wie ich dir sagte, hat . . . Wie hieß sie noch?
– Jane, Jane Randolph.
– Schön, erzogen, wie gesagt, wurde sie zur gutbürgerlichen Hausfrau: Klavierstunden, Französisch und Zeichnen, und nach der höheren Schule die Katholische Universität.
– Architektur! Deshalb hast du sie mit der anderen in Verbindung gebracht.
– Nein, Soziologie. Und damit fing zu Hause der Streit an. Sie wollte auf die Staatliche Universität, aber die Eltern haben sie in die Katholische Universität eingeschrieben. Dort lernte sie einen Studenten kennen, sie verliebten sich, hatten Beziehungen. Auch der Junge lebte bei seinen Eltern, aber später ist er von zu Hause weg und hat nachts als Telefonist gearbeitet. Er hat sich eine kleine Wohnung gemietet, und da haben sie dann den Tag verbracht.
– Und aufgehört zu studieren.
– In diesem Jahr haben sie anfangs weniger studiert, aber später hat sie unheimlich gearbeitet.

— Er aber nicht.
— Genau, weil er seinen Job hatte. Und ein Jahr später hat Jane ganz mit ihm zusammengelebt. Bei ihr zu Hause gab's zuerst Krach, aber dann haben sich die Eltern abgefunden. Da sie sich lieben, dachten sie, werden sie heiraten. Und der Junge wollte auch heiraten. Aber Jane wollte nicht die alten Muster wiederholen, sie war mißtrauisch.
— Abtreibungen?
— Ja, eine. Aber das hat sie eher bestärkt als deprimiert. Sie hat erkannt, daß sie, wenn sie ein Kind hat, selber nicht mehr reifen kann, daß sie keine Entwicklung mehr durchmachen kann. Ihre Freiheit wäre eingeschränkt. Sie hat angefangen, für eine Zeitschrift zu arbeiten, als Redakteurin oder genauer, als Informantin.
— Informantin?
— Ja.
— Was für ein häßliches Wort.
— Die Arbeit ist einfacher als die einer Redakteurin, alles in allem brauchst du nur auf die Straße zu gehen und Informationen zu sammeln, die nachher für Artikel verwendet werden. Und dort hat sie einen Jungen aus der politischen Abteilung kennengelernt. Sie hat sofort gespürt, daß sie ihn braucht, daß ihre Beziehung zu dem anderen Jungen festgefahren war.
— Warum festgefahren?
— Sie hatten sich alles gegeben, was sie konnten. Sie mochten sich sehr, aber sie waren zu jung, um dabei stehenzubleiben, sie wußten noch nicht ..., was sie eigentlich wollten, keiner von beiden. Da schlug ... Jane dem Jungen vor, die Beziehungen zu öffnen. Und er akzeptierte, und sie fing an, sich auch mit dem Kameraden aus der Redaktion zu treffen.
— Hat sie noch im Haus des Studenten geschlafen?
— Ja, und manchmal auch nicht. Bis sie schließlich ganz mit dem Redakteur zusammenlebte.
— Wie war der Redakteur politisch eingestellt?
— Links.

– Und er hat ihr alles eingetrichtert?

– Nein, sie hat schon immer gespürt, daß eine Veränderung notwendig ist. Schön, weißt du, wie spät es ist?

– Schon zwei Uhr früh.

– Morgen erzähl ich weiter, Molina.

– Du bist rachsüchtig.

– Nein, Dummkopf, ich bin müde.

– Ich nicht. Ich habe überhaupt keinen Schlaf.

– Bis morgen.

– Bis morgen.

....

....

– Schläfst du schon?

– Nein, ich hab dir gesagt, daß ich keinen Schlaf habe.

– Ich kann nicht einschlafen.

– Du hast doch gesagt, daß du müde bist?

– Ja, aber dann habe ich mir Gedanken gemacht, weil ich dich hab hängen lassen.

– Du hast mich hängen lassen?

– Ja, weil ich nicht weiter erzählt habe.

– Mach dir keine Gedanken.

– Fühlst du dich wohl?

– Ja.

– Und warum kannst du nicht schlafen?

– Ich weiß nicht, Valentin.

– Hör zu, ich bin müde und werde sofort einschlafen. Und ich weiß, wie du auch einschlafen kannst.

– Ja?

– Denk an den Film, den du mir das nächste Mal erzählen wirst.

– Phänomenal!

– Aber er muß gut sein, Molina. Wie die Pantherfrau. Wähl gut aus!

– Und du erzählst mir mehr über Jane.

– Nein, das weiß ich noch nicht ... Machen wir's so: wenn ich das Gefühl habe, daß ich dir was erzählen kann, dann werd ich es dir gerne erzählen. Aber dräng mich nicht, ich will selber davon anfangen. Einverstanden?

– Einverstanden.

– Schön.

– Tschau.

– Tschau.

– Wir sind also in Paris, und schon seit ein paar Monaten ist die Stadt von den Deutschen besetzt. Die Nazitruppen marschieren durch den Arc de Triomphe, genau in der Mitte. Überall, an den Tuilerien und solchen Gebäuden, flattert die Hakenkreuzfahne. Die Soldaten ziehen vorüber, alle blond und sehr hübsch, und die französischen Mädchen winken ihnen zu. Und da ist ein kleiner Trupp, nur ein paar Soldaten, die gehen durch eine der typischen kleinen Straßen und dann in eine Metzgerei. Der Metzger ist ein Alter mit krummer Nase und Spitzkopf, und auf seinem Spitzschädel trägt er ein Käppchen.
– Wie ein Rabbiner.
– Mit dem Gesicht eines Bösewichts. Er bekommt wahnsinnig Angst, wie er sieht, daß die Soldaten hereinkommen und anfangen, alles zu durchsuchen.
– Was durchsuchen sie?
– Alles, und dabei finden sie ein Kellerversteck voll gehamsterter Waren, natürlich alle vom Schwarzen Markt. Und vor dem Geschäft läuft die Menge zusammen, vor allem Hausfrauen, aber auch Franzosen mit Baskenmützen, die wie Arbeiter aussehen, und kommentieren die Verhaftung des alten Gauners und sagen, bald wird es in Europa keinen Hunger mehr geben, weil die Deutschen mit den Blutsaugern aufräumen. Und als die Nazisoldaten herauskommen, umarmt eine kleine Alte das Milchgesicht, das die Truppe führt, einen jungen Leutnant, der ein gutes, anständiges Gesicht hat, und sagt, danke mein Sohn oder sowas. Und während sich das alles abspielt, kommt ein kleiner Lastwagen die Straße herunter. Sobald der auf dem Beifahrersitz die Soldaten und den Menschenauflauf sieht, sagt er zum Fahrer, er soll halten. Der Fahrer hat ein unheimliches Mördergesicht mit Schielaugen, halb ein Idiotengesicht, halb eine Verbrechervisage. Und der andere, dem man gleich anmerkt, daß er die Befehle erteilt,

schaut nach hinten und breitet eine Segeltuchdecke über das, was sie geladen haben, nämlich Lebensmittel zum Verschieben. Und dann fahren sie rückwärts und hauen ab, bis der, der die Befehle erteilt, aus dem Wagen aussteigt und in ein typisches Pariser Bistro geht. Er ist ein Hinkebein, an einem seiner Schuhe hat er eine sehr hohe Plattform, die mit Silbernägeln ganz merkwürdig beschlagen ist. Telefonisch gibt er irgend jemand Bescheid, daß der Schieber verhaftet worden ist, und ehe er den Hörer auflegt, sagt er als Gruß »Es lebe das Maquis«, denn alle die gehören dem Maquis an.

— Und wo hast du den Film gesehen?

— Hier, in Buenos Aires, in einem Kino in Belgrano.

— Hat es hier früher auch schon Nazi-Filme gegeben?

— Ja, ich war noch klein, aber während der Kriegsjahre wurden hier Propaganda-Filme gespielt. Ich hab sie aber erst danach gesehen, denn diese Filme wurden auch später noch gespielt.

— In welchem Kino?

— In einem ganz kleinen, im deutschen Teil von Belgrano, wo nur große Villen mit Gärten stehen, der Teil, der sich nicht zum Fluß hin erstreckt, sondern nach der anderen Seite, nach Villa Urquiza, weißt du? Vor ein paar Jahren ist es abgerissen worden. Mein Haus steht nicht weit davon, aber im populäreren Teil von Belgrano.

— Mach weiter mit dem Film.

— Schön, plötzlich sieht man ein unwahrscheinlich luxuriöses Pariser Theater, alles mit dunklem Samt ausgeschlagen, die Ränge mit Chromstangen, auch die Stiegen und Geländer verchromt. Eine Music Hall. Und zuerst kommt eine Nummer nur mit Choristinnen, alle himmlisch gewachsen, und ich werde das nie vergessen, denn auf der einen Seite sind sie schwarz angestrichen, und beim Tanzen fassen sie sich an der Taille und sehen vor der Kamera wie Negerinnen aus, mit Röckchen nur aus Bananen, sonst nichts, und jedesmal, wenn die Tschinellen schlagen, drehen sie sich um und sind alle blond, und statt der

Bananen haben sie nur ein paar Strass-Bänder an, sonst nichts, ein paar Arabesken aus Strass.
— Was ist Strass?
— Das weißt du nicht? Das nehme ich dir nicht ab.
— Ich weiß es wirklich nicht.
— Jetzt ist er wieder in Mode, er sieht aus wie Brillanten, ist aber wertlos, kleine Glasstückchen, die glitzern, und daraus werden Träger gemacht und jede Art falscher Schmuck.
— Verlier keine Zeit, erzähl den Film.
— Und nach dieser Nummer wird die Bühne vollkommen dunkel, bis oben ein Licht aufschimmert, wie ein Nebelstreif, und es erscheint eine göttliche Frauengestalt, groß, makellos, zuerst noch ganz verschwommen, erst nach und nach deutlicher, weil sie durch mehrere Tüllvorhänge geht, wenn sie nach vorne kommt, und so kann man sie immer besser sehen in ihrem Kleid aus Silberlamé, in dem sich ihre Formen abzeichnen wie in einem Futteral. Die himmlischste Frau, die du dir vorstellen kannst. Und dann singt sie ein Lied, zuerst auf Französisch, dann auf Deutsch. Und sie steht oben auf der Bühne, und plötzlich flammt unter ihren Füßen ein Lichtstreifen auf wie ein Blitz, sie geht ein paar Schritte nach unten, und bei jedem Schritt, zack! ein neuer Lichtstreifen, und zum Schluß laufen alle diese Lichtstreifen über die Bühne, in Wirklichkeit ist jede Linie der Rand einer Stufe, und dadurch ist, ohne daß du es merkst, eine ganze Treppe aus Licht entstanden. Und im ersten Rang sitzt ein junger deutscher Offizier, nicht ganz so jung wie der Leutnant am Anfang, aber auch er sieht gut aus.
— Blond.
— Ja, und sie ist dunkel, die Haut schneeweiß, aber das Haar tiefschwarz.
— Und wie ist sie gebaut? Mager oder gepolstert?
— Nein, sie ist groß, aber mit vollen Formen, wenn auch nicht vollbusig, denn damals war die schmale Silhouette modern. Und als sie grüßt, begegnet ihr Blick dem des

deutschen Offiziers. Und wie sie in ihr Ankleidezimmer geht, steht dort ein herrlicher Blumenstrauß, ohne Karte. Und jetzt klopft eine der blonden Choristinnen an ihre Tür, eine richtige Französin. Schön, aber ich hab dir noch nichts von dem sonderbaren Lied gesagt, das sie gesungen hat. Sooft ich an dieses Lied denke, wird mir unheimlich, denn während sie singt, starrt sie die ganze Zeit ins Leere, aber glaub ja nicht, daß ihr Blick dabei glücklich ist. Sie ist wie verstört, aber sie tut auch nichts dagegen, sie ist wie hingegeben an das, was mit ihr geschehen wird.

– Und was singt sie?

– Keine Ahnung, sicher ein Liebeslied. Aber mir ist es unter die Haut gegangen. Schön, eine von den blonden Choristinnen kommt ganz verklärt in das Ankleidezimmer, um ihr zu erzählen, was geschehen ist, sie möchte, daß sie, die von ihr am meisten bewunderte Künstlerin, als erste erfährt, was mit ihr passiert ist. Sie erwartet nämlich ein Kind. Und die Liedersängerin, Leni heißt sie, das werde ich nie vergessen, erschrickt, weil sie weiß, daß das Mädchen nicht verheiratet ist. Aber die andere sagt, sie soll sich keine Sorgen machen, denn der Vater des Babys ist ein deutscher Offizier, der sie sehr liebt, und sie werden alles in Ordnung bringen und heiraten. Aber dabei huschen Schatten über ihr Gesicht, und sie sagt zu Leni, daß sie vor etwas anderem Angst hat. Leni fragt sie, ob sie Angst hat, daß der deutsche Offizier sie im Stich lassen wird. Das Mädchen sagt, nein, sie hat vor etwas anderem Angst, Leni fragt sie, wovor, aber das Mädchen sagt, ach, nichts, Dummheiten, und geht weg. Leni ist jetzt allein und denkt darüber nach, ob sie einen Mann heiraten könnte, der ihr Vaterland überfallen hat, und da sitzt sie und denkt, ... und dabei sieht sie die Blumen, die sie bekommen hat, und fragt ihre persönliche Garderobenfrau, was das für Blumen sind, und es stellt sich heraus, daß sie aus den deutschen Alpen kommen und extra nach Paris gebracht worden sind, wahnsinnig teure Blumen. Unterdessen geht die blonde Choristin durch die Straßen von Paris, nächtliche und wie eben in Kriegszeiten düstere Straßen, aber dann schaut sie hoch und sieht, daß im oberen Stock eines alten Wohnhauses noch Licht brennt, und da lächelt sie selig. Sie schaut auf eine kleine alte Uhr, die sie als Anstecknadel auf der Brust trägt, und sieht, daß es genau Mitternacht ist. Dann geht dort, wo es hell ist, ein Fenster auf, und heraus schaut der junge Bursche vom Anfang, der deutsche Offizier, und lächelt sterblich verliebt zu ihr hinunter und wirft ihr den Schlüssel zu, der mitten auf die Straße fällt. Und sie geht hin, um den Schlüssel aufzuheben. Aber gleich am Anfang hat man gesehen, daß irgendwas wie ein Schatten über die Straße streicht. Nein, anders, man hat gesehen, daß in der Nähe ein Auto parkt, aber in der Finsternis kann man nicht erkennen, ob jemand drin sitzt. Nein! jetzt weiß ich es wieder! während das Mädchen durch das Viertel geht, hat sie den Eindruck, daß jemand ihr folgt, und man hört auch einen sonderbaren Schritt, ein Tritt zuerst, und dann schleift etwas nach.

— Das Hinkebein.

— Und danach kommt das Hinkebein auch zum Vorschein, denn er sieht ein Coupé anfahren, und am Steuer sitzt der Schieläugige mit dem Mördergesicht. Das Hinkebein steigt ein und gibt dem Mörder ein Zeichen. Das Auto fährt mit Karacho an. Und wie das Mädchen mitten auf der Straße steht und sich bückt, um den Schlüssel aufzuheben, prescht das Auto mit voller Wucht auf sie zu und fährt sie um. Danach hauen sie ab und verlieren sich in den dunklen Straßen, in denen kein Verkehr mehr ist. Der junge Leutnant, der alles gesehen hat, rennt verzweifelt herunter. Das Mädchen liegt schon im Sterben, er nimmt sie in die Arme, sie will ihm etwas sagen, aber er kann sie kaum verstehen, sie sagt zu ihm, er soll keine Angst haben, ihr Kind wird gesund auf die Welt kommen und wird der Stolz seines Vaters sein. Ihre Augen sind noch immer offen, aber blicklos, sie ist tot. Gefällt dir der Film?

— Ich weiß noch nicht. Erzähl bitte weiter.

— Schön, dann kommt, wie Leni am nächsten Morgen

aufgefordert wird, vor der deutschen Polizei alles auszusagen, was sie weiß, denn die von der Polizei wissen, daß Leni die beste Freundin des toten Mädchens war. Aber Leni weiß nichts, nur daß das Mädchen in einen deutschen Leutnant verliebt war, sonst nichts. Aber sie glauben ihr nicht und nehmen sie für ein paar Stunden fest, aber da sie eine bekannte Liedersängerin ist, ruft jemand an und befiehlt, daß sie unter Bewachung freigelassen wird, damit sie wie jeden Abend auftreten kann. Leni ist erschrocken, aber am Abend singt sie, und als sie in ihr Ankleidezimmer geht, steht da ein neuer Strauß Alpenblumen, und sie sucht nach einer Karte, aber eine Männerstimme sagt, sie braucht nicht zu suchen, heute hat er selber die Blumen gebracht. Sie dreht sich erschrocken um. Es ist ein ziemlich hoher Offizier, aber noch jung und so schön, wie man ihn sich schöner nicht wünschen kann. Sie fragt ihn, wer er ist, aber sie weiß natürlich schon, daß es derselbe ist, der am Abend vorher im ersten Rang so lang applaudiert hat. Er sagt ihr, daß er die deutsche Spionageabwehr in Paris leitet, und daß er gekommen ist, um sich persönlich für die Unannehmlichkeiten zu entschuldigen, die sie am Morgen gehabt hat. Sie fragt ihn, ob diese Blumen aus seiner Heimat sind, und er sagt, sie sind aus Oberbayern, wo er zur Welt gekommen ist, an einem wunderbaren See zwischen hohen Bergen mit verschneiten Gipfeln. Aber ich habe vergessen, dir zu sagen, daß er nicht in Uniform gekommen ist, sondern im Smoking und daß er sie einlädt, nach der Vorstellung mit ihm auszugehen, in ein kleines, wahnsinnig berühmtes Pariser Kabarett. Dort spielt eine Negerband, und es ist so dunkel, daß man die Leute fast nicht erkennt, aus einem Scheinwerfer fällt ein dünner Lichtstrahl auf das Orchester, und daran sieht man, daß die Luft voll Rauch ist. Sie spielen frühen Jazz, aber richtige Negermusik, er fragt, warum sie einen deutschen Vornamen hat, Leni, und einen französischen Nachnamen, an den ich mich nicht mehr erinnere. Und sie sagt, daß sie aus dem Elsaß stammt, aus einem Ort an der Grenze, wo früher manchmal die deutsche Fahne flatterte. Aber sie sagt ihm auch, daß sie in der Liebe zu Frankreich erzogen worden ist, daß sie ihrem Land das Beste wünscht und nicht weiß, ob die ausländische Besatzung ihm dazu verhelfen wird. Er sagt, daß sie daran nicht im mindesten zweifeln darf, es wäre ja die Pflicht Deutschlands, Europa von den wahren Feinden des Volkes zu befreien, die sich manchmal auch unter der Maske der Vaterlandsliebe verstecken. Er bestellt für sich einen deutschen Schnaps, und in diesem Augenblick will Leni ihn offensichtlich ärgern, denn sie verlangt schottischen Whisky. Im Grund akzeptiert sie ihn nicht. Sie taucht nur die Lippen in den Whisky, dann sagt sie, daß sie müde ist, und er fährt sie in einer unwahrscheinlichen Limousine mit Chauffeur nach Hause. Vor ihrem Haus, einem wunderschönen kleinen Stadthaus, läßt er halten, und sie fragt ihn ironisch, ob er das private Verhör am nächsten Tag fortsetzen will. Er sagt, daß davon gar keine Rede war und auch nie sein wird. Sie steigt aus, er küßt ihr die behandschuhte Hand. Sie ist ganz Würde, kalt wie ein Eiszapfen. Er fragt, ob sie allein lebt und ob sie nicht Angst hat. Sie antwortet, daß hinten im Garten ein altes Ehepaar wohnt, das auch das Haus besorgt. Aber wie sie sich umdreht, um ins Haus zu gehen, sieht sie im Fenster des oberen Stockwerks einen Schatten, der sofort wieder verschwindet. Sie erschrickt, und es fällt ihr nichts Besseres ein, als ihm, der nichts bemerkt hat, weil er ganz weg ist von ihrer Schönheit, zu sagen, daß sie in dieser Nacht Angst hat, allein zu sein, und er möchte sie doch von hier fortbringen. Und so fahren sie in seine Wohnung, eine unwahrscheinlich luxuriöse, aber ganz kuriose Wohnung, die Wände sehr hoch und vollkommen weiß, ohne Bilder, die wenigen Möbel ganz dunkel und fast wie Kisten, von feinster Arbeit, das sieht man, aber so gut wie ohne Verzierung, weiße Tüllvorhänge und dazu ein paar weiße, sehr moderne Marmorstatuen – keine griechischen – von traumhaften Männergestalten. Er läßt von seinem Butler, der sie irgendwie komisch ansieht, das

Gästezimmer herrichten. Aber zuvor fragt er sie, ob sie nicht ein Glas Champagner trinken möchte, vom besten in ihrem Frankreich, der wie das Blut ihres Volkes aus dem Boden sprudelt. Und dazu spielt eine herrliche Musik, und sie sagt, das einzige, was sie an seinem Land liebt, ist diese Musik. Ein leichtes Lüftchen weht durch ein Fenster, ein sehr hohes Fenster, die weißen Tüllvorhänge bewegen sich gespenstisch im Wind, und die Kerzen gehen aus, die einzige Beleuchtung. Nur noch der Mond scheint herein und beleuchtet sie, Leni, die in ihrem enganliegenden Kleid jetzt auch wie eine Statue aussieht, wie eine griechische Amphore, nur mit schmaleren Hüften natürlich, und ein weißes Tuch, das ihr fast bis auf die Füße reicht, hat sie sich um den Kopf geschlungen, aber so, daß ihr Haar nicht plattgedrückt, sondern nur eingerahmt wird. Und er sagt ihr, daß sie ein wundervolles Wesen von überirdischer Schönheit ist und daß ihr sicher ein großes, edles Schicksal bevorsteht. Unter seinen Worten erschauert sie halb, eine Vorahnung überkommt sie, sie hat geradezu die Gewißheit, daß in ihrem Leben große Dinge geschehen werden und der Ausgang mit Sicherheit tragisch sein wird. Ihre Hand zittert, das Glas fällt zu Boden, das Kristall zerspringt in tausend Stücke. Sie ist wie eine Göttin und gleichzeitig eine sehr zerbrechliche Frau, die vor Angst zittert. Er nimmt ihre Hand und fragt, ob ihr kalt ist. Sie antwortet, nein. Und jetzt rauscht die Musik auf, die Geigen klingen feierlich, und sie fragt, was diese Melodie bedeutet. Er sagt, das wäre seine Lieblingsmusik, diese wogenden Bewegungen der Geigen sind das Wasser eines deutschen Flusses, auf diesem Fluß fährt ein Menschengott, der zwar ein Mensch ist, dem aber seine Vaterlandsliebe alle Furcht nimmt, das ist sein Geheimnis, der Drang, für sein Vaterland zu kämpfen, macht ihn unverwundbar wie einen Gott, weil er keine Furcht kennt. Die Musik wird so ergreifend, daß sich seine Augen mit Tränen füllen, und das ist das Schönste an der ganzen Szene, denn wie sie sieht, daß er so bewegt ist, versteht sie, daß auch er Gefühle hat wie ein Mensch, obwohl er unbesiegbar erscheint wie ein Gott. Er versucht, seine Ergriffenheit zu verbergen, und geht ans Fenster. Der Vollmond scheint auf Paris herab, der Garten um das Haus glänzt wie Silber, die Bäume heben sich schwarz gegen den Himmel ab, der grau ist, nicht blau, weil der Film ein Schwarz-Weiß-Film ist. Jasminbüsche stehen rings um einen weißen Brunnen, auch die Blüten sehen silbrig aus, und dann zeigt die Kamera das Gesicht von Leni in Großaufnahme, in herrlichen, perfekt abschattierten Grautönen, und aus ihrem Auge rollt eine Träne. Während die Träne hervorquillt, glänzt sie nicht sehr, aber wie sie über die hohe Wange rinnt, funkelt sie wie die Diamanten in ihrer Halskette. Und dann schwenkt die Kamera wieder auf den silbernen Garten, und du sitzt im Kino und hast die Vorstellung, du bist ein Vogel, der immer höher fliegt, weil man von oben sieht, wie der Garten immer kleiner wird, und der weiße Brunnen sieht nur mehr aus wie ... Zuckergebäck, auch die hohen Fenster, ein weißer Palast, ganz aus Zuckergebäck, wie in den Feenmärchen, wo man die Häuser aufessen kann, und schade ist nur, daß man die beiden nicht mehr sieht, sie würden wie Miniaturen aussehen. Gefällt dir der Film?

– Ich weiß noch nicht. Weshalb gefällt er dir so gut? Du bist ganz verzückt.

– Wenn ich wählen könnte, welchen Film ich wiedersehen möchte, dann wär's dieser.

– Und warum? Merkst du denn nicht, was das für ein nazistischer Scheißdreck ist?

– Hör zu ... Aber besser, ich halt den Mund.

– Du sollst nicht den Mund halten, Molina, los, sag.

– Schluß, ich will jetzt schlafen.

– Was ist los mit dir?

– Ein Glück, daß kein Licht brennt und ich dein Gesicht nicht zu sehen brauche.

– War es das, was du mir sagen wolltest?

– Nein, sondern daß du der Scheißdreck bist und nicht der Film. Und jetzt laß mich in Ruhe.

– Entschuldige.
– ...
– Entschuldige, bitte. Ich habe nicht gedacht, daß dich das so kränken würde.
– Was mich kränkt ist, daß du ... daß du glaubst, ich merke nicht, daß es ein Propagandafilm der Na ... der Nazis ist, mir gefällt er eben, weil er gut gemacht ist, denn davon abgesehen ist er ein Kunstwerk, das kannst du nicht wissen, weil ... weil du ihn nicht gesehen hast.
– Aber du bist doch verrückt, deswegen zu weinen.
– Ich ... ich werde ... weinen, solange ich Lust habe.
– Wie du willst, es tut mir leid.
– Und glaub bloß nicht, daß ich deinetwegen weine. Ich hab nur wieder an ... an ihn denken müssen und wie schön es wäre, bei ihm zu sein und mit ihm über alles ... all das zu sprechen, was ich so gern mag, statt mit dir. Den ganzen Tag hab ich heute an ihn gedacht. Heute vor drei Jahren hab ich ihn kennengelernt. Deshalb ... weine ich ...
– Nochmal, Molina, ich wollte dich nicht kränken. Warum erzählst du mir nicht ein bißchen von deinem Freund? Es würde dir guttun, dich auszusprechen.
– Wozu? Damit du auch von ihm sagst, daß er ein Scheißdreck ist?
– Komm schon, erzähl. Was ist er denn?
– Er arbeitet als Kellner in einem Restaurant.
– Ist er ein guter Mensch?
– Ja, aber er hat auch seine Eigenheiten, glaub ja nicht.
– Warum magst du ihn so?
– Wegen vielem.
– Zum Beispiel?
– Wenn ich aufrichtig sein soll, vor allem, weil er schön ist. Und dann auch, weil ich ihn für sehr intelligent halte, nur, das Leben hat ihm nie eine Chance gegeben, bloß deshalb macht er diese Scheißarbeit, während er in Wirklichkeit Besseres verdient hätte. Und ich würde ihm so gerne helfen.

— Will er denn, daß du ihm hilfst?
— Was meinst du damit?
— Ob er sich helfen läßt oder nicht.
— Du bist der reinste Hexer. Warum hast du das gefragt?
— Ich weiß nicht.
— Du hast den Finger auf die Wunde gelegt.
— Er will nicht, daß du ihm hilfst?
— Er wollte es nicht, früher. Wie es jetzt ist, weiß ich nicht, weiß der Himmel, wie es ihm geht.
— Ist er der Freund, von dem du neulich erzählt hast, daß er dich besucht hat?
— Nein, der, der kam, ist eine Freundin, ein Mann wie ich. Denn der andere, der Kellner, hat Dienst, wenn hier Besuchszeit ist.
— Hat er dich nie besucht?
— Nein.
— Der arme Kerl muß arbeiten.
— Hör zu, Valentin, glaubst du nicht, daß er mal mit einem seiner Kollegen die Schicht hätte wechseln können?
— Er wird nicht dürfen.
— Wenn's darum geht, euch gegenseitig herauszureden, da seid ihr stark.
— Wer ihr?
— Ihr, die Männer, Bande von ...
— Von?
— Von Hurensöhnen, mit Verlaub deiner Mama, die nichts dazu kann.
— Hör mal, du bist ein Mann wie ich, mach keine Witze ... Und geh jetzt nicht auf Distanz.
— Möchtest du, daß ich dir nähertrete?
— Weder daß du dich distanzierst noch daß du mir nähertrittst.
— Hör zu, Valentin, ich erinnere mich genau, daß er einmal mit einem Kollegen die Schicht gewechselt hat, damit er seine Frau ins Theater führen konnte.
— Ist er verheiratet?
— Ja, er ist ein normaler Mann. Ich war derjenige, der die

Sache angefangen hat, ihn trifft keine Schuld. Ich hab ihn in mein Leben hereingezogen, aber ich wollte ihm doch so gerne helfen.

– Wie hat es denn angefangen?

– Eines Tages bin ich in das Restaurant gegangen, da hab ich ihn gesehen. Und war einfach hin. Aber das ist eine lange Geschichte, ein andermal erzähl ich sie dir, oder besser nicht, lieber erzähl ich dir gar nichts, wer weiß, was du mir sonst wieder an den Kopf wirfst.

– Moment mal, Molina, du bist im Irrtum, wenn du glaubst, ich frage dich nur aus, weil ich . . . wie soll ich dir das erklären?

– Weil du neugierig bist, das wird es sein.

– Das stimmt nicht. Ich glaube, daß ich mehr über dich wissen muß, wenn ich dich verstehen soll. Wir sind nun mal in derselben Zelle, da ist es besser, wenn wir uns verstehen, und von Leuten mit deinen Neigungen weiß ich so gut wie nichts.*

* Nach Ansicht des englischen Forschers D. J. West gibt es drei Haupttheorien über den Ursprung der Homosexualität, und er widerlegt alle drei. Die erste Theorie versucht den Nachweis zu erbringen, daß anomales Sexualverhalten auf einer ungleichgewichtigen Verteilung der im Blut beider Geschlechter vorhandenen männlichen und weiblichen Hormone beruht. Die Ergebnisse entsprechender, an Homosexuellen durchgeführter Tests haben diese Theorie jedoch nicht bestätigt, das heißt, eine mangelhafte Hormonverteilung bei Homosexuellen konnte nicht festgestellt werden. In seiner Studie über »Die endokrinologischen Aspekte der Homosexualität« hat Dr. Swyer dargelegt, daß Messungen des Hormonspiegels bei Homosexuellen und Heterosexuellen keine Unterschiede ergeben hätten. Außerdem müßte Homosexualität, wenn sie hormonalen Ursprungs wäre, durch Injektionen, die das endokrine Gleichgewicht wiederherstellen, heilbar sein. Das ist aber nicht der Fall. In seinem Aufsatz »Testosteron bei psychotischen männlichen Homosexuellen« erklärt der Forscher Barahal, daß die Behandlung Homosexueller mit männlichen Hormonen lediglich zu einem erhöhten Bedürfnis nach sexueller Betätigung der gewohnten Art geführt habe. Und über eine analoge experimentelle Behandlung von Frauen schreibt Dr. Foss in »Der Einfluß von Androgenen auf die Sexualität der Frau«, daß in großen Mengen verabreichte männliche Hormone bei Frauen zwar eine beachtli-

– Dann erzähl ich dir, wie es war, aber rasch, damit du dich nicht langweilst.
– Wie heißt er?
– Nein, den Namen nicht, der gehört nur mir.
– Wie du willst.
– Er ist das einzige, was ich hier von ihm habe, er liegt mir auf der Zunge, aber ich laß ihn nicht heraus.
– Kennst du ihn schon lange?
– Heute, am 12. September, sind es drei Jahre. Da bin ich in das Lokal gegangen. Aber mir wird, ich weiß nicht wie, wenn ich dir davon erzähle.
– Das macht nichts. Wenn du irgendwann darüber reden willst, dann tu es, wenn nicht, dann nicht.
– Irgendwie schäme ich mich.
– Schön . . . das ist immer so, glaube ich, wenn ein Gefühl tief geht.

che Vermännlichung bewirken, aber nur in physischer Hinsicht: tiefere Stimme, Bartwuchs, Rückbildung der Brust, Anschwellen der Klitoris etc. Das Bedürfnis nach sexueller Betätigung nimmt zwar zu, bleibt aber normal weiblich, d. h. der Mann bleibt Gegenstand des Verlangens, sofern es sich nicht um Frauen mit schon vorhandener lesbischer Neigung handelt. Andererseits bewirkt eine intensive Behandlung mit weiblichen Hormonen beim heterosexuellen Mann keine homosexuellen Neigungen, sondern führt nur zu einer Verringerung sexueller Energie. Die Behandlung von Frauen mit männlichen Hormonen und von Männern mit weiblichen Hormonen hat demzufolge ergeben, daß ein Zusammenhang zwischen dem Prozentsatz männlicher und weiblicher Hormone im Blut und dem jeweiligen Sexualverhalten nicht besteht. Man kann also behaupten, daß zwischen der Wahl des Sexualobjekts und der endokrinen Tätigkeit, d. h. der Hormonausscheidung des Liebenden, keine nachweisbare Verbindung besteht.
Die zweite bedeutende Theorie über physische Ursachen der Homosexualität ist nach Ansicht von D. J. West die der Intersexualität. Da eine hormonale Anomalie bei Homosexuellen nicht nachgewiesen werden konnte, versuchte man anderen physischen Determinanten auf die Spur zu kommen, irgendeiner noch unbekannten Anomalie. Damals machten sich einige Forscher an die Aufgabe, die Homosexualität als eine Form der Intersexualität zu erklären. Als Intersexuelle oder Hermaphroditen werden Personen bezeichnet, die physisch keinem der beiden Geschlech-

– Ich war mit zwei jungen Freundinnen zusammen, zwei Linken, die unausstehlich waren, aber liebe Schätzchen, und hell.

– Zwei Mädchen?

– Nein, wenn ich Linke sage, meine ich Strichjungen. Und eine von beiden hat den Kellner – ihn – mordsmäßig belästigt. Am Anfang hab ich nur gesehen, daß er ein gutaussehender Junge ist, nicht mehr. Aber als die kleine Linke frech wurde, hat ihr dieser Mann, ohne sich aus der Ruhe bringen zu lassen, genau die Antwort gegeben, die sie verdient hat. Ich hab nur so gestaunt. Denn die armen Kerle, die Kellner, haben doch immer den Komplex, daß sie nur Dienstbolzen sind, und deshalb fällt es ihnen schwer, einer Grobheit so zu begegnen, daß sie nicht wie beleidigte Diener wirken, verstehst du? Schön, bei diesem Typ, nicht die Spur, er hat ihr erklärt, warum das Essen

ter voll zugehören. Die Geschlechtszugehörigkeit eines Individuums wird im Augenblick der Zeugung festgelegt und hängt von der genetischen Varietät des befruchtenden Spermatozoids ab. Die physischen Ursachen der Intersexualität sind noch wenig erforscht. Diese entwickelt sich gewöhnlich aus einer während des Fötalzustands auftretenden endokrinen Störung. Die Grade der Intersexualität können höchst unterschiedlich sein. In manchen Fällen stehen die inneren Sexualdrüsen (Ovarien oder Testikel) im Widerspruch zu dem äußeren physischen Aspekt; in anderen Fällen sind die inneren Geschlechtsdrüsen ein Gemisch aus Testikeln und Ovarien; bei wieder anderen können die äußeren Genitalien alle Übergangsphasen zwischen dem männlichen und dem weiblichen Genitale aufweisen, bis hin zu dem gleichzeitigen Vorhandensein von Penis und Uterus. In »Studien über die genetische Bestimmung der Homosexualität« vertritt T. Lang die Ansicht, daß männliche Homosexuelle genetisch Frauen sind, deren Körper eine komplette sexuelle Inversion zur Männlichkeit durchgemacht hätten. Zur Stützung seiner Hypothese führte er Umfragen durch und kam zu dem Ergebnis, daß Homosexuelle in Familien mit einem Überschuß an Brüdern und einem Defizit an Schwestern vorkämen; Homosexuelle seien demzufolge eine Art Zwischenprodukt, ein nicht geglückter Ausgleich. So interessant das Ergebnis an sich ist, so krankt die von Lang formulierte These doch daran, daß sie die physisch normalen Charakteristika der großen Mehrheit der Homosexuellen (99 %) nicht zu erklären vermag. Hier setzt der Forscher C. M.

nicht so war, wie es sein sollte, aber mit einer Würde, daß die andere wie ein begossener Pudel dasaß. Und glaub nicht, daß er sich aufs hohe Roß gesetzt hätte, keine Spur, nur distanziert war er und vollkommen Herr der Lage. Und da hab ich sofort gewittert, daß da etwas ist, ein richtiger Mann. Und in der nächsten Woche bin ich solo ins Restaurant gegangen. Sola.

– Sola?

– Ja, verzeih, aber wenn ich von ihm spreche, kann ich von mir nicht als Mann sprechen, weil ich mich dann nicht als Mann fühle.

– Erzähl weiter.

B. Pare in »Homosexualität und chromosomatisches Geschlecht« ein, um Langs Theorie zu widerlegen. Aufgrund moderner mikroskopischer Untersuchungen konnte Pare in einer auch männliche Heterosexuelle einbeziehenden Langzeitforschung alle männlichen Homosexuellen als biologisch durchweg männlich identifizieren. Auch J. Money widerlegte in »Ausprägung und Fixierung der Geschlechterrollen« Langs Theorie durch den Hinweis darauf, daß Intersexuelle trotz ihrer zweigeschlechtlichen Erscheinung im Augenblick der Wahl eines Geschlechtspartners nicht zweigeschlechtlich reagieren. Die sexuellen Impulse dieser Personen, sagt Money, entsprechen nicht dem Muster ihrer inneren Geschlechtsdrüsen, gleichviel, ob sie nun Ovarien, Testikel oder gemischte Drüsen besitzen. Das sexuelle Bedürfnis des Intersexuellen entspricht auch dann noch dem des Geschlechts, zu dem er erzogen wurde, wenn seine Chromosomen und die vorherrschenden Kennzeichen seiner äußeren und inneren Geschlechtsorgane dem entgegengesetzten Geschlecht angehören. Daraus ergibt sich, daß Heterosexualität und Homosexualität in jedem Fall, ob es sich um ein Individuum von normaler physischer Konstitution handelt oder nicht, durch psychologische Konditionierung erworbene Betätigungen und nicht durch endokrine Faktoren vorbestimmt sind.

Die dritte und letzte Theorie über den physischen Ursprung der Homosexualität, mit der sich West auseinandersetzt, bringt den Faktor Erblichkeit ins Spiel. West macht geltend, daß unbeschadet der Ernsthaftigkeit der vorhandenen Arbeiten, unter denen er »Vergleichende Untersuchung von Zwillingen im Hinblick auf die genetischen Aspekte der männlichen Homosexualität« von F. J. Kallman zitiert, die vorgelegten Ergebnisse zu unbestimmt seien, um den Schluß zuzulassen, daß Homosexualität ein konstitutionelles Charakteristikum erblichen Typus sei.

– Als ich ihn zum zweiten Mal sah, kam er mir noch hübscher vor, er hatte eine weiße Jacke mit Mao-Kragen an, die ihm himmlisch stand. Der reinste Filmheld. Alles an ihm war perfekt, die Art zu gehen, die Stimme, die rauh klang, aber einen kleinen zärtlichen Unterton hatte, wie soll ich dir das beschreiben? Und wie er serviert hat! Ein Gedicht! Einmal hab ich zugesehen, wie er einen Salat serviert hat, und war einfach weg. Zuerst hat er die Kundin am Tisch installiert – denn alles war für eine Frau, das räudige Weibchen! –, dann hat er ein Tischchen an ihren Tisch gerückt und die Salatschüssel daraufgestellt und sie gefragt, ob sie Essig wünscht? oder Öl? oder dies oder das?, und danach hat er das Salatbesteck genommen, um den Salat zu mischen, und ich weiß nicht, wie ich dir das erklären soll, es war wie eine Liebkosung für die Salatblätter, aber keine weichliche Liebkosung ... Wie soll ich dir das sagen? Es waren so sichere, elegante Bewegungen, zart und gleichzeitig ausgesprochen männlich.
– Was heißt für dich männlich?
– Vieles, aber für mich ... gut ... für mich ist das Schönste am Mann, daß er schön ist, daß er stark ist, aber ohne mit seiner Kraft zu protzen, daß er sicher seinen Weg geht. Sicher soll er auftreten, wie mein Kellner, er soll ohne Angst reden, er soll wissen, was er will und wohin er geht, vor nichts soll er Angst haben.
– Das ist ein Idealbild, einen solchen Typ gibt es nicht.
– Es gibt ihn, er ist so.
– Schön, vielleicht wirkt er so, aber innerlich? Ohne Macht kann in dieser Gesellschaft niemand »sicher seinen Weg gehen«, wie du sagst.
– Sei nicht eifersüchtig! Nie kann man zu einem Mann über einen anderen Mann sprechen, ohne daß er Zustände kriegt, darin seid ihr genau wie die Frauen.
– Red keinen Blödsinn.
– Da siehst du, wie es dir gegen den Strich geht, jetzt beschimpfst du mich auch noch. Ihr seid genau solche Rivalen wie die Frauen.

– Also bitte, entweder halten wir ein bestimmtes Niveau, wenn wir sprechen, oder wir lassen es bleiben.
– Als ob das mit Niveau was zu tun hätte.
– Man kann mit dir nicht reden, außer man läßt dich Filme erzählen.
– Warum kann man mit mir nicht reden? Das möcht ich denn doch wissen.
– Weil dir zum Diskutieren jede Folgerichtigkeit abgeht, du hältst keine Linie ein, mit jedem Quatsch kommst du heraus.
– Das stimmt nicht, Valentin.
– Wie du willst.
– Du bist ein Pedant.
– Wie du meinst.
– Dann beweis mir doch, daß ich nicht genügend Niveau habe, um mit dir zu sprechen.
– Ich hab nicht gesagt, mit mir, ich habe gesagt, daß du keine Linie einhältst, und so kann man nicht diskutieren.
– Du wirst sehen, daß ich es kann.
– Wozu weiterreden, Molina?
– Reden wir weiter, und du wirst sehen, daß ich dir das Gegenteil beweise.
– Worüber wollen wir sprechen?
– Warte . . . Sag du mir, was es für dich bedeutet, ein Mann zu sein.
– Jetzt hast du mich in die Enge getrieben.
– Also . . . antworte mir. Was bedeutet Männlichkeit für dich?
– Hm . . . Mich nicht zur Sau machen zu lassen, von niemand, nicht einmal von der Macht . . . Nein, es ist mehr. Mich nicht zur Sau machen lassen ist nur das eine, aber nicht das Wichtigste. Ein Mann sein ist viel mehr, es bedeutet auch, niemand zu demütigen, durch einen Befehl oder ein Trinkgeld. Es ist mehr, es ist . . . nicht zulassen, daß sich jemand neben dir geringer vorkommt, daß sich jemand neben dir schlecht fühlt.
– Dazu muß er ein Heiliger sein.

– Nein, das ist nicht so unmöglich, wie du denkst.
– Ich versteh dich nicht, erklär mir das genauer.
– Ich weiß nicht, im Augenblick seh ich das nicht so klar. Du hast mich mit deiner Frage überfallen, ich finde nicht die richtigen Wörter. Ein andermal können wir auf das Thema zurückkommen, wenn meine Gedanken klarer sind. Erzähl mir noch von dem Kellner im Restaurant.
– Wo waren wir stehengeblieben?
– Bei der Sache mit dem Salat.
– Wer weiß, was er jetzt macht. Er tut mir so leid, der arme Kerl, in diesem Restaurant.
– Hier ist es schlimmer, Molina.
– Aber wir werden nicht immer hier sein, oder? während er – er hat keine andere Zukunft. Er ist verurteilt. Und ich hab dir zwar gesagt, daß er einen starken Charakter hat und sich vor nichts fürchtet, aber du kannst dir nicht vorstellen, wie traurig er manchmal aussieht.
– Woran merkst du das?
– An den Augen. Seine Augen sind hell, grünlich, zwischen hellbraun und grün und so groß, daß das Gesicht daneben ganz verschwindet, und sein Blick verrät ihn. An seinem Blick merkt man, daß er sich manchmal elend fühlt und traurig ist. Das nämlich war es auch, was mich anzog und weshalb ich so wahnsinnig wünschte, mit ihm zu reden. Vor allem, wenn es im Restaurant wenig zu tun gab und ich ihm ansah, wie melancholisch er war; er ging dann immer an den Tisch für die Kellner, der hinten im Saal stand, und dort saß er dann schweigend und zündete sich eine Zigarette an, und dann bekam er so seltsame, verhangene Augen. Ich bin immer öfter hingegangen, aber zuerst hat er kaum mit mir gesprochen, nur das Unumgängliche. Ich bestellte jedesmal ein Menü, Vorspeise, Suppe, Hauptgericht, Nachtisch und Kaffee, damit er möglichst oft an den Tisch kommen mußte, und nach und nach fingen wir an, uns länger zu unterhalten. Er hat natürlich sofort über mich Bescheid gewußt, denn mir merkt man es an.
– Was merkt man dir an?

– Daß ich eigentlich Carmen heiße, nach der von Bizet.
– Und deshalb hat er öfter mit dir geredet?
– Ach, du verstehst aber auch wirklich nichts! Gerade weil er gemerkt hat, daß ich eine Linke bin, wollte er mir keine Gelegenheit geben. Denn er ist ein durch und durch normaler Mann. Aber nach und nach, hier ein paar Worte, dort ein paar Worte, hat er gesehen, daß ich ihm mit großem Respekt begegne, und da hat er angefangen, mir einiges aus seinem Leben zu erzählen.
– Alles, während er dich bediente?
– Ja, mehrere Wochen lang, bis ich eines Tages erreichte, daß wir mal zusammen einen Kaffee trinken gehen, wenn er Tagschicht hat, denn die haßte er besonders.
– Wie war denn seine Arbeitszeit?
– Schau, entweder kam er um sieben früh und ging ungefähr um vier Uhr nachmittags, oder er kam gegen sechs Uhr abends und blieb bis etwa drei Uhr früh. Und an dem Tag, als er mir sagte, daß ihm die Nachtschicht lieber ist, bin ich neugierig geworden, denn er hatte mir schon gesagt, daß er verheiratet ist, obwohl er keinen Ring trägt – auch ein Detail –, und daß die Frau zu den normalen Geschäftszeiten arbeitet. Was war also los mit der Frau? Arbeitete er lieber nachts, weil er sie nicht sehen wollte? Du kannst dir nicht vorstellen, wie schwer er zu bewegen war, auch nur einen Kaffee mit mir zu trinken, immer hatte er irgendeine Entschuldigung, einmal war's der Schwager, einmal das Auto, bis er schließlich nachgab. Und mitkam.
– Und geschah, was geschehen mußte.
– Du bist verrückt! Du hast wirklich keine blasse Ahnung von diesen Dingen. Ich hab dir doch gesagt, daß er ein vollkommen normaler Typ ist. Nie ist irgendwas passiert.
– Worüber habt ihr euch in der Bar unterhalten?
– Schön, das weiß ich heute nicht mehr, denn danach haben wir uns unzählige Male getroffen. Aber jedenfalls war das erste, was ich ihn fragen wollte, weshalb ein so intelligenter Mensch wie er eine solche Arbeit tut. Und wenn du wüßtest, wie schrecklich seine Geschichte ist,

schön, es ist die Geschichte vieler junger Männer aus armen Familien, die nicht genügend Mittel haben, um zu studieren, oder keinen Antrieb.

– Wer studieren will, bringt es auch irgendwie fertig. Schau ... in Argentinien ist studieren kein Problem, die Universität ist gratis.

– Ja, aber ...

– Der Mangel an Antrieb, das ist was anderes, da geb ich dir recht, der Komplex der Unterschicht, die Gehirnwäsche, die dir die Gesellschaft verpaßt.

– Wart, laß mich noch ein bißchen erzählen, damit du siehst, was für eine Art Mensch er ist, erstklassig! Er gibt selber zu, daß es in seinem Leben einen Moment gegeben hat, wo er schwach geworden ist, aber dafür bezahlt er jetzt auch. Er sagt, daß er etwa mit siebzehn, schön, aber ich habe vergessen, dir zu erzählen, daß er von klein auf gearbeitet hat, seit der Volksschule, wie es eben üblich ist bei armen Familien in einer Vorstadt von Buenos Aires, und nach der Volksschule hat er in einer Mechanikerwerkstätte angefangen, dort hat er seinen Beruf gelernt, und wie gesagt, so mit siebzehn, er war ein bildschöner junger Mann, fing er mit den Mädchen an und hatte sagenhafte Erfolge, und dann kam das Schlimmste: der Fußball. Schon als kleiner Junge hat er gut gespielt, und mit achtzehn ungefähr ist er Profi geworden. Und da liegt der Schlüssel zu allem. Warum hat er im professionellen Fußball keine Karriere gemacht? Er sagt, erst als er drin war, hat er richtig gemerkt, was für ein Laden das war, alles Günstlingswirtschaft und Ungerechtigkeit, und da liegt der Schlüssel, der eigentliche Schlüssel zu dem, was mit ihm passiert ist: er kann den Mund nicht halten. Wenn er sieht, daß irgendwo etwas faul ist, schreit der Typ. Er ist kein Fuchs, er kann den Mund nicht halten. Weil er ein anständiger Kerl ist. Und das ist es, was ich von Anfang an an ihm gerochen habe, verstehst du?

– Politisch war er nie aktiv?

– Nein, in diesem Punkt hat er ziemlich seltsame,

verworrene Ansichten, noch nicht mal mit der Gewerkschaft darfst du ihm kommen.
– Erzähl weiter.
– Und nach ein paar Jahren, zwei oder drei, ist er weg vom Fußball.
– Und die Frauen?
– Du bist manchmal der reinste Hexer.
– Warum?
– Weil er vom Fußball auch wegen der Frauen weg ist. Viele Frauen und dazu das Training, und die Frauen haben ihn mehr angezogen als das Training.
– Er war auch nicht besonders diszipliniert, vermutlich.
– Schön, aber noch etwas ist dazu gekommen, was ich dir nicht gesagt habe. Seine richtige Braut, das Mädchen, das er später geheiratet hat, wollte nicht, daß er beim Fußball bleibt. Und da ist er in eine Fabrik gegangen, als Mechaniker, und hat eine gute Stellung bekommen, weil seine Braut sie ihm besorgt hat. Und dann hat er geheiratet und ist mehrere Jahre lang in der Fabrik gewesen, und fast sofort ist er Vorarbeiter oder Abteilungsleiter geworden. Und hat zwei Kinder bekommen. Und das Mädchen, die ältere, ist sein ganzer Schwarm gewesen, und die ist mit sechs gestorben. Und in der Fabrik hat er ständig Krach gehabt, weil sie plötzlich angefangen haben, Leute hinauszuwerfen oder Leute vorzuziehen, die Empfehlungen hatten.
– Wie er selber.
– Ja, das war von Anfang an nicht gut, das geb ich zu. Aber jetzt kommt das, was ihm in meinen Augen Größe verleiht, schau, und deshalb verzeih ich ihm alles. Er hat sich auf die Seite von ein paar alten Arbeitern gestellt, die außerhalb der Gewerkschaft im Akkord arbeiteten, und da hat ihn der Chef vor die Wahl gestellt, entweder er geht oder er führt die Befehle aus, und er ist gegangen. Und du weißt ja, wenn einer von sich aus geht, bekommt er keinen Pfennig Abfindung, und so lag er auf der Straße. Über zehn Jahre hat er in dieser Fabrik gearbeitet.
– Also muß er damals über dreißig gewesen sein.

– Genau, etwas über dreißig. In diesem Alter, stell dir vor, hat er angefangen, Arbeit zu suchen. Und anfangs hat er durchgehalten und nicht einen x-beliebigen Job angenommen, aber am Schluß hat er diese Arbeit als Kellner gefunden und zugreifen müssen.
– Das alles hat er dir erzählt.
– Ja, aber nach und nach. Ich glaube, daß es eine große Erleichterung für ihn war, jemand zu haben, dem er alles erzählen und sich vom Herzen reden konnte. Deshalb hat er sich mit mir angefreundet.
– Und du?
– Ich habe ihn immer mehr angebetet, aber er hat es nicht zugelassen, daß ich irgendwas für ihn tu.
– Was wolltest du für ihn tun?
– Ich wollte ihn überzeugen, daß es für ihn immer noch Zeit war, etwas zu lernen und irgendeinen Abschluß zu machen. Denn noch etwas habe ich vergessen, dir zu sagen: Die Frau verdiente mehr als er. Sie hat es in ihrer Firma bis zur Vorstandssekretärin gebracht, und das war ihm nicht recht.
– Hast du seine Frau kennengelernt?
– Nein, er wollte sie mir nicht vorstellen, und ich haßte sie im Grunde aus ganzer Seele. Wenn ich bloß daran dachte, daß er die ganze Nacht neben ihr schlief, kam ich beinahe um vor Eifersucht.
– Jetzt nicht mehr?
– Es ist komisch, jetzt nicht mehr.
– Wirklich?
– Ja, schau, ich weiß nicht ... ich bin froh, daß sie bei ihm ist, dadurch ist er nicht allein jetzt, wo ich nicht ins Restaurant kommen und mich mit ihm unterhalten kann in den Stunden, wo er nichts zu tun hat und sich dermaßen langweilt, daß er eine Zigarette nach der anderen raucht.
– Und weiß er, was du für ihn fühlst?
– Natürlich, ich hab ihm alles gesagt, als ich hoffte, ich könnte ihn überreden, daß zwischen uns beiden ... irgendwas sein sollte ... Aber nie ist etwas geschehen, nie,

es war nicht möglich, ihn zu überzeugen. Ich habe ihn so gebeten, und wenn es nur ein einziges Mal im Leben wäre ... Aber er wollte nie. Und später habe ich mich geschämt, darauf zu bestehen, und so habe ich mich eben mit seiner Freundschaft zufriedengegeben.

– Aber nach dem, was du mir gesagt hast, ging es doch nicht gut mit seiner Frau.

– Es gab eine Zeit, da waren sie halb und halb verkracht, aber im Grund liebt er sie, und was noch schlimmer ist, er bewundert sie, weil sie mehr verdient als er. Und eines Tages hat er etwas zu mir gesagt, da hätte ich ihn beinah umgebracht, es war Vatertag, ich wollte ihm etwas schenken, denn er ist seinem Sohn ein guter Vater, und ich fand, daß dieser Tag ein hübscher Vorwand war, um ihm etwas zu schenken, und also fragte ich ihn, ob er einen Pyjama haben wollte, und dann kam die Katastrophe ...

– Red weiter, spann mich nicht auf die Folter.

– Er sagte, daß er keinen Pyjama trägt, er schläft immer nackt. Und daß er und seine Frau ein großes Ehebett haben. Das hat mich fertiggemacht. Später sah es eine Zeitlang so aus, als würden sie sich trennen, und da hab ich mir Illusionen gemacht, du kannst dir nicht vorstellen, was für Illusionen ich mir gemacht habe.

– Was denn für Illusionen?

– Daß er mit mir zusammenleben würde, mit meiner Mama und mir. Und ich würde ihm helfen und ihn studieren lassen und mich nur noch um ihn kümmern, den ganzen Tag nur darauf schauen, daß seine Kleider in Ordnung sind und alles fertig ist, ich hätte ihm seine Bücher gekauft, ihn zu den Vorlesungen eingeschrieben und nach und nach hätte ich ihn davon überzeugt, daß er nur eines zu tun braucht: nicht mehr arbeiten. Und daß ich ihm das Taschengeld gebe, das er seiner Frau für den Unterhalt seines Sohns zahlen muß, und daß er nur noch an eines denken soll: an sich selber. Bis er irgendwann einen Abschluß gemacht hat und endlich Schluß ist mit dem Kopfhängenlassen. Wäre das nicht schön gewesen?

– Ja, aber irreal. Schau, da ist eine Sache: er hätte ja auch weiterhin Kellner sein können und sich trotzdem nicht für minderwertig oder was immer zu halten brauchen. Denn eine Arbeit kann noch so mies sein, es gibt immer einen Ausweg, den Gewerkschaftskampf.
– Glaubst du?
– Klar, Mann. Zweifelst du daran?
– Aber davon will er nichts hören.
– Vertritt er irgendeine politische Ansicht?
– Nein, von Politik versteht er wenig. Aber von der Gewerkschaft hat er mir Schauergeschichten erzählt, und vielleicht hatte er recht.
– Was heißt, er hatte recht! Wenn die Gewerkschaft nicht gut ist, muß man kämpfen, um sie so zu verändern, daß sie gut wird.
– Ich bin schon ein bißchen müde. Und du?
– Nein, ich gar nicht. Willst du mir nicht noch ein Stück von dem Film erzählen?
– Ich weiß nicht ... Du kannst eben nicht wissen, wie schön der Gedanke für mich war, daß ich irgendwas für ihn tun könnte. Weißt du, den ganzen Tag lang Schaufensterdekorateur, so unterhaltsam das ist, wenn der Tag zu Ende geht, hast du doch manchmal das Gefühl, wozu das alles? und fühlst dich innerlich leer. Wenn ich dagegen für ihn etwas hätte tun können, wie schön wäre das gewesen ... Ihm ein bißchen Freude machen, nicht? Wie denkst du darüber?
– Ich weiß nicht, ich müßte das erst ein wenig analysieren, jetzt im Augenblick könnte ich dir dazu nichts sagen. Kannst du mir nicht noch ein bißchen den Film weitererzählen, und ich sage dir morgen was über den Kellner.
– Schön ...
– Sie drehen uns das Licht so früh ab, und die Kerzen stinken so, und außerdem verdirbt man sich die Augen.
– Und sie verbrauchen den Sauerstoff, Valentin.
– Ich kann nicht einschlafen, ohne zu lesen.

— Wenn du willst, erzähl ich dir noch ein Stück. Aber das Dumme ist, daß nachher ich nicht einschlafen kann.
— Nur ein kleines Stück, Molina.
— Schön. Wo wa . . . aren wir noch?
— Gähn doch nicht so, Schlafmütze.
— Was soll ich machen, wenn ich eben müde bin?
— Je . . . jetzt steckst du mi . . ich auch noch an mit deinem Gähnen.
— Wenn du auch müde bist . . .
— Glaubst du, daß ich schlafen kann?
— Ja, und wenn du aufwachst, dann denk an die Sache mit Gabriel.
— Wer ist Gabriel?
— Der Kellner, es ist mir rausgerutscht.
— Schön, also bis morgen.
— Bis morgen.
— So geht es im Leben: ich werde nicht schlafen können und an deinen Freund denken müssen.
— Morgen sagst du mir, was du von ihm hältst.
— Bis morgen.
— Bis morgen.

– Und das ist der Beginn der Romanze zwischen Leni und dem Offizier. Sie verlieben sich wahnsinnig ineinander. Jede Nacht, wenn sie auf der Bühne steht, singt sie ihre Lieder für ihn, eines vor allem, eine Habanera. Der Vorhang geht auf, und hinter Palmen aus Stanniolpapier, Silberpapier, verstehst du, wie in den Zigarettenschachteln, schön, hinter den Palmen steht der Vollmond, mit Pailletten bestickt, und spiegelt sich im Meer, das aus welligem Seidenstoff gemacht ist, auch das Spiegelbild des Mondes ist aus Pailletten. Das Ganze stellt eine Mole auf einer tropischen Insel vor, man hört nur das Rauschen der Wellen, das vom Orchester mit Maracas vorgetäuscht wird. Und da liegt eine Luxusjacht, aus Pappkarton, sieht aber ganz echt aus. Am Steuer steht ein gutaussehender Mann mit grauen Schläfen, die Kapitänsmütze auf dem Kopf, und raucht Pfeife, und plötzlich fällt ein starker Lichtstrahl auf die kleine offene Tür neben ihm, die in die Kabine geht, und da kommt sie heraus, sehr ernst, und schaut in den Himmel. Der Kapitän will sie streicheln, aber sie weicht ihm aus. Sie trägt das Haar offen, Mittelscheitel, und hat ein langes schwarzes Kleid an, aus Spitze, aber nicht durchsichtig, ärmellos, nur zwei schmale Träger, und einen weiten, duftigen Rock. Das Orchester spielt eine Art Einleitung, und da sieht sie, wie ein junger Insulaner von einem Busch wilder Orchideen eine Blüte abreißt und eine junge Insulanerin anlächelt, die ihm entgegenkommt, und ihr mit den Augen winkt. Er steckt ihr die Blüte ins Haar und küßt sie, sie umarmen sich und gehen in den dunklen Wald, ohne zu merken, daß die Blüte aus dem Haar der Insulanerin gefallen ist. In Großaufnahme, wunderbar fein, sieht man die wilde Orchidee, über der Orchidee taucht leicht verschwommen das Gesicht von Leni auf, als hätte sich die Blüte in eine Frau verwandelt. Da erhebt sich ein Wind, fast sturmartig, und die Matrosen schreien, daß der

Wind günstig steht und der Segler in See stechen wird, und da kommt sie die Mole herunter bis zum Strand und hebt die Blüte auf, die aus Samt ist, herrlich gemacht. Und singt.
– Was singt sie?
– Wenn ich das wüßte ... die Lieder haben sie nicht synchronisiert. Aber sie war traurig, wie jemand, der eine große Liebe verloren hat und vergessen möchte, aber nicht kann, und sich vom Schicksal treiben läßt. Ja, so muß es gewesen sein. Denn wie sie ihr sagen, daß der Wind günstig steht, lächelt sie tieftraurig, denn wohin der Wind sie trägt, dahin ist sie vom Winde verweht, und es ist ihr gleichgültig. Und während sie singt, geht sie auf das Segelschiff zurück, das langsam auf einer Seite der Bühne verschwindet, und sie, traumverloren, steht am Heck und schaut auf die Palmen, dorthin, wo der Urwald am schwärzesten ist.
– Zum Schluß schaut sie immer traumverloren.
– Aber du weißt nicht, was für Augen diese Frau hat! Tiefschwarze Augen, und dazu die schneeweiße Haut. Und das Beste habe ich vergessen: wenn sie am Schluß am Heck der Jacht steht, steckt sie sich die Samtblüte seitlich ins Haar, und man weiß nicht, was weicher ist, der Samt der Orchidee oder ihre Haut, die wie ein Blütenblatt ist, vielleicht wie das Blatt einer Magnolie. Dann der Beifall und danach kommen kurze Szenen mit den beiden, die sehr glücklich sind, am Nachmittag beim Pferderennen, sie ganz in Weiß mit einem durchsichtigen Turban, er im Zylinder, danach stoßen sie auf einer Jacht an, die über die Seine braust, und später, im Smoking, löscht er im Séparée einer russischen Bar die Kerzen und macht im Halbdunkel ein Etui auf und nimmt ein Perlenkollier heraus, das, man weiß nicht wie, durch irgendeinen Filmtrick, sogar im Dunkeln unwahrscheinlich schimmert. Schön, und dann kommt eine Szene, wo sie in ihrem Bett frühstückt und das Zimmermädchen ihr ankündigt, daß unten ein Verwandter auf sie wartet, der gerade aus dem Elsaß gekommen ist. Und noch ein Herr ist dabei. Sie geht hinunter in einem Negligé aus Satin mit schwarzweißen Fransen, die Szene

spielt in ihrem Haus. Der Junge ist ein Vetter von ihr, ganz einfach gekleidet, aber der, der neben ihm steht, ist ... das Hinkebein.

– Was für ein Hinkebein?

– Der, der die Chorsängerin überfahren hat. Sie fangen an zu reden, der Vetter sagt, er sei dringend gebeten worden, mit ihr als Französin zu sprechen, damit sie hilft, eine Mission auszuführen. Was denn für eine Mission? fragt sie, und sie antworten, dieselbe, die die blonde Chorsängerin angefangen hat, aber nicht zu Ende führen wollte. Die beiden sind nämlich vom Maquis. Leni ist zu Tode erschrocken, aber es gelingt ihr, sich zu verstellen. Sie verlangen von ihr, daß sie ein wichtiges Geheimnis auskundschaftet, sie soll feststellen, wo hier in Frankreich das große Waffenlager der Deutschen ist, damit die Feinde der Nazis es bombardieren können. Die blonde Chorsängerin hat denselben Auftrag gehabt, sie war auch vom Maquis, aber als sie den jungen Offizier kennenlernte, hat sie sich in ihn verliebt und den Auftrag nicht ausgeführt, und deshalb haben sie sie getötet, bevor sie die vom Maquis bei der Besatzungsmacht verrät. Das Hinkebein sagt Leni, daß sie ihnen helfen soll, und sie sagt, sie muß darüber nachdenken, sie hat von solchen Dingen keine Ahnung. Da sagt das Hinkebein zu ihr, »das ist eine Lüge«, denn der Chef der deutschen Spionageabwehr ist in sie verliebt, und deshalb ist es für sie eine Kleinigkeit, die Information zu beschaffen. Sie rafft ihren Mut zusammen und sagt zum Hinkebein nein, ganz bestimmt nicht, zu solchen Sachen tauge sie nicht. Da sagt das Hinkebein, wenn sie es nicht freiwillig tut ... wären sie gezwungen, Vergeltungsmaßnahmen zu ergreifen. Da sieht sie, daß ihr Vetter die Augen niedergeschlagen hat und daß ihm der Kiefer zittert und Schweißperlen auf seiner Stirn stehen. Denn ihn haben sie als Geisel genommen! Das Hinkebein erklärt ihr, daß der arme Kerl nichts verbrochen hat, sein einziges Verbrechen ist, ihr Verwandter zu sein. Denn die unverschämten Gauner sind bis in das elsässische Dorf gefahren, in dem der arme Junge wohnt, und haben ihn unter irgendeinem Vorwand hergeschleppt. Und die Sache ist die: wenn sie ihnen nicht hilft, dann werden sie, die Leute vom Maquis, den Jungen umbringen, obwohl er unschuldig ist. Da verspricht sie, es zu versuchen. Und das tut sie auch. Als sie und der Offizier sich das nächste Mal in seinem Haus treffen, fängt sie an, Schubladen zu durchsuchen, aber immer in panischer Angst, weil der Butler da ist, der sie von Anfang an schief angesehen hat und der ihr offenbar auf Schritt und Tritt folgt. Aber dann kommt eine Szene, wo sie mit dem Offizier und anderen hohen Militärs im Garten frühstückt und der Butler, ein Deutscher, von dem Offizier in den Keller geschickt wird, um einen seltenen, kostbaren Wein zu holen, ah, ich habe vergessen, dir zu sagen, daß sie diejenige ist, die um den Wein bittet, von dem nur der Butler weiß, wo er steht. Wie also der Kerl fortgeht, setzt sie sich an den weißen Flügel in einem dieser Zimmer, die ich dir schon geschildert habe, und ist nur durch einen dichten weißen Spitzenvorhang vom Garten getrennt. Der Offizier hat sie gebeten, für ihre Gäste ein Lied zu singen. Aber sie hat bereits einen Trick vorbereitet. Sie legt eine Platte auf, auf der sie ebenfalls in eigener Begleitung singt, und während die Platte spielt, geht sie in sein Arbeitszimmer und sucht nach Papieren. Aber wie der Butler in den Keller kommt, wo der Wein gelagert ist, merkt er, daß er den Schlüssel vergessen hat, und kommt zurück, um ihn zu holen, und wie er an der Balustrade vorbeigeht, wo der Garten anfängt, schaut er ins Fenster, aber durch den Spitzenvorhang kann er nicht sehen, ob sie am Flügel sitzt oder nicht. Der Offizier ist die ganze Zeit über im Garten und unterhält sich mit den anderen Chargen, es ist ein französischer Garten mit Beeten ohne Blumen, nur mit Ligusterbüschen, die alle ganz merkwürdige Formen haben, wie Obeliske.

— Das ist ein deutscher Garten, genauer einer aus Sachsen.

— Woher weißt du das?

— Weil die französischen Gärten Blumen haben und die

Linien geometrisch sind, aber mit einer Neigung zum Verschnörkelten. Dieser Garten ist ein deutscher Garten, und daran sieht man, daß der Film in Deutschland gedreht worden ist.

– Und woher weißt du solche Sachen? Das sind Frauensachen . . .

– Das lernt man in Architektur.

– Und du hast Architektur studiert?

– Ja.

– Und deinen Abschluß gemacht?

– Ja.

– Und das sagst du erst jetzt?

– Vorher hat es sich nicht ergeben.

– Hast du nicht politische Wissenschaften studiert?

– Doch, politische Wissenschaften. Aber mach mit dem Film weiter, ein andermal erzähl ich dir das. Und außerdem ist Kunst keine Frauensache.

– Eines Tages stellt sich heraus, daß du linker bist als ich.

– Möglich. Aber jetzt erzähl den Film weiter.

– Schön, da hört der Butler sie singen, merkt aber, daß sie nicht am Flügel sitzt, und sieht nach, wo sie ist. Und sie ist gerade im Kabinett und wühlt in den Papieren, ah, denn vorher hat sie ihm den Schreibtischschlüssel entwenden können, dem Offizier, und jetzt findet sie den Plan von der Gegend, in der alle deutschen Waffen versteckt liegen, aber da hört sie Schritte, sie kann sich gerade noch auf dem Balkon vor dem Arbeitszimmer verstecken. Aber den Balkon kann man vom Garten aus einsehen, und da sitzen alle die Militärs versammelt! So steht sie zwischen zwei Feuern, denn wenn die im Garten aufschauen, sehen sie sie. Der Butler geht ins Arbeitszimmer und schaut herum, sie hält den Atem an und ist wahnsinnig nervös, weil sie weiß, daß die Platte gleich zu Ende ist, und du weißt ja, damals war nur ein einziges Lied auf einer Platte, es gab noch keine Longplay. Aber der Butler geht wieder hinaus und gleich darauf auch sie, gerade, als das Lied zu Ende ist. Und alle Chargen, die ihr ganz begeistert zugehört haben, stehen auf, sobald die Platte aus ist, und klatschen Beifall, aber da sitzt sie schon wieder am Flügel, und keiner hat gemerkt, daß es die Platte war, alle glauben, sie hat gesungen. Danach kommt die Begegnung zwischen ihr und dem Hinkebein und dem kleinen Vetter, bei der sie die Pläne der Deutschen verraten soll. Der Treffpunkt ist ein phantastisch großes Museum voll vorsintflutlicher Tiere, und eine ganze riesige Wand besteht nur aus Glasscheiben, durch die man auf die Seine sieht, und sobald sie sich getroffen haben, sagt sie zum Hinkebein, daß sie die Information hat, und jetzt sagt das Hinkebein, der sich siegessicher fühlt, daß dies ihre erste Arbeit für den Maquis gewesen ist, denn wer einmal als Spion angefangen hat, kommt nicht mehr davon los. Da ist sie drauf und dran, ihm die Information nicht zu geben, aber dann schaut sie auf den Jungen, der zittert, und sagt es doch, gibt den Namen der französischen Gegend an und das Dorf, in dem sich das Waffenlager befindet. Aber jetzt fängt das Hinkebein, dieser Sadist, an und sagt ihr, daß der deutsche Offizier sie aus ganzer Seele hassen wird, wenn er erfährt, daß sie Verrat geübt hat, und ich weiß nicht, was er ihr noch alles sagt. Da sieht der Junge, daß Leni völlig verzweifelt ist und vor Empörung leichenblaß wird, und schaut durch die Glasscheiben hinunter, denn sie stehen ganz dicht an der Fensterwand, im fünften oder sechsten Stockwerk dieses riesigen Museums, und ehe das Hinkebein irgendwas merkt, packt ihn der Junge und stößt ihn gegen die Glasscheibe, damit das Hinkebein durchbricht und ins Leere fällt, aber das Hinkebein wehrt sich, und da opfert sich der Junge und stürzt sich zusammen mit dem Hinkebein hinunter, er zahlt mit dem eigenen Leben. Leni mischt sich rasch unter die Leute, die angerannt kommen, um zu sehen, was los ist, und da sie einen Hut mit Schleier aufhat, wird sie nicht erkannt. Wie gut dieser Junge ist, nicht wahr?

– Gut zu ihr, aber ein Verräter an seinem Land.

– Aber der Junge hat begriffen, daß die vom Maquis

Gauner waren, du weißt noch nicht, was man später im Film noch alles erfährt.
– Weißt du überhaupt, was das Maquis war?
– Ja, ich weiß schon, daß sie Patrioten waren, aber im Film waren sie es nicht. Laß mich weitererzählen. Danach ... was kam denn dann?
– Ich begreif dich nicht.
– Es ist doch nur, weil der Film einfach himmlisch war, mir geht es nur um den Film, denn solange ich hier eingesperrt bin, muß ich einfach an schöne Dinge denken, ich kann nicht anders, sonst werd ich verrückt, oder? ... Antworte mir.
– Was soll ich dir antworten?
– Daß du dich nicht immer querlegst, wenn ich mich aus der Wirklichkeit fortschleichen will. Warum soll ich mich noch tiefer in die Verzweiflung hineinreiten? Willst du, daß ich ganz und gar verrückt werde?
– Nein, im Ernst, schon gut, es stimmt, daß du hier verrückt werden kannst, aber verrückt wird man nicht nur dadurch, daß man verzweifelt, sondern auch dadurch, daß man sich der Wirklichkeit entfremdet – wie du. Was du tust, nämlich an schöne Dinge denken, wie du sagst, das kann gefährlich sein.
– Warum? das stimmt nicht.
– Es kann eine Sucht werden, sich aus der Wirklichkeit fortzustehlen, wie eine Droge. Denn, hör zu, deine Wirklichkeit, *deine Wirklichkeit* ist nicht nur diese Zelle. Du brauchst nur irgendwas zu lesen oder zu studieren, und schon bist du außerhalb der Zelle, verstehst du? Nur deswegen lese und studiere ich den ganzen Tag.
– Politik ... Wodurch ist die Welt so, wie sie ist? Durch die Politiker.
– Red nicht wie eine alte Dame von ehedem, denn du bist weder eine Dame noch von ehedem, erzähl mir lieber den Film weiter. Dauert er noch lang?
– Warum, langweilt er dich?
– Er gefällt mir nicht, aber jetzt bin ich neugierig.

– Wenn er dir nicht gefällt, erzähl ich nicht weiter.
– Wie du willst, Molina.
– Heute nacht könnte ich ihn sowieso nicht fertig erzählen, es fehlt noch viel, fast die Hälfte.
– Mich interessiert er als Propagandamaterial, sonst nicht. In gewisser Weise ist er ein Dokument.
– Also sag schon, mach ich weiter oder nicht?
– Erzähl nur noch ein Stück.
– Das hört sich jetzt an, als ob du mir einen Gefallen erweisen würdest. Erinnere dich, daß du derjenige warst, der mich gebeten hat, dir irgendwas zu erzählen, weil du nicht schlafen konntest.
– Ich bin dir ja auch dankbar, Molina.
– Und dafür bin ich jetzt hellwach, du hast mich ganz schön hereingelegt.
– Also, erzähl noch ein Stück, dann werden wir, so Gott will, beide müde.
– Andauernd führen die Atheisten Gott im Mund.
– Das ist nur eine Redensart. Los, erzähl.
– Schön, ohne ein Wort von dem zu sagen, was passiert ist, bittet sie den deutschen Offizier, sie in sein Haus aufzunehmen, weil sie panische Angst hat vor denen vom Maquis. Und jetzt kommt eine unwahrscheinlich schöne Szene, denn er – aber das hab ich dir noch nicht gesagt – er spielt auch Klavier, er hat einen Morgenmantel aus Brokat an, den ich dir gar nicht erst schildern will, und wie er ihm steht!, und hat ein weißes Seidentuch um den Hals geschlungen. Und beim Schein der Kerzen, die in den großen Kandelabern stecken, spielt er etwas sehr Trauriges, denn sie, das habe ich vergessen, dir zu sagen, kommt zu spät zur Verabredung, und er glaubt, daß sie nie mehr zurückkehrt. Ah, ich hab dir noch nicht gesagt, daß sie aus dem Museum herausgeht, als niemand auf sie achtgibt, und anfängt, wie eine Verrückte durch ganz Paris zu laufen, denn sie ist völlig verstört über den Tod des armen Jungen, des Vetters, den sie so gern gemocht hat. Und obwohl es schon Nacht wird, läuft sie noch immer über die bekann-

ten Plätze von Paris, am Eiffelturm vorbei und kreuz und quer durch die Bohèmeviertel, und die Maler, die auf der Straße malen, schauen ihr nach, und die Pärchen unter den Laternen am Seine-Ufer schauen ihr nach, denn sie läuft und läuft wie eine arme Irre, wie eine Schlafwandlerin, den Schleier hat sie auf den Hut geschoben, es interessiert sie nicht mehr, ob jemand sie erkennt. Inzwischen hat der Offizier ein Abendessen für zwei, mit Kerzen, angeordnet, und später sieht man, daß die Kerzen schon halb heruntergebrannt sind, und er spielt Klavier, einen sehr langsamen, traurigen Walzer. Und da kommt sie herein. Er steht nicht auf, um sie zu begrüßen, er spielt weiter, jetzt einen wunderbaren Walzer, der traurig anfängt, aber nach und nach immer fröhlicher wird, romantisch, wie es romantischer nicht geht, aber fröhlich. Und da endet die Szene, ohne daß er irgendwas gesagt hat, man sieht sein glückliches Lächeln, man hört die Musik. Schau ... du kannst dir nicht vorstellen, wie fabelhaft diese Szene ist.

– Und danach?

– Sie wacht auf in einem wunderbaren Bett ganz aus hellem Satin, altrosa oder hellgrün, stelle ich mir vor, gepolstert, auch das Bettzeug aus Seide. Bei manchen Filmen ist es wirklich schade, daß sie nicht farbig sind, nicht wahr? Und zu beiden Seiten des Betthimmels fallen Tüllvorhänge herab, verstehst du?, und sie steht auf, ganz verliebt, und schaut zum Fenster hinaus, draußen fällt ein feiner Nieselregen, sie geht zum Telefon, hebt den Hörer ab, und ohne daß sie es will, hört sie, daß er mit irgend jemand spricht und daß die zwei gerade besprechen, welche Strafe sie über ein paar Schieber und Mafiosi verhängen sollen. Sie traut ihren Ohren nicht, wie sie ihn sagen hört, man soll die Todesstrafe über sie verhängen, und dann wartet sie, bis das Gespräch zu Ende ist, und sobald eingehängt wird, hängt auch sie ein, damit sie nicht merken, daß sie mitgehört hat. Danach kommt er in ihr Schlafzimmer und sagt, daß sie gemeinsam frühstücken werden. Sie sieht himmlisch aus, wie sie sich in der vom

Nieselregen besprühten Scheibe spiegelt, und sie fragt ihn, ob er sich wirklich vor niemand fürchtet, ob er so ist, wie der Soldat des neuen Deutschland sein soll, der Held, von dem er ihr erzählt hat. Er sagt, wenn es um sein Vaterland geht, wagt er alles und nimmt es mit allem auf. Da fragt sie ihn, ob es nicht eigentlich doch aus Angst geschieht, wenn man einen wehrlosen Feind tötet, aus Angst, daß sich irgendwann die Rollen verkehren könnten und man ihm plötzlich, womöglich Auge in Auge, gegenübersteht. Er antwortet, daß er nicht versteht, was sie meint, und sie wechselt das Thema. Aber sobald sie allein ist, wählt sie die Nummer des Hinkebeins, um sich mit jemand vom Maquis in Verbindung zu setzen und die Information über das Waffenlager durchzugeben. Denn seit sie gehört hat, daß er fähig ist, jemanden zum Tode zu verurteilen, ist er als Mann für sie erledigt. Und sie ist schon auf dem Weg zu der Begegnung mit einem vom Maquis, den sie, um nicht aufzufallen, ins Theater bestellt hat, wo sie proben muß, sie sieht den Mann schon auf sich zukommen und das verabredete Zeichen geben, aber da kommt jemand durch den leeren Theatergang und verlangt nach Frau Leni. Sie haben nämlich ein Telegramm aus Berlin für sie, in dem sie aufgefordert wird, in den besten deutschen Filmstudios einen großen Film zu drehen, und der, der ihr die Einladung ins Theater bringt, ist ein Offizier der Besatzungsregierung, und so kann sie dem vom Maquis nichts sagen, sie muß sofort die Reise nach Berlin vorbereiten. Gefällt er dir?

– Nein, und ich bin auch schon müde. Machen wir morgen weiter, ja?

– Nein, Valentin, wenn er dir nicht gefällt, erzähl ich ihn dir nicht weiter.

– Ich wüßte aber gern, wie er ausgeht.

– Nein, wenn er dir nicht gefällt, wozu? . . . dann reicht auch das. Bis morgen.

– Morgen reden wir weiter.

– Aber über was anderes.

Wie du willst, Molina.
– Bis morgen.
– Bis morgen.*

* *Werbetext der Filmstudios Tobis, Berlin, zu der Superproduktion »Höhen und Tiefen des Schicksals« (Mittelteil) für ausländische Abnehmer von Tobis-Filmen (in der vom argentinischen Filmverleih für die deutsche Kolonie bearbeiteten Fassung).*

Die Ankunft des ausländischen Stars wurde nicht mit dem üblichen Tamtam angekündigt, man legte Wert darauf, daß Leni Lamaison inkognito in der Hauptstadt des Reichs eintraf. Erst nach längeren Schmink- und Kleiderproben wurde die Presse geladen. Endlich war es soweit: am Nachmittag sollte die berühmteste Diva des französischen Chanson den hervorragendsten Vertretern der internationalen Presse vorgestellt werden. Im Grand-Hotel in Berlin. Aus dem Teegarten klang gedämpfte Orchestermusik in den Kaisersaal, der für die Pressekonferenz reserviert worden war. Leni hatte bisher als der Inbegriff jener frivolen affektierten französischen Mode gegolten, die sich die Schönheit dieser Künstlerin zunutze gemacht hatte. So erwarteten denn alle, eine Puppe mit weiß lackiertem Gesicht und rot geschminkten Wangen zu sehen, deren Haar, durch Dauerwellen gekraust, in kleine schneckenförmige Löckchen gelegt wäre und die unter der Last ihrer schwarz getuschten und von falschen Wimpern beschwerten Lider kaum aus den Augen sehen könnte. Die größte Spannung galt jedoch ihrer Kleidung, mußte man doch annehmen, daß sie unweigerlich in jenen überladenen Drapierungen erscheinen würde, welche die dekadenten Schneider jenseits des Rheins in der bekannten Absicht, die weibliche Gestalt zu entstellen, zum Diktat erhoben hatten. Aber ein Raunen der Bewunderung ging durch die Menge, als die Künstlerin hereintrat, denn diese Frau, der die Geladenen ehrerbietig den Weg freigaben, war ganz anders. Ihre feine Taille und ihre schwellenden Hüften waren nicht unter überflüssigem Rüschenwerk verborgen, noch wurden ihre straffen Brüste von extravaganten Modeentwürfen eingeengt. Ganz im Gegenteil: diese junge Frau, die man für eine Spartanerin hätte halten können, bewegte sich in einer einfachen weißen Tunika, die ihre Formen voll zur Geltung brachte, und ihr von Schminke unentstelltes Gesicht zeigte die frischen Farben einer Bergbäuerin. Das in der Mitte gescheitelte Haar lag in breiten Zöpfen um den stolz erhobenen Kopf. Das ärmellose Kleid gab die turngeübten Arme frei, ein kurzes Cape aus dem gleichen weißen Stoff wie das Kleid umfloß die Schultern der Künstlerin. Unser Schönheitsideal, hat der Führer gesagt, muß die Gesundheit sein, und das gilt vor allem für die Frauen, denn ihre Aufgabe

....

....

– Warum die uns das Abendessen so lange nicht bringen? Mir war, als hätten sie es schon vor einer ganzen Weile in die Zelle nebenan gebracht.

ist es, schön zu sein und Kinder zu gebären. Eine Frau, die dem Volk fünf Kinder schenkt, leistet damit mehr als der bedeutendste Jurist der Welt. Die Frau hingegen, die sich mit Politik befaßt, hat in der Weltanschauung des Nationalsozialismus keinen Platz. Eine Frau in die parlamentarische Atmosphäre versetzen, in der sie die ihr geschuldete Achtung verlieren würde, hieße ihr die Würde nehmen. Der deutsche Wiederaufstieg ist das Werk von Männern, aber das deutsche Volk mit seinen achtzig Millionen Volksgenossen braucht in hundert Jahren, also im Jahr 2040, 250 Millionen Volksgenossen, die sowohl im Reich als auch in unseren dann zahllosen Kolonien die Geschicke der Welt leiten werden. Und das wird das Werk der Frauen sein. Aus dem Beispiel anderer Völker haben wir gelernt, daß wir dem ernsten Problem der Zersetzung der Rasse nur durch den bewußten Nationalismus des Volkes begegnen können, durch die »Synthese von Volk und Staat«. Diese Worte unseres Führers wiederholte der Vertreter der Berliner Film-Studios im Kaisersaal vor der schönen Ausländerin, Leni, die von ihnen ebenso beeindruckt war wie die Vertreter der Presse von ihrer Schönheit.
Am folgenden Tag prangt das neue Bild der Chansonsängerin in den Zeitungen der freien Welt auf der ersten Seite. Aber Leni verliert keine Zeit damit, alle die Hymnen zu lesen, in denen ihre Schönheit gefeiert wird. Einen nagenden Argwohn unterdrückend, greift sie nach dem Telefon und ruft Werner an. Sie bittet ihn, ihr in den wenigen Tagen, die ihm vor seiner Rückkehr nach Paris noch in der Hauptstadt verbleiben, die Wunder der neuen deutschen Welt zu entdecken. Werner führt sie als erstes zu einer Großveranstaltung der deutschen Jugend in ein herrliches Stadion von gewaltigen Ausmaßen. Er hat auf die Bequemlichkeit seiner Dienstlimousine verzichtet und fährt sie in seinem schnellen weißen Coupé. Er möchte, daß sie sich unter der jubelnden Menge als eine unter vielen fühlt, und das gelingt ihm auch. Jeder, der an Leni vorbeigeht, bewundert sie, die statt in der gekünstelten Exzentrizität einer Diva in der majestätischen Gestalt einer gesunden, ungeschminkten Frau auftritt. In der Tat trägt Leni nur ein einfaches, knappes Kostüm, das in seinem strengen Schnitt an Militäruniformen erinnert. Der kräftige Lodenstoff hat noch etwas von der Rauheit der Gebirgler, betont aber dennoch ihre weiblichen Formen, und nur die gepolsterten Schultern verbreitern die

– Ja, ich hab es auch gehört. Studierst du nicht mehr?
– Nein. Wie spät ist es?
– Acht vorbei. Zum Glück hab ich heute keinen großen Hunger.
– Höchst seltsam bei dir, Molina, bist du krank?

natürliche Figur der Künstlerin, um sie kräftiger erscheinen zu lassen. Werner betrachtet sie begeistert, da er auf das sprachlose Entzücken Lenis angesichts der monumentalen Front des Stadions gebaut hat, dessen gewaltiger Wucht sie sich in der Tat nicht entziehen kann. Sie fragt Werner, wie es möglich sei, daß ein Volk etwas so Reines und Hohes habe schaffen können, während sich doch im ganzen übrigen Europa eine derart frivole und kurzlebige Kunst sowohl in der Malerei und Bildhauerei wie in der Architektur durchgesetzt habe, eine abstrakte, nur noch dekorative Kunst, die ebenso rasch vergehen werde wie die überflüssige Pariser Damenmode. Werner weiß, was er ihr antworten wird, sagt aber noch nichts, sondern bittet sie, sich noch eine Weile zu gedulden. Und bald stehen sie vor dem unvergeßlichen Schauspiel, das die Blüte der deutschen Jugend ihnen darbietet. Im weiten grünen Feld des Stadions bilden sich gerade Linien, die plötzlich aufbrechen und sich, zum Bogen gerundet, eine Weile wellenförmig bewegen, bis sie wieder in die männlich-starke Gerade zurückfinden: es sind junge Athleten, Knaben und Mädchen in schwarzen Turnhosen und weißen Hemden, die Leibesübungen vorführen, und nun sagt Werner, gleichsam als Erläuterung zu dieser olympischen Vision, von der Leni den Blick nicht wenden kann: »Ja, das Heldentum ist im Aufbruch als künftiger Gestalter der politischen Geschicke, und der Kunst fällt die Aufgabe zu, den heldenhaften Geist dieser Epoche zum Ausdruck zu bringen. Die kommunistische und die futuristische Kunst sind in Wahrheit eine nach rückwärts gewandte, anarchische Kunst. Die unsere aber, die Kultur des Nordens, ist das Bollwerk gegen die fehlgeschlagene mongolisch-kommunistische Kunst und auch gegen die katholische Farce, die nur ein Produkt der assyrischen Korruption ist. Der Liebe setzen wir die Ehre entgegen, und Christus wird künftig ein Athlet sein, der mit Faustschlägen die Händler aus dem Tempel vertreibt . . .« Nun stimmen die Jungen und Mädchen, diese lodernden Menschenfackeln des Nationalsozialismus, eines ihrer kriegerischen, von Vaterlandsliebe durchdrungenen Lieder an, in dem die wie ehemals flatternden Fahnen besungen werden und, in Anlehnung an ein Leitmotiv unseres obersten Propagandachefs, Minister Goebbels, die Pflicht des jungen Revolutionärs, vulkanische Leidenschaften zu erwekken, Haß zu entfachen und Mißtrauen und Zorn kalt und sicher

– Nein, es sind die Nerven.
– Jetzt, glaub ich, kommen sie.
– Nein, Valentin, das sind die von der letzten Zelle, die vom Klo zurückkommen.
– Du hast mir nicht erzählt, was sie dir auf der Direktion gesagt haben.

berechnend zu organisieren, damit die Menschenmassen sich erheben. Trotz des inneren Zwiespalts, in dem Leni seit jenem Tag befangen ist, da sie Werner ein Todesurteil hat aussprechen hören, fühlt sie sich von einer großen Freude durchdrungen. Werner drückt ihre Hand und zieht sie an sich, wagt sie aber nicht zu küssen aus Furcht, ihre Lippen noch immer kalt zu finden. Schweigend essen sie zu Abend. Werner kennt sich in Leni nicht mehr aus, er fühlt, daß sie ihm entrückt ist und sich in ihre geheimen Gedanken eingeschlossen hat. Beide rühren sie kaum einen Bissen an, Leni stürzt ein Glas leichten Moselwein hinunter und schleudert das Glas, sobald sie den letzten Tropfen getrunken hat, gegen den Kamin, daß die Funken stieben. Das Glas zerschellt. Und nun stellt Leni unvermittelt jene Frage, die sie so sehr aufwühlt. »Wie konntest du, ein allen anderen so weit überlegener Mensch, befehlen, daß ein Mensch getötet wird?« »Hat dich das von mir ferngehalten?« fragt Werner erleichtert, und als Leni bejaht, befiehlt er ihr, mit ihm in das Ministerium für Staatssicherheit zu kommen. Leni gehorcht. Trotz der späten Stunde herrscht in den Diensträumen des Ministeriums noch reges Leben, denn das neue Deutschland ruht weder bei Tag noch bei Nacht. Vor Werner, der seine schneidige Militäruniform trägt, springen alle Türen auf. Wenige Minuten später betreten sie einen engen Raum im Untergeschoß, in dem ein kleines Kino eingerichtet ist. Werner befiehlt, daß ein bestimmter Film vorgeführt wird, und gleich darauf sind auf der Leinwand Bilder des Schreckens zu sehen. Es handelt sich um einen Dokumentarfilm über den Hunger, den Hunger in der ganzen Welt. Hunger in Nordafrika, Hunger in Spanien, Hunger in Dalmatien, im Tal des Jangtsekiang, in Anatolien. Und vor jeder dieser tödlichen Katastrophen ziehen zwei oder drei Männer, immer dieselben, durch diese Länder: es sind die Ewigen Juden, die Tod und Verderben bringen. Die Kamera hat alles bis in die letzten Einzelheiten aufgezeichnet. Wie die Aasgeier gehen diese finsteren Händler überall dorthin, wo sommerliche Dürre, Überschwemmungen oder andere Katastrophen stattgefunden haben, um dort ihr teuflisches Mahl zu bereiten. Sie kaufen Lebensmittel auf und verschieben sie. Und nach ihnen kommt die Schar ihrer Trabanten, verruchte Abrahamssöhne wie sie, und wiederholen mit mathematischer Genauigkeit den gleichen

– Nichts. Ich mußte nur hin, um die Papiere für den neuen Rechtsanwalt zu unterschreiben.
– Eine Vollmacht?
– Ja, weil ich den Rechtsanwalt gewechselt habe, mußte ich unterschreiben.

Vorgang. Nach und nach verschwindet zuerst das Getreide, dann alle übrigen Hülsenfrüchte bis zu den geringsten, die als Viehfutter verwendet werden. Und ebenso verschwinden Fleisch, Zucker, Fett, Obst und Gemüse, ob frisch, ob in Konserven. So bricht in den Städten der Hunger aus, die Bewohner strömen hinaus aufs Land, wo sie aber nur die furchtbaren Verheerungen feststellen können, die Jehovas Heuschrecken dort hinterlassen haben. Die Gesichter der Menschen werden schmäler und schmäler, bald vermag niemand mehr aufrecht zu gehen, gebückt irren die Hungernden über die Ebene des großen Sterbens und wanken mit ihren letzten Schritten der Fata Morgana eines Stücks trockenen Brots entgegen, das sie niemals erreichen werden.

Leni stockt fast das Blut in den Adern während der Vorführung, zugleich aber wartet sie fieberhaft darauf, daß die Lichter wieder angehen, damit sie eine Frage stellen kann. Sie möchte von Werner wissen, wer der eine dieser infamen Verbrecher ist, einer der beiden Anführer dieser tödlichen Organisation. Auf Werners Gesicht malt sich tiefe Unruhe bei dem Gedanken, Leni könnte in einem der beiden jenen Verbrecher erkannt haben, den er selbst zur Bestürzung seiner Geliebten hat hinrichten lassen. Aber nein, Leni meint den anderen. Und nun steigt Werners Erregung aufs höchste: sollte Leni gelungen sein, was alle Beamte der Geheimdienste bereits als unmöglich aufgegeben haben? Denn Jakob Levy ist der gegenwärtig meistgesuchte Feind des Nationalsozialismus. Leni vermag keine eindeutige Antwort zu geben, aber sie ist sicher, dieses verkommene Gesicht mit der feisten Glatze und dem langen Wucherer-bart schon einmal irgendwo gesehen zu haben. Werner läßt den Film zurückdrehen und bei dem Bild anhalten, auf dem der Verbrecher erscheint. Aber trotz unmenschlicher Anstrengungen will es Leni nicht gelingen, sich zu erinnern, wo und wann sie dieses Ungeheuer schon gesehen hat. Schließlich verlassen sie den Raum. Sie wollen ein paar Schritte Unter den Linden gehen. Noch immer durchschweift Leni gedankenverloren das Labyrinth ihrer Erinnerung, sie glaubt sicher, Jakob Levy schon gesehen zu haben, und ihre einzige Angst ist, sie könnte ihn in einem Alptraum erblickt, oder besser sich vorgestellt haben. Auch Werner schweigt. Er hat ihr den Film in der Absicht vorführen lassen, ihr zu zeigen, was für ein ekelerregendes Insekt jener Mensch

– Wie haben sie dich behandelt?
– Nicht anders als sonst, als Strichjungen, wie üblich.
– Hörst du? jetzt, glaub ich, kommen sie.
– Ja, da sind sie. Nimm die Zeitschriften weg, wenn sie sie sehen, klauen sie sie uns.

gewesen ist, den er hat hinrichten lassen, nachdem es gelungen ist, in einem Dorf an der schweizerischen Grenze seiner habhaft zu werden. Mit einer einzigen Geste zerstreut Leni die Wolken an Werners Liebeshimmel. Sie nimmt seine rauhe Rechte in ihre weichen weißen Hände und legt sie auf ihr Frauenherz. Nun ist alles klar: Leni hat begriffen, daß der Tod eines hebräischen Molochs die Rettung von Millionen unschuldiger Menschen bedeutet. Ein sanfter Regen fällt auf die Reichshauptstadt. Leni bittet Werner, sie in seinen Armen zu bergen, und ruht lange an seiner Brust. Sobald der neue Tag anbricht, werden sie die Jagd nach dem zweiten Raubtier aufnehmen, das noch immer frei herumläuft. Aber jetzt, in diesem seligen Augenblick, ist kein Raubtiergebrüll aus dem Dschungel zu vernehmen, nein, denn sie stehen ja auf der Erde, welche die Götter erwählt haben, um ihr goldenes Haus auf ihr zu errichten, dort, wo die Moral der Helden bereits die erste Schlacht gegen die Händler im Tempel gewonnen hat.

Es ist ein sonniger Sonntagmorgen. Leni hat Werner gebeten, er möge ihr an diesem letzten gemeinsamen Wochenende vor seiner Rückkehr nach Paris die zauberhaften Täler Oberbayerns zeigen, die verwunschenen Berge, in denen das Erholungshaus des Führers steht, die Gegend, in der eine aufrechte Bauernfamilie ihm Unterschlupf gewährt hat, als er verfolgt wurde. Das Gras ist grün und verströmt würzigen Duft, die Sonne scheint mild und eine leichte Brise weht Kühle von dem ewigen Schnee auf jenen höchsten Gipfeln, die hier Wache halten. Auf dem Gras ein einfaches bäuerliches Tischtuch. Auf dem Tischtuch ein frugaler Imbiß. Leni wird nicht müde, Werner über alles zu befragen, was den Führer betrifft. Anfangs klingen ihr seine Worte noch fremd und ungewohnt. ». . . In den liberalen Staaten führt das soziale ökonomische Problem in eine Sackgasse. Dieses Problem kann jedoch wesentlich einfacher und zur Zufriedenheit aller gelöst werden durch eine autoritäre Regierungsform, die nicht in anmaßenden internationalen Gruppen, sondern voll und ganz im Volk verwurzelt ist . . .« Aber Leni bittet ihn, ihr in einfachen Worten von der Person des Führers und, wenn möglich, von seinem Aufstieg zur Macht zu sprechen. Werner erzählt . . . »Die marxistischen Blätter und die jüdische Hetzpresse verkündeten dem deutschen Volk nur Chaos und Demütigungen. Von Zeit zu Zeit verbreiteten sie auch die falsche

– Ich komme um vor Hunger.
– Bitte, Valentin, beschwer dich nicht beim Wärter.
– Nein . . .
– . . .
– . . . . –

Nachricht von der Verhaftung Adolf Hitlers. Aber eine solche Festnahme wäre schon deshalb unmöglich gewesen, weil niemand ihn erkannt hätte, da der Führer es niemandem gestattete, ihn zu photographieren. Kreuz und quer durchfuhr er unser Land in allen Richtungen, um geheime Versammlungen abzuhalten. Manchmal habe ich selbst ihn in gebrechlichen kleinen Flugzeugen begleitet. Ich weiß es noch gut, wie wir mit dröhnenden Motoren in die Nacht aufstiegen, manchmal mitten im Gewitter. Aber der Führer achtete nicht auf die Blitze, er war versunken in tiefen Schmerz um sein vom marxistischen Wahnsinn, vom Gift des Pazifismus und anderen artfremden Gedanken unterjochtes Volk. Und wie oft sind wir im Auto denselben Weg gefahren, den wir gestern zurückgelegt haben und heute abend wieder zurückkehren werden: von den Alpen nach Berlin . . . Alle Straßen waren ihm vertraut als die Adern, die zum Herzen seines Volkes führen. Wir machten immer nur eine Rast, genau wie diese . . . , breiteten ein Tischtuch auf dem Rasen aus, setzten uns unter die Bäume und aßen ein frugales Mahl. Ein Butterbrot, ein hartes Ei, etwas Obst – das war alles, was der Führer aß. Wenn es regnete, nahmen wir diese kleine Stärkung einfach im Wagen ein. Und schließlich kamen wir an, und in den Versammlungen wuchs dieser bescheidene Mann zu einem Giganten empor, und über aufrührerische Rundfunkstationen übertrugen die Ätherwellen die Keulenschläge seiner Überredungskunst. Mehr als einmal hat er sein Leben aufs Spiel gesetzt, wenn der marxistische Terror auf den Straßen tobte . . .« Leni hört ihm begeistert zu, aber sie möchte immer noch mehr erfahren, sie als Frau möchte wissen, auf welchem Geheimnis die innere Kraft des Führers beruht. Werner antwortet ihr: »Der Führer ist in jedem seiner Worte. Er glaubt an sich und an alles, was er sagt. Er ist das, was heute so schwer zu finden ist: Echtheit. Und das Volk erkennt, was echt ist, und klammert sich an ihn. Aber der tiefste Grund der Persönlichkeit des Führers wird selbst für uns, seine nächsten Mitarbeiter, immer ein Geheimnis bleiben. Nur der Glaube an Wunder kann uns das erklären. Gott hat diesen Mann gesegnet, und der Glaube, der Glaube des Führers wie der Glaube an ihn, versetzt Berge.«
Leni legt sich ins Gras und sieht Werner voll in die klaren, blauen Augen, die so ruhig, so vertrauensvoll blicken, weil sie auf die Wahrheit gerichtet

— Da, nehmen Sie.
— Polenta . . .
— Ja.
— Danke . . .
— So viel?
— Damit Sie sich nicht beschweren.
— Aber warum ist in der anderen Schüssel weniger?
— Hier ist das in Ordnung. Was haben Sie davon, Mann, wenn Sie sich beschweren?
— . . .
— . . .
— Ich hab ihm nicht statt deiner geantwortet, Molina, sonst hätt ich ihm, glaube ich, den ganzen Scheißgips in die Fresse geworfen.
— Was nützt es dir, wenn du dich beschwerst?
— Die eine Schüssel ist nur halb so voll wie die andere, der Wärter ist doch verrückt, dieser Saukerl.
— Ich nehm die kleine Schüssel, Valentin.
— Nein, nimm du die große, wo du doch immer die ganze Polenta ißt.
— Ich hab dir doch gesagt, daß ich keinen Hunger habe. Nimm du die große.

sind. Sie schlingt die Arme um seinen Hals und ist so ergriffen, daß sie nur noch zu sagen vermag: »Jetzt begreife ich, warum du dich der Bewegung angeschlossen hast. Du hast den Sinn des Nationalsozialismus von Grund auf verstanden.«
Für Leni beginnen nun zwei Wochen angestrengter Arbeit in den Berliner Studios. Sofort nach den letzten Aufnahmen stürzt sie ans Telefon, um mit ihrem Geliebten zu sprechen, den seine Aufgaben in Paris festhalten. Werner hält eine wunderbare Überraschung für sie bereit: noch ehe sie sich wieder in Paris treffen, kann er ein paar Tage Urlaub nehmen, und diese Tage können sie gemeinsam an einem schönen Fleckchen verbringen, an irgendeinem Ort dieses nationalsozialistischen Reichs, das ihr zujubelt. Aber Leni hat eine noch größere Überraschung für ihn. Seit dem Tag, an dem sie zusammen jenen Dokumentarfilm gesehen haben, hat sie unaufhörlich an das Gesicht jenes Verbrechers gedacht, der noch immer nicht festgenommen worden ist, und jeden Tag ist ihre Gewißheit gewachsen, diesen Mann in Paris gesehen zu haben. Deshalb will sie

– Da, zier dich nicht!
– Nein, wirklich nicht, warum sollte ich die große Schüssel haben?
– Weil du Polenta gern magst.
– Ich hab keinen Hunger, Valentin.
– Fang nur an, es wird dir gut tun.
– Nein.
– Schau, heute ist sie nicht mal so schlecht.
– Ich mag nicht, ich hab keinen Hunger.
– Hast du Angst, daß du dick wirst?
– Nein.
– Also dann iß, Molina, heute ist die Gipspolenta ganz anständig, ich hab an der kleinen Schüssel mehr als genug.

....

....

– Ah . . . Au . . .
– . . .
– Au . . .
– Was ist los mit dir?
– Nichts, dieses Weib ist beschissen.
– Was für ein Weib?
– Ich, Dummkopf!
– Warum jammerst du denn?
– Mir tut der Bauch weh . . .
– Mußt du dich übergeben?
– Nein . . .
– Besser, ich hol die Tüte heraus.
– Nein, laß nur . . . Es sitzt weiter unten als der Schmerz, in den Eingeweiden.

schon jetzt dorthin zurückkehren und die Suche nach ihm beginnen. Trotz seiner Angst um sie ist Werner einverstanden, daß sie einem Spionage-Kommando beitritt. Voll Vertrauen, daß sie ihre Aufgabe meistern wird, steigt Leni aus dem Zug, nur der Anblick ihrer Heimat, Frankreichs, bekümmert sie tief. Nachdem sie täglich die strahlenden Gesichter im nationalsozialistischen Vaterland gesehen hat, kann sie ihr durch Rassenvermischung entwürdigtes Frankreich nur mit Ekel betrachten. Ihr Frankreich erscheint ihr unbestreitbar vernegert und verjudet. (Fortsetzung)

– Vielleicht Durchfall?
– Nein ... Ein stechender Schmerz, aber weiter oben.
– Dann ruf ich den Wärter ...
– Nein, Valentin. Es scheint, daß es vorübergeht.
– Wie fühlst du dich?
– Es sticht ... aber wahnsinnig stark ...
– An welcher Stelle?
– Im ganzen Bauch ...
– Womöglich der Blinddarm?
– Nein, ich bin schon operiert worden.
– Mir hat das Essen nichts gemacht.
– Sicher sind es die Nerven. Ich war heute furchtbar nervös. Aber anscheinend läßt es etwas nach ...
– Versuch dich zu entspannen. So sehr du kannst. Laß die Arme locker und die Beine auch.
– Ja, es sieht aus, als ob es besser würde.
– Hast du schon lange Schmerzen?
– Ja, schon eine ganze Weile. Entschuldige, daß ich dich aufgeweckt habe.
– Ach was ... Warum hast du mich nicht früher geweckt, Molina?
– Ich wollte dich nicht stören ... Au ...
– Tut es sehr weh?
– Ein gräßlicher Stich ... Aber es läßt nach, glaub ich.
– Willst du nicht versuchen zu schlafen? Kannst du schlafen?
– Ich weiß nicht ... Au ... gemein.
– Wenn du dich unterhalten willst ... vielleicht tut es dir gut, wenn du nicht an den Schmerz denkst.
– Nein, schlaf du nur, mach dich nicht wach.
– Ich bin jetzt schon wach.
– Verzeih.
– Ich wache doch soundsooft von allein auf und kann dann nicht mehr einschlafen.
– Scheinbar läßt es ein wenig nach ... Au ... doch nicht ... au, gemein ...
– Soll ich den Wärter rufen?

– Nein, es geht schon vorbei.
– Weiß du was?
– Was?
– Ich bin neugierig, wie der Film ausgeht, der Nazi-Film.
– Aber er hat dir doch gar nicht gefallen?
– Ja, aber trotzdem möchte ich wissen, wie er ausgeht, um die Mentalität der Filmleute kennenzulernen und um zu sehen, was für Propaganda sie machen wollten.
– Du kannst dir einfach nicht vorstellen, wie schön er anzusehen war.
– Wenn es dir hilft, dich abzulenken – warum erzählst du mir nicht ein Stück weiter? Ganz rasch, nur den Schluß.
– Au ...
– Wird der Schmerz wieder stark?
– Nein, es geht schon vorüber, aber wenn jetzt noch ein Stich kommt, ist er jedesmal stark. Danach tut es fast nicht mehr weh.
– Wie hört der Film auf?
– Wo waren wir denn?
– Sie wollte für die Leute vom Maquis arbeiten, aber dann kommt der Vertrag über einen Film in Deutschland.
– Er hat sich dir eingeprägt, nicht?
– Ein x-beliebiger Film ist es nicht, klar. Erzähl schnell, damit du zum Schluß kommst.
– Also schön, was ist nachher passiert? Hmmm ... au, gemein, wie weh das tut ...
– Erzähl, dann denkst du nicht mehr an den Schmerz, es tut dir weniger weh, wenn du dich ablenkst ...
– Hast du Angst, daß ich sterbe, ehe ich dir den Schluß erzählt habe?
– Nein, ich sag es deinetwegen.
– Schön, sie geht nach Deutschland filmen, und Deutschland und die sportliche deutsche Jugend gefallen ihr sehr. Und ihm verzeiht sie alles, weil sie erfährt, daß derjenige, der auf seinen Befehl getötet wurde, ein barbarischer Verbrecher war, der die schlimmsten Sachen angestellt hat. Sie zeigen ihr auch das Photo eines anderen Verbrechers,

den sie noch nicht gefaßt haben, der halb und halb ein Komplize dessen ist, den der Offizier hat hinrichten lassen . . . Au . . . es tut noch immer weh . . .
– Dann hör auf und versuch zu schlafen.
– Nein, kein Gedanke! Als ob ich schlafen könnte! Es tut noch viel zu weh.
– Ist es ein anhaltender Schmerz?
– Kreuzteufel, noch nie hab ich solche Stiche gehabt . . . Siehst du, und jetzt vergeht's wieder.
– Dann will ich versuchen einzuschlafen.
– Nein, warte.
– Denn dann schläfst du auch ein.
– Nein, ich kann bestimmt nicht. Ich erzähl dir den Film weiter.
– Schön.
– Wie war das noch? Ja, ihr kommt es so vor, als ob sie den Verbrecher schon gesehen hätte, aber sie weiß nicht mehr, wo. Und dann fährt sie nach Paris zurück, denn dort, glaubt sie, hat sie ihn kennengelernt. Und kaum kommt sie an, setzt sie sich mit denen vom Maquis in Verbindung, um zu sehen, ob sie nicht bis zum Chef der Organisation vordringen kann, der nur Leute vom Schwarzmarkt angehören, Leute, die das Verschieben von Lebensmitteln organisieren. Und alles mit dem Köder, daß sie ihnen das geheime Waffenlager der Deutschen verrät, denn das hat doch das Hinkebein von ihr gewollt, erinnerst du dich?
– Ja, aber du weißt doch, daß die vom Maquis echte Helden waren, oder nicht?
– Mensch, glaubst du wirklich, ich bin so eine blöde Gans?
– Wenn du von dir als Frau sprichst, geht es dir bestimmt besser.
– Schön, wie auch immer, aber mach dir klar, daß dieser Film in den Liebesszenen himmlisch war, einfach ein Traum, das Politische haben die von der Regierung dem Regisseur aufgezwungen, du weißt doch, wie sowas geht.

Wenn der Regisseur den Film gedreht hat, hat er sich der Komplizenschaft mit der Regierung schuldig gemacht.
– Schön, jetzt erzähl ich ihn dir in einem Zug zu Ende. Au, jetzt kommt der Schmerz wieder, weil du mit mir gestritten hast, au . . . uhhh.
– Erzähl, das lenkt dich ab.
– Die Sache ist die: sie verlangt, zum Hauptquartier des Maquis gebracht zu werden, wenn sie das Geheimnis des Waffenlagers preisgeben soll. Und eines Tages fahren sie sie in ein Schloß außerhalb von Paris. Aber sie hat mit dem Offizier ausgemacht, daß er und seine Soldaten ihr nachfahren, denn so können sie die vom Schwarzmarkt-Maquis überfallen. Aber der Chauffeur, der sie fährt – es ist der Mörderkerl, der immer mit dem Hinkebein zusammen war –, merkt, daß sie ihnen folgen und wendet einen Trick an, damit die Deutschen, die ihnen nachfahren, der Offizier an der Spitze, die Spur verlieren. Schön, dann kommen sie zum Schloß und führen Leni hinein, und wie sie sich erinnern will, steht sie schon vor dem Chef des Maquis, und es ist der Butler, der sie so sehr überwacht hat.
– Welcher?
– Der im Haus des Offiziers. Da sieht sie ihn sich genauer an und merkt, daß es der gleiche entsetzliche Kerl ist, der Bärtige auf dem Verbrecherphoto, das sie ihr in Berlin gezeigt haben. Und sie verrät ihm das Geheimnis, weil sie sicher ist, daß der Offizier und die deutschen Soldaten gleich kommen und sie retten werden. Aber die haben ihre Spur verloren, und deshalb vergeht die Zeit und sie kommen nicht. Dabei merkt sie, daß der widerliche Fahrer heimlich mit dem Chef spricht, um ihm zu sagen, daß er den Verdacht hat, die Deutschen wären ihnen nachgefahren. Aber natürlich erinnert sie sich auch, daß der Butler ihr im Haus immer nachspioniert hat, um sie nackt zu sehen usw., und so spielt sie ihre letzte Karte, sie verführt ihn. Inzwischen versuchen der Offizier und die Patrouille, im Regen die Spur des Autos zu finden. Und nachdem sie lange gesucht haben, finden sie die Spur, ich weiß nicht

mehr, wie sie das angestellt haben. Und sie ist allein mit dem Mörder, dem Butler, der in Wirklichkeit der Chef der ganzen Bande ist, ein weltbekannter Verbrecher, und wie er sich auf sie wirft, in dem kleinen Salon, wo er ein Abendessen für zwei hat auftragen lassen, nimmt sie die Tranchiergabel und tötet ihn. Und eben kommen der Offizier und die anderen, und sie macht das Fenster auf, um aus dem Haus zu fliehen, aber genau da, unter dem Fenster, steht der mörderische Fahrer Wache, und der Offizier sieht ihn zwar rechtzeitig und feuert einen Schuß auf ihn ab, aber das Hinkebein, nein, Verzeihung, der Fahrer – das Hinkebein ist ja schon im Museum gestorben –, also der Fahrer, der schon im Sterben liegt, schafft es noch, auf das Mädchen zu schießen. Sie hält sich am Vorhang fest, damit der Offizier sie aufrecht antrifft, aber wie er kommt und sie in die Arme nimmt, schwinden ihr die letzten Kräfte, sie sagt, daß sie ihn liebt und daß sie beide bald wieder in Berlin sein werden. Und erst jetzt merkt er, daß sie verletzt ist, weil Blut aus der Schußwunde in ihrem Rücken oder in der Brust, ich weiß es nicht mehr, an seinen Händen ist. Und er küßt sie, und wie er die Lippen von ihrem Mund nimmt, ist sie schon tot. Und die letzte Szene spielt in einem Pantheon in Berlin, ein herrliches Gebäude, wie ein griechischer Tempel, in dem jeder Held seine Statue hat. Und da steht sie, eine riesige Statue, oder besser gesagt, in natürlicher Größe, unbeschreiblich schön in einer griechischen Tunika, ich glaube, daß sie selber die Statue spielt, das Gesicht weiß gepudert, und er legt ihr Blumen in die Arme, die sie nach ihm ausstreckt, als wollte sie ihn umarmen. Und er zieht sich zurück, und ein Licht erstrahlt, als käme es vom Himmel herab, und er geht, die Augen voller Tränen, und sie bleibt mit ausgestreckten Armen zurück, allein, und im Tempel ist eine Inschrift, die besagt, daß das Vaterland sie nie vergessen wird, oder so ähnlich. Und er geht allein, aber durch eine Straße voll Sonnenschein. Schluß.

FÜNFTES KAPITEL

— Du hättest zu Mittag etwas essen sollen.
— Ich hatte nicht den geringsten Appetit.
— Warum verlangst du nicht, daß sie dich auf Krankenstation bringen? Vielleicht geben sie dir was und du erholst dich.
— Ich erhole mich schon wieder.
— Aber sieh mich nicht so an, Molina, als ob ich die Schuld hätte ...
— Wie seh ich dich denn an?
— Starr siehst du mich an.
— Du bist verrückt, wenn ich dich ansehe, gebe ich dir doch deswegen nicht die Schuld. Und Schuld woran? Bist du verrückt?
— Schön, wenn du schimpfst, geht es dir auch schon besser.
— Nein, besser geht es mir nicht, ich fühle mich wahnsinnig niedergeschlagen.
— Sicher ist der Blutdruck nach unten gegangen. Schön, ich studier jetzt ein bißchen.
— Erzähl mir lieber was, Valentin, los.
— Nein, das ist meine Studierstunde, ich muß meinen Leseplan einhalten, das weißt du doch.
— Nur an diesem einzigen Tag, was schadet das?
— Wenn ich einen Tag aussetze, werde ich mich später gehenlassen.
— Faulheit ist aller Laster Anfang, hat meine Mama immer gesagt.
— Bis dann, Molina.
— Wie gern würde ich Mamachen sehen, ich weiß nicht, was ich darum gäbe, wenn ich sie heute für eine Weile sehen könnte.
— Sei doch bitte ein bißchen still, ich hab viel zu lesen.
— Du bist einfach beschissen.
— Hast du nicht irgendeine Zeitschrift zur Hand?

– Nein, und lesen bekommt mir nicht, mir wird schon schwindlig, wenn ich bloß die Bilder anschaue, es geht mir eben nicht gut.
– Entschuldige, aber wenn es dir nicht gut geht, solltest du auf die Krankenstation.
– Schon gut, Valentin, studier nur, hast recht.
– Sei nicht ungerecht, und sprich nicht in diesem Ton mit mir.
– Entschuldige. Studier du nur ruhig.
– Heute nacht unterhalten wir uns, Molina.
– Dann erzählst du mir einen Film.
– Ich könnte keinen einzigen erzählen. Das mußt schon du tun.
– Wie schön wäre das, wenn du mir jetzt einen erzählen könntest, einen, den ich nicht gesehen habe.*

* Im Anschluß an Exposition und Widerlegung der drei Haupttheorien über den Ursprung der Homosexualität untersucht der bereits erwähnte Forscher D. J. West in seinem Werk »Psychologie und Psychoanalyse der Homosexualität« auch die am weitesten verbreiteten Vulgärmeinungen zu diesem Problem. In der Vorrede dazu wirft er den Theoretikern, die homosexuelle Neigungen als widernatürlich bezeichnen und sie auf Drüsenfunktionen oder Erbanlagen zurückführen, ohne doch den Beweis dafür erbringen zu können, Mangel an Weitblick vor und hält ihnen, was merkwürdig anmuten mag, die Ansicht der Kirche zu diesem Problem als die fortschrittlichere vor. Die Kirche nämlich habe homosexuelle Impulse einfach als einen der vielen die Menschen bedrängenden »bösen«, aber natürlichen Triebe katalogisiert.

Die moderne Psychiatrie hingegen ist sich darin einig, die Ursachen der Homosexualität auf den seelischen Bereich zu beschränken. Das hindert aber nicht, schreibt West, daß im Volk eine Reihe von Ansichten über Homosexualität fortbestehen, die jeder wissenschaftlichen Grundlage entbehren.

Die erste sei die Perversionstheorie, derzufolge ein Mensch die Homosexualität annehme wie ein anderes Laster. Der grundlegende Irrtum bestehe darin, daß der Lasterhafte die ihm am meisten zusagende Abweichung von der Norm frei wählt, während der Homosexuelle das ihm vorgeschlagene normale Sexualverhalten nicht übernehmen kann, da er seine tieferen homosexuellen Neigungen selbst dann nicht ausschalten kann, wenn ihm heterosexuelle Akte gelingen.

– Aber erstens erinnere ich mich an keinen, und zweitens muß ich studieren.

– Du kommst auch noch an die Reihe, und dann wirst du sehen ... Nein, ich mache nur Spaß. Weißt du, was ich tun werde?

– Was?

– Ich denke an irgendeinen Film, einen, der dir nicht gefallen würde, einen ganz romantischen. Und damit werd ich mich unterhalten.

– Klar, das ist eine gute Idee.

– Und heute nacht erzählst du mir, was du gelesen hast.

– Phänomenal.

– Denn ich bin ganz benommen und weiß nicht, ob ich mich an die Einzelheiten eines Films erinnern könnte, um ihn dir zu erzählen.

Die zweite landläufige Meinung ist die von der Verführung. T. Gibbons ist dieser Frage in seinem Buch über »Sexualverhalten junger Krimineller« nachgegangen, und er stimmt mit West und anderen Forschern darin überein, daß ein Individuum unter dem Einfluß einer Person gleichen Geschlechts, die es auf seine Verführung abgesehen hat, zum ersten Mal bewußt homosexuelle Neigungen verspürt haben mag. Aber eine solche Verführung, die fast immer in der Jugend erfolgt, kann zwar die Tatsache der Initiierung in homosexuelle Praktiken erklären, nicht aber das Aussetzen heterosexueller Wünsche begründen. Ein derartiger isolierter Vorfall kann Homosexualität als Dauererscheinung nicht erklären, zumal Homosexualität in der Mehrheit der Fälle exklusiv, d. h. mit heterosexueller Betätigung unvereinbar ist.

Die dritte von West aufgegriffene Vulgärtheorie ist die von der Geschlechtertrennung. Ihr zufolge komme es bei Jungen, die nur unter Männern und ohne Kontakt zu Frauen, oder bei Mädchen, die ohne Kontakt zu Männern aufwachsen, zu Sexualpraktiken untereinander, die diese jungen Menschen für immer prägten. In seinem Buch »Von der Lust überrumpelt« berichtigt S. Lewis diese Meinung dahingehend, daß z. B. Internatszöglinge zwar ihre ersten sexuellen Erfahrungen wahrscheinlich mit Jungen machen, daß aber die Häufigkeit homosexueller Praktiken in Internaten mehr mit dem übermächtigen Drang nach sexueller Entladung zusammenhängt als mit der freien Wahl des Partners. West fügt hinzu, daß das Fehlen seelischer Kontakte zum weiblichen Geschlecht – etwa durch die totale Geschlechtertrennung im Internat oder durch die geistige

– Denk an was Schönes.
– Und du studier und quatsch nicht mehr ... denn du weißt ja: Faulheit ist aller Laster Anfang.
– Einverstanden.
– *ein Wald, hübsche Häuser, Steinhäuser – mit Strohdächern?, nein, mit Ziegeldächern, Nebel, im Winter alles tief verschneit, wenn kein Schnee liegt, nur Nebel herrscht, ist Herbst, die Ankunft der Gäste in konfortablen Autos, die Scheinwerfer beleuchten den Pflasterweg. Die elegante Holztür. Wenn die Fenster offen stehen, muß Sommer sein, eines der hübschesten Chalets in der Gegend, die Luft voll würzigem Tannenduft. Das Wohnzimmer ist mit Kandelabern beleuchtet, rings um den Kamin, in dem kein Feuer brennt – es ist ja eine Sommernacht! –, sind die Möbel gruppiert, englische Stilmöbel, aber die Stühle sind nicht dem Feuer, sondern dem Klavier zugekehrt, einem Flügel aus ... Fichtenholz? Mahagoni? Aus Sandelholz! Der blinde Pianist im Kreis seiner Gäste, seine fast pupillenlosen Augen sehen nicht, was vor ihnen ist, nicht das Äußere, sie sehen etwas anderes, das, was wirklich zählt. Erstaufführung des Konzerts, das der Blinde gerade komponiert hat*

Geschlechtertrennung in manchen Familien – Homosexualität entschiedener fördern kann als die Praktik sexueller Spiele in Internatsschulen. Die Psychoanalyse, die Gedächtniserforschung betreibt, um Kindheitserinnerungen wieder wachzurufen, vertritt die Ansicht, daß der Ursprung sexueller Besonderheiten in der Kindheit zu suchen sei. In der »Traumdeutung« stellt Freud die These auf, daß fast alle individuellen Neurosen auf sexuellen und affektiven Konflikten beruhen. Sobald die Probleme Ernährung und Schutz vor der Witterung – Dach und Kleidung – gelöst seien, melde sich im Menschen der Drang nach Befriedigung seiner sexuellen und affektiven Bedürfnisse. Diesen kombinierten Drang bezeichnet Freud als Libido, die sich, ihm zufolge, bereits im Kind rege. Freud wie auch seine Nachfolger behaupten, daß die Äußerungen der Libido höchst vielfältig sind, daß jedoch die Regeln der Gesellschaft eine ständige Überwachung der Libido erzwängen, vor allem um die Familie als Urzelle jedes gesellschaftlichen Konglomerats zu schützen. In dieser Hinsicht seien homosexuelle und Inzestwünsche die unerwünschtesten Äußerungen der Libido.

und in dieser Nacht für seine Freunde spielen wird; in schönen langen Kleidern die Frauen, kein großer Luxus, gerade richtig für ein Abendessen auf dem Land. Oder vielleicht rustikale Möbel, provenzalisch, und die Räume mit Petroleum beleuchtet? Glückliche Paare, jung, nicht extravagant, und ein paar Alte schauen auf den Blinden, der schon bereit ist, seine Musik zu spielen. Stille. Ein paar erklärende Worte des Blinden über den wahren Vorfall, der ihn zu seiner Komposition inspiriert hat, eine Liebesgeschichte, die sich im Wald vor dem Haus abgespielt hat. Die Erzählung vor dem Konzert, damit die Gäste tiefer in die Musik eindringen können, »alles begann an einem Herbstmorgen, als ich durch den Wald ging«, ein Stock und der Blindenhund, das reichlich abgefallene Laub, das einen Teppich bildet, das wunderschöne Rascheln unter den Schritten, krack, krack, als lachten die Blätter, wenn sie zertreten werden, das Lachen des Waldes? Wie der Alte, mit dem Stock tastend, an der Holztür eines Chalets vorbeikommt, die Gewißheit, auf etwas Merkwürdiges gestoßen zu sein, ein Haus, eingesponnen in etwas Seltsames, eingesponnen in was? nicht in Sichtbares, er ist ja blind. Ein Haus, eingesponnen in etwas Seltsames, auch Musik geht nicht von den Wänden aus, die Steine, die Balken, der grobe Verputz, Efeu klettert an den Steinen hoch, die pulsieren, lebendig sind, der Blinde bleibt einen Augenblick lang unbeweglich stehen, das Pulsieren hört auf, aus dem Wald langsames Näherkommen scheuer Schritte, auf das Haus zu. Ein Mädchen, »ich weiß nicht, ob Sie, Señor, und Ihr Hund Besitzer dieses Chalets sind, oder haben Sie sich verirrt?« Die Stimme des Mädchens so sanft, das feine Benehmen, sicher ist sie schön wie der junge Morgen, und obwohl ich ihr nicht in die Augen sehen kann, brauche ich nur den Hut zu ziehen, um sie zu begrüßen. Armer Blinder, er weiß nicht, daß ich nur ein armes Dienstmädchen bin, und er zieht den Hut, er ist der einzige Mensch, der nicht so zu tun braucht, als wäre er nicht darüber erschrocken, daß ich so häßlich bin. »Wohnen Sie in diesem Haus, Señor?« »Nein, ich bin nur vorübergegangen und mußte eine Pause machen.« – »Haben Sie sich auch bestimmt nicht verirrt? Ich kann Ihnen den Weg zeigen, ich bin in diesem Flecken zuhause.« Oder sagt man Weiler? Flecken und Weiler sind von früher, in Argentinien sind es Dörfchen, ich weiß nicht, wie man diese eleganten Waldsiedlungen in den Vereinigten Staaten nennt. »Meine Mutter war Dienstmädchen wie ich, sie hat mich nach Boston gebracht, als ich noch klein war, und da sie jetzt tot ist und ich ganz allein auf der Welt bin, bin ich in den Wald zurückgekommen und suche hier das Haus einer alleinstehenden Dame, von der mir gesagt worden ist, daß sie ein Dienstmädchen braucht.« Knarren einer Tür in den Angeln, dann die grämliche Stimme der Ledigen: »Was wünschen Sie«, es hört sich an, als ob sie belästigt worden wäre. Abschied vom Blinden, das häßliche Mädchen betritt das Haus. Empfehlungsschreiben an die Ledige, Abmachung, als Dienstmädchen dazubleiben, Erzählung der Ledigen und Ankündigung, daß in Kürze zwei Mieter kommen werden, »kaum zu fassen, daß es glückliche Leute auf dieser Welt gibt, aber obwohl es kaum zu glauben ist, wenn sie kommen, wirst du sehen, was für ein schönes Brautpaar. Was soll ich allein mit dem großen Haus? das hübsche kleine Zimmer im Erdgeschoß reicht für mich, und du hinten im Dienstbotenzimmer.« Schöner Aufenthaltsraum, rustikal, poliertes Holz und Stein, knisterndes Holz im Kamin, Fenster halb zugewachsen vom Efeu. Die Fensterscheiben nicht groß, sondern unterteilt in kleine viereckige Rähmchen, alles ein bißchen schief, rustikal, und die dunkle, glänzende Holztreppe hinauf zum Schlafzimmer des Ehepaars und zum Arbeitszimmer für den jungen Mann. Architekt? Drängen zur Eile, damit bis zum Abend alles fertig ist, Überwachen des Putzens durch die Ledige, drohende Gebärde einer bösen Alten, dann die Reue nach jeder Zurechtweisung wegen mangelhafter Säuberungstechnik des kleinen Dienstmädchens, »entschuldige, aber ich bin so nervös, ich kann mich nicht mehr beherrschen.«

Aber mit einer so bösen Stimme, daß es besser gewesen wäre, sie hätte sich nicht entschuldigt. Und jetzt brauche ich nur noch die Vase der Ledigen zu waschen und die Blumen hineinzustellen – ein Auto kommt! Das Paar, das aussteigt, ein blondes Mädchen, himmlisch angezogen, Pelzmantel – Nerz? – Blick des Dienstmädchens aus dem Fenster, der Mann, der mit dem Rücken zum Haus das Auto schließt, Eile des Dienstmädchens beim Herrichten der Blumen, das Wasser, das auf den Boden schwappt, weil die Vase umkippt – aber mit meinen ungeschickten Händen hab ich ihr einen Schubs gegeben und verhütet, daß sie ganz umfällt und kaputtgeht, die Neugier, die Brautleute zu sehen, die jetzt hereinkommen, das Dienstmädchen niedergekauert, um den Boden aufzuwischen, die Worte der Ledigen, die das Haus zeigt, unbändige Freude in der Stimme des Mannes, die Stimme der Braut, die mit dem Haus nicht recht glücklich ist, besser gesagt mit der Abgeschiedenheit in dieser Wohngegend – soll ich es wagen, den Kopf zu heben und sie anzusehen? Darf ein Dienstmädchen grüßen oder nicht? Die Stimme der Braut ziemlich unsympathisch, herrisch, ein rascher Blick des Dienstmädchens auf den Mann, der schön ist, wie er schöner nicht sein könnte, und er grüßt sie nicht einmal. Klage der Braut wegen der Einsamkeit des Hauses, der Melancholie, die sie hier befallen wird, wenn es dunkel wird, Unmöglichkeit, ihm seine Illusionen auszureden, Absprache, das Haus zu mieten, mündliche Zusage und Versprechen, zu schreiben und den Vertrag samt Scheck zu schicken, Ankunft festgesetzt auf ein paar Tage nach der Hochzeit. Befehl des jungen Mannes an das Dienstmädchen, das gerade wieder anfängt, die Blumen in die Vase zu richten, sich aus dem Zimmer zu entfernen, der Wunsch des Bräutigams, mit der Braut allein zu sein. »Nur eine Minute, damit ich die Blumen fertig ordnen kann«, »es ist schon gut so, gehen Sie, sage ich.« Wunsch, sich mit der Braut ans Fenster zu setzen, in den Wald zu schauen, diese weichen Hände mit den langen lackierten Fingernägeln einer Frau, der Hausarbeit fremd ist, in der seinen zu halten. Alte Inschrift in einer der Butzenscheiben des Fensters, ungeschickt eingeritzt, der Name eines Paars und darunter ein Datum, 1914. Bitte des Bräutigams an die Braut, den Verlobungsring abzuziehen und ihm zu geben, ein großer, rautenförmig geschnittener Stein, sein Wunsch, mit dem Ring auch ihrer beider Namen in eine der Scheiben zu ritzen. Aber als er anfängt, den Namen der Braut zu schreiben, fällt der Ring, der Stein springt aus der Fassung. Schweigen beider, uneingestandene Angst aus einem schlimmen Vorgefühl heraus, ahnungsvolle Musik, der Schatten der Ledigen auf dem entlaubten Wald. Bald darauf Abfahrt der Brautleute, Abschied nur für ein paar Tage, steigende Angst vor einer schlimmen Vorbedeutung, schwer zu vergessen. Der Herbst, wie traurig manchmal! sonnige, aber kurze Nachmittage, lange Dämmerungen, die Geschichte der Ledigen, dem Dienstmädchen erzählt: »Auch ich stand einmal kurz vor der Hochzeit.« Ausbruch des Krieges 1914, Tod des Bräutigams an der Front, alles war vorbereitet gewesen, das Häuschen im Wald, eine herrliche Aussteuer, Tischdekken, Bettücher, Vorhänge, die sie selbst gestickt hat: »jeder Stich eine Liebeserklärung!« Vor fast dreißig Jahren, eine noch unversehrte Liebe, die am Tag des Abschieds ins Fenster eingeritzten Namen. »Ich liebe ihn noch wie damals, und was schlimmer ist, ich vermisse ihn noch heute wie an dem Nachmittag, als er ging und ich allein zurückblieb.« Und traurig, trauriger denn je dieser Herbstabend, die unheilvolle Nachricht im Radio, der Eintritt der USA in einen neuen Krieg, den zweiten nutzlosen Weltkrieg. Gestern ist heute, untröstliches Schluchzen der Ledigen in ihrem Schlafzimmer, das Dienstmädchen zittert vor Kälte, im Kamin nur ein Rest sterbender Glut, nur für sie, die da gottverlassen im Wohnzimmer steht, darf kein Holz nachgelegt werden, mit der Schaufel holt sie sorgfältig die Asche des letzten Feuers heraus. Ein paar Tage später, der Brief des jungen Mannes, der an dem Haus interessiert, praktisch schon Mieter war, die Mitteilung, daß er zur

Luftwaffe eingezogen ist, daher Verschiebung der Hochzeit, Bitte um Entschuldigung wegen des Vertragsbruchs. Wiederholt sich die Geschichte? Überflüssigkeit des Dienstmädchens in dem jetzt leeren Haus, Mangel an Arbeit ohne die Mieter, den ganzen Tag sieht sie durchs Fenster in den Regen hinaus, sie spricht mit sich selber ...

– Bist du noch nicht müde vom Lesen?

– Nein, wie fühlst du dich?

– Ich fühle jetzt eine unheimliche Depression kommen.

– Na, na, Kopf hoch, Genosse.

– Macht es dich nicht müde, bei diesem miesen Licht zu lesen?

– Nein, ich bin's schon gewohnt. Aber wie geht's deinem Bauch?

– Etwas besser. Erzähl mir, was du liest.

– Wie soll ich dir das erzählen, es ist was Philosophisches, über politische Macht.

– Aber etwas muß doch drinstehen, oder?

– Es steht drin, daß ein anständiger Mann nicht nach der politischen Macht greifen kann, weil sein Begriff von Verantwortung es ihm verbietet.

– Da hat dein Buch recht, alle Politiker sind Räuber.

– Für mich stimmt genau das Gegenteil, wer nicht politisch handelt, tut es nur, weil er einen falschen Begriff von Verantwortung hat. Meine Verantwortung ist vor allem Verantwortung dafür, daß nicht immer weiter Menschen vor Hunger sterben, dafür kämpfe ich.

– Kanonenfutter, das bist du.

– Wenn du nichts verstehst, dann halt die Klappe.

– Du willst nur nicht hören, daß man dir die Wahrheit sagt.

– Ignorant! wenn du nichts verstehst, dann red nicht.

– Wird schon einen Grund haben, daß du so wütend wirst.

– Schluß! Laß mich lesen.

– Schon gut. Wenn es dir eines Tages schlecht geht, mach ich's genauso.

– Sei jetzt endlich still, Molina!
– Schon gut, ein andermal werd ich dir ein paar Wörter sagen.
– Einverstanden. Bis dann.
– Bis dann.
– *Aussprache mit der Ledigen, Erlaubnis für das Dienstmädchen, im Haus zu bleiben, wenn sie nicht weiß, wohin, die Traurigkeit der Ledigen, die Traurigkeit des kleinen Dienstmädchens, Summe zweier Traurigkeiten, besser einzeln, als eine in der anderen gespiegelt, obwohl manchmal besser zu zweit, um eine Zweierration Büchsensuppe zu teilen. Strenger Winter, überall Schnee, macht alles noch stiller, die weiße Decke dämpft das Geräusch eines Automotors, der vor dem Haus ausgeschaltet wird, das Fenster, innen beschlagen, außen halb verschneit, das Mädchen, das einen runden Durchguck in die Fensterscheibe reibt, der junge Mann, der mit dem Rücken zum Haus die Wagentür schließt, Freude des Dienstmädchens, warum?, rasche Schritte zur Tür, nur schnell die Tür aufgemacht für den schönen, freudigen jungen Mann, er soll nur kommen samt der bösen Braut . . . »Ayyyy! Verzeihen Sie mir!« Beschämung des Dienstmädchens, daß sie den Ausdruck des Abscheus nicht unterdrücken konnte, finsterer Blick des armen jungen Mannes, des furchtlosen Fliegers, dessen Gesicht jetzt von einer grauenhaften Narbe entstellt ist. Die Unterredung des jungen Mannes mit der Ledigen, Schilderung des Unfalls, des Nervenzusammenbruchs jetzt, die Unmöglichkeit, an die Front zurückzukehren, Vorschlag, das Haus für sich allein zu mieten, der Jammer der Ledigen bei seinem Anblick, die Verbitterung des jungen Mannes, die schroffen Worte gegen das Dienstmädchen, die schroffen Befehle, »bringen Sie mir, was ich verlange, und lassen Sie mich allein, machen Sie keinen Lärm, ich bin sehr nervös«, das schöne, strahlende Gesicht des jungen Mannes in der Erinnerung des kleinen Dienstmädchens, und ich frage mich, was macht ein Gesicht eigentlich schön? Warum hat man immer solche Lust, ein schönes Gesicht zu*

streicheln? Warum möchte ich immer gern ein schönes Gesicht um mich haben, es streicheln, es küssen? Ein schönes Gesicht muß eine kleine Nase haben, aber auch große Nasen sind manchmal anmutig, und große Augen, oder aber kleine, lächelnde Augen, gütige Äuglein ... Eine Narbe vom Haaransatz, die quer durch eine Braue geht, ein Lid zerschneidet, die Nase einkerbt und in der Wange auf der anderen Seite verläuft, ein durchgestrichenes Gesicht, ein finsterer Blick, Blick eines bösen Menschen, er hat ein Philosophiebuch gelesen, und weil ich ihn etwas gefragt habe, hat er mir einen finsteren Blick zugeworfen, wie abscheulich, wenn einem jemand einen finsteren Blick zuwirft. Was ist schlimmer, daß dir jemand einen finsteren Blick zuwirft, oder daß er dich überhaupt nicht anschaut? Mama hat mich nie finster angeschaut, sie haben mir acht Jahre gegeben, weil ich mich mit einem Minderjährigen eingelassen habe, aber Mama hat mich nicht finster angeschaut, aber Mama kann durch meine Schuld sterben, das matte Herz einer Frau, die viel durchgemacht hat, ein Herz, das müde ist. Müde vom vielen Verzeihen? Ein Leben voller Verdruß an der Seite eines Mannes, der sie nicht verstanden hat, und dann der Verdruß mit dem Sohn, der dem Laster verfallen ist, nicht einen Tag hat mir der Richter erlassen, damit kein Junge mehr mit mir in Berührung kommt, hat er gesagt, deshalb erläßt er mir keinen Tag von der vollen Strafe, die das Gesetz vorschreibt, ich sei das Schlimmste von allem, hat er vor ihr gesagt, eine widerliche Tunte, und während er das alles sagte, starrte Mama den Richter an, die Augen voller Tränen, als ob ihr jemand gestorben wäre, aber als sie sich umdrehte und mich ansah, hat sie mir zugelächelt, »die Jahre werden rasch um sein, und mit Gottes Hilfe werde ich am Leben bleiben«, und alles wird sein, als ob nichts gewesen wäre, und jede Minute, die vergeht, schlägt ihr Herz – immer schwächer?, die Angst, daß ihr Herz müde wird und nicht mehr schlagen kann, aber kein Wort davon hab ich diesem Scheißkerl gesagt, nie hab ich ihm auch nur ein Wort von Mami erzählt, denn wenn er sich traut und ein blödes Wort sagt, schlag ich ihn tot, den Scheißkerl, was weiß der schon, was Gefühl ist? was weiß der, was es heißt, vor Kummer zu sterben? was weiß der, was es heißt, daran schuld zu sein, daß es meiner kranken Mami immer schlechter geht? Ist meine Mami schwerkrank? Stirbt meine Mami? Wird sie die sieben Jahre auf mich warten, bis ich herauskomme? Ob der Gefängnisdirektor sein Versprechen halten wird? Stimmt das, was er mir verspricht? Begnadigung? Strafnachlaß? Eines Tages der Besuch der Eltern des verwundeten Fliegers, der Flieger, eingeschlossen in seinem Zimmer im oberen Stockwerk, »sagen Sie meinen Eltern, daß ich sie nicht sehen will«, das Drängen der Eltern, zwei anmaßende Reiche, kalt wie Eiszapfen, der Abgang der Eltern, die Ankunft der Braut, »sagen Sie meiner Braut, daß ich sie nicht sehen will«, die Bitte der Braut von der Treppe aus, »laß mich dich sehen, Liebster, ich schwör dir, daß mir dein Unfall nichts ausmacht«, die heuchlerische Stimme der Braut, die Verlogenheit in allem, was sie sagt, der jähe Abgang der Braut, der Ablauf der Tage, die Bilder, die der junge Mann zeichnet, eingeschlossen in seinem Zimmer, der Blick auf den verschneiten Wald vom Fenster aus, die ersten Vorzeichen des Frühlings, die zarten jungen Triebe, ein paar im Freien angefertigte Skizzen von Bäumen und Wolken, das kleine Dienstmädchen, das mit Kaffee und Gebäck in den Wald kommt, eine unerwartete Äußerung des Dienstmädchens zu der Zeichnung, die auf dem Pult steht, die Überraschung des Kriegsversehrten, was hat die Kleine da über seine Zeichnung gesagt? Warum merkt der Mann in diesem Augenblick, daß das kleine Dienstmädchen eine feinfühlige Seele hat? Was eigentlich geschieht, wenn jemand irgendwann etwas sagt und jemand anders damit für immer gewinnt? Was hat ihm das Dienstmädchen über die Zeichnung gesagt? Wie hat sie es fertiggebracht, daß er gemerkt hat, sie ist mehr als nur ein kleines häßliches Dienstmädchen? Wie gern würde ich mich an die Worte erinnern. Was mag sie ihm gesagt haben? Ich kann mich auf nichts mehr aus dieser Szene besinnen, und dann eine andere wichtige Szene, die Begegnung zwischen ihm und dem Blinden, der Bericht des Blinden, der ihm erzählt, wie er sich nach und nach damit abgefunden hat, das Augenlicht verloren zu haben, und eines Abends der Vorschlag an das junge Mädchen, »wir sind beide allein, beide erhoffen wir uns nichts mehr vom Leben, weder Liebe noch Freude, aber vielleicht können wir einer dem anderen helfen, ich habe ein bißchen Geld, das für Sie ein Schutz sein kann, und Sie können mich ein wenig pflegen, denn mit meiner Gesundheit geht es bergab, und ich kann niemand um mich haben, der mich bemitleidet, und Sie können mich nicht bemitleiden, weil Sie genauso allein und traurig sind wie ich, also könnten wir uns zusammentun, auch wenn es nicht mehr ist als ein Vertrag, eine Abmachung zwischen zwei Menschen, die nichts anderes als Freunde sind. Hat der Blinde ihn auf den Gedanken gebracht? Was mag es gewesen sein, was er ihm gesagt hat und worauf ich mich nicht mehr besinne?, manchmal kann ein einziges Wort Wunder wirken. Die Holzkirche, der Blinde und die Ledige als Zeugen, ein paar Kerzen brennen auf dem blumenlosen Altar, die leeren Bänke, die ernsten Gesichter, der Stuhl des Organisten und das Podium des Kirchenchors leer, die Ansprache des Pfarrers, der Segen, das Hallen der Schritte im leeren Kirchenschiff, als die Brautleute hinausgehen, der Anbruch der Abenddämmerung, die schweigende Rückkehr ins Haus, die Fenster stehen offen, damit die laue Sommerluft hereinkommt, das Bett des Mannes in sein Arbeitszimmer, das des Dienstmädchens in sein Schlafzimmer gebracht, sein ex-Schlafzimmer, das Hochzeitsmahl, das die Ledige vorbereitet hat, der Tisch mit zwei Gedecken im Wohnzimmer neben dem Fenster, der Kandelaber mit den Kerzen zwischen den zwei Gedecken, das Gutenacht der Ledigen, ihre Skepsis angesichts dieser Scheinliebe, der bitter verzerrte Mund, das Paar in tiefem Schweigen, die Flasche alten Weins, der wortlose Toast, die

Unmöglichkeit, sich in die Augen zu sehen, das Grillengezirp draußen im Garten, das feine – bisher nie vernommene – Rauschen des Waldes im Wind, der seltsame – bisher nie wahrgenommene – Schein der Kerzen, der immer seltsamere Glanz, der verschwimmende Umriß aller Dinge, ihres so häßlichen Gesichts, seines entstellten Gesichts, die fast unhörbare, sanfte Musik, von der man nicht weiß, woher sie kommt, ihr Gesicht und ihre Gestalt in Dunst und weißem Licht, nur ihre glänzenden Augen sind sichtbar, nach und nach verzieht sich der Dunst, ein angenehmes Frauengesicht, das Gesicht des kleinen Dienstmädchens, aber verschönt, ihre buschigen Brauen in zwei geschwungene Linien verwandelt, ihre Augen von innen erleuchtet, die Wimpern zum Bogen verlängert, ihre Haut wie Porzellan, der lächelnde, über makellosen Zähnen geöffnete Mund, ihr welliges Haar, das in seidigen Locken herabfällt, und das einfache Kattunkleid? ein elegantes Abendkleid aus Spitze. Und er?, unmöglich, seine Züge zu erkennen, sein Bild verwischt durch den Widerschein der Kerzen oder wie aus tränenschweren Augen gesehen, die Tränen trocknen, sein Gesicht jetzt ganz deutlich, das Gesicht eines fröhlichen jungen Mannes, wie er schöner nicht sein könnte, aber seine Hände zittern, nein, ihre Hände, die Annäherung seiner einen Hand an eine ihrer Hände. Rauschen des Windes im Wald, oder Geigen und Harfen? Das sich Anblicken, Auge in Auge, der Eindruck beider, den Klang von Geigen und Harfen zu hören, den die nach Araucarien duftende Brise hereinweht, die Vereinigung der Hände, Lippen, die sich einander nähern, der erste nasse Kuß, das Klopfen der zwei Herzen ... im gleichen Takt, die sternübersäte Nacht, sie sind schon weggegangen vom Tisch ..., die leeren Tische im Restaurant, die Kellner, die herumsitzen und auf Kunden warten, die langsamen, ruhigen Stunden am frühen Morgen, die eben erst angezündete Zigarette seitlich im Mund, linker oder rechter Mundwinkel, sein Speichel mit dem Geschmack nach Tabak, nach schwarzem Tabak, der Blick traurig in irgendwelche Fernen gerichtet, durchs Fenster das Vorbeifahren der Autos auf der regennassen Straße, ein Auto nach dem anderen, denkt er an mich? warum hat er mich nie besucht? konnte er nicht einmal mit einem Kollegen die Schicht wechseln? Ob er zum Arzt gegangen ist wegen seiner Ohrenschmerzen?, von einem Tag auf den anderen hat er es verschoben, nachts, wie er sagte, manchmal schreckliche Schmerzen, dann schwor er, am nächsten Tag nachsehen zu lassen, tags darauf war der Schmerz vorbei, und er dachte nicht mehr daran, zum Arzt zu gehen, und in der Nacht, wenn er im Restaurant auf die ersten Morgengäste wartete, denkt er sicher daran und sagt sich, daß er mich morgen besuchen wird, und sieht durch das Fenster zu, wie die Autos vorbeifahren, und am allertraurigsten ist es, wenn die vorderen Fenster des Restaurants vom Regen naß sind, als hätte das Restaurant angefangen zu weinen, denn er wird niemals weich, er hält alles aus, weil er ein Mann ist und keine Tränen vergießt, und wenn ich ganz stark an jemand denke, sehe ich in meiner Erinnerung ein Spiegelbild auf einer regennassen Fensterscheibe, das verschwommene Bild der Erinnerung, wenn ich mich erinnere, ist es immer das Gesicht von Mami und sein Gesicht, bestimmt denkt er an mich, und wenn er nur käme, das erste Mal an einem Sonntag und dann, alles im Leben ist Gewohnheit, an einem anderen Tag und noch einem, und wenn die Begnadigung kommt, wartet er auf mich an der Ecke der Strafanstalt, wir nehmen ein Taxi, die Hände finden zusammen, der erste Kuß ist schüchtern und trocken, die geschlossenen Lippen sind trocken, die halb geöffneten Lippen sind schon ein wenig feucht. Der Speichel mit dem Geschmack nach Tabak? Und wenn ich sterbe, ehe ich aus dem Gefängnis komme, weiß ich nicht, welchen Geschmack sein Speichel hat. Was geschah in jener Nacht? Beim Aufwachen Angst, daß alles nur ein Traum war, in unsagbarer Angst ein Blick von ihr zu ihm, von ihm zu ihr im Tageslicht, in diesem Haus leben ein hübsches Mädchen und ein junger Mann, wie er schöner nicht sein könnte.

Und sie verstecken sich vor der Ledigen, sie soll sie nie sehen, sie haben Angst, sie könnte etwas über sie sagen und alles wäre verloren, und in aller Frühe gehen sie in den Wald hinaus, wenn niemand da ist, um den Sonnenaufgang zu sehen, in dem ihre Gesichter hell und schön sind und immer eines nahe am anderen, damit sie sich so viele Küsse geben können, wie sie wollen, aber daß ja niemand sie sieht, manchmal geschehen seltsame Dinge. Schritte im Wald an diesem Morgen! Unmöglich, sich zu verstecken, die Baumstämme sind nicht so dick, langsame Schritte eines Mannes, der durch das betaute Gras tappt, und hinter ihm ein Hund ... Es ist nur der Blinde, welche Erleichterung, denn er sieht nicht, aber er grüßt, weil er sie atmen gehört hat, der herzliche, aufrichtige Gruß, die Intuition des Blinden, der ahnt, daß sich etwas verändert hat, die drei auf dem Rückweg in das verwunschene Haus, der Appetit am frühen Morgen, das amerikanische Frühstück, das Mädchen bereitet alles vor, so daß der Blinde und der junge Mann einen Augenblick allein sind, der Blinde fragt, was geschehen ist, die Erzählung, Freude des Blinden, plötzlich der schwarze Blitz der Angst auf der weißen Netzhaut des Blinden, wie er diesen einfachen Satz hört: »Wissen Sie, was? ich werde meine Eltern rufen, damit sie kommen und mich und meine geliebte Frau besuchen.« Die Anstrengung des Blinden, all seine Befürchtungen zu verbergen, Ankündigung des Besuchs seiner Eltern, die die Einladung angenommen haben, der Mann und das Mädchen in Erwartung der Eltern, ohne den Mut zu finden, aus dem Schlafzimmer hinunterzugehen, die Ledige wartet unten, das Auto kommt, die kurze Unterhaltung der Eltern mit der Ledigen, die Glückseligkeit der Eltern, weil er ihnen geschrieben hat, daß er geheilt ist, das Erscheinen des Mannes und des Mädchens oben auf der Stiege, die grausame Enttäuschung der Eltern, die grausige Narbe quer übers Gesicht des Mannes, seine Frau ein armes Dienstmädchen mit häßlichem Gesicht und ungeschicktem Benehmen, die Unfähigkeit, Freude vorzutäuschen, nach einer kleinen

Weile der Verdacht des Mannes: ist alles nur eine Täuschung gewesen?, haben wir uns doch nicht verändert? Der Blick hin zur Ledigen in der Hoffnung, daß sie ihn ebenso schön findet wie früher, der bitter verzerrte Mund der Ledigen, das Mädchen rennt zu einem Spiegel, die grausame Wahrheit, der Mann neben ihr im selben Spiegel, die abscheuliche Narbe, die Schutzsuche im Dunkeln, die wahnsinnige Angst, einander anzusehen, das Geräusch des Autos der Eltern, das Motorengeräusch schon weit entfernt in Richtung Stadt, das Mädchen in ihrem Dienstmädchenzimmer versteckt, Verzweiflung des Mannes, Zerstörung des Selbstbildnisses, auf dem er das Mädchen im Arm hat, das rasende Werk der Hände, bis das Bild in Fetzen gerissen ist, der Anruf der Ledigen beim Blinden und der Besuch des Blinden eines Herbstabends, das Gespräch mit dem kranken Mann und dem häßlichen Mädchen, die gelöschten Lichter, um das Sichansehen zu vermeiden, drei Blinde, versammelt in der traurigsten Stunde des Tages, die Ledige, die an der Tür horcht, »begreifen Sie denn nicht, was Ihnen geschieht?, ich bitte Sie, daß Sie sich, wenn ich mit Ihnen gesprochen habe, wieder ins Gesicht sehen wie vorher, ich weiß, daß Sie das all die Tage nicht getan haben, daß Sie sich voreinander versteckt haben, und es ist doch ganz einfach, das Geheimnis dieses schönen Sommers zu erklären, den Sie so glücklich verbracht haben ... Sie sind schön einer für den anderen, weil sie sich lieben und nur noch die Seele des anderen sehen, ist das so schwer zu begreifen? und ich bitte Sie nicht, daß Sie sich jetzt gleich ansehen, später, wenn ich gegangen bin ..., ja, ohne alle Angst, denn die Liebe, die in den alten Steinen dieses Hauses pulsiert, hat ein neues Wunder gewirkt, nämlich daß Sie, wie Blinde, nicht einer des anderen Körper sehen, sondern nur die Seele.« Der Abgang des Blinden im letzten rötlichen Schimmer der Abenddämmerung, der Mann, der hinaufgeht, um sich für das Abendessen umzukleiden, das Mädchen deckt den Tisch, ihre Angst, an den Spiegel zu gehen, um sich herzurichten und zu frisieren, die festen Schritte der Ledigen, die in das Zimmer des kleinen Dienstmädchens tritt, die in die Ferne gerichteten Augen der Ledigen, ihr gutes Zureden, das Mädchen, das sich nicht frisieren kann, weil ihm die Hände zittern, die Worte der Ledigen, während sie ihm das Haar macht, »ich habe gehört, was der Blinde zu euch gesagt hat, und ich weiß, daß er recht hat, seit mein Bräutigam aus den furchtbaren Schützengräben in Frankreich nicht zurückgekommen ist, wartet dieses Haus darauf, zwei Liebende aufzunehmen, und ihr beide seid die Erwählten; und so ist die Liebe, sie verschönt den, der lieben kann, ohne irgend etwas dafür zu erwarten. Und ich bin sicher, wenn heute mein Bräutigam aus dem Jenseits zurückkäme, wäre ich für ihn genauso jung und schön wie damals, ja, ich bin ganz sicher, denn er ist in Liebe zu mir gestorben«, der gedeckte Tisch neben dem Fenster, das Mädchen stehend, hinausblickend auf den in der Dunkelheit versinkenden Wald, die Schritte des Mannes, die Angst, sich umzudrehen und ihn anzusehen, seine Hand, die nach ihrer Hand greift, er zieht ihr den Ring vom Finger und schreibt ihrer beider Namen ins Glas, Streicheln über ihr seidiges Haar, Streicheln einer porzellanglatten Haut, das Lächeln eines Mannes, der schöner nicht sein könnte, ihr Lächeln über makellosen Zähnen, der feuchte Kuß des Glücks, das Ende der Erzählung des Blinden, die ersten Akkorde eines sanftklingenden Konzerts, die Ankunft zweier weiterer Gäste, des Mannes und des Mädchens, man sieht sie von hinten, beide sind elegant, aber von hinten kann man nicht sehen, ob ihre Gesichter schön sind oder häßlich, und niemand ahnt, daß sie die Protagonisten der Geschichte sind, die sie eben gehört haben, und Mama gefiel dieser Film wahnsinnig gut, mir auch, und ein Glück, daß ich ihn nicht diesem Scheißkerl erzählt habe, kein Wort werde ich ihm mehr sagen über Dinge, die ich gern mag, soll er mich auslachen, weil ich weich bin, wir werden ja sehen, ob er niemals weich wird, ich werde ihm keinen Film mehr erzählen, den ich besonders gern mag, die sind bloß für mich, in meiner Erinnerung, an die soll er nicht mit seinen schmutzigen Wörtern rühren, dieser Scheißkerl mit seiner Scheißrevolution.

. . . .

– Gleich wird die Mahlzeit kommen, Molina.
– Ah, du hast eine Zunge?
– Ja, ich hab eine.
– Ich dachte schon, die Ratten hätten sie dir gefressen.
– Nein, die Ratten haben sie mir nicht gefressen.
– Dann bück dich und steck sie dir in den Arsch, wenn du kannst.
– Entschuldige, aber ich mag nicht, wenn du dir solche Vertraulichkeiten herausnimmst.
– Ausgezeichnet, kein Wort werden wir mehr sprechen, verstehst du? kein einziges Wort . . .
– . . . .
– Nein, danke.
– Nimm die größere Schüssel.
– Nein, nimm du sie.
– Danke.
– Gern geschehen. Nichts zu danken.

– Ich habe mir geschworen, daß ich dir keinen Film mehr erzählen werde. Jetzt komme ich in die Hölle, weil ich den Schwur breche.
– Du kannst dir nicht vorstellen, wie weh es tut. Die Stiche sind brutal.
– So ist es mir vorgestern gegangen.
– Und anscheinend wird es von Mal zu Mal schlimmer, Molina.
– Aber dann solltest du auf Krankenstation gehen.
– Sei nicht gemein, bitte. Ich hab dir schon gesagt, daß ich nicht gehen will.
– Wenn sie dir ein paar Tabletten Seconal geben, das schadet doch nichts.
– Doch schadet es, du gewöhnst dich daran. Du redest, weil du nicht Bescheid weißt.
– Schön, ich erzähl dir den Film ... aber was ist eigentlich das mit dem Seconal, worüber ich nicht Bescheid weiß?
– Nichts.
– Los, sag mir's, sei doch nicht so, und außerdem: wem sollte ich es weitererzählen?
– Das sind Dinge, über die ich nicht sprechen darf, weil wir, die von der Bewegung, uns das versprochen haben.
– Aber sag mir wenigstens das mit dem Seconal, Valentin, dann können sie auch mich nicht damit hereinlegen.
– Aber versprich mir, es niemand zu sagen.
– Versprochen.
– Einem Genossen ist es passiert: sie haben ihn daran gewöhnt und damit weich bekommen, sie haben ihm den Willen gebrochen. Ein politischer Gefangener darf nie auf Krankenstation gehen, verstehst du? nie. Bei euch können sie damit nichts erreichen. Aber bei uns schon, denn danach verhören sie uns, und wir haben keine Widerstandskraft mehr, und sie lassen uns singen, was sie hören

möchten ... Ay, ayyy ... Mensch, die Stiche sind entsetzlich, als ob Nadeln eingebohrt würden ... Es ist, wie wenn sie einem einen Dolch im Bauch umdrehen.
– Schön, ich erzähl dir, das wird dich zerstreuen, und du denkst weniger an die Schmerzen.
– Welchen willst du mir erzählen?
– Einen, der dir bestimmt gefallen wird.
– Au! ... So eine Scheiße ...
– ...
– Erzähl nur, kümmere dich nicht darum, daß ich jammere, halt dich nicht damit auf.
– Schön, er fängt an in ... wo hat er eigentlich gespielt? Er spielt nämlich an vielen Stellen ... Aber vorher möchte ich noch etwas klarstellen: mir gefällt dieser Film nicht.
– Und?
– Es ist einer von den Filmen, die Männern gefallen, deshalb erzähl ich ihn dir, weil du krank bist.
– Danke.
– Wie hat er angefangen? ... Warte, ja, auf dieser Autorennbahn, von der ich nicht mehr weiß, wie sie heißt, im Süden Frankreichs.
– Le Mans.
– Warum wissen die Männer immer über Autorennen Bescheid? Schön, und da fährt ein Typ aus Südamerika mit, ein Playboy, wahnsinnig reich, der Sohn von einem dieser Farmer, die Bananenplantagen besitzen, sie sind bei dem Proberennen, und er erklärt einem anderen, daß er nicht für eine Autofirma fährt, denn die Autohersteller wären alle nur Ausbeuter des Volkes. Er fährt mit einem Auto, das er selber gebaut hat, denn so ist der Typ, ein unabhängiger Charakter. Und sie sind bei der Probefahrt und trinken Erfrischungen, während sie darauf warten, daß sie an die Reihe kommen, und er ist überglücklich, denn allen Berechnungen nach wird er phantastisch gut abschneiden beim Proberennen, jedenfalls nach den Voraussagen derer, die seine Maschine auf der Bahn gesehen haben, und natürlich wird das für die großen Autofirmen

ein harter Schlag sein, wenn der Typ sie einfach so aus dem Feld schlägt. Schön, während sie noch Erfrischungen trinken, sieht man, wie jemand zu seinem Wagen geht, einer der Wärter neben der Box merkt es, tut aber, als sähe er nichts, weil er mit ihm unter einer Decke steckt. Der, der zum Auto gegangen ist, ein Kerl mit einem fiesen Gesicht, verstellt irgendwas am Motor, er schraubt was los und geht. Der Junge kommt zurück, setzt den Helm auf, um zum Rennen zu starten. Und startet phantastisch, aber bei der dritten Runde schlägt Feuer aus dem Motor, nur mit knapper Not kann er sich retten. Ihm selber ist nichts passiert, aber ...

– Au ... verdammt nochmal ... dieser Schmerz!

– .... aber das Auto ist hin. Er kommt mit seiner Gruppe zusammen und sagt, daß für ihn alles aus ist, er hat kein Geld mehr, um ein neues Auto zu konstruieren, und dann fährt er nach Monte Carlo, denn dort in der Nähe ist der Vater auf einer Jacht mit einer viel jüngeren Biene, einem tollen Weib. Oder genauer, der Sohn ruft seinen Vater auf der Jacht an, und sie verabreden sich auf der Terrasse vor der Suite des Vaters in dem Hotel, in dem er abgestiegen ist. Aber die Biene kommt nicht mit, weil der Alte dem Sohn gegenüber ein schlechtes Gewissen hat, man merkt, daß er ihn sehr gern mag, er sah so froh aus, als der Sohn ihn anrief. Der Sohn wollte eigentlich den Vater um Geld bitten, aber er ist sich nicht schlüssig, im Grunde schämt er sich, ein Herumtreiber zu sein, einer, der nichts Ordentliches tut, aber wie er den Vater trifft, umarmt ihn der Alte so liebevoll und sagt ihm, er soll sich wegen des kaputten Autos keine Sorgen machen, er will sich überlegen, was er tun kann, damit der Sohn zu einem neuen Auto kommt, obwohl es ihn ängstigt, daß der Sohn Autorennen fährt und sein Leben aufs Spiel setzt. Da sagt der Sohn, darüber hätten sie doch schon gesprochen, und das haben sie auch, der Vater selber hat ihn gedrängt, Rennfahrer zu werden, weil er wußte, daß das die große Leidenschaft des Jungen ist, und auf diese Weise hat er ihn auch von den politischen

Zentren der linken Studenten fortgebracht, denn der Junge hat in Paris politische Philosophie studiert.
– Politische Wissenschaften.
– Genau. Und da fragt ihn der Vater, wieder in dem Versuch, den Sohn auf ein sicheres Gleis zu bringen, warum er nicht für eine der bekannten Autofirmen fahren will. Da wird der Sohn wütend und sagt zum Vater, er hätte es schon geschafft, ihn aus der Pariser Atmosphäre herauszureißen, und er hätte auch tatsächlich alles vergessen, während er sein Auto konstruiert hat, aber sich in den Dienst dieser internationalen Industriepolypen zu stellen, das nicht!, und da sagt ihm der Vater etwas, was er nie hätte sagen dürfen, nämlich daß er ihn an seine geschiedene Frau erinnert, wenn er ihn so wütend reden hört, an die Mutter des Jungen, die so leidenschaftlich, so idealistisch gewesen ist, und schließlich – wozu? . . . um so zu enden, wie sie geendet hat? Da dreht sich der Junge um und will gehen, aber der Vater, dem es leid tut, sagt, er soll bleiben, er wird ihm das Geld geben, das er braucht, um ein neues Auto zu bauen, und was weiß ich . . . aber der Sohn, der, das sieht man gleich, eine besondere Schwäche für seine Mutter hat, geht und schlägt die Tür zu. Der Vater bleibt zurück, nachdenklich, ernstlich besorgt, von der Terrasse aus schaut er auf die herrliche Mole von Monte Carlo mit den vielen illuminierten Jachten, alle haben Lämpchen an den Masten und den Segeln, ein Traum, und da klingelt das Telefon, es ist die Biene, und der Alte entschuldigt sich und sagt, daß er diese Nacht nicht ins Kasino kommt, er hat ein schweres Problem und will es lösen. Schön, wie der Junge aus dem Hotel geht, trifft er auf eine Gruppe von Freunden, die ihn auf ein Fest mitschleppen. Und der Junge ist derart deprimiert, daß er mitten im Fest eine Flasche Cognac nimmt und in ein Zimmer geht, schön, aber ich habe dir nicht gesagt, daß die Szene in einer Traumvilla spielt, außerhalb von Monte Carlo, in einem dieser unglaublich luxuriösen Häuser an der Riviera, mit Gärten und Freitreppen, und auf den Balustraden und den

Treppen stehen große Steingefäße, wie Blumentöpfe, in denen die schönsten Pflanzen wachsen, meistens Riesenkakteen und diese Pflanzen, aus denen Hanf gemacht wird, kennst du sie?

— Ja.

— Schön, genau die. Und der Junge hat sich vom Fest abgesetzt und in ein Zimmer zurückgezogen, die Bibliothek, und da will er sich allein betrinken. Da sieht er, daß jemand kommt, eine Frau schon etwas reiferen Alters, aber sehr damenhaft, auch sie mit einer Flasche in der Hand. Da er im Dunkeln sitzt, nur durchs offene Fenster kommt ein wenig Licht, sieht sie ihn nicht, und so setzt sie sich und schenkt sich ein Glas ein, aber unterdessen geht in der Bucht von Monte Carlo ein Feuerwerk hoch, weil irgend ein Nationalfeiertag ist, und da benützt er die Gelegenheit und sagt »Chinchin« zu ihr. Sie erschrickt ein bißchen, aber wie er ihr durch eine Handbewegung zeigt, daß sie beide das gleiche getan haben, nämlich eine Flasche Napoléon mitzunehmen, um sich und die Welt zu vergessen, da kann sie nicht anders, sie muß lachen. Er fragt sie, was sie vergessen wollte, und sie antwortet, wenn er es zuerst sagt, dann wird sie es ihm auch sagen.

— Ich müßte schon wieder aufs Klo.

— Soll ich rufen, damit sie aufmachen?

— Nein, ich werd's schon noch aushalten.

— Dadurch wird es nur schlimmer.

— Sonst merken sie, daß es mir schlecht geht.

— Nein, wegen Durchfall werden sie dich nicht auf die Krankenstation bringen.

— Nein, wir haben heute schon viermal gerufen, warte noch, wenn ich kann, werde ich durchhalten . . .

— Du bist vollkommen weiß, das ist doch etwas Schlimmeres als Durchfall, ich an deiner Stelle würde in die Krankenstation gehen.

— Sei still, bitte.

— Ich erzähl dir den Film weiter, aber, hör zu . . . so eine Magensache kann doch nicht ansteckend sein, oder? denn was du hast, ist wie meine Magenverstimmung, genau das gleiche ... Du wirst doch nicht mir die Schuld geben, daß ich dich angesteckt habe, oder?

– Es muß das Essen sein, was uns geschadet hat ... Du warst genauso weiß. Aber es wird schon vorübergehen, erzähl weiter ...

– Wie lange hat es bei mir gedauert? ... ungefähr zwei Tage.

– Nein, eine Nacht, und am Tag darauf warst du wieder in Ordnung.

– Dann ruf ich den Wärter, es hat doch nichts zu sagen, wenn es dir eine Nacht lang schlecht geht.

– Erzähl weiter.

– Schön. Wir waren da, wo er die elegante Frau trifft. Sie, würde ich sagen, ist schon ziemlich reif, eine Dame aus der großen Welt.

– Sag mir, wie sie gebaut ist.

– Nicht sehr groß, eine französische Schauspielerin, vollbusig, aber gleichzeitig dünn, eine ganz schlanke Taille, ein enganliegendes Abendkleid mit tiefem Ausschnitt und trägerlos, diese montierten Ausschnitte, weißt du noch?

– Nein.

– Doch, Mann. Diese Ausschnitte, die aussehen, als würden die Titten auf dem Tablett serviert.

– Bring mich bitte nicht zum Lachen.

– Es waren diese feststehenden, unter dem Stoff mit Draht verstärkten Ausschnitte. Und die Frauen in aller Ruhe: Eine Titte, Señor? Bitte, bedienen Sie sich.

– Bitte, bring mich nicht zum Lachen.

– Aber so vergißt du den Schmerz, Dummkopf.

– Ich hab Angst, daß ich mich vollmache.

– Nein, bitte nicht, sonst kommen wir um in der Zelle. Ich erzähl weiter, schön, also er soll zuerst erzählen, warum er trinkt, um zu vergessen. Und er wird ganz ernst und sagt, daß er trinkt, um alles zu vergessen, absolut alles. Sie fragt ihn, ob es nichts gibt, woran er sich noch erinnern möchte, und er sagt, am liebsten wäre es ihm, wenn sein

Leben erst in dem Augenblick anfinge, wo sie das Zimmer betreten hat, die Bibliothek. Dann kommt sie an die Reihe, und ich hatte die Vorstellung, sie würde ungefähr das gleiche erzählen, daß auch sie alles vergessen wollte, aber nein, sie sagt, daß sie im Leben vieles hat und daß sie auch dankbar dafür ist, sie ist Directrice einer großen, erfolgreichen Modezeitschrift und ihre Arbeit macht ihr Freude, und sie hat wunderbare Kinder und das Familienerbe gehört ihr, dabei stellt sich heraus, daß sie die Besitzerin dieser wunderschönen Villa ist, die wie ein Palast aussieht, aber natürlich, eins möchte auch sie vergessen, nämlich wie schlecht es ihr mit den Männern ergangen ist. Der Junge sagt, daß er sie beneidet um alles, was sie hat, denn was ihn angeht, er sei völlig blank. Natürlich, von seinem Problem mit der Mutter will der Typ nichts sagen, aber in Wirklichkeit ist die Scheidung der Eltern die reine Obsession für ihn, und er hat Schuldgefühle, weil er die Mutter verlassen hat, denn obwohl sie sehr reich ist und auf einer fabelhaften Hazienda lebt, hat sie einen anderen Mann geheiratet, als der Vater sie verließ, oder wird ihn heiraten, und der Junge denkt, daß sie es nur tut, um nicht allein zu sein. Ah, jetzt erinnere ich mich wieder, sooft die Mutter ihm schreibt, sagt sie, daß sie einen anderen Mann heiraten wird, obwohl sie ihn nicht liebt, nur aus Angst vor dem Alleinsein. Und der Junge hat ein furchtbar schlechtes Gewissen, weil er sein Land verlassen hat, wo die Arbeiter mißhandelt werden, denn er hat revolutionäre Ideen, aber er ist der Sohn eines Multimillionärs und niemand mag ihn, niemand aus dem Volk. Und er fühlt sich auch elend, weil er die Mutter verlassen hat. Alles das erzählt er dieser Frau. Weißt du was? . . . Nie, überhaupt nie hast du mir etwas von deiner Mutter erzählt.
– Doch, natürlich hab ich.
– Bei Gott, ich schwör's dir: niemals.
– Ich habe eben nichts zu erzählen.
– Sehr verbunden. Ich danke dir für das Vertrauen.
– Warum dieser Ton?

– Nichts, wenn es dir besser geht, reden wir weiter.
– Au ... au ... verzeih mir ... au ... was hab ich bloß gemacht ...
– Nein, putz dich nicht mit dem Bettuch ab, warte ...
– Nein, laß, doch nicht dein Hemd ...
– Doch, nimm's, mach dich sauber, das Bettuch brauchst du, damit du dich nicht erkältest.
– Aber es ist deine zweite Garnitur, danach hast du kein Hemd mehr zum Wechseln.
– Los, wart, steh auf, so geht es nicht, so, vorsichtig, warte, damit es nicht ins Bettuch geht.
– Ist es ins Bettuch gegangen?
– Nein, die Unterhose hat's gehalten. Los, zieh sie aus.
– Ich schäme mich so ...
– So ist es gut, langsam, Vorsicht! ... prima! Jetzt wischst du dir das Gröbste mit dem Hemd ab.
– Ich schäme mich ...
– Hast du nicht gesagt, daß man ein Mann sein muß? ... wieso schämst du dich dann?
– Wickel sie gut ein, die Unterhose, damit es nicht riecht.
– Kümmer dich nicht darum, ich kenne mich aus mit den Dingen. Siehst du, so, alles gut eingewickelt in das Hemd, das Hemd läßt sich leichter waschen als das Bettuch. Nimm mehr Papier.
– Nein, nicht deines, sonst hast du nichts mehr.
– Deines ist alle, los, spiel nicht den Stolzen ...
– Danke ...
– Nichts zu danken, los, wisch dich fertig ab und entspann dich ein bißchen, du zitterst ja.
– Das ist die Wut, ich hab eine Wut, daß ich heulen könnte, Wut auf mich selber ...
– Laß doch, beruhige dich, wieso regst du dich über dich selbst auf, du bist doch verrückt ...
– Doch, ich bin wütend, weil es mich erwischt hat.
– Entspann dich, bemüh dich ein bißchen ...
– Ah, ja, so, mit dem Zeitungspapier um das Hemd, geht der Geruch nicht durch.

– Eine gute Idee, nicht?
– Ja.
– Versuch dich zu entspannen, und deck dich gut zu.
– Ja, erzähl mir noch ein bißchen. Von dem Film.
– Ich weiß gar nicht mehr, wo wir waren.
– Du hast mich nach meiner Mutter gefragt.
– Ja, aber wo wir im Film waren, weiß ich nicht mehr.
– Ich weiß nicht, warum ich dir nie von meiner Mutter gesprochen habe. Ich weiß nicht viel von deiner, aber irgendwie kann ich sie mir vorstellen.
– Ich kann mir deine überhaupt nicht vorstellen.
– Meine Mutter ist eine sehr . . . schwierige Frau, deshalb spreche ich nicht über sie. Mit meinen Ideen konnte sie sich nie anfreunden, sie hat das Gefühl, daß alles, was sie hat, ihr auch zusteht, ihre Familie hat Geld und eine gewisse gesellschaftliche Stellung, verstehst du?
– Einen Namen.
– Ja, zwar einen Namen zweiter Kategorie, aber doch einen Namen. Sie lebte getrennt von meinem Vater, der vor zwei Jahren gestorben ist.
– Beinah wie in dem Film, den ich dir erzählt habe.
– Nein, du bist verrückt.
– Schön, halb und halb.
– Nein. Au . . . wie das weh tut . . .
– Gefällt dir der Film?
– Ich kann mich nicht recht konzentrieren. Aber los, erzähl ihn mir rasch zu Ende.
– Also gefällt er dir nicht.
– Wie geht er weiter? Sag mir das Ganze in ein paar Worten, wie er ausgeht.
– Schön, der Junge lebt mit dieser schon etwas reifen Frau zusammen, und sie glaubt, daß er sie des Geldes wegen liebt, damit er sich ein neues Rennauto bauen kann, aber da muß er in sein Land zurückkehren, weil sein Vater, der inzwischen ebenfalls nach Hause gereist ist, von Guerrilleros gekidnappt worden ist. Und der Junge setzt sich mit ihnen in Verbindung und überzeugt sie, daß er auf ihrer

Seite ist, und sobald die Frau, die Europäerin, erfährt, daß er in Gefahr ist, sucht sie ihn auf, und zusammen retten sie den Vater gegen viel Geld, aber in dem Augenblick, wo der Vater schon frei ist und der Junge auch, denn der Junge war an die Stelle seines Vaters getreten, ohne daß die Guerrilleros es merkten, entsteht eine Konfusion, sie wollen den Jungen töten, weil sie den Schwindel entdeckt haben, aber der Vater wirft sich dazwischen, und so töten sie den Vater. Der Junge beschließt, bei den Guerrilleros zu bleiben, die Frau kehrt allein zu ihrer Arbeit nach Paris zurück, und die Trennung ist sehr traurig, weil beide sich wirklich lieben, aber jeder von ihnen gehört einer anderen Welt an, und Tschau, Schluß.

– Und wo soll die Ähnlichkeit liegen?

– Womit?

– Mit meinem Fall, mit dem, was du über meine Mutter gesagt hast?

– Schön, nichts, nur daß die Mutter sehr gut angezogen auftritt, als der Junge in sein Land heimkehrt, in die Kaffeepflanzungen, und sie ihn bittet, er soll nach Europa zurückfahren, ah, ich habe ganz vergessen, dir zu sagen, daß es am Schluß, wie sie den Vater freilassen, zu einem Schußwechsel mit der Polizei kommt, der Vater wird tödlich verwundet, und da erscheint wieder die Mutter, und sie bleiben zusammen, die Mutter und der Sohn, meine ich, denn die andere Frau, die ihn liebt, die nicht, die fährt nach Paris zurück.

– Weißt du was? Ich bin schläfrig.

– Dann nütz es aus und schlaf.

– Ja, mal sehen, ob ich einschlafen kann.

– Wenn du dich schlecht fühlst, wann immer, dann weck mich auf.

– Danke, du hast viel Geduld mit mir.

– Ach was, schlaf und denk nicht solchen Quatsch.

....

....

– Alpträume, die ganze Nacht durch.

– Was hast du geträumt?
– Ich kann mich an nichts mehr erinnern. Das kommt von der Vergiftung, aber es wird schon wieder vergehen.
– Mensch, wie du das Essen hinunterschlingst, noch dazu, wo es dir nicht gut geht.
– Ich hatte irrsinnig Hunger, und wahrscheinlich sind es auch die Nerven.
– Eigentlich, Valentin, hättest du heute überhaupt nichts essen sollen. Heute solltest du Diät halten.
– Aber ich hatte eine wahnsinnige Leere im Magen.
– Wenigstens jetzt, wo du diesen Schweinefraß von Gipspolenta gegessen hast, streck dich aus und fang nicht an zu lesen.
– Ich hab schon den ganzen Vormittag mit Schlafen verloren.
– Wie du willst, ich sag es zu deinem Besten ... Wenn du willst, erzähl ich dir was, um dich zu zerstreuen.
– Nein, danke, ich will sehen, ob ich nicht lesen kann.
– Weißt du, was? wenn du deiner Mutter nicht sagst, daß sie dir Essen für die ganze Woche bringen kann ... ich glaube, das ist falsch.
– Ich will ihr keine Verpflichtungen aufhängen, schließlich bin ich hier, weil ich es nicht anders wollte, sie hat damit nichts zu tun.
– Meine Mama kommt nicht, weil es ihr nicht gut geht, weißt du?
– Nein, kein Wort hast du mir gesagt.
– Sie darf für eine Zeitlang nicht aus dem Bett, wegen dem Herzen.
– Ah, das wußte ich nicht, das tut mir leid.
– Deshalb habe ich kaum mehr Vorräte, noch dazu will sie nicht, daß irgendwer anders mir die Sachen bringt, sie glaubt, daß der Arzt sie von einem Tag auf den anderen wieder aufstehen läßt. Aber inzwischen bin ich der Gelackmeierte, weil sie nicht will, daß jemand anders mir das Essen bringt.

– Und du glaubst nicht, daß sie wieder auf die Beine kommt?
– Die Hoffnung hab ich nicht aufgegeben, aber es wird Monate dauern.
– Wenn du hier herauskämst, würde sie gesund, nicht wahr?
– Du kannst Gedanken lesen, Valentin.
– Das ist doch nur logisch.
– Wie du das Essen weggeputzt hast, verschlungen hast du es, du bist wahrhaftig verrückt.
– Du hast recht gehabt, jetzt bin ich so voll, daß ich platze.
– Streck dich aus.
– Ich will nicht schlafen, vergangene Nacht und heute morgen, die ganze Zeit habe ich Alpträume gehabt.
– Aber jetzt, wo ich dir den Schluß des Films erzählt habe, ist es witzlos, ihn nochmal ausführlich zu erzählen.
– Ich bekomme schon wieder Schmerzen, so ein Quatsch ...
– Wo tut es dir weh?
– Am Mageneingang, und unten in den Därmen auch ... uhhh, gemein ...
– Entspann dich, tu, was ich dir sage, vielleicht ist alles nur Nervosität.
– Au ... Molina, als würden sie mir Nadeln in den Eingeweiden umdrehen.
– Soll ich rufen, damit du aufs Klo kannst?
– Nein, es ist weiter oben, es ist, als würde mir innen im Magen etwas verbrennen.
– Warum versuchst du nicht, dich zu übergeben?
– Nein, wenn ich verlange, daß sie aufmachen, werden sie mir mit der Krankenstation kommen.
– Übergib dich in mein Bettuch, wart, ich leg es zusammen, und dahinein spuckst du, und dann wickeln wir es gut ein, damit es nicht stinkt.
– Danke.

– Ach was, danke, los, steck dir den Finger in den Hals.
– Aber du wirst frieren ohne Bettuch.
– Nein, die Decke reicht mir. Los, übergib dich.
– Nein, warte, es ist schon ein bißchen besser, ich werde mich entspannen, wie du sagst, vielleicht geht es vorüber.

....

....

– eine europäische Frau, eine intelligente Frau, eine schöne Frau, eine gebildete Frau, eine Frau mit Kenntnissen über internationale Politik, eine Frau mit Kenntnissen über Marxismus, eine Frau, der man nicht alles vom Abc an zu erklären braucht, eine Frau, die mit intelligenten Fragen das Denken des Mannes anregt, eine Frau von unbestechlicher Moral, eine Frau von makellosem Geschmack, eine Frau, die sich diskret und elegant zu kleiden versteht, eine Frau, die jung und zugleich reif ist, eine Frau, die sich mit Getränken auskennt, eine Frau, die das passende Menü zusammenstellen kann, eine Frau, die die passenden Weine bestellen kann, eine Frau, die Gäste in ihrem Haus zu empfangen versteht, eine Frau, die weiß, wie man dem Dienstpersonal Befehle erteilt, eine Frau, die einen Empfang für hundert Personen organisieren kann, eine Frau von sicherem und sympathischem Auftreten, eine begehrenswerte Frau, eine europäische Frau, die die Probleme eines Lateinamerikaners versteht, eine europäische Frau, die einen lateinamerikanischen Revolutionär bewundert, eine Frau, die sich trotzdem mehr um den Pariser Stadtverkehr kümmert als um die Probleme eines kolonisierten lateinamerikanischen Landes, eine attraktive Frau, eine Frau, die angesichts einer Todesnachricht nicht die Fassung verliert, eine Frau, die mehrere Stunden lang ihrem Geliebten die Nachricht vom Tod seines Vaters verheimlicht, eine Frau, die ihre Arbeit in Paris nicht aufgeben will, eine Frau, die sich weigert, ihren jungen Liebhaber bei seiner Rückkehr in den Kaffee-Urwald zu begleiten, eine Frau, die ihr routinemäßiges Leben als Directrice in Paris wiederaufnimmt, eine Frau, die Schwierigkeiten hat, über

eine große Liebe hinwegzukommen, eine Frau, die weiß, was sie will, eine Frau, die ihre Entscheidungen nicht bereut, eine gefährliche Frau, eine Frau, die rasch vergißt, eine Frau, die über die geeigneten Mittel verfügt, zu vergessen, was nur noch überflüssiger Ballast ist, eine Frau, die selbst den Tod des Jungen vergessen könnte, der in seine Heimat zurückgekehrt ist, ein Junge, der in seine Heimat zurückfliegt, ein Junge, der aus der Luft die bläulichen Gebirgsketten seiner Heimat betrachtet, ein bis zu Tränen bewegter Junge, ein Junge, der weiß, was er will, der die Kolonisatoren seines Landes haßt, ein Junge, der bereit ist, für die Verteidigung seiner Grundsätze sein Leben zu lassen, ein Junge, der sich nicht damit abfinden kann, daß die Arbeiter ausgebeutet werden, ein Junge, der gesehen hat, wie alte Landarbeiter auf die Straße gesetzt wurden, weil sie nicht mehr zur Arbeit taugten, ein Junge, der sich erinnert, daß Landarbeiter ins Gefängnis gesteckt wurden, weil sie Brot gestohlen haben, das sie sich nicht kaufen konnten, und der sich an Landarbeiter erinnert, die sich besoffen, um die Demütigungen zu vergessen, ein Junge, der ohne zu zögern an die marxistische Lehre glaubt, ein Junge mit dem festen Vorsatz, mit den Guerrilla-Organisationen Verbindung aufzunehmen, ein Junge, der aus der Luft die Gebirgsketten betrachtet und denkt, daß er sich hier unverzüglich den Befreiern seines Landes anschließen wird, ein Junge, der Angst hat, nur als ein Oligarch unter anderen angesehen zu werden, ein Junge, der wie durch Ironie des Schicksals gekidnappt werden könnte von Guerrilleros, die Lösegeld für ihn erpressen wollen, ein Junge, der aus dem Flugzeug steigt und seine verwitwete, in schrille Farben gekleidete Mutter umarmt, eine Mutter ohne Tränen in den Augen, eine im ganzen Land geachtete Mutter, eine Mutter von makellosem Geschmack, eine passend und elegant gekleidete Mutter, die weiß, daß schrille Farben in den Tropen wirkungsvoll sind, eine Mutter, die weiß, wie man dem Dienstpersonal Befehle erteilt, eine Mutter, der es schwerfällt, ihrem Sohn in die

Augen zu sehen, eine Mutter mit einem Konflikt, der sie bedrückt, eine Mutter, die mit erhobenem Kopf geht, eine Mutter, deren sehr gerader Rücken nie die Lehne eines Stuhls berührt, eine Mutter, die seit ihrer Scheidung in der Stadt lebt, eine Mutter, die ihren Sohn auf dessen Bitte auf die Kaffeeplantage begleitet, eine Mutter, die ihrem Sohn Geschichten aus seiner Kindheit in Erinnerung ruft, eine Mutter, die es fertigbringt, wieder zu lächeln, eine Mutter, deren verkrampfte Hände sich entspannen, um ihrem Sohn übers Haar zu streichen, eine Mutter, die vergangene, bessere Zeiten wiederaufleben läßt, eine Mutter, die ihren Sohn bittet, mit ihr durch den alten tropischen Park zu gehen, den sie selbst entworfen hat, eine Mutter mit erlesenem Geschmack, eine Mutter, die im Palmenhain erzählt, wie ihr geschiedener Mann von Guerrilleros erschossen worden ist, eine Mutter, die neben blühenden Hibiskussträuchern erzählt, wie ihr geschiedener Mann einen aufsässigen Diener durch einen Schuß getötet und dadurch die Rache der Guerrilleros heraufbeschworen hat, eine Mutter, deren feine Silhouette sich gegen einen fernen, bläulichen Gebirgszug jenseits der Kaffeepflanzung abhebt, eine Mutter, die ihren Sohn bittet, den Tod des Vaters nicht zu rächen, eine Mutter, die ihren Sohn bittet, nach Europa zurückzukehren, auch wenn er sich damit von ihr entfernt, eine Mutter, die um das Leben ihres Sohnes zittert, eine Mutter, die plötzlich in die Hauptstadt zurückkehrt, um an einer Wohltätigkeitsveranstaltung teilzunehmen, eine Mutter, die von ihrem bequemen Sitz im Rolls aus nochmals den Sohn bittet, er solle nach Europa zurückkehren, eine Mutter, die ihre nervöse Spannung nicht verbergen kann, eine Mutter ohne ersichtliche Motive, angespannt zu sein, eine Mutter, die ihrem Sohn etwas verbirgt, ein Vater, der mit seinen Dienern immer gütig war, ein Vater, der versucht hat, durch Wohltätigkeit das Los seiner Diener zu verbessern, ein Vater, der für die Arbeiter in der Gegend ein Feldlazarett gegründet hat, ein Vater, der Wohnhäuser für sie gebaut hat, ein Vater, der mit der Mutter in erbittertem Streit lag, ein Vater, der wenig mit seinem Sohn sprach, ein Vater, der nicht mehr herunterkam, um mit seiner Familie zu essen, ein Vater, der seinen Angestellten Streiks niemals verzieh, ein Vater, der niemals verzieh, daß eine Gruppe andersdenkender Arbeiter das Krankenhaus und die Wohnungen in Brand gesteckt hatten, ein Vater, der in die Scheidung einwilligte unter der Bedingung, daß seine Frau in die Stadt zog, ein Vater, der sich weigerte, mit den Guerrilleros zu verhandeln, weil er ihnen die Brandstiftung nicht vergab, ein Vater, der seine Felder an ausländische Firmen verpachtete und sich an die Riviera flüchtete, ein Vater, der aus unbekannten Gründen auf seine Besitzungen zurückkehrte, ein Vater, der sein Leben auf beschämende Weise endete, ein Vater, der wie ein Verbrecher hingerichtet wurde, ein Vater, der vielleicht ein Verbrecher war, ein Vater, der fast sicher ein Verbrecher war, ein Vater, der seinen Sohn mit Schande bedeckte, ein Vater, dessen verbrecherisches Blut in den Adern seines Sohnes fließt, ein Bauernmädchen, Kreuzung aus India und Weißem, ein Bauernmädchen in seiner jugendlichen Frische, ein Mädchen, deren Zähne wegen Unterernährung schlecht sind, ein Mädchen mit schüchternem Benehmen, ein Mädchen, das den Protagonisten wie verzückt ansieht, ein Mädchen, das ihm eine heimliche Botschaft übergibt, ein Mädchen, das mit großer Erleichterung sieht, daß er die Botschaft günstig aufnimmt, ein Mädchen, das ihn noch in derselben Nacht zu einem ehemaligen Freund bringt, ein Mädchen, das großartig reitet, ein Mädchen, das die Waldwege kennt wie ihre Tasche, ein Mädchen, das kaum spricht, ein Mädchen, bei dem er nicht recht weiß, wie er mit ihr reden soll, ein Mädchen, das ihn in knapp zwei Stunden zum Lager der Guerrilleros bringt, ein Mädchen, das mit einem Pfiff den Chef der Guerrilleros ruft, ein Studienkamerad von der Sorbonne, ein Genosse, der in politischen Studentenbewegungen gekämpft hat, ein Genosse, den er seit damals nicht mehr gesehen hat, ein Genosse, der an die lautere Gesinnung des Protagonisten glaubt, ein Genosse, der in seine Heimat zurückgekehrt ist, um den Aufstand der Landarbeiter zu organisieren, ein Genosse, der in wenigen Jahren eine Guerrilla-Front aufgebaut hat, ein Genosse, der sich anschickt, ihm eine unglaubliche Eröffnung zu machen, ein Genosse, der glaubt, hinter der dunklen Angelegenheit, die zum Tod des Vaters und des Vorarbeiters geführt hat, eine Intrige der Regierung zu sehen, ein Genosse, der ihn bittet, auf die Plantage zurückzukehren und den Schuldigen zu entlarven, ein Genosse, der sich vielleicht irrt, ein Genosse, der vielleicht einen Hinterhalt vorbereitet, ein Genosse, der vielleicht einen Freund opfern muß, um den Befreiungskampf fortsetzen zu können, ein Mädchen, das ihn zum Herrenhaus zurückbegleitet, ein Mädchen, das nicht spricht, ein schweigsames Mädchen, ein Mädchen, das vielleicht nur müde ist nach einem langen Arbeitstag und dem langen nächtlichen Ritt, ein Mädchen, das sich von Zeit zu Zeit umdreht und ihn mißtrauisch betrachtet, ein Mädchen, das ihn möglicherweise haßt, ein Mädchen, das ihm zu halten befiehlt, ein Mädchen, das von ihm verlangt, er soll sich ganz still verhalten, ein Mädchen, das in der Ferne Geräusche hört, vielleicht von einer Patrouille auf Spurensuche, ein Mädchen, das ihn bittet, abzusteigen und ein paar Minuten im Gebüsch versteckt zu warten, ein Mädchen, das ihn bittet, ganz still auf sie zu warten und unterdessen die beiden Pferde zu halten, während sie auf einen Hügel steigt und inspiziert, ein Mädchen, das wiederkommt und ihm befiehlt, zurückzureiten bis zu einer Bergnase, ein Mädchen, das ihm kurz danach eine Höhle zeigt, wo sie die Nacht verbringen können, da die Soldaten bis zum Morgengrauen ihre Zelte nicht abbauen werden, ein Mädchen, das in der feuchten Höhle vor Kälte zittert, ein Mädchen mit undurchsichtigen Absichten, ein Mädchen, das ihn im Schlaf erdolchen kann, ein Mädchen, das ihn, ohne ihn anzusehen, mit erstickter Stimme bittet, sich neben sie zu legen, damit sie warm werden, ein Mädchen, das nicht zu ihm spricht und ihm nicht ins Gesicht sieht, ein verschüchtertes oder verschlagenes Mädchen, ein Mädchen mit einem frischen Körper, das neben ihm liegt, ein Mädchen, das erregt atmet, ein Mädchen, das sich schweigend nehmen läßt, ein Mädchen, wie eine Sache behandelt, ein Mädchen, das kein freundliches Wort zu hören bekommt, ein Mädchen mit bitterem Geschmack im Mund, ein Mädchen mit starkem Schweißgeruch, ein Mädchen, das benützt und dann sitzengelassen wird, ein Mädchen, in das der Samen gegossen wird, ein Mädchen, das nie von Verhütungsmitteln gehört hat, ein von seinem Herrn ausgebeutetes Mädchen, ein Mädchen, dessentwegen man eine extravagante Pariserin nicht vergißt, ein Mädchen, das nach dem Orgasmus zu streicheln man keine Lust hat, ein Mädchen, das eine infame Geschichte erzählt, ein Mädchen, das erzählt, wie der ehemalige Verwalter der Hazienda sie vergewaltigt hat, als sie fast noch ein Kind war, ein Mädchen, das erzählt, wie der ehemalige Verwalter jetzt in der Regierung eine glänzende Stellung hat, ein Mädchen, das beteuert, dieser Mann habe etwas mit dem Tod des Vaters des Jungen zu tun, ein Mädchen, das zu sagen wagt, diejenige, die wahrscheinlich alles wisse, sei die Mutter des Jungen, ein Mädchen, das ihm die grausamste Wahrheit eröffnet, ein Mädchen, das die Mutter des Jungen in den Armen des ehemaligen Verwalters gesehen hat, ein Mädchen, das nach dem Orgasmus zu liebkosen man keine Lust hat, ein Mädchen, dem man eine Ohrfeige gibt und das man herunterputzt, weil es fürchterliche Dinge gesagt hat, ein Mädchen, das benützt und dann sitzengelassen wird, ein Mädchen, das ausgebeutet wird von einem grausamen Herrn, in dessen Adern Mörderblut fließt.

– Du hast im Traum geschrien.

– Ja? . . .

– Ja, du hast mich aufgeweckt.

– Verzeih.

– Wie fühlst du dich?

– Ich bin ganz in Schweiß gebadet. Kannst du mir das Handtuch reichen, ohne die Kerze anzuzünden?

– Wart, ob ich es ertasten kann.
– Ich weiß nicht mehr, wo ich es hingelegt habe ... Wenn du es nicht findest, macht nichts, Molina.
– Sei still, ich hab's ja gefunden, hältst du mich für blöd?*

* Die Nachfolger Freuds haben sich intensiv mit den Leiden auseinandergesetzt, die das Individuum im Verlauf seiner Geschichte auf sich nehmen mußte, um sich durch Selbstunterdrückung den gesellschaftlichen Forderungen jeder Epoche anzupassen, da eine Einhaltung gesellschaftlicher Normen ohne Unterdrückung vieler Triebregungen des Einzelnen nicht möglich sei. So ist etwa das von der Gesellschaft zum Ideal erhobene legitime Ehepaar gewiß nicht das Ideal aller gewesen, und die Ausgeschlossenen hatten keinen anderen Ausweg, als ihre gesellschaftlich unerwünschten Neigungen zu unterdrücken oder zu verbergen.
In »Einführung in die Technik der Kinderanalyse« bezeichnet Anna Freud als die am weitesten verbreitete Form der Neurose die des Individuums, das bei dem Versuch, alle verbotenen Triebregungen vollständig unter Kontrolle zu bringen – ja, sie zu eliminieren, anstatt sie nur als gesellschaftlich anstößige, aber natürliche zu betrachten –, sich selbst zu stark unterdrückt und dadurch unfähig wird, unter beliebigen Umständen in den Genuß ungehemmter Beziehungen zu anderen Personen zu kommen. Auf diese Weise kann das Individuum die Kontrolle über seine autorepressiven Fähigkeiten verlieren und in Extreme wie Impotenz, Frigidität oder obsessionelles Schuldgefühl verfallen. Die Psychoanalyse hat auch das Paradox zutage gefördert, daß gemeinhin eine vorzeitige Entwicklung der Intelligenz und der Sensibilität im Kind ein übermächtiges repressives Verhalten sich selbst gegenüber hervorruft. Nachweislich setzt die Libido eines Kindes mit dem Beginn seines Lebens ein und äußert sich naturgemäß ohne die bei Erwachsenen übliche Diskriminierung. Es wendet seine Liebe jeder Person zu, die ihm Pflege angedeihen läßt, und genießt das Spiel mit dem eigenen Körper wie mit dem anderer Personen. In unserer Kultur aber, sagt Anna Freud, werden diese Äußerungen frühzeitig bestraft und wecken im Kind Schamgefühle. Freudianer wie Freud-Gegner stimmen darin überein, daß die ersten Äußerungen kindlicher Libido bisexuellen Charakter haben. Erst vom fünften Lebensjahr an beginnt das Kind, die Geschlechter zu unterscheiden. Der Knabe bemerkt den Geschlechtsunterschied am Körper seiner Mutter, und man beginnt auch, ihm zu sagen, daß er, wenn er größer wird, einmal wie sein Vater sein wird, daß er gegenwärtig jedoch nicht den ersten Platz in der Liebe seiner Mutter beanspruchen dürfe, da sein Vater auf diesen privilegierten Platz Anspruch habe. Wie er jedoch mit seiner

– Ich bin wie ein Eisklotz.
– Ich mach dir gleich einen Tee, das ist das einzige, was ich noch habe.
– Nein, das ist dein Tee, laß nur, es geht schon vorbei.
– Du bist verrückt.
– Aber du verbrauchst deine letzten Vorräte, nicht ich, du bist verrückt.
– Nein, ich bekomme schon wieder welche.

Eifersucht auf den Vater fertigwerden soll, bleibt im allgemeinen ganz dem Geschick des Knaben überlassen, und er wird desto schwerer mit dieser Aufgabe fertig, je stärker seine Sensibilität für Schutz und Liebe entwickelt ist, und besonders, wenn er intelligent genug ist, das Dreiecksverhältnis, in dem er selbst steht, wahrzunehmen. Die Bewußtwerdung der Situation verdoppelt seine Schwierigkeiten. In diesem Entwicklungsstadium, sagt die Psychoanalyse, durchlebt der Knabe – oder das Mädchen im Rivalitätsverhältnis zur Mutter – die schwierige Ödipus-Phase. In den »Drei Abhandlungen zur Sexualtheorie« versichert Freud, daß Kinder häufig bei inzestuösen Phantasien Zuflucht nehmen, in denen sie den als Rivalen empfundenen Elternteil von seinem Platz vertreiben – der Knabe den Vater, das Mädchen die Mutter –, um sich selbst an seine Stelle zu setzen, daß diese Phantasien jedoch intensive Schuldgefühle und Angst vor Bestrafung hervorrufen. Die Folge ist, daß der Knabe oder das Mädchen sowohl unter dem Konflikt als auch unter der unbewußten, schmerzhaften Anstrengung leiden, mit der sie ihn überwinden oder vor den Augen des Bewußtseins zu verbergen suchen. Der Konflikt löst sich in den Jugendjahren, wenn das Kind seine affektive Fixierung auf den Vater oder die Mutter auf einen Jungen oder ein Mädchen gleichen Alters überträgt. Diejenigen aber, die eine besonders enge Beziehung zu dem Elternteil des anderen Geschlechts unterhalten und das entsprechende unausweichliche Schuldgefühl durchgemacht haben – den Ödipuskomplex –, laufen Gefahr, ihr Leben lang jeder sexuellen Erfahrung mit Angstgefühlen zu begegnen, da sie sie unbewußt mit ihren kindlichen Inzestwünschen in Verbindung bringen. Die Folgen der Neurose, wenn sie sich vertieft, sind unterschiedlich: für den Mann besteht die Möglichkeit der Impotenz oder des ausschließlichen Umgangs mit Prostituierten, d. h. mit Frauen, die in bestimmter Weise nicht seiner Mutter gleichen. Auch die Möglichkeit, daß er sexuell nur auf andere Männer anspricht, ist gegeben. Bei Frauen führt der ungelöste Konflikt vorwiegend zu Frigidität oder Lesbiertum.

– Denk dran, daß deine Mutter krank ist und dich nicht besuchen kann.
– Ja, ich denk daran, aber das tut nichts.
– Danke, wirklich.
– Ich bitte dich.
– Doch, du weißt nicht, wie dankbar ich dir bin. Und bitte, verzeih mir. Ich bin manchmal so schroff ... und stoße ohne Grund die Leute vor den Kopf.
– Jetzt mach aber einen Punkt.
– Wie damals, als es dir schlecht ging. Und ich hab mich nicht um dich gekümmert, nicht im geringsten.
– Hör doch auf.
– Im Ernst, und nicht nur dich, ich habe auch viele andere Leute verletzt. Ich hab dir das nicht erzählt, aber statt dir einen Film zu erzählen, werd ich dir jetzt etwas erzählen, was wahr ist. Ich hab dich angeschwindelt mit dem, was ich dir über meine Genossin gesagt habe. Die, von der ich gesprochen habe, ist eine andere, die ich sehr geliebt habe, über meine Genossin habe ich dir nicht die Wahrheit gesagt, und die würdest du gern haben, weil sie ein sehr einfaches, gutes und schneidiges Mädchen ist.
– Nein, hör zu. Erzähl mir das nicht. Das sind beschissene Sachen, und ich will überhaupt nichts wissen von deinen geheimen oder was weiß ich wie politischen Sachen. Bitte.
– Sei doch nicht albern. Wer wird dich irgend etwas fragen über meine Angelegenheiten?
– Bei diesen Dingen weiß man nie ... sie können mich durchaus fragen.
– Ich habe Vertrauen zu dir. Und du vertraust mir, oder?
– Ja ...
– Dann muß alles hier von gleich zu gleich sein, und du sollst dich nicht vor mir klein machen.
– Das ist es nicht ...
– Manchmal muß man sich einfach Luft machen, und ich fühle mich wirklich sehr beschissen. Nichts ist so beschissen, wie wenn man bereut, daß man zu jemand gemein gewesen ist, und ich war gemein zu diesem Mädchen.

– Aber nicht jetzt, erzähl mir das ein andermal, jetzt regt es dich nur auf, solche intimen Dinge zu erzählen. Trink lieber den Tee, den ich aufgieße, das wird dir gut tun. Tu, was ich dir sage.

– »Liebster, laß mich nochmal mit dir reden ... Die Nacht ist still und lädt mich ein, mit dir zu sprechen ... Dann fühl ich, daß auch du zurückdenkst ... an die traurigen Träume dieser seltsamen Liebe ...«
– Was ist das, Molina?
– Ein Bolero. *Mein Brief.*
– Sowas kann auch nur dir einfallen.
– Warum? Was ist dabei?
– Diese kindische Gefühlsduselei, du bist verrückt.
– Ich mag Boleros, und dieser ist himmlisch. Aber wenn ich dir damit zu nahe getreten bin, dann verzeih.
– Warum?
– Weil du diesen Brief bekommen hast und seither ganz verstört bist.
– Was hat das damit zu tun?
– Und ich trällere Boleros über traurige Briefe. Aber du nimmst es nicht als Beleidigung ... nicht wahr?
– Nein.
– Warum bist du so?
– Schlechte Nachrichten. Hast du es gemerkt?
– Was weiß ich ... Doch, du bist so ernst geworden.
– Es sind wirklich schlimme Nachrichten. Du kannst den Brief lesen, wenn du willst.
– Nein, lieber nicht.
– Aber jetzt fang doch nicht wieder an wie heute nacht, was hast du denn mit meinen Angelegenheiten zu tun? sie werden dich nicht ausfragen. Außerdem haben sie den Brief geöffnet und vor mir gelesen, du dummes Huhn.
– Klar, das stimmt.
– Wenn du ihn lesen willst, kannst du ihn lesen, da ist er.
– Die Schrift sieht aus wie Weberknechtbeine. Wenn du willst, lies du ihn mir vor.
– Er ist von einem kleinen Mädchen, viel Schulbildung hat sie nicht.

– Da siehst du, was für eine dumme Trine ich bin. Ich bin noch nicht mal auf den Gedanken gekommen, daß sie dir hier die Briefe aufmachen können, wenn sie wollen. Dann macht es wirklich nichts aus, ob du ihn mir vorliest oder nicht.
– »Lieber Valentin, ich habe dir lange nicht geschrieben, weil ich keinen Mut hatte, dir alles zu sagen, was passiert ist, und du wirst das sicher verstehen, weil du klüger bist als ich, ganz bestimmt. Ich habe dir auch deswegen nicht früher geschrieben, was mit dem armen Onkel Pedro geschehen ist, weil seine Frau mir gesagt hat, daß sie dir geschrieben hat. Ich weiß, daß du es nicht magst, wenn man über solche Dinge schreibt, weil das Leben weitergeht und weil man viel Mut braucht, um den Kampf um das Leben fortzusetzen, aber mich hat das mit dem armen Onkel Pedro mehr mitgenommen als alles, seit ich alt bin.« Alles ist verschlüsselt, hast du es gemerkt?
– Schön, alles ist ziemlich verdreht, das hab ich schon gemerkt.
– Wenn sie sagt, »seit ich alt bin«, meint sie, seit sie in der Bewegung ist. Und wenn sie schreibt »der Kampf ums Leben«, ist der Kampf um unsere Ziele gemeint. Und Onkel Pedro ist leider ein Junge von fünfundzwanzig Jahren, einer unserer Genossen. Ich hatte keine Ahnung, daß er gestorben ist, der andere Brief ist mir nie ausgehändigt worden. Da, schau, da haben sie ihn beim Öffnen eingerissen.
– Ah ...
– Und deshalb hat mich der Brief so geschlaucht. Ich wußte ja nichts.
– Das tut mir leid.
– Was soll man machen ...
– ...
– ...
– Lies mir den Brief weiter.
– Wo war ich? ... »seit ich alt bin. Nun gut, du, der du stärker bist als ich und so, wie ich gerne sein möchte, du

wirst dich damit abgefunden haben. Ich vermisse Onkel Pedro vor allem, weil ich mich jetzt um seine Familie kümmern muß, und das ist eine große Verantwortung. Lieber kleiner Kahlkopf – denn sie haben mir erzählt, daß sie dich ratzekahl geschoren haben, und wie schade, daß ich es mir verkneifen muß, dich zu sehen, du mit deiner goldenen Mähne, die du früher gehabt hast –, immer denke ich an alles, worüber wir gesprochen haben, vor allem daran, daß wir uns nicht kleinkriegen lassen wollten von persönlichen Dingen, und auf deinen Rat hin habe ich versucht, damit fertigzuwerden, so gut ich konnte.« Wenn sie schreibt, daß sie sich jetzt um seine Familie kümmern muß, meint sie, daß sie jetzt die Gruppe leitet.

— Ah ...

— Ich lese weiter ... »Ich vermisse dich, je länger, je mehr, und deshalb habe ich, zumal nach dem Tod von Onkel Pedro, meiner Nichte Mari erlaubt, Beziehungen zu einem Jungen aufzunehmen, den du nicht kennst, aber jetzt kommt er ins Haus, und er ist einer, der sich sehr tapfer durchs Leben schlägt. Ich habe meiner Nichte gesagt, wenn sie es tut, soll sie es nicht wichtig nehmen, denn das ist immer fatal. Kameradschaft genügt, damit man die nötige Kraft für den Kampf ums Leben hat.« Die Nichte Mari ist sie selber, und daß der neue Junge sich tapfer durchs Leben schlägt, bedeutet, daß er ein gutes Kampfelement ist, verstehst du? Einer, der zupackt.

— Ja, aber das mit der Beziehung versteh ich nicht.

— Sie will sagen, daß sie mich sehr vermißt hat, aber wir haben untereinander abgemacht, daß wir uns in niemand wirklich verlieben, denn das lähmt dich, sobald du handeln mußt.

— Wie, handeln?

— Handeln, sein Leben aufs Spiel setzen.

— Ah.

— Wir dürfen nicht daran denken, daß uns jemand liebt, denn der will, daß wir am Leben bleiben, und dann bekommst du Angst vor dem Tod, nicht Angst, aber es bekümmert dich, daß jemand unter deinem Tod leiden würde. Und deshalb hat sie jetzt Beziehungen zu einem anderen Genossen ... Ich lese weiter ... »Ich habe lange darüber nachgedacht, ob ich es dir sagen soll oder nicht, aber so, wie ich dich kenne, weiß ich, daß es dir lieber ist, wenn ich es dir sage. Die Geschäfte gehen zum Glück gut und wir vertrauen darauf, daß unser Haus endlich einen Aufschwung nimmt. Es ist Nacht, und ich stelle mir vor, daß du auch vielleicht an mich denkst. Ich umarme dich ganz fest. Inés.« Wenn sie Haus schreibt, meint sie das Land.

– Ich habe das nicht richtig verstanden, was du mir heute nacht erzählt hast, daß deine Genossin nicht so war, wie du mir gesagt hast.

– So eine Scheiße, mir ist ganz schwindlig, bloß vom Brieflesen.

– Das kommt, weil du geschwächt bist.

– Mir ist speiübel.

– Leg dich hin und mach die Augen zu.

– So eine Schweinerei, und dabei schwör ich dir, daß es mir schon wieder gut gegangen ist.

– Bleib ganz ruhig liegen, das ist nur, weil du starr auf den Brief geschaut hast. Mach die Augen fest zu.

– Ich glaube, es geht wieder vorbei ...

– Du hättest nicht essen sollen, Valentin. Ich hab dir gesagt, daß du nicht essen sollst.

– Aber ich hatte einen barbarischen Hunger.

– Gestern warst du in Ordnung, dann hast du gegessen und warst im Eimer, und heut hast du schon wieder die ganze Schüssel weggeputzt. Versprich mir, daß du morgen keinen Bissen anrührst.

– Red nicht vom Essen, sonst wird mir schlecht.

– Verzeih.

– Weißt du, was? ... ich hab mich über deinen Bolero lustiggemacht, und dabei steht in dem Brief, den ich bekommen habe, beinah dasselbe.

– Findest du?

– Ja, ich finde, daß ich kein Recht habe, über deinen Bolero zu lachen.
– Vielleicht hast du gelacht, weil er dir nahegegangen ist, und du hast nur gelacht ... um nicht zu weinen. Wie es in einem anderen Bolero heißt, oder einem Tango.
– Wie ging dein Bolero nochmal?
– Welche Stelle?
– Sag ihn ganz auf.
– »Liebster, laß mich nochmal mit dir reden ... Die Nacht ist still und lädt mich ein, mit dir zu sprechen ... Dann fühl ich, daß auch du zurückdenkst, Liebster ... an die traurigen Träume dieser seltsamen Liebe ... Auch wenn das Leben uns niemals eint, mein Schatz, und wir für immer getrennt sind ... ich schwöre dir, daß meine ganze Seele, mein Denken und mein Leben dein sind, und dein auch dieser Schmerz ist ... oder: dieses Leiden«. An das Ende erinnere ich mich nicht mehr genau, aber so ist es, glaub ich.
– Nicht schlecht, wirklich.
– Er ist himmlisch.*

* O. Fenichel behauptet in seiner »Psychoanalytischen Neurosenlehre«, daß die Wahrscheinlichkeit einer homosexuellen Orientierung um so größer sei, je stärker sich der Knabe mit der Mutter identifiziert habe. Dies aber ist besonders dann der Fall, wenn die Mutter die glänzendere Erscheinung ist als der Vater oder wenn der Vater, weil er gestorben oder die Ehe geschieden ist, gänzlich im Familienbild fehlt, oder wenn die Vaterfigur durch ein schwerwiegendes Motiv wie Alkoholismus, übertriebene Strenge oder extreme Heftigkeit des Charakters abstoßend wirkt. Der Knabe braucht einen erwachsenen Helden, der ihm als Verhaltensmuster dient: durch Identifizierung übernimmt das Kind die charakteristischen Verhaltensweisen seiner Eltern, und wenn es sich auch in bestimmter Weise auflehnt und Befehlen nicht gehorcht, so übernimmt es unbewußt doch die Gewohnheiten, ja sogar die Manien seiner Eltern und setzt damit die kulturellen Merkmale der Gesellschaft, in der es lebt, fort. Sobald sich der Knabe mit dem Vater identifiziert, fährt Fenichel fort, übernimmt er das Weltbild des Mannes, und dieses Weltbild, das in unserer, der westlichen Welt eine Aggressivitätskomponente besitzt – ein Zeichen der früher unangefochtenen Herrschaft des Mannes –, hilft dem

– Wie heißt er?
– *Mein Brief*, und er stammt von einem Argentinier, Mario Clavel.
– Ich dachte, er wäre von einem Mexikaner oder Cubaner.
– Ich kenne alle Boleros von Agustín Lara, oder fast alle.
– Das Schwindelgefühl hat nachgelassen, aber jetzt, kommt mir vor, fangen die Stiche unten wieder an.
– Entspann dich richtig.

Knaben, seine neue Anwesenheit in ihr durchzusetzen. Umgekehrt wird der Knabe, der die Mutterfigur zum Vorbild nimmt und nicht rechtzeitig eine männliche Figur als Gegengewicht gegen die von der Mutter ausgehende Faszination findet, seiner weiblichen Züge wegen, d. h. weil er nicht das Rauhe eines normalen Jungen zur Schau trägt, in der Gesellschaft verachtet.

Diesbezüglich merkt Freud in seinem Aufsatz »Über Triebumsetzung insbesondere der Analerotik« an, daß beim homosexuellen Mann eine vollständig männliche Mentalität mit einer ebenso vollständigen sexuellen Inversion einhergehen kann, wobei Freud unter männlicher Mentalität Eigenschaften wie Mut, Abenteuer- und Forschergeist sowie Würde versteht. Doch in einem späteren Werk, »Zur Einführung des Narzißmus« arbeitet er eine Theorie aus, wonach der männliche Homosexuelle zuerst eine vorübergehende Mutterbindung eingeht, sich jedoch später selbst als Frau identifiziert. Wenn ein junger Mann Gegenstand seines Wunsches wird, so deshalb, weil seine Mutter ihn, den jungen Mann, als solchen geliebt hat. Oder weil er möchte, daß seine Mutter ihn als solchen geliebt hätte. Seine eigene Imago ist Gegenstand seines sexuellen Verlangens. Für Freud sind also sowohl der Ödipus-Mythos wie der Mythos von Narziß Komponenten jenes einen ursprünglichen Konflikts, aus dem die Homosexualität entspringt. Von allen Äußerungen Freuds über Homosexualität ist diese jedoch am heftigsten angegriffen worden, unter Hinweis vor allem darauf, daß Homosexuelle mit stark weiblicher Identifikation sehr maskuline oder auch erheblich ältere Männer zum Gegenstand ihres Sexualtriebes machen.

Andererseits spricht Freud in dem zuerst genannten Werk von einer Entwicklung der erotischen Sensibilität und zeigt damit andere Bahnen für die Genese der Homosexualität auf. Freud zufolge ist die Libido des Säuglings vorherrschend unbestimmt. Das Kind müsse erst mehrere Etappen durchlaufen, ehe ihm die Erziehung seines Sexualtriebes glückt und dieser sich auf eine Person des anderen Geschlechts und die Befriedigung durch genitale Vereinigung richtet. Die erste dieser Etappen

– Ich bin selber schuld, weil ich gegessen habe.
– Denk jetzt nicht an den Schmerz und werd nicht nervös, denn alles ist nur Nervosität. Red lieber, über irgendwas.
– Dieses Mädchen, weißt du, von der ich dir erzählt habe, die aus der gutbürgerlichen Familie und mit liberalen
ist die orale Phase, in der Lust nur durch die Berührung mit dem Mund entsteht, z. B. durch Saugen. Es folgt die anale Phase, bei der das Kind seine Befriedigung aus den Darmbewegungen bezieht. Die letzte, definitive Phase ist die genitale. Diese hält Freud für die einzige reife Form der Sexualität, eine Behauptung, der Marcuse Jahre später aufs entschiedenste entgegentrat.
Freud selbst hat in »Charakter und Analerotik« diese Auffassung erweitert. Er stellt hier die folgende Theorie auf: bestimmte Typen anomaler Persönlichkeiten, deren Hauptmerkmale Sparsamkeit, Ordentlichkeit und Eigensinn sind, können von unterdrückten Analtrieben beeinflußt sein. Die Lust an der Anhäufung von Geld rührt möglicherweise von einer unbewußten Sehnsucht nach dem Vergnügen her, das diese Personen früher empfunden haben, wenn sie – was bei Kindern häufig der Fall ist – den Stuhlgang zurückhielten. Andererseits seien Ordentlichkeit und Sauberkeit ein Gegengewicht gegen die Schuldgefühle, die das Vergnügen, mit ihrem Kot zu spielen, in ihnen erzeugt hat. Bezüglich der Rolle, welche die Analfixierung in der Entwicklung der Homosexuellen spielen kann, behauptet Freud, daß nicht nur die bereits genannten Einflüsse – Ödipus, Narziß – sondern jedes ähnliche Hindernis eine Unterbrechung in der Entwicklung des Kindes, eine Hemmung der Affektivität bedeutet, die zu einer Fixierung auf die Analphase führt und damit das Erreichen der letzten, der genitalen Phase, unmöglich macht. Demgegenüber macht West geltend, daß Homosexuelle, wenn sie den Weg zu normalen sexuellen Beziehungen als ihnen versperrt empfinden, gezwungenermaßen mit außergenitalen erogenen Zonen experimentieren müssen und in der Sodomie – nach fortschreitender Anpassung – eine Art direkter mechanischer, aber nicht ausschließlicher Befriedigung finden. Der Mann, der Sodomie praktiziert, fügt West hinzu, sei nicht notwendigerweise auf die Analphase fixiert, so wenig wie der Mann, der seine Freundin küßt, auf die orale Phase fixiert sein muß. Schließlich weist er auch darauf hin, daß Sodomie kein ausschließlich homosexuelles Phänomen sei, da sie auch von heterosexuellen Paaren praktiziert werde, während Personen mit »Analcharakter« (d. h. Sparsame, Ordentliche, Saubere) nicht notwendigerweise homosexuelle Neigungen verspüren.

Gewohnheiten, das ist nicht die Genossin, die mir geschrieben hat.
– Und wer ist die?
– Die, von der ich dir erzählt habe, ist mit mir in die Bewegung eingetreten, aber dann ist ein Moment gekommen, wo sie sich geöffnet und darauf hingearbeitet hat, daß auch ich mich nach Möglichkeit ihr öffne.
– Weshalb?
– Sie hing zu sehr am Leben, sie war glücklich mit mir, unsere Beziehung war ihr genug. Und von da an ging alles schlecht, weil sie litt, wenn ich für ein paar Tage verschwand, und jedesmal, wenn ich zurückkam, weinte sie, und das war noch gar nichts, denn später fing sie an und verheimlichte mir Anrufe und fing sogar Briefe ab, na schön, und da war Schluß.
– Hast du sie schon lange nicht mehr gesehen?
– Fast zwei Jahre. Aber ich denke immer an sie, und wenn sie nicht so geworden wäre durch eine ... eine kastrierende Mutter ... Schön, ich weiß nicht, alles war darauf angelegt, daß wir uns trennen mußten.
– Weil ihr euch zu sehr geliebt habt?
– Das klingt schon wieder nach Bolero, Molina.
– Als ob nicht Unmengen von Wahrheiten in den Boleros steckten, du Dummkopf, deswegen gefallen sie mir ja so.
– Das Gute war, daß sie mir contra gab, wir hatten eine richtige Beziehung, sie hat sich nie unterworfen, wie soll ich dir das sagen? sie hat sich nie manipulieren lassen wie irgend so ein Weibchen.
– Was meinst du damit?
– Ay, Alter ... ich glaube, daß ich wieder Schmerzen bekomme.
– Wo tut's dir weh?
– Unten, in den Därmen ...
– Reg dich nicht auf, Valentin, die Aufregung ist das Schlimmste. Bleib ganz ruhig.
– Ja ...
– Streck dich richtig aus.

– Wenn du wüßtest, wie traurig mir zumute ist . . .
– Was ist denn los?
– Armer Junge, wenn du ihn gekannt hättest . . . Du weißt nicht, was für ein guter Junge der war, armer Kerl.
– Wer denn?
– Dieser Junge, der gestorben ist.
– Jedenfalls kannst du sicher sein, daß er sich den Himmel verdient hat.
– Ja, wenn ich das glauben könnte. Manchmal möchte man glauben, daß die Guten belohnt werden, aber ich kann an nichts glauben. Uhhh, Molina . . . ich werd dir gleich nochmal lästig fallen . . . schnell, ruf, sie sollen aufmachen.
– Warte, eine Sekunde . . . gleich . . .
– Au . . . au . . . nein, ruf nicht . . .
– Nimm's dir nicht zu Herzen . . . Gleich geb ich dir was zum Saubermachen.
– Au . . . au . . . du weißt nicht, wie stark der Schmerz ist. Als würde mir ein Draht in die Därme gebohrt . . .
– Mach dich locker, laß alles heraus, nachher wasch ich das Bettuch.
– Bitte, Molina, mach einen Ballen aus dem Bettuch, denn alles kommt flüssig.
– Ja . . . so . . . so ist es gut, bleib nur ganz ruhig . . . laß nur laufen, nachher nehm ich das Bettuch in die Dusche mit, heute ist Dienstag.
– Aber das ist ja dein Bettuch . . .
– Das macht nichts; deines wasch ich auch, zum Glück hab ich noch Seife.
– Danke . . . Weißt du, ich spüre schon eine Erleichterung . . .
– Bleib nur ganz ruhig, und wenn du glaubst, daß alles raus ist, kleiner Scheißer, dann sag's mir, dann mach ich dich sauber.
– . . .
– Ist es vorbei?
– Ich glaube, aber jetzt ist mir furchtbar kalt.
– Gleich bekommst du meine Decke.

– Danke.
– Aber dreh dich zuerst um, damit ich dich abputzen kann, wenn du glaubst, daß du fertig bist.
– Wart noch ein wenig. Entschuldige, daß ich heute über das, was du gesagt hast, gelacht habe, über deinen Bolero.
– Wie kannst du jetzt von Boleros reden?
– Hör zu, ich glaub, es ist raus, aber ich putz mich selber ab ... Wenn mir nicht schwindlig wird, sobald ich den Kopf hebe.
– Versuch's, ganz ruhig.
– Nein, mir ist immer noch schwindlig, es geht nicht ...
– Schön, ich mach dich sauber, mach dir nichts draus. Halt dich nur ganz ruhig.
– Danke.
– Das kriegen wir schon ... so, und jetzt ein bißchen nach dort ... Dreh dich langsam ... So. Wenigstens ist nichts auf die Matratze gegangen. Und zum Glück haben wir noch Wasser, ich werd einen sauberen Bettzipfel nehmen, ihn naß machen und dich ordentlich säubern.
– Ich weiß nicht, wie ich dir danken soll.
– Sei doch nicht blöd ... Laß sehen ... rutsch ein bißchen nach dort. So ... so ist es gut.
– Wirklich, ich bin dir dermaßen dankbar, ich hätte keine Kraft mehr, unter die Dusche zu gehen.
– Nein, und das eisige Wasser würde dir den Rest geben.
– Uj, kalt ist dieses Wasser auch.
– Mach die Beine ein bißchen weiter auf ... So.
– Ekelt dich nicht?
– Sei still. Noch ein nasser Bettuchzipfel ... so.
– ....
– Jetzt bist du ganz schön sauber ... Jetzt noch mit einem trockenen Zipfel ... Schade, daß ich keinen Talkpuder mehr habe.
– Das macht nichts, wenn ich nur trocken bin.
– Ja, da ist noch ein Stück Bettuch, mit dem ich dich trockenreiben kann. So ... jetzt bist du ganz trocken.

– Ahhh, ich fühle mich schon viel besser . . . Danke, Alter.
– Warte, jetzt wickle ich dich noch in die Decke, daß du drinsteckst wie eine Banane in der Schale. Komm, heb dich auf dieser Seite hoch.
– So?
– Ja, warte . . . und jetzt auf der anderen Seite, dann kommt keine Kälte rein. Liegst du so bequem?
– Ja, sehr bequem . . . Tausend Dank.
– Und jetzt rühr dich um keinen Preis, damit das Schwindelgefühl vergeht.
– Ja, es vergeht sicher bald.
– Wenn du was willst, ich geb es dir, rühr du dich nicht.
– Und ich verspreche dir, daß ich nicht mehr über deine Boleros lachen werde. Der über den Brief, weißt du, ist wirklich hübsch.
– Mir gefällt die Stelle, wo es heißt »Und ich fühle, daß auch du zurückdenkst an die traurigen Träume dieser seltsamen Liebe . . .« Ist es nicht wunderschön?
– Weißt du . . . ich habe mal den kleinen Sohn dieses Jungen saubergemacht, des armen Kerls, den sie umgebracht haben. Wir lebten eine Zeitlang versteckt in derselben Wohnung, mit seiner Frau und dem Kleinen . . . Wer weiß, was aus ihm wird, er ist vermutlich noch nicht mal drei, ein goldiger Kerl . . . Und das Schlimmste weißt du noch gar nicht: ich kann keinem von ihnen schreiben, denn die kleinste Kleinigkeit, und sie sind kompromittiert oder, noch schlimmer, denunziert.
– Auch nicht deiner Genossin?
– Ihr noch weniger, denn sie ist für die Gruppe verantwortlich. Weder ihr kann ich schreiben, noch sonst jemandem. Und »weil uns das Leben nie mehr eint«, wie in deinem Bolero, werd ich dem armen Jungen nie mehr schreiben und nie mehr mit ihm sprechen können.
– Es heißt . . . »auch wenn das Leben uns niemals eint . . .«
– Nie . . . was für ein schreckliches Wort, das habe ich

bisher nie gemerkt ... wie schrecklich es ist ... dieses Wort ... Entschuldige.
– Laß doch, Valentin, wein dich aus, weine, so viel du kannst.
– Es grämt mich so ... Und ich kann nichts tun hier, eingesperrt, ich kann mich nicht um seine Fr ... Frau kümmern, um den kleinen ... Sohn ... Das ist alles ... so traurig, Alter, so ...
– Was willst du machen?
– Hi ... hilf mir, den Arm aus der ... aus der Decke zu bekommen.
– Wozu?
– Gi ... gib mir die Hand, Molina, fest ...
– Klar, drück sie ganz fest.
– Damit es mich nicht weiter so schüttelt ...
– Was tut das schon? Es erleichtert doch wenigstens.
– Und noch etwas drückt mich schrecklich, etwas ganz Beschissenes und Gemeines.
– Erzähl mir, sprich dich aus.
– Nämlich daß die, von der ... von der ich jetzt einen Br ... Brief haben möchte und die ich umarmen möchte, nicht ... meine Genossin ist, sondern die andere ... von der ich dir erzählt habe.
– Wenn du es so fühlst ...
– Ja, denn ich ... rede viel, aber ... aber im Grund mag ich ... einen anderen Typ Frauen lieber, innerlich bin ich genauso wie all die anderen reaktionären Scheißkerle, die mir meinen Genossen umgebracht haben ... Genau wie sie bin ich, haargenau.
– Das stimmt doch nicht.
– Doch, machen wir uns nichts vor.
– Wenn du wie sie wärst, säßest du nicht hier.
– ... »die traurigen Träume dieser seltsamen Liebe ... « Und weißt du, was mich aufgebracht hat, als du mit dem Bolero anfingst? Daß er mich an Martha erinnert hat und nicht an meine Genossin. Deshalb. Und ich glaube sogar, daß mir Martha gar nicht um ihrer selbst willen gefällt,

sondern weil sie . . . Klasse hat, wie die klassistischen Scheißkerle auf der ganzen Welt sagen.
– Quäl dich doch nicht. Mach die Augen zu und versuch zu schlafen.
– Irgendwo ist mir immer noch ein bißchen schwindlig.
– Ich setze Wasser für einen Kamillentee auf, einen Rest haben wir noch, den haben wir übersehen.
– Das glaub ich nicht.
– Ich schwör's dir, er war hinter den Zeitschriften, dadurch ist er verschont geblieben.
– Aber es ist deiner, du magst ihn doch so.
– Aber dir wird er guttun, sei still jetzt, du wirst sehen, mit dem Tee kannst du eine Zeitlang schlafen . . .

. . . .

– ein Junge, der einen Plan ausheckt, ein Junge, der die Einladung seiner Mutter, sie in der Stadt zu besuchen, annimmt, ein Junge, der seine Mutter anlügt, wenn er ihr versichert, daß er gegen die Guerrilla ist, ein Junge, der seiner Mutter verspricht, nach Paris zurückzukehren, ein Junge, der bei Kerzenschein allein mit seiner Mutter zu Abend ißt, ein Junge, der seiner Mutter verspricht, sie auf eine Reise in mondäne europäische Wintersportzentren zu begleiten, wie damals, kurz nach dem Krieg, als er noch ein Kind war, eine Mutter, die ihm von schönen, heiratsfähigen Mädchen aus der europäischen Aristokratie spricht, eine Mutter, die ihm erzählt, was er alles erben wird, eine Mutter, die ihm vorschlägt, schon jetzt einen Teil der Besitztümer auf seinen, des Sohnes, Namen schreiben zu lassen, eine Mutter, die die Gründe verheimlicht, weshalb sie ihren Sohn nicht schon jetzt nach Europa begleiten kann, ein Junge, der den Aufenthaltsort des ehemaligen Verwalters ausfindig macht, ein Junge, der erfährt, daß der ehemalige Verwalter jetzt der Kopf des Ministeriums für Öffentliche Sicherheit ist, ein Junge, der erfährt, daß der ehemalige Verwalter Chef des mit Maßnahmen zur Unterdrückung revolutionärer Umtriebe befaßten Geheimdienstes ist, ein Junge, der seine Mutter überreden will, mit ihm

nach Europa zu fahren, ein Junge, der seinen Besitz nutznießen und eine Reise wiederholen will, bei der er früher, als Kind, neben seiner schönen Mutter Ski gelaufen ist, ein Junge, der beschließt, alles hinter sich zu lassen und mit seiner Mutter zu fliehen, ein Junge, der seiner Mutter die Reise vorschlägt, ein Junge, dessen Plan von der Mutter abgelehnt wird, eine Mutter, die gesteht, daß sie einen anderen Plan hat, eine Mutter, die noch einmal ihren Gefühlen leben möchte, eine Mutter, die ihn zum Abschied auf den Flughafen begleitet und ihm dort im Vertrauen ihre baldige Heirat mit dem ehemaligen Verwalter mitteilt, ein Junge, der Begeisterung für diesen Plan heuchelt, ein Junge, der bei der ersten Zwischenlandung aussteigt und in einem anderen Flugzeug zurückfliegt, ein Junge, der sich den Guerrilleros in den Bergen anschließt, ein Junge, der entschlossen ist, den Namen seines Vaters reinzuwaschen, ein Junge, der sich zum zweiten Mal mit dem Bauernmädchen trifft, das ihn ins Gebirge begleitet hat, ein Junge, der merkt, daß sie schwanger ist, ein Junge, der keinen Indio-Sohn haben will, ein Junge, der nicht wünscht, sein Blut mit dem Blut einer India zu mischen, ein Junge, der sich dieser Gefühle schämt, ein Junge, der die künftige Mutter seines Sohnes nicht liebkosen kann, ein Junge, der nicht weiß, wie er sich von seiner Verfehlung reinwaschen soll, ein Junge als Anführer bei dem Überfall der Guerrilleros auf die Hazienda, in der seine Mutter und der ehemalige Verwalter wohnen, ein Junge, der die Hazienda einkreisen läßt, ein Junge, der das Feuer auf sein eigenes Haus eröffnet, ein Junge, der verlangt, daß sich die Bewohner des Hauses ergeben, ein Junge, der sieht, wie der ehemalige Verwalter seine Mutter als Geisel benützt und sich feige hinter ihr versteckt, ein Junge, der befiehlt zu schießen, ein Junge, der den herzzerreißenden Schrei hört, mit dem seine Mutter um Gnade bittet, ein Junge, der die Exekution abbricht, ein Junge, der ein volles Geständnis über die wahren Umstände beim Tod seines Vaters fordert, eine Mutter, die sich aus den Armen, die sie umklammert halten, losmacht und die ganze Wahrheit eingesteht, eine Mutter, die erzählt, wie ihr Liebhaber dem Vater eine Falle gestellt hat, damit der Vater als Mörder des treuen Vorarbeiters erscheinen mußte, eine Mutter, die gesteht, daß ihr Mann unschuldig war, ein Junge, der die Hinrichtung seiner Mutter befiehlt, nachdem er die Erschießung des ehemaligen Verwalters befohlen hat, ein Junge, der den Verstand verliert und beim Anblick seiner sterbenden Mutter das Maschinengewehr in Anschlag bringt, um die Soldaten zu erschießen, die seine Mutter mit Kugeln durchsiebt haben, ein Junge, der sofort hingerichtet wird, ein Junge, der die Kugeln der Guerrilleros in seinem Bauch fühlt, ein Junge, der zwischen dem Erschießungskommando die anklagenden Augen des Bauernmädchens erkennen kann, ein Junge, der um Verzeihung bitten möchte, ehe er stirbt, aber kein Wort mehr herausbringt, ein Junge, der den Augen des Bauernmädchens seine ewige Verdammnis abliest.

Achtes Kapitel

Innenministerium der Republik Argentinien
Strafgefängnis der Stadt Buenos Aires
Bericht des Sekretariates für Geheimsachen an den Direktor der Abteilung III.

Häftling 3.018, Luis Alberto Molina.
Urteil durch Strafrichter Dr. Justo José Dalpierre, ergangen am 20. Juli 1974 im Gericht der Stadt Buenos Aires. Zu acht Jahren Haft verurteilt wegen Verführung Minderjähriger. Am 28. Juli 1974 untergebracht in Pavillon B, Zelle 34 bei den wegen Unsittlichkeit einsitzenden Benito Jaramillo, Mario Carlos Bianchi und David Margulies. Am 4. April 1975 in Pavillon D Zelle 7 zu dem politischen Gefangenen Valentin Arregui Paz überstellt. Gute Führung.

Gefangener 16.115, Valentin Arregui Paz.
Festnahme am 16. Oktober 1972 in der 5. Straße, Ecke Barrancas, kurz nachdem die Bundespolizei eine Gruppe Aktivisten bei Unruhestiftung in den beiden Werkshallen der Automotorenfabrik überraschte, die von den Arbeitern bestreikt wurde und in dieser Straße liegt. Steht bis zu seinem Prozeß der staatlichen Exekutive zur Verfügung. Am 4. November 1974 in Pavillon A, Zelle 10 bei dem politischen Gefangenen Bernardo Giacinti untergebracht. Nahm teil an dem aus Protest gegen den während der Polizeiverhöre erfolgten Tod des politischen Gefangenen Juan Vicente Aparicio organisierten Hungerstreik. Am 25. März 1975 mit zehn Tagen Kerker bestraft. Am 4. April 1975 in Pavillon D, Zelle 7 zu dem wegen Verführung Minderjähriger Verurteilten Luis Alberto Molina überstellt. Schlechte Führung: gilt als Anführer des oben erwähnten Hungerstreiks und anderer Protestkundgebungen wegen angeblich mangelhafter Hygieneeinrichtungen im Gebäude und Verletzung des Briefgeheimnisses.

UNTEROFFIZIER: Nehmen Sie die Mütze ab vor dem Herrn Direktor.

HÄFTLING: Jawohl.

DIREKTOR: Zittern Sie nicht so, Mann, es passiert Ihnen nichts.

UNTEROFFIZIER: Der Häftling wurde untersucht und trägt nichts bei sich, womit er Herrn Direktor angreifen könnte.

DIREKTOR: Danke, Unteroffizier, lassen Sie mich bitte mit dem Häftling allein.

UNTEROFFIZIER: Ich stehe im Gang Wache, Herr Direktor. Wenn Sie erlauben, Herr Direktor.

DIREKTOR: Es ist gut, Unteroffizier, gehen Sie jetzt, bitte ... Sie sind mager, Molina, was ist los mit Ihnen?

HÄFTLING: Nichts, Herr Direktor. Ich hatte eine Darmverstimmung, aber es geht mir schon wieder gut.

DIREKTOR: Zittern Sie nicht so ... Sie haben nichts zu fürchten. Wir haben so getan, als hätten Sie heute Besuch bekommen. Arregui kann keinen Verdacht schöpfen.

HÄFTLING: Nein, er hat keinen Verdacht geschöpft.

DIREKTOR: Ihr Gönner hat gestern bei mir zu Hause zu Abend gegessen, er hat gute Nachrichten für Sie, deshalb ließ ich Sie heute schon in mein Büro rufen, obwohl es dafür noch früh ist. Oder wissen Sie schon etwas?

HÄFTLING: Nein, Herr Direktor, ich weiß noch nichts. Bei einer solchen Sache muß man sehr vorsichtig vorgehen ... Und was hat Ihnen Herr Parisi gesagt?

DIREKTOR: Sehr gute Nachrichten, Molina. Ihrer Mutter soll es erheblich besser gehen, seit sie durch uns von der Möglichkeit einer Begnadigung erfahren hat ... Sie scheint wie ausgewechselt zu sein.

HÄFTLING: Wirklich? ...

DIREKTOR: Klar, Mann, das war doch vorauszusehen, oder nicht? ... Aber weinen Sie doch nicht, kommen Sie, was soll das? Sie sollten sich freuen, Mann ...

HÄFTLING: Es ist die Freude, Herr Direktor ...

DIREKTOR: Kommen Sie, kommen Sie ... haben Sie kein Taschentuch?

HÄFTLING: Nein, Herr Direktor, ich wische mich mit dem Ärmel ab, ich brauche kein ...

DIREKTOR: Nehmen Sie meines.

HÄFTLING: Nein, wirklich, es ist schon gut, verzeihen Sie.

DIREKTOR: Parisi und ich, wissen Sie, sind wie Brüder, und seit er Ihretwegen mit mir gesprochen hat, suche ich nach einer Lösung für Sie, aber, Molina ..., wir hoffen auch, daß Sie sich anstellig zeigen. Geht er schon aus sich heraus, oder wie ist das?

HÄFTLING: Ich glaube, daß es klappen wird ...

DIREKTOR: Hat es geholfen oder nicht, daß wir ihn physisch geschwächt haben?

HÄFTLING: Die erste präparierte Mahlzeit mußte ich selber essen.

DIREKTOR: Wieso? Das haben Sie ganz falsch gemacht.

HÄFTLING: Nein, denn ihm schmeckt Polenta nicht, und da eine Schüssel voller war ... hat er darauf bestanden, daß ich die größere Portion esse. Sie hatten mir gesagt, das präparierte Gericht käme in dem neueren Blechnapf, aber die Wärter haben sich geirrt, sie haben einen Napf voller gemacht. Und deshalb mußte ich ihn selber essen.

DIREKTOR: Ah, ausgezeichnet, Molina. Ich gratuliere Ihnen. Entschuldigen Sie den Irrtum.

HÄFTLING: Sicher fanden Sie deshalb, daß ich mager bin, ich war zwei Tage krank.

DIREKTOR: Und in welcher Gemütsverfassung ist Arregui? Haben wir ihn schon ein wenig weich bekommen?

HÄFTLING: Ja, aber vielleicht sollte man ihn jetzt wieder zu sich kommen lassen.

DIREKTOR: Schön, da bin ich nicht so ganz Ihrer Ansicht, Molina. Überlassen Sie das nur uns, wir haben hier die entsprechenden Techniker.

HÄFTLING: Aber wenn es noch schlimmer mit ihm wird, kann er unmöglich in der Zelle bleiben, und in der Krankenstation kann ich nichts machen.

DIREKTOR: Molina, Sie unterschätzen die Fähigkeiten unserer Techniker. Die wissen, wann sie aufhören und wann sie weitermachen müssen. Da habe ich mehr Erfahrung als Sie, Kamerad.*

* In den »Drei Abhandlungen zur Sexualtheorie« sagt Freud, Unterdrükkung sei im allgemeinen auf die Herrschaft zurückzuführen, die ein Individuum über das andere ausübe, und dabei sei das erste herrschende Individuum niemand anders als der Vater. Auf dieser Herrschaft wurde die patriarchalische Form der Gesellschaft errichtet, zu deren Besonderheiten die untergeordnete Rolle der Frau und eine starke sexuelle Repression gehören. Freud bringt in dieser Theorie die patriarchalische Autorität mit der Blütezeit der Religion, besonders mit dem Triumph des Monotheismus im Abendland, in Zusammenhang. Andererseits befaßt sich Freud intensiv mit dem Phänomen der Triebverdrängung, da er die natürlichen Triebe des Menschen für weit komplexer hält, als dies in einer patriarchalischen Gesellschaft angenommen wird. Aufgrund der undifferenzierten Fähigkeit des Säuglings, aus allen Teilen seines Körpers Lust zu gewinnen, bezeichnet Freud den Säugling als »polymorph-pervers«. Aus diesem Begriff erhellt, daß Freud an die wesentlich bisexuelle Natur unseres ursprünglichen Sexualtriebs geglaubt hat.

In der gleichen Denkrichtung betrachtet Otto Rank die Entwicklung von der väterlichen Herrschaft bis hin zu dem mächtigen System eines von Menschen verwalteten Staates als eine Verlängerung dieser frühesten Repression, die im Lauf der Zeit auf immer stärkeren Ausschluß der Frau abzielte. In seinem Buch »Homosexualität, Unterdrückung und Befreiung«, in dem er über spezielle sexuelle Repression spricht, begründet Dennis Altman die sexuelle Unterdrückung vor allem damit, daß die Menschheit in ihren Anfängen aus wirtschaftlichen Gründen und zu Verteidigungszwecken gezwungen war, eine große Menge von Kindern hervorzubringen.

Zum gleichen Thema schreibt der englische Anthropologe Rattray Taylor in »Das Geschlecht in der Geschichte«, daß in der klassischen Welt seit dem 8. vorchristlichen Jahrhundert mit zunehmender Triebverdrängung auch eine Verstärkung des Schuldgefühls festzustellen sei, was den Sieg der stärker auf Triebverdrängung gerichteten hebräischen Auffassung über die griechische erleichtert habe. Für die Griechen enthielt die sexuelle Natur jedes Menschen sowohl heterosexuelle als auch homosexuelle Komponenten.

Altman vertritt in dem oben zitierten Werk die Ansicht, die westlichen Gesellschaften hätten sich auf Triebverdrängung spezialisiert und aus der

HÄFTLING: Verzeihen Sie, Herr Direktor, ich will ja nur kooperieren, sonst nichts.

DIREKTOR: Schon gut. Etwas anderes, Sie dürfen sich über die Begnadigung nicht das geringste anmerken

jüdisch-christlichen religiösen Überlieferung die Rechtfertigung dieses Vorgehens geschöpft. Diese Repression beruhe auf drei ineinandergreifenden Vorstellungen: der Verbindung des Sexuellen 1) mit der Sünde und dem daraus resultierenden Schuldgefühl; 2) mit der Familie als Institution und dem Zeugen von Kindern als deren einziger Rechtfertigung; 3) mit der Ablehnung jeder Sexualität, außer der genitalen heterosexuellen. An anderer Stelle fügt er hinzu, daß die zu allen Zeiten auftretenden Befürworter sexueller Befreiung zwar stets für Veränderungen bezüglich der beiden ersten Punkte eingetreten seien, den dritten aber stets außer Acht gelassen hätten. Ein Beispiel dafür sei Wilhelm Reich, der in seinem Buch »Die Funktion des Orgasmus« behauptet, die sexuelle Befreiung beruhe auf dem »perfekten Orgasmus«, und dieser sei nur durch heterosexuelle Genitalvereinigung von Personen der gleichen Generation zu erreichen. Unter dem Einfluß von Reich hätten auch andere Forscher ihr Mißtrauen gegen Homosexualität und Verhütungsmittel entwickelt, da beides dem Erreichen des perfekten Orgasmus und demzufolge der totalen sexuellen »Freiheit« abträglich sei.

Sexuelle Befreiung aber, schreibt Herbert Marcuse in »Triebstruktur und Gesellschaft«, bedeute mehr als die Abwesenheit von Unterdrückung: sie setze eine neue Moral und eine Revision des Begriffs »menschliche Natur« voraus. Jede echte Theorie über sexuelle Befreiung müsse den wesentlich polymorphen Bedürfnissen des Menschen Rechnung tragen. Nach Marcuse wird in allen Perversionen Sexualität als Selbstzweck vorausgesetzt, was als Herausforderung für jede Gesellschaft gelten müsse, die Sexualität als Mittel zu einem nützlichen Zweck benutze. Perverse stünden deshalb außerhalb des eisernen Leistungsprinzips, das heißt, eines für die Organisation des Kapitalismus grundlegenden Prinzips, und stellten dadurch, ohne es zu beabsichtigen, die Grundlagen des Kapitalismus in Frage.

In seinen Kommentaren zu den Überlegungen Marcuses macht Altman zu diesem Punkt geltend, daß Homosexualität, sobald sie exklusiv wird und, statt weiterhin die konventionellen Formen der Heterosexuellen kritisch aufs Korn zu nehmen, eigene wirtschaftliche Normen aufstellt, eine Kopie eben dieser Formen anstrebt und ebenso repressive Züge annimmt wie ausschließliche Heterosexualität. Und in seiner Auseinandersetzung mit Norman O. Brown, einem ebenso radikalen Freudianer lassen, verheimlichen Sie Ihre Freude, wenn Sie jetzt in Ihre Zelle zurückgehen. Was werden Sie ihm erzählen über den Besuch, den Sie bekommen haben?

HÄFTLING: Ich weiß nicht, Herr Direktor. Sagen Sie es mir . . . bitte.

DIREKTOR: Sagen Sie ihm, Ihre Mutter sei dagewesen. Was halten Sie davon?

HÄFTLING: Nein, unmöglich, das geht nicht.

DIREKTOR: Und warum nicht?

HÄFTLING: Weil meine Mutter jedesmal mit einem Paket Lebensmittel kommt.

DIREKTOR: Wir müssen uns irgend etwas ausdenken, um Ihre Freude zu rechtfertigen, Mann. Das ist fundamental. Ah, ich weiß, wir lassen Ihnen Lebensmittel besorgen und machen ein Paket, ist das eine gute Idee?

HÄFTLING: Ja, Herr Direktor.

DIREKTOR: Damit entschädigen wir Sie auch ein wenig für das Opfer, das Sie mit der Polentamahlzeit gebracht haben. Armer Molina.

HÄFTLING: Meine Mama kauft immer alles im Supermarkt, nur ein paar Häuserblocks von hier, damit sie nicht mit dem Paket im Omnibus fahren muß.

DIREKTOR: Aber für uns ist es einfacher, alles hier im Proviantmagazin zu kaufen. Dort machen wir Ihnen das Paket.

HÄFTLING: Nein, das wäre verdächtig. Bitte, nicht. Schikken Sie doch bitte in den Supermarkt in der nächsten Avenida.

DIREKTOR: Moment mal . . . Holla, holla! . . . Gutierrez, kommen Sie einen Augenblick, bitte . . . in mein Büro.

HÄFTLING: Wenn mir meine Mama ein Paket bringt, ist es immer in Packpapier eingeschlagen, und innen ist ein

wie Marcuse, gibt Altman zu bedenken, daß das, was wir uns unter »menschlicher Natur« vorstellen, nur ein Ergebnis dessen sei, was Jahrhunderte der Repression aus ihr gemacht haben, ein Gedanke, der – darin stimmen Marcuse und Brown überein – die wesentliche Veränderbarkeit der menschlichen Natur impliziert.

Karton. So richten sie es ihr im Supermarkt her, damit sie es tragen kann.

DIREKTOR: Einverstanden ... Ja, kommen Sie. Hören Sie, Gutierrez, wir müssen einige Lebensmittel besorgen, die Liste bekommen Sie, und sie auf eine bestimmte Art verpacken. Der Häftling wird Ihnen die Liste geben, und alles muß in ... sagen wir einer halben Stunde erledigt sein, besorgen Sie einen Gutschein und lassen Sie von einem Unteroffizier kaufen, was auf der Liste steht, die der Häftling Ihnen geben wird. Molina, Sie diktieren, was Ihre Mutter mitgebracht haben könnte.

HÄFTLING: Ihnen?

DIREKTOR: Ja, mir! und rasch, denn ich habe zu tun.

HÄFTLING: ... Milchcrem, einen großen Becher. Oder besser, zwei Becher. Frische Pfirsiche, zwei Brathähnchen, die natürlich noch nicht kalt sein dürfen. Ein großes Paket Zucker. Zwei Pakete Tee, eines mit schwarzem Tee und eins mit Kamillentee. Milchpulver, Kondensmilch, Kernseife ... einen halben Riegel, nein, einen ganzen, Marke »Radikal«, und vier Pakete Toilettenseife »Palmoliv« ... Und was noch? Ja, ein großes Glas Fischsalat. Lassen Sie mich noch ein bißchen nachdenken, ich hab meinen Kopf nicht beisammen ...

Zweiter Teil

NEUNTES KAPITEL

– Schau, was ich mitbringe!!!
– Nicht möglich! ... Deine Mama war da ...
– Ja!!!
– Das ist ja prima ... Also geht es ihr gut.
– Ja, etwas besser ... Und schau, was sie mir alles mitgebracht hat. Verzeihung, was sie *uns* mitgebracht hat.
– Danke, aber das ist doch für dich, Mann, mach keine Witze.
– Halt die Klappe, Stinker. Von heute fängt hier ein neues Leben an. Die Bettücher sind fast trocken, fühl mal ... Und die ganzen Fressalien! Schau! zwei Hähnchen am Spieß, zwei! Was sagst du dazu! Und die Hähnchen sind für dich, die können dir nicht schaden, du wirst sehen, wie es dir gleich besser geht.
– Das erlaub ich nie.
– Tu's mir zuliebe, lieber will ich keine Hähnchen essen und dafür von deinen edlen Gerüchen verschont bleiben, du Ferkel ... Nein, im Ernst sag ich dir, du mußt aufhören, den Schweinefraß hier zu essen, und du wirst sehen, wie du wieder hochkommst. Probier's wenigstens zwei Tage.
– Meinst du? ...
– Klar, Mann. Und wenn du wieder in Ordnung bist ... mach die Augen zu, Valentin, mal sehen, ob du es errätst. Sag schon.
– Was denn ... ich weiß doch nicht ...
– Mach die Augen nicht auf. Wart, ich laß es dich fühlen, mal sehen, ob du es errätst. Los ... Faß an.
– Zwei Becher ... Und schwer. Ich geb mich geschlagen.
– Mach die Augen auf.
– Milchcrem!
– Aber damit müssen wir warten, bis du dich wieder gut fühlst, und das essen wir auch gemeinsam auf ... Und ich hab's riskiert, die Bettücher zum Trocknen hängen zu

lassen ... und sie haben sie nicht geklaut, was sagst du dazu? Sie sind auch schon beinahe trocken, heute nacht werden wir beide auf Bettüchern schlafen.

– Phantastisch!

– Schön, ein Momentchen, bis ich alles verstaut habe ... und dann mach ich mir einen Kamillentee, denn ich komm um vor Nervosität, und du ißt ein Hühnerbein, oder nein, es ist erst fünf ... Besser, du trinkst mit mir Tee und ißt ein paar von den Keksen, »Express«, die sind ganz leicht verdaulich, die hab ich als kleiner Junge bekommen, wenn ich krank war. Die »Criollitas« gab's damals noch nicht.

– Kann ich nicht jetzt schon eins haben?

– Na, schön, eins, mit Konfitüre und allem Drum und Dran. Aber Orangenkonfitüre! Ein Glück, daß sie mir lauter leicht verdauliche Sachen gebracht haben, so kannst du an alles ran, bis auf die Milchcrem, vorläufig. Ich stecke die Kochplatte an und ruck, zuck, wir werden uns die Finger abschlecken.

– Kann ich das Hühnerbein nicht schon jetzt kriegen?

– Nein, Vorsicht ist die Mutter der ... und ein bißchen Maßhalten kann nicht schaden, nicht wahr? Das lassen wir mal lieber für später, wenn sie dann das Essen bringen, kommst du nicht in Versuchung, denn die letzten Tage hast du immer alles weggeputzt, so eklig das Zeug auch war.

– Du begreifst eben nicht, daß ich nach den Schmerzen immer ein Loch im Magen habe und umkomme vor Hunger.

– Hör zu, damit mir da keine Unklarheiten aufkommen. Ich will, daß du das Hähnchen ißt, nein, *die* Hähnchen, aber unter der Bedingung, daß du den Gefängnisfraß nicht anrührst, denn der hat dich so zugerichtet. Abgemacht?

– Einverstanden. Aber – und du? Du hast dann das Nachsehen?

– Gar nicht. Aus kaltem Essen mach ich mir nichts. Wirklich.

....

....

– Ja, es ist mir bekommen. Und zuerst der Kamillentee, das war ein guter Gedanke.
– Das beruhigt die Nerven, nicht? mir auch.
– Und das Hühnchen war Klasse, Molina. Und der Gedanke, daß es noch zwei Tage reicht.
– Gut, also schlaf jetzt, das gehört auch zur Kur.
– Ich bin nicht müde. Schlaf du nur, kümmer dich nicht um mich.
– Fang bloß nicht wieder an, blödes Zeug zu denken, sonst bekommt dir die Mahlzeit nicht.
– Bist du müde?
– So, so.
– Denn zum vollständigen Programm fehlt eigentlich noch etwas.
– So? Angeblich bin ich hier der Entartete, nicht du.
– Mach keine Witze. Ein Film, das ist es, was fehlt.
– Ah . . .
– Weißt du nicht noch so einen wie die Pantherfrau? Der hat mir am besten gefallen.
– Schön, solche phantastischen Filme gibt es haufenweise.
– Ja? was denn für welche, sag?
– Ja, also . . . *Dracula*, der *Wolfsmensch* . . .
– Was noch?
– *Die Zombi-Frau geht um.*
– Den! Den hab ich nie gesehen.
– Ay . . . wie hat der bloß angefangen?
– Ein Yankeefilm?
– Ja, aber ich hab ihn vor tausend Jahren gesehen.
– Also los, erzähl.
– Laß mich erst ein bißchen nachdenken.
– Und wann darf ich die Milchcrem versuchen?
– Frühestens morgen, vorher nicht.
– Und jetzt einen kleinen Löffel?
– Nein, besser, ich erzähl dir den Film . . . Wie war das nur? . . . Ah, ja, jetzt fällt's mir ein. Es fängt damit an, daß ein Mädchen aus New York mit dem Schiff auf eine Insel in der Karibik fährt, weil dort ihr Verlobter darauf wartet,

daß sie heiraten. Ein ganz liebes Mädchen, so sieht sie jedenfalls aus, und voller Illusionen, und sie erzählt alles dem Schiffskapitän, der ein wahnsinnig schöner Mann ist, und er schaut hinunter ins schwarze Meerwasser, es ist nämlich Nacht, und dann schaut er sie an, als wollte er sagen, »die weiß nicht, was auf sie wartet«, aber zu ihr, kein Wort, bis sie an der Insel anlegen und man schon die Trommeln der Eingeborenen hört, und sie ist ganz verzückt, und da sagt der Kapitän zu ihr, sie soll sich von den Trommeln nicht täuschen lassen, denn die verkünden manchmal Todesurteile. *Herzversagen, eine alte Kranke, ein Herz füllt sich mit schwarzem Meerwasser und sackt ab.*

– *Polizeipatrouille, Versteck, Tränengas, die Tür geht auf, die Mündungen der Maschinengewehre, schwarzes Erstikkungsblut kommt im Mund hoch* Erzähl weiter, warum hast du aufgehört?

– Schön, das Mädchen trifft also ihren Mann, sie haben durch Ferntrauung geheiratet, und jetzt erfährt man, daß sie sich in New York kennengelernt haben, aber nur ein paar Tage. Er ist Witwer und auch ein Yankee. Also, weißt du, die Ankunft auf der Insel, wenn das Schiff anlegt, ist einfach himmlisch, denn der Bräutigam erwartet sie mit einem ganzen Festzug, alle Wagen sind mit Blumen geschmückt und Esel sind davorgespannt, und auf ein paar Wagen sitzen Musikanten, die eine ganz zarte Melodie spielen auf solchen Instrumenten, die aussehen wie Brettertische, und darauf schlagen sie mit kleinen Stäbchen, kurz und gut, ich weiß nicht, aber mir geht diese Musik zu Herzen, es klingt so schön wie Seifenblasen, die eine nach der anderen platzen. Und die Trommeln, die so unheilvoll klingen, haben zum Glück aufgehört. Und sie kommen zum Haus, das abseits vom Dorf liegt, auf freiem Feld unter Palmen, und die Insel ist wunderschön, mit sanften Hügeln, und dort sind die Bananenpflanzungen. Und der Mann ist sehr freundlich, aber man sieht, daß er innerlich ein Drama mit sich herumschleppt, er lächelt ein bißchen zu viel, wie ein charakterschwacher Mensch. Und durch ein Detail bekommst du spitz, daß mit ihm irgendwas los ist, denn das erste, was er tut, ist, daß er das Mädchen dem Butler vorstellt, und der Butler, ungefähr fünfzig, aber Franzose, verlangt von dem Mann, er soll jetzt gleich irgendwelche Papiere unterschreiben wegen einer Bananenladung für dasselbe Schiff, mit dem das Mädchen angekommen ist, und der Mann sagt, später, aber der Butler läßt nicht locker, und der Mann schaut ihn voll Haß an, und während er die Papiere unterschreibt, sieht man, daß er den Füller kaum halten kann, so sehr zittert seine Hand. Und es ist noch Tag, und die ganze Gesellschaft auf dem Blumenwagen ist angekommen und wartet im Garten auf das Paar, um anzustoßen, und es werden alle möglichen Fruchtsäfte gebracht, aber irgendwo stehen auch ein paar Abgesandte der schwarzen Arbeiter, die auf den Zuckerfeldern beschäftigt sind, und die haben ein Fäßchen Rum für den Herrn mitgebracht, aber der Butler sieht sie und wird fuchsteufelswild, und mit einer Axt, die da herumliegt, zerhackt er das Faß, und der ganze Rum läuft aus und auf den Boden.

– Bitte, sprich bloß nicht von Essen oder Trinken.

– Und du, sei nicht so empfindlich, rohes Ei. Schön, da schaut das Mädchen den Mann an, als ob es ihn fragen wollte, warum sich dieser unsympathische Butler so aufregt, aber gerade da gibt der Mann dem Butler durch Zeichen zu verstehen, daß er sich richtig verhalten hat, und ohne weiter Zeit zu verlieren, hebt er das Glas Fruchtsaft und stößt mit allen anwesenden Insulanern an, am nächsten Tag werden sie endlich richtig verheiratet sein, denn da sollen sie auf dem Standesamt der Insel noch irgendwelche Papiere unterschreiben. Aber die erste Nacht muß das Mädchen allein im Haus verbringen, denn der Mann geht weit weg, in die allerentfernteste Bananenplantage, eine Pflanzung, ganz, ganz weit weg, um seinen Arbeitern dort einen kurzen Besuch abzustatten, damit es kein Gerede gibt. Ein wunderbarer Vollmond scheint in dieser Nacht, der schöne Garten um das Haus mit all den märchenhaften Tropenpflanzen ist noch phantastischer als sonst, und das Mädchen steht da in einem weißen Satinnachthemd, darüber hat sie ein Negligé an, auch weiß, aber durchsichtig, und sie möchte gern einen Rundgang durchs Haus machen und geht zuerst in den großen Aufenthaltsraum und danach durch das Eßzimmer, und an zwei Stellen sieht sie Bilderrahmen mit dem Photo des Mannes auf der einen Seite und auf der anderen Seite ist nichts, weil jemand das Photo herausgenommen hat, sicher das der ersten Frau, die gestorben ist. Dann geht sie weiter durchs Haus und kommt in ein Schlafzimmer, wo man gleich merkt, das ist das Schlafzimmer einer Frau, weil auf dem Nachttisch und auf der Kommode Spitzendecken liegen, aber das Mädchen kramt in den Schubladen, um zu sehen, ob da nicht vielleicht ein Photo ist, und findet nichts, aber im Kleiderschrank hängt die ganze Garderobe der ersten Frau, alles allerfeinste importierte Sachen. Da hört das Mädchen, daß irgendwas sich bewegt, sie sieht einen Schatten vor dem Fenster vorüberhuschen. Sie erschrickt furchtbar und geht in den Garten, der vom Mond hell erleuchtet ist, und da sieht sie einen kleinen Frosch im Teich springen und denkt, das war das Geräusch, das sie gehört hat, und der Schatten war sicher von den Palmen, die sich im Wind bewegen. Und geht weiter in den Garten hinein, weil ihr im Haus zu heiß ist, und da hört sie wieder ein Geräusch, aber wie von Schritten, und dreht sich um, um zu sehen, aber da ziehen gerade ein paar Wolken über den Mond, und der Garten liegt im Dunklen. Und gleichzeitig, sehr, sehr fern ... die Trommeln. Und man hört auch, jetzt ganz deutlich, daß Schritte näherkommen, aber ganz, ganz langsam. Das Mädchen zittert vor Angst, sie sieht, wie ein Schatten durch die Tür, die sie selber offengelassen hat, ins Haus hineingeht. Da weiß die Arme nicht mehr, wovor sie am meisten Angst hat, im finsteren Garten zu bleiben oder ins Haus zu gehen. Sie entschließt sich, ans Haus heranzugehen und durch ein Fenster auszuspähen, wer hineingegangen ist, und schaut durch ein Fenster und sieht nichts und läuft an ein anderes Fenster, und das ist genau am Schlafzimmer der verstorbenen ersten Frau. Und weil es sehr dunkel ist, sieht sie nicht mehr als einen Schatten, der durch den Raum gleitet, eine hohe Silhouette, die mit ausgestreckter Hand vorwärtsgeht und liebkosend über einige Gegenstände streicht, die im Zimmer sind, und nahe am Fenster steht die Kommode mit der Spitzendecke, und darauf liegt eine sehr schöne Haarbürste mit getriebenem Silbergriff und ein Spiegel mit dem gleichen Griff, und weil sie ganz nah am Fenster steht, sieht sie, daß es eine sehr zarte, bleiche Totenhand ist, die diese Dinge streichelt, und das Mädchen ist wie versteinert vor Angst, sie wagt sich nicht zu bewegen, *die wandelnde Tote, die heimtückische Schlafwandlerin, im Schlaf spricht sie und erzählt alles, der ansteckende Kranke hört es, aus Ekel berührt er sie nicht, ihr Fleisch ist weiß, das Fleisch einer Toten*, aber sie sieht, daß der Schatten das Zimmer verläßt, um in einen anderen Teil des Hauses zu gehen – aber welchen? –, als gleich darauf wieder Schritte zu hören sind, jetzt im Patio, und das Mädchen macht sich ganz klein und versucht sich im Efeu zu verstecken, der sich an der Wand hochrankt, aber da zieht eine Wolke ab und gibt den Mond frei und der ganze Patio ist hell erleuchtet, und da steht eine große schattenhafte Gestalt im schwarzen Morgenmantel vor dem Mädchen, das zu Tode erschrickt, ein totenbleiches Gesicht mit zerzaustem blonden Haar bis auf die Hüften. Das Mädchen will um Hilfe schreien, bringt aber keinen Laut über die Lippen, langsam weicht sie zurück, langsam, denn die Beine tragen sie kaum, sie knicken ihr ein. Die Frau vor ihr blickt sie starr an, aber gleichzeitig sieht es so aus, als ob sie sie gar nicht sehen könnte, ihr Blick ist ziellos wie bei einer Verrückten, aber sie streckt die Arme aus, um das Mädchen zu berühren, und ganz langsam geht sie vorwärts, als ob sie sehr schwach wäre, und das Mädchen weicht zurück, aber weil sie nicht sieht, daß hinter ihr eine Reihe sehr buschiger Bäume steht, treibt sie sich selbst in die Enge, und wie sie sich umdreht und merkt, daß sie in der Falle sitzt, stößt sie einen wilden Schrei aus, aber die andere geht immer noch langsam mit ausgebreiteten Armen auf sie zu. Vor Entsetzen fällt das Mädchen ohnmächtig zu Boden. Da endlich hält jemand die unheimliche Frau an, nämlich die Negerin, diese sympathische Negerin ist dazugekommen, oder hab ich vergessen, dir das zu erzählen? *eine gute alte schwarze Krankenschwester als Tagschwester, in der Nacht läßt sie eine weiße Krankenschwester, die neu ist, mit dem Schwerkranken allein, sie setzt sie der Ansteckung aus.*

— Nein, von der hast du noch nichts gesagt.

— Schön, die Negerin ist so etwas wie eine Haushälterin und sehr lieb, eine Rundliche mit schon ganz weißem Haar, und die hat das Mädchen von Anfang an immer so freundlich angesehen. Und wie das Mädchen aus der Ohnmacht erwacht, hat die Negerin sie schon in ihr Bett gebracht, und jetzt redet sie ihr ein, daß das, was sie gesehen hat, ein Alptraum war. Und das Mädchen weiß nicht, ob sie es glauben soll, aber wie sie sieht, daß die Negerin so gut zu ihr ist, beruhigt sie sich, und die Negerin bringt ihr einen Tee, damit sie schlafen kann, einen Kamillentee oder sowas, ich weiß nicht mehr. Am nächsten Tag ist die Hochzeit, schön, sie müssen zum Bürgermeister gehen, ihm einen Besuch abstatten und Papiere unterschreiben, und das Mädchen hat ein ganz schlichtes Schneiderkostüm angezogen, aber dazu trägt sie eine sehr schöne Frisur, die die Negerin ihr gemacht hat, eine Art Zopf oben drauf, wie soll ich dir das erklären? schön, damals trug man eben hohe Frisuren zu bestimmten Gelegenheiten, und das sah sehr schick aus.

— Mir ist nicht gut . . . ich fühl mich schon wieder schwindlig.

— Bist du sicher?

— Ja, es ist nur ein Vorgefühl, aber genau wie immer.

— Aber das Essen kann dir nicht geschadet haben.

— Wie werd ich denn deinem Essen die Schuld geben!

– Wie nervös du bist ...
– Aber es ist nicht das Essen, es ist mein Organismus, irgendwas ist mit ihm los.
– Denk nicht daran, dadurch wird's nur schlimmer.*

* Als Variante des Begriffs Triebverdrängung führt Freud den Begriff »Sublimierung« ein. Er versteht darunter einen psychischen Vorgang, durch den unerwünschte Triebregungen kanalisiert werden. Sublimierungskanal könne jede Tätigkeit sein, sei es eine künstlerische oder sportliche oder berufliche, welche die Verwendung der nach den Maßstäben unserer Gesellschaft überschüssigen sexuellen Energien gestattet. Freud macht jedoch einen grundlegenden Unterschied zwischen Triebverdrängung und Sublimierung, insofern er diese als heilsam betrachtet, da sie für die Erhaltung einer zivilisierten Gemeinschaft unerläßlich sei. Dieser Auffassung tritt Norman O. Brown in seinem Buch »Leben contra Tod« entgegen, in dem er umgekehrt eine Regression auf die von Freud im Säugling entdeckte »polymorphe Perversität« befürwortet, was eine totale Aufhebung jeglicher Triebverdrängung voraussetzen würde. Freud hatte sein Eintreten für partielle Triebverdrängung unter anderem damit begründet, daß es notwendig sei, die Destruktionstriebe des Menschen unter Kontrolle zu halten. Brown wie auch Marcuse verwerfen dieses Argument unter Hinweis darauf, daß aggressive Impulse als solche nicht existieren, sofern die vorausgehenden libidinösen Triebe ihren Verwirklichungsmodus, d. h. ihre Befriedigung, gefunden hätten.
Die Kritik wiederum, die Brown erfuhr, geht davon aus, daß eine Menschheit ohne Eindämmung, d. h. ohne Triebunterdrückung, keine Form dauerhafter Tätigkeit organisieren könne. Hier nun greift Marcuse mit seinem Begriff »zusätzliche Unterdrückung« ein, mit dem er jenen Teil sexueller Unterdrückung bezeichnet, der eingeführt wurde, um die Vormacht der herrschenden Klasse aufrechtzuerhalten, obwohl er zur Erhaltung einer die menschlichen Bedürfnisse in allen ihren Komponenten befriedigenden Gesellschaft nicht unerläßlich ist. Der Schritt, den Marcuse über Freud hinausgeht, bestünde demnach darin, daß Freud einen bestimmten Typus der Triebverdrängung zugunsten der Erhaltung der zeitgenössischen Gesellschaft toleriert, während Marcuse eine Veränderung dieser Gesellschaft zugunsten einer Entwicklung, die den ursprünglichen Triebregungen Rechnung trägt, als fundamental betrachtet.
Dieser Gedanke bildet die Grundlage für die Anklage, die eine neue psychiatrische Richtung gegen die Psychoanalyse orthodoxer Freudscher Prägung erhebt. Ihr wird nämlich zum Vorwurf gemacht, sie habe

– Ich konnte mich nicht mehr konzentrieren auf das, was du erzählt hast.
– Wirklich, bitte, denk an etwas anderes, denn das Essen war sehr bekömmlich. Vielleicht bildest du es dir auch nur ein in Erinnerung an die letzten Tage.

mindestens bis Ende der sechziger Jahre ungestraft dahingehend auf ihre Patienten eingewirkt, daß diese jeden persönlichen Konflikt auf sich nahmen, womit ihnen die Anpassung an die repressive Gesellschaft, in der sie leben, erleichtert werden sollte, habe sie jedoch nie zu der Einsicht geführt, daß es notwendig sei, diese Gesellschaft selbst zu verändern. In »Triebstruktur und Gesellschaft« behauptet Marcuse, der Sexualtrieb kenne ursprünglich keine äußeren zeitlichen und räumlichen Begrenzungen seiner Subjekte oder Objekte, da die Sexualität von Natur aus »polymorph pervers« sei. Und Marcuse geht noch weiter. Er nennt nicht nur unsere ausschließliche Konzentration auf genitale Vereinigung, sondern auch Phänomene wie die Unterdrückung des Geruchs- und Geschmackssinns im Geschlechtsleben als Beispiel für »zusätzliche Unterdrückung«. Dennis Altman, der in dem oben zitierten Buch die Ausführungen Marcuses zustimmend kommentiert, fügt hinzu, daß sexuelle Befreiung nicht nur die sexuelle Enthaltsamkeit beseitigen, sondern auch die praktische Möglichkeit zur Verwirklichung sexueller Bedürfnisse schaffen müsse. Er macht im übrigen auf die Tatsache aufmerksam, daß wir erst seit kurzem erkannt hätten, wieviel von dem, was bisher, speziell in der Familienstruktur und den sexuellen Beziehungen, als normal und instinktiv angesehen wurde, in Wirklichkeit erlernt sei, woraus sich die Notwendigkeit ergebe, daß wir uns vieles, was bisher als natürlich gegolten habe, einschließlich kompetitiver und aggressiver Haltungen außerhalb der Sexualität, wieder aberziehen müßten. Und auf der gleichen Linie liegt, was Kate Miller, die Theoretikerin der Frauenbewegung, in ihrem Buch »Sexualpolitik« sagt, daß nämlich eine Freiheit ohne Heuchelei das Ziel einer Sexualrevolution sei, d. h. eine Freiheit, die auch von den auf Ausbeutung abzielenden wirtschaftlichen Grundlagen der traditionellen Geschlechterverbindung, d. h. der Ehe, nicht verfälscht würde.
Darüber hinaus tritt Marcuse nicht nur für ein ungehemmtes Fließen der Libido ein, sondern auch für deren Transformation, d. h. für den Schritt von einer auf genitale Vorherrschaft eingeschränkten Sexualität zu einer Erotisierung der gesamten Persönlichkeit. Er zielt damit weniger auf eine Explosion als auf eine Erweiterung der Libido ab, die sich auch auf andere Gebiete privater und gesellschaftlicher Tätigkeit, z. B. die berufliche,

– Bitte, erzähl noch ein Stück weiter, vielleicht vergeht es wieder. Denn ich fühle mich doch noch sehr schwach, und sofort hab ich mich vollgegessen, ich weiß wirklich nicht, was es ist . . .
– Das ist es, du bist noch ganz schwach, und ich habe gesehen, wie du gegessen hast, viel zu schnell, gierig, fast ohne zu kauen.
– Seit ich wach bin, denke ich immer an ein und dasselbe, wahrscheinlich ist es das, was mir schadet, wenn ich lese, passiert mir das nicht. Ich kann es nicht loswerden.

erstrecken solle. Die ganze Streitmacht bürgerlicher Moral, fügt Marcuse hinzu, sei gegen den Körper als bloßes Objekt, als Mittel und Instrument der Lust aufgeboten worden, da die Verdinglichung des Körpers als Tabu betrachtet und das übelbeleumdete Vorrecht von Huren, Degenerierten und Pervertierten geblieben sei.

J. C. Unwin, Verfasser des Buches »Geschlecht und Kultur«, nimmt hier eine Zwischenposition ein. Unwin hat die Eheregelungen bei achtzig unzivilisierten Gesellschaften untersucht und scheint zunächst die weit verbreitete Ansicht zu unterstützen, daß sexuelle Freiheit zu einem Verfall der Gesellschaft führe, daß also – in Übereinstimmung mit der Psychoanalyse – sexuelle Einschränkung, soweit sie nicht Neurosen begünstigt, dazu beitrage, Energien in gesellschaftlich nützliche Bahnen zu kanalisieren. Unwin kam aufgrund seiner umfassenden Studien zu dem Schluß, daß es zur Schaffung der ersten Grundlagen einer organisierten Gesellschaft, zu deren Weiterentwicklung und der Aneignung benachbarten Landes – d. h. den historischen Kennzeichen jeder aufstrebenden Gesellschaft – erst dann komme, wenn zuvor sexuelle Repression eingeführt worden sei. Umgekehrt verharrten Gesellschaften, die sich freie sexuelle Beziehungen – voreheliche, außereheliche und homosexuelle – genehmigten, in einer nahezu animalischen Unterentwicklung. Aber gleichzeitig stellt Unwin fest, daß strikt monogam und stark repressive Gesellschaften nicht lange zu überleben vermögen oder dies, falls es ihnen teilweise doch gelingt, nur durch die moralische und materielle Unterwerfung der Frau erreichen. Unwin vertritt deshalb die Ansicht, daß es zwischen der selbstmörderischen Angst, die aus der Geringschätzung sexueller Bedürfnisse entsteht, und dem anderen Extrem, der gesellschaftlichen Unordnung durch sexuelle Ausschweifung, einen vernünftigen Mittelweg zur Lösung dieses schwierigen Problems geben müsse. Was auf die Abschaffung der »zusätzlichen Unterdrückung«, von der Marcuse spricht, hinausläuft.

– Was?

– Daß ich meiner Genossin nicht antworten kann . . . daß ich Martha aber schreiben könnte, und womöglich würde es mir guttun, ihr zu schreiben, aber ich weiß nicht, was ich ihr sagen soll. Weil es schlecht ist, ihr zu schreiben. Und wozu auch?

– Soll ich dir weiter erzählen?

– Ja, bitte.

– Schön, wo waren wir?

– Wo das Mädchen angezogen wurde.

– Ah, ja, und sie macht ihr eine Frisur.

– Halt, das weiß ich schon, und was geht mich das an? Erzähl mir nicht Dinge in allen Einzelheiten, die faktisch keine Bedeutung haben, *buntbemalte Maske, ein kräftiger Stoß, die Maske ist aus Glas, sie zersplittert, die Faust ist nicht verletzt, es ist eine Männerfaust*

– die verräterische Schlafwandlerin, die weiße Krankenschwester, in der Dunkelheit starrt der ansteckende Kranke sie an. Wieso denn nicht? Sei still und laß mich erzählen, ich weiß, was ich sage. Angefangen damit, daß die hohe Frisur – hör gut zu – äußerst wichtig ist, weil die Frauen sie sich nur dann machen, oder in dieser Epoche machten, wenn sie den Eindruck erwecken wollten, daß dieser Augenblick für sie wichtig war, eine wichtige Verabredung, denn die hohe Frisur, die den Nacken freiließ und das ganze Haar nach oben verlegte, verlieh dem Gesicht einer Frau Adel. Und aus dem ganzen Haarschwanz oben macht ihr die Negerin einen Zopf und steckt als Schmuck einheimische Blumen hinein, und wie das Mädchen wegfährt in der Kutsche, denn obwohl der Film in modernen Zeiten spielt, fährt sie in diesem entzückenden kleinen Eselswägelchen, lächelt das ganze Volk ihr zu, und es sieht aus, als führe sie dem Glück entgegen . . . Geht es besser?

– Anscheinend, erzähl weiter, bitte.

– In der Kutsche fahren sie und die Negerin, und an der Tür eines Hauses im Kolonialstil, dem Rathaus vermutlich, erwartet sie der Bräutigam. Und später, schon in der

Nacht, sieht man sie im Dunklen liegen, sie in der Hängematte, in einer wunderschönen Großaufnahme sieht man die zwei Köpfe, er über sie gebeugt, um sie im Licht des Vollmonds zu küssen, der durch die Palmen schimmert. Ah, aber ich habe etwas Wichtiges vergessen. Schön, der Ausdruck beider ist der von Verliebten und einer tiefen Befriedigung. Aber was ich dir nicht gesagt habe: während die Negerin sie frisiert, hat das Mädchen ...

– Schon wieder die hohe Frisur?

– Sei doch nicht so nervös! Wenn du nicht selber dazutust, wirst du dich nie beruhigen.

– Verzeihung, erzähl weiter.

– Schön, das Mädchen also stellt der Negerin Fragen. Zum Beispiel, wo er die Nacht über gewesen ist. Die Negerin erschrickt, versucht es aber zu verbergen und sagt, daß er in den Bananenfeldern gewesen ist, um nach seinen Arbeitern zu sehen in dieser Pflanzung, die ganz, ganz weit weg ist und wo die meisten Landarbeiter noch an ... Voodoo glauben. Das Mädchen weiß, daß das eine Religion der Schwarzen ist, und sagt, sie möchte gern einmal etwas davon sehen, irgendeine Zeremonie, weil das sicher sehr hübsch ist, mit vielen Farben und Musik, aber die Negerin verzieht den Mund vor Schrecken und sagt ihr, nein, von all dem muß sie sich fernhalten, weil das manchmal eine sehr blutrünstige Religion ist, und sie darf sich dem unter keinen Umständen nähern. Weil ... Und da verstummt die Negerin. Und die andere fragt, was denn los ist, und die Negerin sagt, daß es eine alte Sage gibt, mit der es wahrscheinlich nichts auf sich hat, aber vor der sie sich trotzdem fürchtet, eine Sage über die Zombis. Was sind Zombis? fragt das Mädchen, und die Negerin macht ihr ein Zeichen, daß sie dieses Wort nicht laut, sondern höchstens flüsternd aussprechen darf. Und sie erklärt ihr, daß die Zombis Tote sind, die von den Zauberern wieder zum Leben erweckt werden, ehe der Leichnam kalt geworden ist, weil die Zauberer selber sie mit einem vorbereiteten Gift getötet haben, und dann hat der lebendig Tote keinen eigenen Willen mehr und gehorcht allen Befehlen, die man ihm gibt, und die Zauberer benützen sie und lassen sie alles ausführen, was sie wollen, sie lassen sie arbeiten, und die armen lebendig Toten, die Zombis, haben keinen anderen Willen mehr als den der Zauberer. Und die Negerin sagt, daß dort draußen in den Pflanzungen vor vielen Jahren ein paar arme Landarbeiter gegen ihre Herren rebelliert haben, weil sie schlecht bezahlt wurden, und die Herren hätten mit dem obersten Zauberer der Insel abgemacht, er solle die Landarbeiter in Zombis verwandeln, und so kam es, daß sie als Tote bei der Bananenernte arbeiten mußten, aber nachts, damit die anderen es nicht merkten, denn die Zombis können nicht sprechen und auch nicht denken, obwohl sie leiden, denn wenn bei der Arbeit der Mond auf sie scheint, sieht man, wie ihnen die Tränen herunterlaufen, aber sie beklagen sich nicht, weil Zombis nicht sprechen können und keinen Willen mehr haben, sie können nur noch gehorchen und leiden. Da fragt das Mädchen plötzlich, weil sie sich an den Traum erinnert, ob es nicht auch weibliche Zombis gibt. Da weicht die Negerin aus und sagt, nein, denn die Frauen haben keine Kraft für harte Feldarbeit, und deshalb, glaubt sie, gibt es keine weiblichen Zombis. Und das Mädchen fragt, ob ihr Mann keine Angst hat vor diesen Dingen, und die Negerin sagt, nein, aber gerade deshalb, um mit den Landarbeitern gut zu stehen, war es richtig, daß er direkt zu den Zauberern gegangen ist und sie um ihren Segen gebeten hat. Und damit hört die Unterhaltung auf, und danach, wie gesagt, sieht man, wie sie in der Hochzeitsnacht zusammen sind und sehr glücklich sind, zum ersten Mal, sieht man, hat der Mann einen Ausdruck von Frieden im Blick, und man hört nur noch das Gesumse der Insekten im Garten und das Rauschen des Brunnens. Und nachher sieht man, wie sie in ihrem Bett schlafen, aber irgend etwas weckt sie auf, und allmählich hören sie, immer deutlicher, das Tamtam, das von fernher kommt. Sie zittert, ein Schauder überläuft ihren Körper. Fühlst du dich besser? *Nachtrunde*

der Krankenschwester, Temperatur und Puls normal, weiße Haube, weiße Strümpfe, Gute Nacht zum Patienten
– Ein bißchen ... aber ich kann dir kaum folgen. *die lange Nacht, die kalte Nacht, lange Gedankengänge, kalte Gedanken, zerbrochenes Glas, scharf.*
– Aber dann erzähl ich dir nicht weiter. *die korrekte Krankenschwester, hohe, gestärkte Haube, das feine, ein wenig hinterhältige Lächeln*
– Nein, wirklich, wenn du mich ablenkst, geht es mir besser. Mach bitte weiter. *die lange Nacht, die eisige Nacht, die vor Feuchtigkeit grünen Wände, die von Wundbrand befallenen Hände, die verletzte Faust*
– Schön, also ... wie war es noch? Man hört von sehr fern die Trommeln, und auch der Mann verändert seinen Ausdruck, er hat keine Ruhe mehr, er kann nicht mehr schlafen und steht auf. Das Mädchen sagt nichts, aus Rücksicht stellt sie sich schlafend, spitzt aber die Ohren und hört ein Geräusch, das Knarren einer kleinen Tür in der Anrichte, die geöffnet wird, und dann nichts mehr. Sie wagt nicht aufzustehen und nachzusehen, aber er kommt und kommt nicht zurück. Da steht sie auf und sieht ihn vollkommen betrunken in einem Sessel liegen. Und sie mustert die Möbel und bemerkt, daß ein kleines Fach offensteht, in das gerade eine einzige Flasche hineinpaßt, eine leere Cognacflasche, und neben dem Mann steht noch eine andere, halbvolle Flasche. Da denkt das Mädchen, woher er sie nur hat?, denn im ganzen Haus gibt es keine alkoholischen Getränke, und sieht, daß unter der Flasche Dinge in dem Fach verwahrt sind, Briefe und Photographien. Mit Mühe und Not schafft sie den Mann ins Schlafzimmer und legt sich neben ihn, damit er den Trost hat, daß sie ihn liebt und er nicht mehr allein ist, und er wirft ihr einen dankbaren Blick zu und schläft wieder ein. Auch sie versucht einzuschlafen, aber sie kann nicht, zuvor war sie so glücklich gewesen, aber ihn so betrunken zu sehen, stimmt sie nachdenklich. Und jetzt begreift sie, daß der Butler recht hatte, als er das Rumfäßchen zertrüm-

merte. Sie nimmt ihren Morgenmantel um und geht wieder an das Fach, um die Photos durchzusehen, und am meisten gespannt ist sie auf eine Photographie der ersten Frau. Aber wie sie hinkommt, stellt sie fest, daß das Fach verschlossen ist, und zwar mit dem Schlüssel. Wer kann es abgeschlossen haben? Sie schaut rings umher, aber alles ist dunkel und still, ausgenommen die Trommeln, die immer noch zu hören sind. Da schließt sie das Fenster, um sie nicht mehr zu hören, und genau in diesem Augenblick verstummen die Trommeln, als hätten sie sie aus vielen Kilometern Entfernung wahrgenommen. Schön, am nächsten Morgen ist es, als ob er sich an nichts erinnern könnte, er weckt sie mit dem Frühstück auf, vergnügt wie nur was, und sagt zu ihr, daß er eine Inselrundfahrt mit ihr machen möchte. Sie läßt sich von seiner Freude anstecken, und so fahren sie in einem wunderschönen offenen Auto durch die Tropen, eine fröhliche Hintergrundmusik erklingt, ein Kalypso, sie fahren an himmlischen Stränden entlang, und jetzt kommt eine Szene, die besonders sexy ist, denn sie hat auf einmal Lust zu baden, weil sie schon an so vielen Palmenhainen und ins Meer überhängenden Felsen und natürlichen Gärten mit gigantischen Blumen vorbeigefahren sind und die Sonne brennt, aber sie hat nicht daran gedacht, ihren Badeanzug mitzunehmen, und er sagt, sie soll ohne was baden, und da halten sie an, das Mädchen zieht sich hinter einem Fels aus, und ganz von fern sieht man, wie sie nackt aufs Meer zuläuft. Und später sieht man, wie beide unter Palmen am Strand liegen, sie in einer Art Sarong, den sie aus seinem Hemd gemacht hat, und er in Hosen, sonst nichts, und barfuß, und irgend woher, du weißt ja, wie es im Kino ist, kommen die Worte eines Liedes, in dem es heißt, daß man sich die Liebe verdienen muß und daß am Ende eines dunklen, fallenreichen Weges die Liebe all jene erwartet, die bis zum Ende gekämpft haben, um sie sich zu verdienen. Und man sieht, wie das Mädchen und der Mann wieder ganz bezaubert sind und alles vergessen haben. Und es dämmert schon, und wie sie unterwegs auf einen Hügel steigen, sieht man nicht sehr weit entfernt im Licht der jetzt schon feuerroten Sonne eine alte, aber sehr hübsche Kolonialvilla, die sehr geheimnisvoll wirkt, weil sie ganz von Pflanzen überwachsen ist. Und das Mädchen sagt, ein andermal möchte sie zu diesem Haus gehen, und fragt, warum es so verlassen liegt. Aber da wird der Mann ganz nervös und sagt barsch, niemals darf sie zu diesem Haus gehen, und zur Erklärung sagt er ihr nur, daß er ihr ein andermal sagen wird, warum. *die Nachtschwester hat keine Erfahrung, die Nachtschwester ist eine Schlafwandlerin, schläft sie oder wacht sie? die Nachtschicht ist lang, sie ist allein und weiß nicht, wen sie um Hilfe bitten soll.* Wie still du bist, du machst gar keine Kommentare.

– Weil ich wie benommen bin, erzähl nur weiter, es tut mir gut, an etwas anderes zu denken.

– Warte, jetzt hab ich den Faden verloren.

– Ich verstehe überhaupt nicht, wie du so viele Einzelheiten im Kopf behalten kannst. *das leere Gehirn, der gläserne Schädel, vollgestopft mit Heiligen- und Hurenbildern, jemand wirft das arme gläserne Hirn gegen die schmutzige Wand, das gläserne Hirn zerbricht, alle Bilder fallen heraus.*

– Obwohl der Ausflug schön gewesen ist, macht sich das Mädchen wieder Sorgen, weil sie gesehen hat, wie nervös er wieder geworden ist, als sie ihn nach dem anscheinend verlassenen Haus gefragt hat. Und wie sie in ihr Haus zurückkommen, nimmt er eine Dusche, und unterdessen tastet sie seine Kleider nach dem Schlüssel ab, um das Fach zu durchsuchen, das sie in der vorigen Nacht entdeckt hat. Sie sieht in der Hosentasche nach, und dort findet sie den Schlüsselbund, und da läuft sie zum Fach: am Schlüsselbund steckt nur ein einziger kleiner Schlüssel, und der ist der richtige. Sie macht das Fach auf. Eine volle Flasche Cognac steht darin, wer hat sie hineingestellt? denn seit der vergangenen Nacht hat sie sich keine Minute von ihrem Mann entfernt, also hat er die Flasche nicht hineingestellt, sonst hätte sie es gesehen. Und unter der Flasche liegen Briefe, von ihm unterschriebene Liebesbriefe, und noch weiter unten sind Photos, Photos von ihm und einer anderen Frau – ob das die erste Frau war? –, dem Mädchen kommt es vor, als ob sie sie wiedererkennt, als hätte sie sie schon früher gesehen, sie ist fest überzeugt, daß sie dieses Gesicht früher schon einmal gesehen hat, irgendwo, aber wo? Sie sieht auf den Photos sehr interessant aus, eine sehr große Frau mit langem blondem Haar. Das Mädchen schaut weiter Photos an, und da stößt sie auf eine Porträtaufnahme, das Gesicht ganz groß, sehr helle Augen, der Blick ein wenig ziellos .... Und da erinnert sich das Mädchen! das ist die Frau, die sie in ihrem Alptraum verfolgt hat, die bis auf die Füße schwarz gekleidete Frau mit dem Gesicht einer Verrückten. ... Und da merkt das Mädchen, daß das Wasser der Dusche nicht mehr rauscht – und ihr Mann kann sie dabei erwischen, wie sie in den Sachen herumstöbert! Also versucht sie schnell, alles wieder in Ordnung zu bringen, sie stellt die Flasche über die Briefe und Photos, schließt ab und geht ins Schlafzimmer zurück, und da steht er, lächelnd, ganz eingehüllt in ein riesiges Badetuch. Sie weiß nicht, was sie machen soll, sie schlägt vor, ihm den Rücken abzutrocknen, sie weiß nicht, wie sie ihn unterhalten und ablenken soll, *die arme Krankenschwester, sie hat wirklich Pech, sie geben ihr den schwersten Fall, und sie weiß nicht, was tun, damit er diese Nacht nicht stirbt oder sie umbringt, die Ansteckungsgefahr ist größer denn je*, denn er fängt schon an, sich anzuziehen, und das Aufregende ist, sie hat den Schlüsselbund in der Hand und er wird es vielleicht merken. Und mit einer Hand trocknet sie ihm den Rücken ab, und dabei schaut sie auf seine Hose, die auf einem Sessel liegt, und weiß nicht, wie sie es anstellen soll, den Schlüssel in die Tasche zu schieben. Und da kommt ihr ein Gedanke, sie sagt, sie möchte ihn gern kämmen. Und er sagt, ja, der Kamm liegt im Bad, sie soll ihn nur holen, und sie sagt, das ist aber gar nicht ritterlich, daß er sie schickt, und da geht er und holt den Kamm, und unterdessen steckt sie schnell den Schlüssel in die Hose, gerade noch rechtzeitig, und wie er zurückkommt, kämmt sie ihn und streichelt seinen nackten Rücken. Und jetzt kann die Arme aufatmen. Ein paar Tage vergehen, da merkt das Mädchen, daß ihr Mann immer um Mitternacht aufsteht, weil er nicht schlafen kann, und sie stellt sich schlafend, weil sie Angst hat, mit ihm über dieses Thema zu sprechen, und am frühen Morgen steht sie auf, um ihn ins Bett zu bringen, denn er endet jedesmal stockbetrunken auf seinem Sessel. Und sie schaut die Flasche an, es ist immer eine andere, volle – wer stellt sie hier in das Fach? Das Mädchen traut sich nicht, ihn danach zu fragen, denn jeden Abend, wenn er aus den Pflanzungen zurückkommt, ist er glücklich, daß sie da ist und auf ihn wartet und dabei irgend etwas stickt, aber immer wieder sind um Mitternacht die Trommeln zu hören, und immer um diese Zeit verfolgt ihn irgendwas und er kann keinen Schlaf finden, wenn er sich nicht betrinkt. Klar, daß das Mädchen sich von Mal zu Mal mehr beunruhigt, und einmal, wie der Mann außer Haus ist, versucht sie mit dem Butler ins Gespräch zu kommen, vielleicht kann sie ihm ein Geheimnis entlocken, den Grund, weshalb der Mann manchmal so nervös ist, aber der Butler sagt mit einem resignierten Seufzer, daß es mit den Landarbeitern viele Probleme gibt usw. usw., und alles in allem sagt er gar nichts. Schön, als der Mann eines Tages sagt, daß er mit dem Butler auf die am weitesten entfernte Pflanzung geht und erst am nächsten Morgen zurückkommt, beschließt das Mädchen, allein bis zu diesem verlassenen Haus zu gehen, denn sie ist überzeugt, daß sie dort irgend etwas entdecken wird. Und nach dem Tee, so um fünf, als die Sonne nicht mehr so brennt, machen sich der Mann und der Butler auf den Weg, und kurz danach geht auch das Mädchen. Und sucht den Weg zu dem verlassenen Haus und verirrt sich, und es ist schon spät, beinahe Nacht, als sie endlich auf dem Hügel steht, von dem aus man das Haus sieht, und sie weiß nicht, ob sie umkehren soll oder nicht, aber dann siegt die Neugier und sie geht zu dem Haus. Und sie sieht, daß innen Licht gemacht wird, und das ermutigt sie noch mehr. Aber wie sie an das Haus kommt, das wirklich halb zugewachsen ist von wilden Pflanzen, hört sie nichts, durch die Fenster sieht man, daß auf dem Tisch eine Kerze brennt, und da nimmt das Mädchen seinen Mut zusammen und öffnet die Tür und schaut hinein und sieht, daß in einer Ecke ein Voodoo-Altar steht, auf dem noch mehr Kerzen brennen, und geht näher hin, um zu sehen, was auf dem Altar ist, und auf dem Altar sieht sie eine Holzpuppe mit schwarzen Haaren, der eine Nadel mitten in der Brust steckt, und die Puppe ist mit einem Stück Stoff angezogen, das genauso zugeschnitten ist wie das Kleid, das sie an ihrem Hochzeitstag getragen hat! Da wird sie fast ohnmächtig vor Schrecken und dreht sich um, um durch die Tür hinauszurennen, durch die sie hereingekommen ist . . . . und was sieht sie in der Tür? . . . einen riesengroßen Neger mit hervorquellenden Augen, der nur eine abgetragene Hose anhat und sie mit dem Blick eines Verrückten anschaut und ihr den Ausgang versperrt. Da kann das Mädchen nichts anderes mehr tun als einen Entsetzensschrei ausstoßen, aber der Neger, der ein sogenannter Zombi ist, ein lebendig Toter, geht mit ausgestreckten Armen auf sie zu, genau wie die Frau in jener Nacht im Garten. Und das Mädchen stößt wieder einen Schrei aus und läuft in ein anderes Zimmer und schließt die Tür hinter sich ab, ein beinahe dunkles Zimmer mit einem von Gestrüpp fast zugewachsenen Fenster, durch das nur gerade ein bißchen Licht hereinkommt, dämmeriges Licht, und in dem Zimmer steht ein Bett, und wie sich das Mädchen nach und nach an die Dunkelheit gewöhnt, entdeckt sie es. Und es schüttelt sie nur so vor Weinen und Furcht, wie sie sieht, daß sich in dem Bett . . . etwas bewegt . . . und daß . . . es diese Frau ist, die bleiche Frau mit dem zerzausten offenen Haar bis auf die Hüften und in dem selben schwarzen Gewand, und jetzt steht sie auf und sieht sie an und kommt auf sie zu! in diesem Zimmer, aus dem das Mädchen nicht mehr herauskann ... Das Mädchen möchte vor Angst am liebsten sterben, sie kann schon nicht mehr schreien, aber da hört man eine Stimme durchs Fenster, die der Zombi-Frau einen Befehl erteilt, sie soll zurückgehen und sich wieder hinlegen ... und das ist die gute Negerin. Und sie sagt zu dem Mädchen, sie soll nicht erschrecken, sie, die Negerin, wird hineingehen und sie beschützen. Das Mädchen macht die Tür auf, die Negerin umarmt sie und beruhigt sie; hinter ihr, in der Eingangstür, steht der riesige Neger, aber er gehorcht in allem der alten Negerin, die ihm sagt, daß er das Mädchen behüten muß und nicht angreifen darf. Der Zombi-Neger gehorcht ihr, und auch die zerzauste Zombi-Frau gehorcht ihr, denn die Negerin befiehlt ihr, sich wieder hinzulegen, und die Frau legt sich hin. Da nimmt die Negerin das Mädchen ganz liebevoll bei der Schulter und sagt, sie wird sie in einem Eselwagen nach Hause zurückbegleiten, und unterwegs erzählt sie die ganze Geschichte, weil das Mädchen nun doch schon begriffen hat, daß die lebendig Tote mit dem langen blonden Haar bis auf die Hüften ... die erste Frau ihres Mannes ist. Und die Negerin fängt mit ihrer Geschichte an. *die Krankenschwester zittert, der Kranke schaut sie an, bittet er sie um Morphium? bittet er sie um Liebkosungen? oder will er, daß die Ansteckung blitzartig erfolgt und tödlich ist?*

– der Schädel aus Glas, auch der ganze Körper aus Glas, leicht zu zerbrechen, eine Glaspuppe, scharfe, kalte Glassplitter in der kalten Nacht, Wundbrand in den vom Schlag ins Glas verletzten Händen. Bitte sei mir nicht böse, wenn ich dir etwas sage.

– der Kranke steht auf und geht barfuß in der Nacht, er erkältet sich, sein Zustand wird schlimmer. Was denn? Sag.

– der gläserne Schädel voll Heiligenbildern und Hurenbildern, alte, vergilbte Drucke, tote Gesichter auf alten, zerknitterten Bildern, in meiner Brust die toten Bilder, gläserne scharfe Bilder, sie schneiden, sie infizieren die Brust, die Lungen, das Herz mit Wundbrand. Ich bin

schrecklich deprimiert, ich kann dir fast nicht mehr folgen, wenn du erzählst. Ich meine, daß es besser ist, wenn wir morgen weitermachen, ja? Und lieber über etwas anderes reden.

– Einverstanden. Worüber möchtest du, daß wir reden?

– Ich fühle mich derart beschissen .... du kannst dir nicht vorstellen, wie. Und total durcheinander .... oder bin es gewesen ... jetzt sehe ich schon etwas klarer, es ist das mit meiner Genossin, das hab ich dir schon gesagt, daß ich zwar Angst um sie habe, weil sie in Gefahr ist ... aber nicht sie ist diejenige, von der ich Nachricht haben möchte und die ich sehen möchte und die ich so wahnsinnig gern berühren würde, nicht nach ihr sehne ich mich und möchte sie umarmen, weil es mir wehtut, weil mir schon der ganze Körper wehtut vor Verlangen ... und sie bei mir haben, nur Martha, glaube ich, könnte mich wieder zum Leben bringen, denn ich fühle mich einfach tot, ehrlich. Ich habe die Vorstellung, daß nur sie mich wieder zum Leben bringen könnte.

– Sprich, ich hör dir zu.

– Du wirst mich auslachen, wenn du hörst, worum ich dich bitte.

– Nein, weshalb?

– Wenn es dir nichts ausmacht, dann zünde die Kerze an ... Ich würde dir gern einen Brief an sie diktieren, schön, du weißt schon, wozu. Denn ich selber kann nicht, mir wird schwindlig, wenn ich lange auf die gleiche Stelle schaue.

– Aber was hast du eigentlich? Ob es nicht doch was anderes ist? Ich meine, als die Niedergeschlagenheit.

– Nein, es kommt daher, daß ich so schwach bin, und ich möchte mich irgendwie erleichtern, Alter, ich kann einfach nicht mehr. Am Nachmittag hab ich versucht, ihr zu schreiben, aber die Buchstaben haben mir vor den Augen getanzt.

– Klar, warte, ich muß erst die Zündhölzer suchen.

– Du bist sehr gut zu mir.

Alles klar. Schreib ich ihn als Entwurf auf irgendein Papier, oder wie möchtest du es?

— Ja, als Entwurf, denn ich weiß nicht genau, was ich schreiben will. Nimm meinen Kugelschreiber.

— Warte, ich spitz meinen Bleistift.

— Nein, nimm meinen Kugelschreiber, sag ich dir.

— Schön, aber geh nicht gleich in die Luft.

— Verzeih, ich bin in einem Zustand, wo ich alles schwarz sehe.

— Schön, diktier mir.

— Liebe . . . Martha: Es wird dich wundern . . ., diesen Brief zu bekommen. Ich fühle mich . . . allein, ich brauche dich, ich möchte mit dir sprechen, ich möchte . . . bei dir sein, ich möchte . . . daß du mir . . . Mut zusprichst. Ich bin in meiner Zelle, wer weiß, wo du um diese Zeit bist . . . und wie es dir geht und woran du denkst und was du brauchst . . . Aber ich schreibe dir diesen Brief, obgleich ich ihn nicht abschicken werde, wer weiß, was geschehen wird . . ., aber laß mich mit dir reden . . . denn ich habe Angst . . ., daß etwas in mir zerspringt . . ., wenn ich mir nicht ein wenig Luft mache. Wenn wir zusammen reden könnten, würdest du mich verstehen . . .

— » . . . würdest du mich verstehen« . . .

— Entschuldige, Molina, wie war das, was ich dir gesagt habe, daß ich den Brief nicht abschicken werde? Lies es mir vor, bitte.

— »Aber ich schreibe dir diesen Brief, obwohl ich ihn nicht abschicken werde« . . .

— Schreib bitte dazu . . . »aber ich werde ihn doch abschicken«.

— »Aber ich werde ihn doch abschicken« . . . Diktier weiter. Zuletzt hast du gesagt, »wenn wir zusammen reden könnten, würdest du mich verstehen«.

— . . . denn in diesem Augenblick könnte ich mich vor meinen Genossen nicht sehen lassen und nicht mit ihnen sprechen, ich würde mich schämen, daß ich so schwach bin . . ., Martha, ich fühle, daß ich ein Recht darauf habe, noch ein wenig zu leben, und darauf, daß mir jemand ein wenig ... Honig ... auf meine Wunden träufelt ! ..

— Ja ... weiter.

— ... ich bin innen ganz wund, und du wirst mich verstehen ..., denn auch du bist in deinem adretten, bequemen Haus dazu geboren worden, das Leben zu genießen, und ich kann mich genausowenig wie du damit abfinden, ein Märtyrer zu sein, Martha, es macht mich wütend, ein Märtyrer zu sein, ich tauge nicht zum Märtyrer, und gerade jetzt denke ich, ob ich mich nicht in allem geirrt habe ... Ich bin gefoltert worden und habe nichts gesagt ... natürlich hat es mir geholfen, daß ich nie die richtigen Namen meiner Genossen erfahren habe, ich habe die Kampfnamen gesagt, denn mit denen können sie nichts anfangen, aber in mir habe ich einen anderen Folterer ... der läßt mir seit Tagen keine Ruhe ... Denn in meinem Inneren verlange ich Gerechtigkeit, ich verlange, und da siehst du, wie absurd das ist, was ich dir sagen werde, ich verlange, daß es eine Gerechtigkeit gibt, daß die Vorsehung eingreift ..., denn ich habe es nicht verdient, endlos in dieser Zelle zu verschimmeln, oder, ich weiß schon, jetzt sehe ich es klarer, Martha ... ich habe Angst, weil ich krank bin, und ich habe eine schreckliche Angst, daß ich sterben werde und daß alles zurückbleibt und mein Leben nichts anderes gewesen sein soll als dieses Bißchen, denn ich denke, daß ich das nicht verdient habe, daß ich immer großzügig gehandelt habe, daß ich nie jemanden ausgebeutet habe ... und daß ich, seit ich denken kann, gekämpft habe ... gegen die Ausbeutung von meinesgleichen ... Und ich, der ich immer gegen die Religion gewettert habe, weil sie die Leute verdummt und sie davon abhält, für Gleichheit zu kämpfen ... ich lechze danach ..., daß es eine göttliche Gerechtigkeit gibt. Ich möchte, daß es einen Gott gibt ... mit großen Buchstaben schreib es, Molina, bitte ...

— Ja, du kannst weiterdiktieren.

— Wie war das noch?

– »Ich möchte, daß es einen Gott gibt«.

– ... einen Gott, der mich sieht und mir hilft, denn eines Tages, und es soll bald sein, möchte ich auf die Straße gehen können und nicht sterben. Und manchmal geht es mir plötzlich durch den Kopf, daß ich niemals mehr eine Frau berühren werde, und ich kann mich nicht damit abfinden ..., und wenn ich an Frauen denke ..., sehe ich immer nur dich vor mir, und es wäre schon eine Erleichterung, wenn ich wüßte, daß du von diesem Augenblick an und solange, bis der Brief zu Ende ist, an mich denkst ... und dir mit der Hand über deinen Körper streichst, an den ich mich so gut erinnere ...

– Warte, diktier nicht so schnell.

– ... über deinen Körper, an den ich mich so gut erinnere, und dabei denkst, daß es meine Hand ist ..., was für ein großer Trost wäre es, Liebste, wenn das geschehen könnte ... das wäre fast, wie wenn ich selber dich berühre, denn etwas von mir ist in dir geblieben, nicht wahr? wie auch mir dein kleiner Duft noch in der Nase steckt ... und unter den Fingerspitzen habe ich immer noch das Gefühl, daß ich deine Haut gespeichert habe wie im Gedächtnis, verstehtst du? Obwohl es gar nicht darum geht zu begreifen, sondern es zu glauben, und manchmal bin ich überzeugt, daß ich etwas von dir in mir herumtrage ... und es nicht verloren habe, aber manchmal auch nicht, manchmal fühle ich, daß niemand in dieser Zelle ist außer mir ...

– Ja ...» ... außer mir ...« Weiter ...

– ... und daß nichts Spuren hinterläßt, und daß das Glück, mit dir zusammengewesen zu sein, diese Nächte und Nachmittage und Morgen in reinem Genuß mit dir verbracht zu haben, mir jetzt nichts nützt, ja, daß sich das alles gegen mich wendet ..., denn ich sehne mich nach dir wie ein Verrückter, und das einzige, was ich fühle, ist die Folter meiner Einsamkeit, und in meiner Nase habe ich nur den ekelhaften Gestank der Zelle und meinen eigenen ..., denn ich kann mich nicht duschen, weil ich krank bin, weil ich wahnsinnig schwach bin und vom kalten Wasser eine Lungenentzündung bekommen könnte, und was ich unter den Fingerspitzen fühle, ist die kalte Angst vor dem Tod, selbst in den Knochen fühle ich diese Kälte ... Wie schrecklich ist es, die Hoffnung zu verlieren, und ich habe sie verloren ..., der Folterknecht, der in mir ist, sagt mir, daß dieser Todeskampf meine letzte Erfahrung auf Erden ist ..., und ich rede wie ein Christ, als ob danach ein anderes Leben käme, das es nicht gibt, so ist es doch?

– Verzeih, wenn ich dich unterbreche!

– Was ist?

– Wenn du mit dem Diktieren fertig bist, dann erinnere mich daran, daß ich dir etwas sagen will.

– Was denn?

– Schön, daß wir eine Sache machen könnten ...

– Was denn? rede doch!

– Denn wenn du dich unter der eisigen Dusche wäschst, holst du dir den Tod, solange du so schwach bist.

– Aber was kann man da machen? Sag's doch endlich, zum Teufel!

– Ich könnte dir helfen, dich zu waschen. Schau, wir machen Wasser im Topf warm, und wir haben zwei Handtücher, eines seifen wir ein, und du reibst dich vorn damit ab und ich hinten, und mit dem anderen, dem nassen Handtuch, wischst du dir die Seife ab.

– Und dann hätte ich nicht mehr dieses Jucken am ganzen Körper?

– Klar, wir machen es Stückchen um Stückchen, damit du dich nicht erkältest, zuerst den Hals und die Ohren, dann unter den Armen, die Brust, dann den Rücken, und so alles andere.

– Du würdest mir wirklich dabei helfen?

– Aber klar, Mann.

– Und wann?

– Jetzt gleich, wenn du willst, setz ich Wasser auf.

– Und danach könnte ich ruhig schlafen, ohne den Juckreiz?

– Ruhig und ohne Jucken. Nur eine kleine Weile und das Wasser ist warm.
– Aber das Kerosen gehört dir, und dabei geht es drauf.
– Das macht nichts, inzwischen schreiben wir den Brief fertig.
– Gib ihn mir.
– Warum willst du ihn haben?
– Gib ihn her, sag ich, Molina.
– Da . . .
– . . .
– Was tust du?
– Das.
– Warum zerreißt du ihn?
– Schwamm drüber.
– Wie du willst.
– Man soll sich nicht von der Verzweiflung hinreißen lassen.
– Aber es tut gut, sich Luft zu machen. Das hast du selber mir gesagt.
– Aber mir schadet es. Ich muß durchhalten . . .
– . . .
– Hör mal, du bist sehr gut zu mir, ich danke dir wirklich von Herzen. Und wenn ich kann, werde ich dir eines Tages meine Dankbarkeit beweisen, glaub mir . . . Soviel Wasser willst du nehmen?
– Ja, das brauchen wir . . . Und sei nicht blöd, da ist nichts zu danken.
– Soviel Wasser.
– . . .
– Molina . . .
– Hmmm?
– Schau doch, die Schatten, die der Brenner wirft.
– Ja, ich seh mir das jedesmal an, hast du sie nie gesehen?
– Nein, ich hab's nie gemerkt.
– Doch, mir macht es jedesmal Spaß, den Schatten zuzusehen, während der Kocher brennt.

ZEHNTES KAPITEL

— Guten Morgen ...
— Guten Morgen!
— Wie spät ist es?
— Zehn nach zehn. Weißt du, zu meiner Mama, der Armen, hab ich das manchmal gesagt, zehn nach zehn, weil sie beim Gehen die Fußspitzen nach außen stellt.
— Das glaub ich dir nicht, daß es schon so spät ist.
— Doch, Valentin. Wie sie aufgemacht haben, um den Mate zu bringen, hast du dich umgedreht und weitergeschlafen.
— Was hast du von deiner Alten gesagt?
— Du bist ja noch ganz verschlafen. Nichts. Hast du wenigstens gut geschlafen?
— Ich fühl mich viel besser.
— Bist du noch schwindlig?
— Nein ... Und ich hab geschlafen wie ein Klotz. Wenn ich jetzt so im Bett sitze, spür ich keine Spur von Schwindel, ich schwör dir.
— Fabelhaft ... Warum versuchst du nicht zu gehen, mal sehen, wie es dann ist?
— Nein, denn dann lachst du.
— Worüber?
— Mit mir ist was los.
— Was denn?
— Nur das, was einem gesunden Mann passiert, sonst nichts. Wenn er am Morgen aufwacht und einen Überschuß an Energie hat.
— Steht er? Phantastisch ...
— Schau auf die andere Seite, sonst wird mir irgendwie ...
— Einverstanden, ich mach die Augen zu.
— Das kommt von deinem Essen, anders wär ich nie wieder hochgekommen.
— Und? Wird dir schwindlig?

– Nein, . . . überhaupt nicht, die Beine wackeln, aber von Schwindel keine Spur.
– Phantastisch.
– Du kannst wieder herschauen. Ich bleib noch ein wenig im Bett.
– Ich mache Wasser heiß für einen Tee.
– Nein, wärm mir den Mate auf und Schluß.
– Du bist verrückt, den hab ich schon weggeschüttet, wie ich im Klo war, wenn du gesund werden willst, mußt du gute Sachen zu dir nehmen.
– Nein, hör zu, ich schäme mich, deinen Tee aufzubrauchen . . . und alles übrige. Das kann nicht so weitergehen jetzt, wo es mir wieder gut geht.
– Du, halt den Mund.
– Nein, wirklich . . .
– Nichts wirklich, meine Mama fängt wieder an, mir Sachen zu bringen, also gibt es kein Problem.
– Aber ich kriege Schuldgefühle.
– Man muß auch annehmen können, oder nicht? Und soll sich auch nicht so zieren.
– Schön, danke.
– Wenn du willst, dann geh jetzt aufs Klo, inzwischen mach ich den Tee. Aber bleib noch im Bett, bis ich gerufen habe und aufgemacht wird, sonst erkältest du dich.
– Danke.
– Und wenn du zurückkommst, erzähl ich dir den Film mit den Zombis fertig, wenn du willst. Möchtest du nicht wissen, wie er weitergeht?
– Doch, aber ich will lieber versuchen zu studieren. Mal sehen, ob ich jetzt, wo es mir wieder gut geht, lesen kann.
– Meinst du? Strengt dich das nicht zu sehr an?
– Das werden wir schon sehen.
– Du bist wirklich fanatisch.

. . . .

– Warum schnaubst du so?
– Es geht nicht, die Buchstaben tanzen mir vor den Augen, Molina.

– Ich hab's dir gesagt.
– Na schön. Probieren geht über Studieren.
– Ist dir schwindlig?
– Nein, nur beim Lesen, ich kann nicht auf ein und dieselbe Stelle schauen.
– Weißt du was? Das ist nur die Morgenschwäche, weil du nichts gefrühstückt hast außer diesem Tee, du bist selber schuld, weil du kein Brot und keinen Schinken wolltest.
– Meinst du?
– Bestimmt, du wirst sehen, nach dem Mittagessen machst du eine kleine Siesta, und danach kannst du studieren.
– Du kannst dir nicht vorstellen, wie träge ich mich fühle. Am liebsten würde ich mich wieder ins Bett legen.
– Nein, man soll stehen oder wenigstens sitzen, um wieder zu Kräften zu kommen, heißt es, weil das Bett schwächt.
– Erzähl mir den Film weiter, sei so gut.
– Weißt du was? ... ich stell schon Kartoffeln auf, die brauchen ja doch immer zwei Jahre.
– Was willst du machen?
– Wir haben Schinken, und ich mach die Büchse Olivenöl auf, und wir essen die gekochten Kartoffeln mit einem Schuß Olivenöl und Salz und dazu Schinken. Was leichter Verdauliches gibt es gar nicht.
– Mit dem Film waren wir da, wo die Negerin der Protagonistin die Geschichte der Zombi-Frau erzählt, der lebendig Toten.
– Stimmt's, daß er dir gefallen hat? Gib's zu!
– Ja, er ist unterhaltend.
– Unterhaltend! Du bist vielleicht ein Typ! Hinreißend ist er! ... Sag die Wahrheit.
– Los, erzähl.
– Schön, aber warte, der Kocher geht nicht an, ah, jetzt ... Schön, also, wie war das noch? Ja, auf dem Rückweg erzählt die Negerin dem Mädchen die ganze Geschichte. Dabei kommt heraus, daß der Mann mit seiner

ersten Frau recht glücklich war, aber irgend etwas hat ihn immer gequält. Er hatte ein Geheimnis, das er nicht preisgeben konnte, nämlich, daß er als kleines Kind Zeuge eines schrecklichen Verbrechens geworden war. Und das war so: der Vater war ein skrupelloser Mann, ein gemeiner Hund, der nur auf die Insel gekommen war, um sich zu bereichern, und der die Arbeiter auf den Pflanzungen miserabel behandelte. Und die Landarbeiter planten einen Aufstand, aber der Vater sprach sich mit dem Zauberer ab, der auf der entlegensten Pflanzung seine Altäre und Kultsachen hatte, und eines Nachts rief der Zauberer sämtliche Anführer der Landarbeiter zusammen, angeblich, um ihnen den Segen zu erteilen. Aber das war eine Falle, dort wurden sie alle umgebracht, die Pfeilspitzen waren mit einem Gift getränkt, das der Zauberer zusammengebraut hatte. Von dort trugen sie sie in den Wald, um sie zu verstecken, denn ein paar Stunden später schlugen diese Toten die Augen auf, sie waren lebendig Tote. Und der Zauberer befahl ihnen aufzustehen, und nach und nach standen die Toten auf, alle mit weit aufgerissenen Augen, du weißt ja, was für Augen die Neger haben, diese riesigen Augen, wie Spiegeleier, aber diese hatten noch dazu die Augen verdreht, fast ohne Pupille, beinahe nur das Weiße war zu sehen, und der Zauberer befahl ihnen, die Macheten zu nehmen und sich in einer Reihe aufzustellen und aufs Bananenfeld zu gehen, und als sie dort ankamen, gab er ihnen den Befehl zu arbeiten, die ganze Nacht über mußten sie Bananenbüschel schneiden, und die armen lebendig Toten gehorchten und schnitten die ganze Nacht, und der Vater des Mannes war tief befriedigt, und sie bauten ein paar Hütten, Häuschen aus trockenem Zuckerrohr, damit sie die lebendig Toten tagsüber darin verstekken konnten, alle lagen sie da auf dem Boden wie ein Haufen Abfall, und jeden Abend befahlen sie ihnen, zur Arbeit zu gehen und Bananen zu schneiden, und auf diese Weise brachte der Vater des Jungen sein Vermögen zusammen. Der Junge war die ganze Zeit über dabei gewesen, aber er war noch ziemlich klein. Bis er erwachsen wurde und ein großes blondes Mädchen heiratete, das er auf der Universität in den Vereinigten Staaten kennengelernt und auf die Insel mitgebracht hatte, genau wie ein paar Jahre später das andere Mädchen, die Schwarzhaarige . . . Schön, mit der ersten Frau ist er am Anfang ganz glücklich, aber wie der Alte stirbt, wird dem Jungen plötzlich klar, daß er jetzt mit dem Zauberer Schluß machen muß, und ruft ihn ins Herrenhaus, während er selber auf die abgelegene Plantage geht, wo die Zombis sind, und in Abwesenheit des Zauberers und mit Hilfe der Leute, die treu zu ihm halten, kreist er die Hütte der Zombis ein, vernagelt die Türen mit Latten und schüttet Benzin auf die Hütten und verbrennt sie mitsamt den Zombis, er äschert sie ein, und so macht er den Qualen dieser armen lebendig Toten ein Ende. Inzwischen aber erfährt der Zauberer, der im Herrenhaus auf den Jungen wartet, was passiert ist, die Tamtams aus dem Urwald, die wie ein Telegraphensystem funktionieren, erzählen ihm alles. Da sagt der Zauberer zu der Frau, daß er ihren Mann unterwegs abfangen und töten wird, und die große Blonde ist völlig verzweifelt und verspricht ihm alles, Geld und ihre Juwelen, wenn er nur fortgeht und ihren Mann in Ruhe läßt. Da sagt der Zauberer, daß es schon etwas gibt, wofür er ihrem Mann das Leben schenken würde, und schaut sie von oben bis unten an, als würde er sie ausziehen. Und er zeigt ihr einen vergifteten Dolch, den legt er auf den Tisch und sagt ihr, wenn sie ihn, den Zauberer, verrät, wird er ihren Mann mit diesem Dolch töten. Inzwischen kommt aber der Mann zurück, und durchs Fenster sieht er die beiden zusammen, sie schon halb ausgezogen, und da sagt die erste Frau zu ihrem Mann, daß sie ihn verläßt und mit dem Zauberer weggeht, und der Mann sieht den Dolch, und blind vor Wut stößt er ihn in einem Anfall von Wahnsinn seiner Frau in die Brust. Da sagt ihm der Zauberer, daß niemand ihn gesehen hat, daß er der einzige Zeuge ist, und wenn er ihm verspricht, daß er ihn weiter seine Riten und Zaubereien ausführen läßt, wird er der Polizei gegenüber lügen und sagen, sie beide hätten gesehen, wie jemand die Frau getötet hat, irgendein Besessener aus dem Urwald, der eindringen und rauben wollte ... Schön, das ist die Geschichte, die die gute Negerin dem Mädchen erzählt, das total verschreckt ist, aber, klar, wenigstens ist sie davor bewahrt geblieben, daß die beiden Zombis sie in dem verlassenen Haus getötet haben, der Riesenneger und die zerzauste Blonde, mein ich. *die Krankenschwestern der Tagschicht, Späßchen und Lächeln für die braven Patienten, die schön gehorchen und essen und schlafen, aber wenn sie gesund sind, gehen sie für immer.*

– *Gehirnrinde des Hundes, des Esels, des Pferdes, des Affen, des primitiven Menschen, des Vorstadtmädchens, das ins Kino geht, um nicht in die Kirche zu gehen.* Und so geschah es, daß die erste Frau eine Zombi wurde.

– Ja. Und jetzt kommt die Stelle, die mich am tiefsten beeindruckt hat, denn das Mädchen und die gute Negerin kehren ins Haus zurück, sie sind fürs erste gerettet, aber ...

– Wie sieht eigentlich der Zauberer aus? das hast du nicht gesagt.

– Ah, ich habe vergessen, dir zu sagen, daß man den Zauberer nie zu Gesicht bekommt, denn während die gute Negerin dem Mädchen die Geschichte erzählt, sieht man eine Art Rauchspirale, das bedeutet, daß die Zeit zurückläuft, und man sieht alles, was erzählt wird, aber die erzählende Stimme ist die der Negerin, eine volle, aber sanfte und ängstliche Stimme.

– Und woher weiß die Negerin alles?

– Schön, das Mädchen stellt die gleiche Frage wie du, woher, Señora, wissen Sie das alles? Und mit hängendem Kopf sagt die Negerin, daß der Zauberer ihr Mann gewesen ist ... Aber den Zauberer sieht man bei alldem nicht, jedenfalls nicht von vorn.

– *Gehirnrinde des gebildeten Henkers, die Köpfe der Arbeiter, die Köpfe der Zombis, der kalte Blick des gebildeten Henkers auf die arme, unschuldige Gehirnrinde eines Vorstadtmädchens, eines Vorstadt-Strichjungen.* Und was war das, was dich, wie du sagst, am tiefsten beeindruckt hat?

— Ja, daß man, sobald das Mädchen und die Negerin ins Haus zurückgekehrt sind, sofort wieder das andere, verlassene Haus sieht und den Zombi-Neger als Schildwacht vor der Tür und einen Schatten, der zwischen den Sträuchern auf die Tür und den Zombi zukommt. Und der Zombi-Neger tritt zur Seite und läßt den Schatten durch. Und der Schatten dessen, der ins Haus geht, bewegt sich bis zum Schlafzimmer, wo die arme Blonde im Bett liegt. Und die Arme liegt regungslos da mit unmäßig aufgerissenen Augen, ohne jemanden anzusehen, und eine weiße Hand, die nicht die ihres Mannes ist, nicht sein kann, weil sie nicht zittert, fängt an, sie auszuziehen. Und die arme Frau liegt da und kann sich nicht wehren, sie kann nichts machen. *die jüngere Krankenschwester, die hübschere, in einem großen Saal mit dem jungen Kranken allein, wenn er sich auf sie stürzt, kann die arme Novizin nicht entkommen.*

— Erzähl weiter. *armer Kopf des Vorstadt-Strichjungen, da hilft nichts mehr, man kann ihn nicht wieder am Körper befestigen, wenn er tot ist, muß man dem Toten die Augen schließen und seine Stirn streicheln, seine Stirn küssen?, die niedrige Stirn über dem Hirn eines Vorstadtmädchens, wer hat befohlen, es zu guillotinieren? der gebildete Henker gehorcht einem Befehl von irgendwoher*

— Und wie das Mädchen ins Herrenhaus zurückkommt, zeigt sich, daß ihr Mann bereits daheim und sehr besorgt ist. Wie er sie sieht, umarmt er sie und ist sehr erleichtert, aber dann wird er wütend und verbietet ihr, ohne seine Erlaubnis das Haus zu verlassen. Und sie setzen sich zum Abendessen. Selbstverständlich steht kein Tropfen Alkohol auf dem Tisch, nicht mal ein Tropfen Wein. Und man merkt, daß der Mann schrecklich nervös ist, es aber zu verbergen sucht, sie fragt ihn, wie es mit der Ernte steht, und er sagt, gut, aber da bekommt er einen Rappel, er steht auf, wirft die Serviette auf den Tisch und geht in sein Arbeitszimmer, wo das kleine Fach ist, und da schließt er sich ein und fängt wie ein Verzweifelter an zu trinken. Bevor sie schlafen geht, ruft sie ihn, denn sie sieht einen Streifen Licht unter der Tür, aber er, mit der Stimme eines Stockbetrunkenen, sagt, sie soll abhauen. Das Mädchen geht ins Schlafzimmer, kleidet sich aus und zieht ein langes Nachthemd an, nein, einen Bademantel, um in die Dusche zu gehen, weil es wahnsinnig heiß ist, und sie stellt sich unter die Dusche, hat aber nicht gemerkt, daß sie die Tür offengelassen hat, und da hört man kräftige Männerschritte im Salon. Naß, wie sie ist, läuft sie in ihr Schlafzimmer und schließt die Tür ab, aber sie bleibt an der Tür stehen und da hört sie, daß jemand mit dem Schlüssel die Tür zum Arbeitszimmer öffnet, in dem ihr Mann ist, und hineingeht. Sie schiebt den Riegel fest vor die Schlafzimmertür und macht alle Fenster gut zu, und so schläft sie schließlich ein, aber am nächsten Morgen, als sie aufwacht, ist ihr Mann nirgends zu finden. Wie verrückt wirft sie sich den Morgenmantel über und fragt eine Dienerin, wo ihr Mann ist, und die antwortet, daß er fortgegangen ist, ohne zu sagen, wohin, daß er aber in Richtung auf die weit entfernte Pflanzung gegangen ist. Das Mädchen überlegt, daß dort der Schlupfwinkel des Zauberers ist. Sie ruft den Butler und bittet ihn, ihr zu helfen, er wäre der einzige Mensch, zu dem sie Vertrauen hat. Der Butler sagt, er hätte seine ganze Hoffnung auf ihre, des Mädchens, Ankunft auf der Insel gesetzt, weil er gedacht hätte, daß ihr Mann dann wieder in die Reihe kommt, aber jetzt sieht er, sagt er, daß nicht einmal das etwas genützt hat. Da fragt ihn das Mädchen, ob nicht ein Arzt auf der Insel ihren Mann einmal untersucht hat, und der Butler sagt, doch, aber der Mann tut nicht, was ihm geraten wird. Und es gäbe nur eins, was man noch versuchen könnte, und dabei schaut er dem Mädchen in die Augen. Das Mädchen merkt sofort, daß er vorschlagen wird, daß sie zusammen zu dem

Zauberer gehen, und sagt, nein, niemals. Aber der Butler erklärt ihr, in einem solchen Fall gibt es nur ein Mittel, nämlich, daß jemand den Mann beeinflußt und seinen Willen stärkt, sonst nichts, und er schlägt das nur als ein äußerstes Mittel vor, die Entscheidung läge bei ihr. Er sagt ihr auch, daß ihr Mann ihn beleidigt hat, als er fortging, und daß er sich das nicht länger gefallen läßt, ihr Mann wäre in Wirklichkeit ein Ungeheuer, und seine erste Frau wäre nur gestorben, weil sie so sehr unter ihm gelitten hat, und sie, das Mädchen, soll ihn verlassen und sich einen guten Mann suchen, wie sie ihn verdient hat, und dem Mädchen kommt der Blick des Butlers, der seine Augen in die ihren bohrt, recht unheimlich vor. Und dann sagt der Typ noch, daß eine Frau, die so schön ist wie sie, eine solche Behandlung nicht verdient. Das Mädchen ist ganz durcheinander, sie will ihren Mann suchen, weil sie Angst hat, ihm könnte irgendwas geschehen sein und er braucht sie. Aber die Negerin weigert sich rundweg, sie zu begleiten, sie sagt, die Gefahr ist zu groß, vor allem für das Mädchen, weil sie eine Weiße ist. Schön, dem Mädchen bleibt also nichts anderes übrig, als den Butler zu bitten, daß er sie begleitet, obwohl er ihr bei der Unterhaltung so merkwürdig vorgekommen ist. Der Butler ist einverstanden, er spannt die schnellsten Pferde vor den Wagen, lädt ein Gewehr, und auf gehts! Die gute Negerin, die im Garten die frisch aufgeblühten Blumen schneidet, sieht, wie sie fortfahren. Ein Schauder durchläuft sie von Kopf bis Fuß, und sie schreit wie eine Irre, damit das Mädchen sie hört, sie soll nicht fahren, aber das Mädchen hört sie nicht mehr, denn die Brandung braust wie ein ohrenbetäubender Donner. Das Mädchen bittet den Butler, nicht so schnell zu fahren, es ist, als ob die Pferde durchgingen, aber der Butler tut nichts dergleichen. Als einziges sagt er ihr, daß sie gleich sehen wird, wie schlecht ihr Mann ist. Schweigend fahren sie weiter, das Mädchen halbtot vor Angst bei jeder Wegbiegung, denn der Wagen fährt oft nur noch auf einem Rad, und die Pferde gehorchen dem Butler auf eine unheimliche Art. Sie kommen an eine Stelle, wo der Urwald besonders dicht ist, und der Butler sagt, daß er hier in einer Hütte jemanden etwas fragen muß, und steigt aus. Eine Weile vergeht, aber er kommt und kommt nicht. Und das Mädchen beginnt sich zu fürchten, weil sie allein ist, und da fangen zu allem Übel auch noch die Trommeln an, und zwar ganz in der Nähe. Das Mädchen steigt aus dem Wagen und geht auf die Hütte zu, sie hat Angst, der Butler könnte überfallen worden sein. Und sie ruft ihn, aber niemand antwortet. Sie kommt zur Hütte, aber die Hütte ist leer, es ist ein Haus, in dem seit Jahren niemand mehr gewohnt hat, die Sträucher haben es vollständig überwuchert. Da hört das Mädchen singen, einen Zaubergesang. Und weil sie nichts so sehr fürchtet, wie allein zu sein, geht sie dorthin, woher die Stimmen kommen. Und ein andermal erzähl ich weiter.

— Sei kein Schuft.

— Was heißt da Schuft? ich habe Hunger, und ich muß ein Mittagessen vorbereiten, wenn du dich nicht wieder mit dem Gefängnisfraß vergiften willst. Die Kartoffeln sind sicher schon gar.

— Wenn nicht mehr viel fehlt bis zum Schluß, dann erzähl ihn mir zu Ende.

— Nein, es fehlt noch viel.

. . . .

. . . .

— Guten Morgen . . .

— Wie gehts dir? Hast du gut geschlafen?

— Ja, fabelhaft.

— Nur, daß du zu lang gelesen hast. Da die Kerze mir gehört, werde ich sie dir das nächste Mal auslöschen.

— Ich fand es so unwahrscheinlich, daß ich wieder lesen konnte.

— Schon, aber du hättest am Nachmittag lesen können, hättest ja lesen und das große Jubelfest feiern können, aber am Nachmittag. Nach dem Lichtlöschen noch zwei Stunden mit der Kerze zu lesen, das war denn doch zuviel.

– Schön, ich bin doch wohl erwachsen, oder? Laß mich gefälligst mein Leben einrichten, wie es mir paßt.
– Als ob wir in der Nacht nicht mit den Zombis hätten weitermachen können, wo dir der Film doch gefallen hat, und sag jetzt bloß nicht, daß es nicht stimmt ...
– Wie spät ist es?
– Viertel nach acht.
– Und warum ist der Wärter nicht gekommen?
– Er ist gekommen, aber du bist nicht aufgewacht, du schläfst wie ein Klotz.
– Irrsinnig, ... daß man so schlafen kann ... Aber wo sind die Becher? Du schwindelst mich an, die Becher stehen noch dort, wo du sie gestern abend hingestellt hast.
– Klar, hab ich dich angeschwindelt, ich hab dem Wärter gesagt, er soll uns am Morgen keinen Mate mehr bringen.
– Hör zu, du kannst für dich beschließen, was du willst, aber ich will, daß sie mir meinen Mate bringen, und wenn's Pisse ist.
– Du begreifst auch rein gar nichts. Wenn du das Zeug aus dem Käfig trinkst, wirst du wieder krank, also mach dir keine Gedanken, denn solange ich Vorräte habe, langt es auch für dich. Und heute kommt mein Rechtsanwalt, und bestimmt kommt meine Mama mit ihm und also ein neues Paket.
– Ich mag nicht, daß man über mich bestimmt, Alter, wirklich.
– Was mein Rechtsanwalt mir heute sagt, ist wichtig. An Berufung und solches Zeug glaub ich, aufrichtig gesagt, nicht, aber wenn sie gute Beziehungen haben, wie sie behaupten, dann kann man schon hoffen.
– Ich wünsch's dir.
– Schau, wenn ich weggehe ... wer weiß, wen sie dir in die Zelle legen.
– Hast du schon gefrühstückt, Molina?
– Nein, denn du hast geschlafen, und ich wollte keinen Lärm machen.
– Also setz ich Wasser für uns beide auf.

— Nein, bleib du in deinem Bett, du bist konvaleszent. Ich mach es. Und ich hab auch schon Wasser aufgestellt.
— Aber heute ist der letzte Tag, wo ich es dir erlaube.
— Erzähl mir, was du gestern nacht gelesen hast.
— Was machst du uns denn?
— Überraschung. Erzähl mir, was du gelesen hast.
— Nichts. Politische Sachen.
— Na, besonders mitteilsam bist du nicht.
— Um wieviel Uhr kommt dein Rechtsanwalt?
— Um elf, hat er gesagt . . . Und jetzt . . . machen wir das Geheimpäckchen auf . . . das ich vor dir versteckt habe . . . und holen uns zum Tee die Köstlichkeit heraus . . . . englischer Pudding!
— Nein, danke, ich möchte nicht.
— Was heißt da, du möchtest nicht . . . Und das Wasser kocht auch schon. Geh austreten und komm schnell zurück, das Wasser ist fertig.
— Schreib mir, bitte, nicht vor, was ich tun soll . . .
— Ach was, laß dich doch ein bißchen verhätscheln.
— Schluß . . . verdammt nochmal!!!
— Du bist verrückt . . . was ist denn dabei?
— Schnauze!!!
— Der Pudding . . .
— . . .
— Schau her, was du gemacht hast . . .
— . . .
— Wenn wir keinen Kocher mehr haben, sind wir verratzt. Und der Teller . . .
— . . .
— Und der Tee . . .
— Entschuldige . . .
— . . .
— Ich hab die Beherrschung verloren. Wirklich, ich bitte dich um Verzeihung.
— . . .
— Der Kocher ist nicht kaputt. Aber das ganze Kerosen ist ausgelaufen.

– ...
– Hauptsache, daß die Heizplatte nicht zerbrochen ist.
– ...
– Verzeih mir, Molina, daß ich mich hab hinreißen lassen.
– ...
– Kann ich Kerosen aus deiner Flasche nachgießen?
– Ja.
– Und verzeih mir, wirklich, ich bitte dich.
– Es gibt nichts zu verzeihen.
– Doch . .. wärst du nicht gewesen, wer weiß, wohin es mit mir gekommen wäre.
– Du bist mir keinen Dank schuldig.
– Doch bin ich dir Dank schuldig, sogar großen.
– Vergiß es, nichts ist passiert.
– Doch ist etwas passiert, und ich schäme mich zu Tode.
– ...
– Ich bin ein Vieh.
– ...
– Hör zu, Molina, ich werde jetzt austreten und dabei fülle ich die große Flasche nach, weil wir jetzt kein Wasser mehr haben. Und schau mich bitte an, heb den Kopf.
– ...
– Gleich hol ich Wasser. Sag mir, daß du mir verzeihst.
– ...
– Verzeih mir, Molina.
– ...*

* In seinem Buch »Abweichendes Verhalten« zitiert der Soziologe J. L. Simmons eine Umfrage, aus der hervorgeht, daß die Menschen Homosexuellen im allgemeinen ablehnender begegnen als Alkoholikern, Spielern, ehemaligen Strafgefangenen und entlassenen Geisteskranken.
Dazu sagt J. C. Flugel in »Mensch, Moral und Gesellschaft«, daß Personen, die sich in ihrer Kindheit stark mit strengdenkenden Vater- oder Mutterfiguren identifiziert haben, später für die Sache der Konservativen eintreten und von autoritären Regimen fasziniert sind. Je autoritärer ein Leader, desto mehr Vertrauen wird er in ihnen erwecken, und sie halten sich für patriotisch und loyal, wenn sie für die Erhaltung der Tradition, für Klassenunterschiede oder für disziplinbetonte Erziehungssysteme und religiöse Institutionen kämpfen, während sie sexuell An-

omale mitleidlos verurteilen. Wer umgekehrt in der Kindheit – unbewußt, gefühlsmäßig oder rational – die strenge Haltung der Eltern auf irgendeine Weise abgelehnt hat, wird die Sache der Radikalen begünstigen, Klassenunterschiede ablehnen und Menschen mit wenig konventionellen Neigungen, z. B. die Homosexuellen, verstehen.

In dem »Brief an eine amerikanische Mutter« sagt Freud, daß Homosexualität, wenn schon nicht als ein Vorzug, so doch auch nicht als ein Grund zur Scham betrachtet werden dürfe, da sie weder ein Laster noch ein Schimpf, ja nicht einmal eine Krankheit sei, sondern nur eine aus einer Hemmung der sexuellen Entwicklung entstandene Variante der Sexualfunktion. In der Tat beurteilt Freud die unter soziokulturellem Druck erreichte Überwindung der Etappe der infantilen polymorphen Perversität, die bisexuelle Impulse impliziert, als ein Zeichen der Reife. Neuere psychoanalytische Schulen weichen von dieser Ansicht ab. Sie sehen in der Unterdrückung der polymorphen Perversität einen der Hauptgründe für Mißbildungen des Charakters und vor allem für die Hypertrophie der Aggressivität. Speziell in bezug auf Homosexualität sagt Marcuse, die gesellschaftliche Funktion des Homosexuellen ließe sich mit der des kritischen Philosophen vergleichen: sein bloßes Vorhandensein sei ein ständiger Hinweis auf den unterdrückten Teil der Gesellschaft.

Zum Thema Unterdrückung der polymorphen Perversität schreibt Dennis Altman in dem oben zitierten Buch, die zwei Hauptkomponenten der Repression seien einerseits die Entfernung des Erotischen aus allen nicht spezifisch sexuellen Aktivitäten des Menschen und andererseits die Verleugnung der dem Menschen innewohnenden Bisexualität. Ohne jedes Nachdenken habe die Gesellschaft die Ansicht übernommen, daß die Heterosexualität die normale Sexualität sei. Nach den Beobachtungen Altmans erfolgt die Unterdrückung der Bisexualität durch das Eintrichtern der kulturgeschichtlich renommierten Begriffe »Männlichkeit« und »Weiblichkeit«, welche die Impulse unseres Unbewußten zu ersticken und dem Bewußtsein als einziges Verhaltensmuster zu erscheinen vermögen und mit denen zugleich die Vorherrschaft des Mannes über die Jahrhunderte hinweg erhalten blieb. In anderen Worten: es handelt sich bei diesen Begriffen um klar umrissene Sexualrollen, die seit der Kindheit gelernt werden. Überdies, fährt Altman fort, werde das Mannsein oder Frausein vor allem durch den jeweils anderen bestimmt. Die Männer fühlen, daß ihre Männlichkeit von der Fähigkeit abhängt, Frauen zu erobern, und die Frauen fühlen, daß sie ihre Verwirklichung nur durch die Bindung an einen Mann erreichen können. In Übereinstimmung mit der Marcuse-Schule verwirft Altman das stereotype Bild des »starken Mannes«, das allen Personen männlichen Geschlechts als nachahmungswürdiges Vorbild hingestellt wird, da Männlichkeit in diesem Klischee stillschweigend auf Gewalttätigkeit gegründet wird, woraus sich die Fortdauer des Aggressivitäts-Syndroms erklärt. Schließlich verweist Altman auf das Fehlen jeder Identifikationsform für Bisexuelle in der derzeitigen Gesellschaft und auf den Druck, dem diese Gruppe von zwei Seiten ausgesetzt ist, da Bisexualität sowohl für die verbürgerlichten Formen ausschließlich homosexuellen Lebens wie auch für die Heterosexuellen eine Bedrohung darstellt. Daraus erklärt sich, weshalb Bisexualität nur in den seltensten Fällen ausgelebt wird. Und in bezug auf die naheliegende, wenngleich seit einigen Jahren nur noch ideelle Parallele zwischen Klassenkampf und Kampf um sexuelle Befreiung erinnert Altman daran, daß trotz Lenins Bemühungen um sexuelle Freiheit in der UdSSR – etwa die Abschaffung des Antihomosexuellen-Gesetzes – dieses 1934 von Stalin wieder eingeführt wurde und sich das Vorurteil gegen Homosexualität als einer »bürgerlichen Entartung« in fast allen kommunistischen Parteien der Welt durchgesetzt hat.

Anders kommentiert Theodor Roszak in seinem Buch »Gegenkultur« die Bewegung der sexuellen Befreiung. Er kommt zu dem Schluß, daß die am meisten und am verzweifeltsten einer Befreiung bedürftige Frau diejenige sei, die der Mann in den Kerkern seiner eigenen Psyche unter Verschluß halte. Diese und keine andere sei diejenige Form der Unterdrückung, sagt Roszak, die beseitigt werden müsse, und das gleiche gelte für den gefesselten Mann, den es in jeder Frau gebe. Und Roszak zweifelt nicht daran, daß dies die umstürzendste Neuinterpretierung des Sexuallebens in der Geschichte der Menschheit sein werde, da sie die Frage nach den Geschlechterrollen und dem heute gültigen Begriff geschlechtlicher Normalität von Grund auf neu stelle.

ELFTES KAPITEL

DIREKTOR: Es ist gut, Unteroffizier, lassen Sie uns allein.

UNTEROFFIZIER: Zu Befehl, Herr Direktor.

DIREKTOR: Was gibt es Neues, Molina, wie läuft die Sache?

HÄFTLING: Gut, Herr Direktor, danke ...

DIREKTOR: Was haben Sie mir Neues zu berichten?

HÄFTLING: Nicht viel, glaube ich.

DIREKTOR: Aha ...

HÄFTLING: Aber ich stelle fest, daß er von Mal zu Mal mehr Zutrauen zu mir hat, das bestimmt ...

DIREKTOR: Aha ...

HÄFTLING : Doch, Herr Direktor, ganz sicher.

DIREKTOR: Das Schlimme ist, Molina, daß ich selber unter starkem Druck stehe. Und Sie sollen es noch genauer wissen, Molina, damit Sie sich in meine Lage versetzen können. Der Druck geht vom Präsidium aus. Dort werden schnellstens Nachrichten gewünscht. Und das Druckmittel besteht darin, daß Arregui noch einmal verhört werden soll, und kräftig, Sie verstehen, was ich meine.

HÄFTLING : Ja, Herr Direktor ... Aber geben Sie mir noch ein paar Tage Zeit, verhören Sie ihn nicht, sagen Sie ihnen, daß er sehr schwach ist, das stimmt ja auch. Was haben Sie davon, wenn er beim Verhör draufgeht? Sagen Sie ihnen das.

DIREKTOR: Ja, ich sage es ihnen, aber das überzeugt sie nicht.

HÄFTLING: Geben Sie mir noch eine Woche, und ich bringe Ihnen bestimmt eine Information.

DIREKTOR: Alle Informationen, Molina, alle nur möglichen Informationen.

HÄFTLING: Mir ist ein Gedanke gekommen.

DIREKTOR: Welcher?

HÄFTLING: Ich weiß nicht, was Sie davon halten ...

DIREKTOR: Sprechen Sie ...

HÄFTLING: Arregui ist sehr hart, aber er hat auch seine sentimentale Seite.

DIREKTOR: Ja.

HÄFTLING: Also ... wenn er zum Beispiel erfahren würde, nehmen wir beispielsweise an, ein Wärter käme und würde sagen, daß ich in ungefähr einer Woche in eine andere Zelle verlegt werde, weil ich schon zu einer Sondergruppe gehöre wegen der Sache mit dem Gnadenerlaß oder, seien wir vorsichtiger, deswegen, weil mein Rechtsanwalt schon das Gesuch eingereicht hat, wenn er also glauben würde, daß wir getrennt werden, dann würde er weicher werden. Denn ich habe den Eindruck, daß er sich mit mir angefreundet hat, und da wird er sicher den Mund aufmachen und mehr sagen ...

DIREKTOR: Glauben Sie?

HÄFTLING: Ich glaube, daß es sich lohnt, den Versuch zu machen.

DIREKTOR: Ich habe es immer für einen Fehler gehalten, daß Sie ihm von der Möglichkeit des Gnadengesuchs gesprochen haben. Womöglich hat er daraus Rückschlüsse gezogen.

HÄFTLING: Nein, das glaube ich nicht.

DIREKTOR: Warum?

HÄFTLING: Gut, ich habe den Eindruck ...

DIREKTOR: Nein, sagen Sie mir den Grund, Sie haben sicher Gründe.

HÄFTLING: Schön ... dadurch habe ich mich selber ein wenig gedeckt.

DIREKTOR: Inwiefern?

HÄFTLING: Insofern, als er dann keinen Verdacht schöpfen kann, wenn ich fortgehe, und er mir nicht zur Vergeltung seine Genossen auf den Hals schickt.

DIREKTOR: Sie wissen doch, daß er keinerlei Kontakt zu seinen Genossen hat.

HÄFTLING: Das glauben wir.

DIREKTOR: Er kann niemandem schreiben, ohne daß wir den Brief lesen. Wovor haben Sie also Angst, Molina? Was Sie da tun, ist außerhalb der Abmachung.

HÄFTLING: Aber ich versichere Ihnen, daß es auf jeden Fall besser ist, wenn er denkt, daß ich freikomme ... weil ...

DIREKTOR: Warum?

HÄFTLING: Nichts ...

DIREKTOR: Ich bitte Sie, sprechen Sie.

HÄFTLING : Ich weiß auch nicht ...

DIREKTOR: Sprechen Sie, Molina, sprechen Sie klar. Wenn Sie nicht klar mit mir sprechen, werden wir uns nicht verstehen.

HÄFTLING: Gut, es ist wirklich nichts, Herr Direktor, ich schwör es Ihnen. Eine bloße Gefühlssache. Wenn er denkt, daß ich fortgehe, wird er ein stärkeres Bedürfnis haben, sich bei mir auszusprechen. Die Gefangenen sind so, Herr Direktor. Wenn einer geht ... fühlen sich die anderen schutzloser denn je.

DIREKTOR: Es ist gut, Molina. In einer Woche sehen wir uns wieder.

HÄFTLING: Danke, Herr Direktor.

DIREKTOR: Aber dann, fürchte ich, werden wir anders miteinander sprechen müsssen.

HÄFTLING: Ja, klar.

DIREKTOR: Gut, Molina ...

HÄFTLING: Herr Direktor, leider ... muß ich noch mal Ihre Geduld in Anspruch nehmen.

DIREKTOR: Was ist?

HÄFTLING: Es wäre besser, wenn ich mit einem Paket in die Zelle zurückkäme, und hier, wenn Sie einverstanden sind, habe ich die Liste gemacht. Ich habe sie geschrieben, während wir draußen gewartet haben, verzeihen Sie die schlechte Schrift.

DIREKTOR: Und Sie glauben, das nützt?

HÄFTLING: Ich versichere Ihnen, daß es die beste Hilfe ist, bestimmt, ganz sicher.

DIREKTOR: Lassen Sie sehen . . .
Liste der Dinge für ein Paket für Molina, bitte, alles zusammen in einem Paket, wie meine Mama es mir mitbringt:
Zwei gebratene Hähnchen
Vier Bratäpfel
Eine Schachtel russischer Salat
300 Gramm roher Schinken
300 Gramm gekochter Schinken
Vier Weißbrote
Ein Paket Tee und eine Büchse Kaffeepulver
Ein Paket Vollkornbrot in Scheiben
Zwei große Becher Milchcrem
Ein Glas Orangenmarmelade
Ein Liter Milch und ein holländischer Schmelzkäse
Ein kleines Paket Salz
– Vier Stück glacierte Früchte, verschiedene
Zwei englische Puddings
Ein Paket Schweineschmlaz
Ein Glas Mayonnaise und Papierservietten

. . . .

. . . .

– Das ist das Paket mit dem rohen Schinken und das mit dem gekochten. Ich hab Lust auf Sandwiches, solange das Brot noch frisch ist. Du kannst dir machen, was du magst.
– Danke.
– Ich mach mir jetzt das halbe Weißbrot mit ein bißchen Butter und gekochtem Schinken drin. Und ein bißchen russischen Salat. Und nachher einen glacierten Apfel. Und Tee.
– Fein.
– Wenn du eins von den Hähnchen anschneiden willst, solang sie noch warm sind, dann los. Sei so frei.
– Danke, Molina.
– So ist es besser, nicht wahr? jeder macht sich das, was er will, so bring ich dich nicht in Rage.
– Wie du meinst.

– Ich hab mehr Wasser aufgesetzt, für den Fall, daß du irgendwas willst. Mach dir, was du magst, Tee oder Kaffee.
– Danke.
– . . .
– Was für leckere Sachen, Molina.
– Und es gibt auch noch die glacierten Früchte. Nur um eins bitte ich dich, daß du das Stück Kürbis übrigläßt, denn Kürbis schmeckt mir am besten. Es ist auch ein Stück Ananas da und eine Feige. Und das Rote, was ist das?
– Das könnte eine Wassermelone sein, oder auch nicht, wer weiß, ich habe keine Ahnung.
– Am Geschmack werden wir es merken.
– Molina, . . . ich schäme mich immer noch . . .
– Weshalb denn?
– Wegen heute früh und meiner Ungezogenheit . . .
– Dummkopf . . .
– Einer, der nicht annehmen will . . . ist ein Knicker. Er nimmt nichts an, weil er auch nichts geben möchte.
– Meinst du?
– Ja, das habe ich mir eben gedacht, und so ist es auch. Wenn es mich nervös gemacht hat, daß du so . . . großzügig zu mir warst, . . . dann nur, weil ich nicht verpflichtet sein wollte, mit dir genauso zu sein.
– Glaubst du?
– Ja, das ist es.
– Schön, hör zu . . . ich hab auch nachgedacht und mich an Dinge erinnert, die du mir gesagt hast, Valentin, und ich begreife jetzt vollkommen, warum du so reagiert hast.
– Was hab ich denn gesagt?
– Daß es für euch, wenn ihr, wie jetzt, im Kampf steht, nicht gut ist . . . schön, irgend jemand liebzugewinnen, liebgewinnen ist vielleicht zuviel gesagt, oder, schön, doch, jemand als Freund liebzugewinnen.
– Das ist eine sehr großzügige Auslegung deinerseits.
– Siehst du, manchmal versteh ich doch, was du sagst . . .
– Ja, aber in diesem Fall sind wir beide hier eingesperrt,

ein Kampf findet nicht statt, niemand kann eine Schlacht gewinnen. Folgst du mir?

– Ja, weiter.

– Stehen wir denn so unter dem Druck der ... Außenwelt, daß wir uns nicht wie Zivilisierte benehmen können? Kann das sein, daß der Feind draußen ... soviel Macht über uns hat?

– Jetzt versteh ich dich nicht richtig.

– Doch, daß alles, was in der Welt im Argen liegt und was ich verändern möchte, mich nicht einen Augenblick lang ... menschlich handeln läßt ... Ist das möglich?

– Was möchtest du dir machen? Das Wasser kocht ...

– Gieß Tee für uns beide auf, bitte.

– Schön.

– Ich weiß nicht, ob du mich verstehst ... aber schau, wir beide sind hier ganz allein und wir können unserer Beziehung, wie soll ich sagen? die Form geben, die wir wollen, niemand übt auf unsere Beziehung irgendeinen Druck aus.

– Ja, ich höre zu.

– In gewisser Weise sind wir vollständig frei, so gegeneinander zu handeln, wie wir wollen. Drück ich mich verständlich aus? Es ist, wie wenn wir auf einer einsamen Insel wären. Einer Insel, auf der wir womöglich jahrelang allein sind. Denn außerhalb, natürlich, da stehen unsere Unterdrücker, aber hier innen nicht. Hier unterdrückt niemand. Das einzige Verwirrende für meinen müden oder konditionierten oder deformierten Kopf ist, daß jemand mich gut behandelt, ohne irgendwas dafür zu verlangen.

– Schön, das weiß ich nicht ...

– Was heißt, du weißt es nicht?

– Ich weiß nicht, wie ich mich ausdrücken soll.

– Komm, Molina, komm mir nicht mit sowas. Konzentrier dich, dann kannst du auch klar denken.

– Schön, denk dir bitte nicht irgendwas Ausgefallenes, aber wenn ich dich gut behandle ... dann tu ich es, weil ich deine Freundschaft gewinnen will, und weil ich möchte, warum soll ich es nicht sagen? ... daß du mich gern hast. Genauso, wie ich zu meiner Mama gut bin, weil sie ein guter Mensch ist und nie jemandem etwas Böses getan hat, weil ich sie lieb habe, weil sie gut ist und weil ich möchte, daß sie mich lieb hat .... Und du bist auch ein guter, ein sehr selbstloser Mensch, der sein Leben aufs Spiel gesetzt hat für ein großes Ideal ... Schau jetzt nicht weg, schämst du dich?

– Ja, ein wenig ... Aber ich schau dir ins Gesicht, siehst du?

– Und deshalb ... respektier ich dich und hab dich gern und möchte, daß du mich auch gern hast ... Denn, schau, die Zuneigung meiner Mutter ist das einzige Gute, was ich je in meinem Leben zu spüren bekommen habe. Sie nimmt mich an, wie ich bin, sie mag mich eben so, und Schluß. Das ist wie ein Geschenk des Himmels und das einzige, was mich am Leben hält. Das einzige.

– Kann ich mir noch ein Stück abschneiden?

– Klar ...

– Aber du ... hast doch auch gute Freunde gehabt, die dir viel bedeutet haben?

– Ja, aber schau, meine Freunde sind immer ... Strichjungen gewesen wie ich, und untereinander, wie soll ich dir das sagen? haben wir kein großes Vertrauen, weil wir wissen, daß wir ... Angsthasen sind, Feiglinge. Und das, worauf wir immer warten, ist ... die Freundschaft oder was immer von jemand Zuverlässigem, einem Mann, klar. Und dazu kann es nie kommen, denn das, was ein Mann will ... ist eine Frau.

– Und alle Homosexuellen sind so?

– Nein, es gibt auch solche, die sich untereinander verlieben. Ich und meine Freundinnen, wir sind eben ... Frauen. Wir mögen diese Spielchen nicht, das ist was für Homosexuelle. Wir sind normale Frauen, die mit Männern ins Bett gehen.

– Nimmst du Zucker?

– Ja, danke.

– Wie gut ist das frische Brot, das gehört zum Besten, was es überhaupt gibt.
– Ja, es ist köstlich ... Ich muß dir was erzählen.
– Klar, versteht sich, den Schluß der Zombis.
– Ja, das auch, aber auch noch was anderes.
– Was ist?
– Der Rechtsanwalt hat mir gesagt, daß meine Sache gut läuft.
– Ich bin aber auch ein Vieh, daß ich dich nicht danach gefragt habe. Und was hat er dir noch gesagt?
– Daß anscheinend alles gut geht, und daß, wenn eine Berufung läuft, das heißt, wenn sie in Betracht gezogen wird, meine ich, nicht, wenn sie angenommen wird, schön, daß der Häftling dann in einen anderen Teil des Gefängnisses verlegt wird. Und daß sie mich also innerhalb einer Woche aus dieser Zelle herausnehmen werden.
– Tatsächlich?
– Ja, anscheinend.
– Und woher weiß er das?
– Das haben sie ihm im Büro des Direktors gesagt, in dem er die Papiere für den Instanzenweg einreicht.
– Das ist ja prima ... du wirst dich freuen ...
– Ich will nicht zu sehr daran denken. Ich will mir keine Illusionen machen ... Nimm noch von dem russischen Salat.
– Meinst du?
– Ja, er schmeckt gut.
– Ich weiß nicht, die Nachricht hat mir den Appetit verschlagen.
– Schau, tu so, als hätte ich dir nichts gesagt, denn es ist ja keineswegs sicher. Ich will auch so tun, als ob sie mir nichts gesagt hätten.
– Nein, die Sache sieht gut aus, wir sollten uns freuen.
– Lieber nicht ...
– Ich freue mich für dich, obwohl du dann fortgehst und ... schön, was soll man machen?
– Iß einen Bratapfel, die sind bekömmlich.

– Nein, lassen wir sie lieber für später, oder ich laß ihn. Iß du ihn, wenn du Lust hast.
– Nein, ich hab auch keinen großen Hunger. Weißt du was? ... vielleicht werden wir hungrig, wenn ich dir die Zombis weiter erzähl, und wir heben das Essen für später auf.
– Gut.
– Es ist ein unterhaltsamer Film, nicht wahr?
– Ja, sehr spannend.
– Am Anfang konnte ich mich nicht mehr auf alles besinnen, aber jetzt kommt es mir wieder.
– Ja ... aber warte noch. Es ist nämlich ... ich weiß nicht, was mit mir los ist, Molina, plötzlich hab ich ein solches ... Durcheinander im Kopf.
– Wieso, tut dir etwas weh? Der Bauch?
– Nein, im Kopf ist was nicht in Ordnung.
– Was denn?
– Ich weiß nicht, wahrscheinlich ist es, weil du vielleicht fortgehst, ich weiß es selber nicht genau.
– Ah.
– Wenn es dir nichts ausmacht, leg ich mich ein bißchen hin und ruhe aus.
– Schön.
– Bis dann.
– Bis dann.*

* Freuds Charakterisierung der infantilen Libido als »polymorph pervers«, d. h. die unterschiedlose Lust des Säuglings am eigenen Körper wie am Körper anderer Personen, wird auch von Forschern der jüngeren Generation, wie Norman O. Brown und Herbert Marcuse, bejaht. Der Unterschied zwischen ihnen und Freud besteht, wie schon erwähnt, darin, daß Freud die teilweise Sublimierung der Libido und ihre Überführung in ausschließlich heterosexuelle und definitiv genitale Bahnen für positiv hält, während neuere Denker, wie die genannten, ein Zurückgehen auf die polymorphe Perversität bzw. eine über die nur genitale Sexualität hinausgehende Erotisierung in Betracht ziehen und befürworten.
Fest steht, laut Fenichel, daß die abendländische Kultur den Knaben und Mädchen die Vater- oder Mutterfigur als die einzig möglichen Sexualiden-

....

....

– Molina, wie spät ist es?
– Kurz nach sieben, ich hab gehört, daß sie schon mit dem Abendessen herumgehen.
– Ich kann einfach nichts tun ... Und dabei sollte ich die eine Stunde, bis sie das Licht löschen, noch ausnützen.
– Aha.

titäten aufzwingt. Die Wahrscheinlichkeit einer homosexuellen Orientierung ist nach Fenichel um so größer, je stärker sich das Kind, statt nach den üblichen Mustern zu verfahren, mit dem jeweils andersgeschlechtlichen Elternteil identifiziert. Das kleine Mädchen, welches das von der Mutter, und der Knabe, welcher das vom Vater verkörperte Modell für nicht befriedigend halten, seien der Homosexualität ausgesetzt.

Hier muß auf die jüngsten Arbeiten der dänischen Ärztin Anneli Taube hingewiesen werden, die in »Sexualität und Revolution« ausführt, daß die Ablehnung eines oppressiven Vaters – Symbol einer maskulinen, autoritären und gewaltsamen Haltung – von seiten eines sehr sensiblen Knaben bewußt geschieht. Wenn der Knabe beschließt, sich der Welt nicht anzupassen, die der Vater ihm anbietet – den Umgang mit Waffen, stark kompetitive Sportarten, Geringschätzung der Sensibilität als einer weiblichen Eigenschaft etc. –, trifft er einen freien, ja revolutionären Entschluß, weil er dadurch die Rolle des Stärkeren, des Ausbeuters, verwirft. Nun kann ein solcher Knabe andererseits nicht wissen, daß die westliche Kultur ihm in den gefährlich entscheidenden ersten Jahren, dem dritten bis fünften, außer der Welt seines Vaters kein anderes Verhaltensmuster anbietet als das der Mutter. Die Welt der Mutter – die Zärtlichkeit, die Duldsamkeit, das Künstlerische – wird ihm besonders durch das Fehlen von Aggressivität weit anziehender erscheinen als die des Vaters; aber die Welt seiner Mutter – und hier versagt die Intuition des Kindes – ist auch die Welt der Unterwerfung, da sie, die Mutter, mit dem autoritären Mann, der die Ehe als Unterwerfung der Frau unter den Mann auffaßt, ein Paar bildet. Entschließt sich ein Mädchen, sich nicht der Welt der Mutter anzupassen, so fußt dieser Entschluß auf einer Ablehnung der untergeordneten Rolle, die das Mädchen als erniedrigend und unnatürlich empfindet, ohne zu ahnen, daß ihr die westliche Kultur außer dieser Rolle nur die des Unterdrückers anzubieten hat. Doch zeuge der Akt der Auflehnung bei einem solchen Knaben oder Mädchen unbestreitbar von Mut und Würde.

Andererseits geht Dr. Taube der Frage nach, warum ein solches Verhalten

Aber ich weiß nicht, wo mir der Kopf steht.
– Dann ruh dich aus.
– Du hast mir den Film noch nicht fertig erzählt.
– Du wolltest ja nicht.
– Es wäre schade, ihn zu vergeuden, wenn ich ihn nicht genießen kann.
– Nicht mal reden wolltest du.
– Ich rede nicht gern, wenn ich nicht weiß, was ich sage.

bei Kindern nicht häufiger anzutreffen ist, obwohl das westliche Paar im allgemeinen ein Exponent der Ausbeutung sei. Sie bringt hier zwei Elemente ins Spiel, die beide abschwächend wirken: das erste ist gegeben, wenn in einer Familie die Frau durch Mangel an Bildung oder Intelligenz etc. dem Mann tatsächlich unterlegen ist und dadurch die unbestrittene Autorität des Mannes leichter als gerechtfertigt erscheinen kann. Ein zweites Element ist die späte Entwicklung von Intelligenz und Sensibilität des Kindes, das die Situation nicht durchschauen kann. Aus dieser Bemerkung folgt implizit, daß wenn in einer Familie der Vater grobschlächtig, die Mutter hingegen verfeinert, aber unterworfen ist, ein hochsensibler und frühzeitig intelligenter Knabe fast unweigerlich die Mutter als Vorbild wählen wird. Umgekehrt wird das Mädchen dieses Modell als ein willkürliches verwerfen.
Die Frage, warum aus ein und derselben Familie homosexuelle und heterosexuelle Kinder hervorgehen, beantwortet Dr. Taube dahingehend, daß jede gesellschaftliche Zelle zu einer Verteilung der Rollen tendiert und deshalb meist nur eines der Kinder den Konflikt mit den Eltern austrägt, wodurch die übrigen Geschwister in einem relativ neutralisierten Rahmen verbleiben.
Nachdem Dr. Taube auf diese Weise den ersten Antrieb zur Homosexualität bestimmt und diese selbst als revolutionären Inkonformismus charakterisiert hat, führt sie – in Übereinstimmung mit Altman und seiner These bezüglich der geringen Verbreitung bisexueller Praktiken mangels sichtbarer bisexueller Verhaltensmuster – das Fehlen anderer Verhaltensmuster als Grund dafür an, daß sich z. B. der künftige männliche Homosexuelle, sobald er das Fehlverhalten des unterdrückenden Vaters abgelehnt hat, von dem Zwang zur Identifikation mit irgendeiner Verhaltensform beängstigt fühlt und daher »lernt«, sich wie seine Mutter unterzuordnen. Bei Mädchen verlaufe dieser Prozeß analog: das Mädchen lehnt Ausbeutung ab und haßt es, sich wie seine Mutter unterordnen zu müssen. Unter dem sozialen Druck erlernt es nach und nach eine andere Rolle, die ihres repressiven Vaters.

Ich will nicht jeden beliebigen Quatsch sagen, weißt du . . .
– Dann ruh dich aus.
– Und wenn du mir den Film fertig erzählst?
– Jetzt?
– Ja.
– Wie du willst.
– Ich hab ein bißchen gelesen, aber ich weiß nicht mal, was ich gelesen habe.
– Ich erinnere mich nicht, wo wir waren, wo waren wir?
– Was wo, Molina?
– Im Film.
– Das Mädchen ist allein im Wald und hört die Trommeln.
– Ah, ja . . . Der Urwald liegt in der prallen Mittagssonne,

Zwischen dem fünften Lebensjahr und der Pubertät vollziehen sich in diesen »andersartigen« Knaben oder Mädchen Schwankungen der ursprünglichen Bisexualität. Obwohl sich z. B. das durch die Identifikation mit dem Vater »maskulinisierte« Mädchen sexuell von einem Mann angezogen fühlt, wird es die Rolle einer passiven Puppe, die ein konventioneller Ehemann ihm auferlegen würde, ablehnen, es wird sich unbehaglich fühlen und als einzige Möglichkeit, seine Angst zu überwinden, eine andere Rolle übernehmen, die lediglich das Spiel mit Frauen zuläßt. Ebenso wird der durch die Identifikation mit der Mutter »feminisierte« Knabe, obwohl er sich sexuell von Mädchen angezogen fühlt, die Rolle des kühnen Angreifers, der sich eine konventionelle Frau unterwirft, ablehnen, sich unbehaglich fühlen und eine andere Rolle übernehmen, die nur das Spiel mit Männern zuläßt.

Auf dieser Ebene interpretiert Dr. Taube auch die bis vor kurzem durchweg praktizierte, insbesondere in bezug auf die Schwächen der Heterosexualität imitative Haltung der Homosexuellen. Bisher war ein unterwürfiger, konservativer, um jeden Preis, vor allem um den der eigenen fortdauernden Marginierung friedliebender Geist für den männlichen Homosexuellen ebenso charakteristisch wie für homosexuelle Frauen ein anarchischer, gewaltsam inkonformer, obgleich weitgehend desorganisierter Geist. Doch seien beide Haltungen das Ergebnis nicht das eines freien Entschlusses, sondern eines äußeren Zwangs: einer allmählichen Gehirnwäsche, bei der die bürgerlichen Modelle heterosexuellen Verhaltens während der Kindheit und Jugend ebensosehr eine Rolle spielen wie später, sobald die Homosexualität akzeptiert wird, die »bürgerlichen« Modelle der Homosexualität.

und das Mädchen beschließt, zu denen zu gehen, die so unheimlich die Trommeln schlagen. Und sie geht ein Stück und verliert einen Schuh, und kurz darauf fällt sie hin, und dabei zerreißt ihre Bluse und ihr Gesicht wird schmutzig, und dann geht sie durch Dorngestrüpp, und dabei geht ihr Rock in Fetzen. Und je näher sie an die Stelle kommt, wo die Wächter der Kultstätte die Trommeln schlagen, desto finsterer wird es, obwohl heller Mittag ist, und Licht kommt jetzt nur von den unzähligen Kerzen, die die Leute angezündet haben. Ein Altar voller Kerzen steht da, nichts als Kerzen sind darauf, und am Fuß des Altars lehnt eine Stoffpuppe, der eine Nadel im Herzen steckt. Die Puppe sieht aus wie ihr Mann. Und alle Neger und Negerinnen liegen auf den Knien und beten, und von Zeit zu Zeit stoßen sie einen entsetzlichen Schrei aus über das Leid, das jeder in sich trägt. Aber das Mädchen sucht mit den Augen den Zauberer, zwar hat sie gräßliche Angst, ihn zu sehen, aber gleichzeitig kommt sie um vor Neugier zu wissen, wie er ist. Und die Trommeln spielen von Mal zu Mal wilder, und die Neger stoßen ihre Schreie immer rascher aus, und das Mädchen, verdreckt, zerzaust, wie sie ist, von den Kleidern gar nicht zu reden, steht am Rand des Kreises, den die Betenden bilden. Plötzlich verstummen die Trommeln, die Leute stöhnen nicht mehr, ein eisiger Wind erhebt sich im Tropenwald, und der Zauberer erscheint in

Dieses Vorurteil über die Homosexuellen – oder diese richtige Beobachtung ihres Verhaltens – habe bewirkt, daß die Homosexuellen in Befreiungsbewegungen, im Klassenkampf und allgemein in der politischen Aktion marginiert worden seien. Das Mißtrauen sozialistischer Länder gegen Homosexuelle ist bekannt. Daran jedoch habe sich - glücklicherweise fügt Dr. Taube hinzu – seit den sechziger Jahren durch das Aufkommen feministischer Bewegungen vieles verändert, da die aus ihnen resultierende Neubewertung der Rollen »starker Mann« und »schwache Frau« das Prestige dieser ebenso unerreichbaren wie beharrlich imitierten Rollen in den Augen der sexuell Marginierten vermindert habe.

Die später erfolgte Frontenbildung zur Befreiung der Homosexuellen sei ein Beweis dafür.

einer Art weißen Tunika, die ihm bis auf die Füße fällt, aber auf der Brust offen ist, eine junge, mit krausem Haar bedeckte Brust, aber das Gesicht ist das eines alten Mannes – des Butlers. Mit bösartiger, verschlagener Miene erteilt er allen Negern den Segen, und mit der Hand gibt er den Trommlern ein Zeichen. Und nun spielen sie einen anderen, ausgesprochen diabolischen Rhythmus, und der Zauberer schaut das Mädchen jetzt mit unverhohlenem Verlangen an, und mit der Hand macht er ihr ein paar magische Zeichen und schaut sie starr an, um sie zu hypnotisieren. Das Mädchen schaut auf die andere Seite, um nicht in seine Macht zu fallen, aber dann hält sie der Anziehungskraft nicht stand, nach und nach dreht sie den Kopf, bis sie dem Zauberer voll ins Gesicht blickt. Und sie fällt in Hypnose, und während die Trommeln jetzt einen fast rein sexuellen Rhythmus spielen, schreitet sie auf den Zauberer zu, und die Neger fallen alle in Trance, sie liegen auf den Knien und werfen den Kopf zurück, bis sie fast den Boden damit berühren. Und wie das Mädchen schon in Reichweite des Zauberers ist, erhebt sich ein Sturm wie ein Hurrican, und alle Kerzen gehen aus, obwohl Mittag ist, herrscht vollständige Dunkelheit. Der Zauberer nimmt das Mädchen um die Taille und dann streicht er mit den Händen an ihr hoch bis zur Brust, und dann streichelt er ihre Wangen, und mit einem Arm zieht er sie mit sich fort in die Hütte. Und da ... wie war das? verzeih mir, aber ich kann mich nicht mehr genau besinnen, wie das war. Ah, ja, die gute Negerin, die das Mädchen hat fortfahren sehen, ist den Mann suchen gegangen, und weil sie ihm gesagt hat, der Zauberer hätte ihn rufen lassen, kommt er mit ihr. Denn sie, die Negerin, ist ja die Frau des Zauberers gewesen, das heißt, des Butlers. Und sobald das Mädchen ihren Mann kommen sieht, ist der Zauber gebrochen, denn die Negerin hat bestimmte Schreie ausgestoßen. Und das Mädchen war schon dabei gewesen, in die Hütte zu gehen.

– Erzähl weiter. *der Arme gibt dem Reichen Almosen, der Reiche bittet den Armen um Almosen und lacht über ihn, er verspottet und verhöhnt den Armen, weil er ihm nicht mehr zu geben hat als eine falsche Münze*

– Das Mädchen und ihr Mann fahren im Jeep ins Herrenhaus zurück. Keiner von beiden spricht ein Wort. Natürlich hat der Mann inzwischen begriffen, daß das Mädchen über alles Bescheid weiß. Und so kommen sie ins Haus. Um zu zeigen, daß sie von sich aus alles tun will, um die Dinge in Ordnung zu bringen, bestellt das Mädchen für ihn etwas zu essen, als ob nichts geschehen wäre, aber während sie kommt und geht, merkt sie, daß ihr Mann schon wieder an der Flasche hängt. Da bittet sie ihn, er soll doch nicht so schwach sein, er soll sie nicht allein um ihrer beider Ehe kämpfen lassen, sie liebten sich doch beide, und gemeinsam könnten sie alle Hindernisse überwinden. Aber er versetzt ihr einen brutalen Stoß und wirft sie zu Boden. Unterdessen ist der Zauberer bis zu dem verlassenen Haus gegangen, wo die Zombi-Frau ist, und bei ihr trifft er die gute Negerin, die sie pflegt, die Negerin, die einmal seine Frau war, aber jetzt alt ist, und deshalb verachtet er sie. Und der Zauberer befiehlt der Negerin, sie soll gehen, aber sie sagt, sie läßt es nicht länger zu, daß er die Zombi-Frau zu neuen Untaten benützt. Und zieht einen Dolch, um den Zauberer zu erstechen. Aber es gelingt ihm, sie am Handgelenk zu packen und ihr den Dolch zu entreißen und sie selbst damit zu töten, er sticht ihr den Dolch ins Herz. Die Zombi-Frau bewegt sich nicht von der Stelle, aber man sieht, daß ein großer Schmerz in ihren Augen ist, obwohl sie keinen Willen hat, von sich aus zu handeln. Der Zauberer befiehlt ihr, ihm zu folgen, und erzählt ihr die schrecklichsten Lügen, er sagt ihr, daß ihr Mann ein verruchter Mensch ist und daß er es war, der befohlen hat, eine Zombi aus ihr zu machen, und daß er jetzt das gleiche mit seiner zweiten Frau machen will, er quält sie in einem fort, sagt er, und deshalb soll sie, die Zombi, jetzt gehen und mit diesem Messer den Mann töten, um all seinen Bosheiten ein Ende zu setzen. An den Augen der Zombi merkt man, daß sie nicht glaubt, was der Zauberer sagt, aber sie kann nichts tun, sie ist nicht Herr über ihren Willen, sie kann nur den Befehlen des Zauberers gehorchen. Und wie sie an das Herrenhaus kommen, gehen sie ganz langsam durch den Garten hinein, in dem es schon dämmrig und dunkel ist. Und durchs Fenster sieht die Zombi, daß der Mann betrunken ist und das Mädchen anschreit und mit wüsten Namen beschimpft, er packt sie an den Schultern und schüttelt sie und dann stößt er sie weg. Der Zauberer drückt ihr den Dolch in die Hand. Der Mann sucht nach Alkohol, aber die Flasche ist leer, er schüttelt sie, um den letzten Tropfen herauszubekommen. Die Zombi-Frau kann nur gehorchen. Der Butler sagt ihr, sie soll hineingehen und den Mann töten. Die Zombi setzt sich in Bewegung. Auf dem Grund ihrer Augen kann man sehen, daß sie den Mann noch immer liebt, daß sie ihn nicht töten will, aber der Befehl ist unerbittlich. Der Mann sieht sie nicht. Der Butler ruft das Mädchen, er sagt Señora zu ihr, sehr respektvoll, das Mädchen schließt sich in ihr Zimmer ein, bis sie plötzlich das Todesröcheln ihres Mannes hört. Da rennt das Mädchen aus dem Zimmer, aber als sie ihren Mann findet, liegt er schon im Sterben auf dem Sofa, auf dem er im Suff halb eingeschlafen war, und sein Blick ist furchtbar tragisch, du kannst dir nicht vorstellen, wie. Danach kommt der Butler herein und ruft die Dienstboten zusammen, damit sie Zeuge des Verbrechens werden und er sich vor ihnen die Hände waschen kann. Aber im Todeskampf sagt der Mann zu der Zombi-Frau, daß er sie sehr geliebt hat, daß alles nur von der Bosheit des Zauberers gekommen ist, der die Insel immer unter seine Herrschaft bringen wollte, alle seine Besitzungen, und er sagt zu der Zombi, sie soll in ihre Hütte zurückgehen und sich einschließen und das Haus in Brand stecken, nur so wird sie niemals mehr das Werkzeug von irgend jemandes Verruchtheit sein, und der Himmel ist schon ganz schwarz, aber ab und zu wird alles von Blitzen hell erleuchtet, denn ein Gewitter bricht los, und der Mann, der schon am Ende seiner Kräfte ist, erzählt den

Dienstboten, die inzwischen alle versammelt sind, daß die Eltern vieler von ihnen dem infamen Zauberer zum Opfer gefallen sind, der sie in Zombis verwandelt hat. Da schauen sie voll Haß auf den Zauberer, und der Zauberer weicht zurück in den Garten und möchte entkommen in der schwarzen Nacht mit dem schrecklichen Gewitter und dem Sturm, der wie ein Hurrican tobt, und den Blitzen, die plötzlich alles taghell erleuchten, und der Zauberer zieht einen Revolver, um sich zu verteidigen, und da bleiben die Dienstboten stehen, aber als sich der Zauberer schon in Sicherheit glaubt, schlägt ein ohrenbetäubender Blitz ein und erschlägt ihn. Kurz danach hört es auf zu regnen. Niemand hat gesehen, daß die Zombi-Frau in das alte Haus zurückgegangen ist. Man hört die Sirene eines abfahrenden Schiffs, das Mädchen packt seine Sachen in einen Koffer und geht zum Schiff, sie hinterläßt alles den Dienstboten, sie selber will nur vergessen. Sie kommt gerade ans Schiff, wie sie schon den Laufsteg einziehen. Von Bord aus sieht sie der Kapitän und es ist zum Glück derselbe, gutaussehende Kapitän vom Anfang. Das Schiff legt ab, die Lichter der Küste entfernen sich. Das Mädchen ist in der Kabine, da wird an die Tür geklopft. Sie macht auf, und da steht der Kapitän und fragt sie, ob sie auf der Insel glücklich war. Sie sagt, nein, und da erinnert er sie daran, daß diese Trommeln, die am Tag ihrer Ankunft zu hören gewesen sind, immer Leid ankündigen, ja sogar den Tod. Sie sagt, daß diese Trommeln vielleicht nie wieder erschallen werden. Da bittet der Kapitän sie, still zu sein, denn ihm scheint, daß er etwas Merkwürdiges hört. Beide gehen auf das Verdeck, und da hören sie einen wunderbaren Gesang und sehen, daß Hunderte von Insulanern an die Mole gekommen sind, um sich in Liebe und Dankbarkeit mit einem Lied zu verabschieden. Das Mädchen zittert vor Rührung. Der Kapitän legt ihr den Arm um die Schulter, um sie zu beschützen. Und fern auf der Insel, weit ab vom Dorf, irgendwo auf dem Feld sieht man einen riesigen Brand. Das Mädchen schlingt die Arme um den

Kapitän, um ihr Zittern zu überwinden und die Schauer, die ihr über den Rücken laufen, denn sie weiß, daß in diesem Feuer die arme Zombi-Frau verbrennt. Der Kapitän sagt ihr, daß sie keine Angst haben soll, daß nun alles hinter ihr liegt und daß die Musik der Liebe eines ganzen Dorfes sie für immer verabschiedet und ihr eine glückliche Zukunft prophezeit. Und wenn sie nicht gestorben sind, dann leben sie noch heute. Hat er dir gefallen? *der Schwerkranke, der schwerste Fall im ganzen Pavillon, ist schon außer Gefahr, die Schwester wird die ganze Nacht bei ihm wachen, damit er ruhig schläft*

– Ja, sehr. *der Reiche schläft gut, wenn er dem Armen sein Geld gibt*

– Ahhhh...

– Was für ein Seufzer!

– Wie schrecklich schwer ist dieses Leben ...

– Was ist denn los, Molina?

– Ich weiß nicht, ich habe Angst vor allem, ich habe Angst, daß ich mir nur einbilde, sie werden mich freilassen, ich habe Angst, daß sie mich nicht freilassen ... Und am meisten habe ich davor Angst, daß sie uns trennen und mich in eine andere Zelle legen, und da bleib ich dann noch und noch mit wer weiß was für einem Knilch ...

– Besser, an gar nichts denken, denn schließlich: nichts hängt von uns ab.

– Siehst du, da bin ich nicht einverstanden, ich glaube, wenn wir nur gut nachdenken, finden wir vielleicht einen Ausweg, Valentin.

– Was denn für einen Ausweg?

– Wenigstens ... daß sie uns nicht trennen.

– Hör zu ... damit du dich nicht selber quälst, denk nur an das eine: daß du freikommen willst, um deine Mutter zu pflegen. Sonst an nichts. Denk an nichts anderes. Denn ihre Gesundheit ist für dich das Wichtigste, oder nicht?

– Ja ...

– Konzentrier dich darauf, dann geht es.

– Nein, ich will mich nicht darauf konzentrieren ... nein!
– Oho ... Was ist los?
– Nichts ...
– Komm, sei doch nicht so verzweifelt ... nimm den Kopf aus dem Kissen.
– Nein, laß mich ...
– Aber was ist denn los? Verheimlichst du mir etwas?
– Nein, verheimlichen nicht ... Aber ...
– Was, aber? Wenn du hier rauskommst, bist du frei, du wirst Leute kennenlernen, du kannst, wenn du willst, irgendeiner politischen Gruppe beitreten.
– Du bist verrückt, kein Mensch wird mir, einem Strichjungen, vertrauen.
– Ich kann dir sagen, an wen du dich wenden sollst.
– Nein, bei allem, was dir lieb und teuer ist, nie, niemals, verstehst du?, sag mir nie etwas von deinen Genossen.
– Warum? Wer wird auf den Gedanken kommen, du würdest sie besuchen?
– Nein, sie können mich verhören oder was immer, und wenn ich nichts weiß, kann ich nichts sagen.
– Auf jeden Fall gibt es viele Gruppen, die sich politisch betätigen. Und wenn eine dich überzeugt, kannst du dich ihr anschließen, auch wenn es Gruppen sind, die nur reden.
– Ich versteh davon nichts ...
– Und stimmt das, daß du keine richtigen Freunde hast, keine guten Freunde?
– Ja, ich hab nur rosa Bubis, wie ich selber einer bin, als Freundinnen, mit denen kann ich eine Weile zusammensein und ein bißchen schäkern. Aber sobald wir dramatisch werden ... gehen wir uns aus dem Weg. Ich hab dir ja erzählt, wie das ist, eine spiegelt sich in der andern, und dann läuft sie entsetzt davon. Wir deprimieren uns gegenseitig wie Hündinnen, du kannst dir das nicht vorstellen.
– Das kann sich ändern, wenn du herauskommst.
– Es wird sich nicht ändern.
– Komm, wein doch nicht ... sei doch nicht so ... Wie

oft hab ich dich weinen sehen? ... Schön, auch ich hab einmal Rotz und Wasser geheult. Aber jetzt langt's ... Es macht mich... nervös, wenn du weinst.

– Ich kann einfach nicht mehr ... Ich hab ein solches ... Pech ...

– Löschen sie schon das Licht?

– Ja, was glaubst du? es ist schon halb neun. Und um so besser, da siehst du mein Gesicht nicht.

– Mit dem Film ist uns die Zeit schnell vergangen, Molina.

– Heute nacht kann ich bestimmt nicht schlafen.

– Hör mir mal zu, in irgendwas kann ich dir bestimmt helfen. Wir müssen nur darüber reden. Du mußt vor allem dafür sorgen, daß du dich einer Gruppe anschließt und nicht allein bleibst, das wird dir sicher helfen.

– Welcher Gruppe soll ich mich denn anschließen? Ich versteh doch nichts von diesen Dingen, und ich glaub auch nicht besonders dran.

– Dann mußt du allein mit dir fertig werden.

– Reden wir ... nicht ... weiter.

– Komm, sei doch nicht so, Molinita.

– Nein ... bitte ... rühr mich nicht an ...

– Darf dich dein Freund nicht ein bißchen tätscheln?

– Dadurch wird es nur schlimmer.

– Warum? ... Komm, sag schon, es ist allmählich Zeit, daß wir einer dem anderen vertrauen. Ich möchte dir wirklich helfen, Molinita, sag mir, was los ist.

– Ich möchte nur noch sterben. Das ist alles, was ich mir wünsche.

– Sag doch sowas nicht. Stell dir vor, wie traurig deine Mutter wäre ... und deine Freunde, und ich.

– Dir würde das doch nichts ausmachen ...

– Wieso denn nicht? Hör mal, du bist gut ...

– Ich bin wahnsinnig müde, Valentin, ich bin müde vor lauter Kummer. Mir tut inwendig alles weh.

– Wo tut es dir weh?

– Innen in der Brust und in der Kehle ... Woher es wohl kommt, daß man Kummer immer da spürt?

– Ja, das ist wahr.
– Und jetzt kommst du ... und nimmst mir auch noch die Lust zu weinen. Jetzt kann ich nicht mehr weinen, und das ist noch schlimmer. Jetzt sitzt mir der Kloß in der Kehle und drückt mich, das ist schrecklich.
– ...
– Ja, das stimmt, Molina, in der Kehle spürt man die Traurigkeit am meisten.
– ...
– Fühlst du es stark?... drückt er dich sehr, der Kloß?
– Ja ...
– ...
– ...
– Tut es dir da weh?
– Ja ...
– Darf ich dich nicht streicheln?
– Doch ...
– Da?
– Ja ...
– Tut es dir gut?
– Ja ... es tut gut.
– Mir auch.
– Wirklich?
– Ja ... es ist wie eine Beruhigung.
– Warum Beruhigung, Valentin?
– Weil ... ich weiß nicht ...
– Warum?
– Wahrscheinlich, weil ich nicht an mich selber denke ...
– Du tust mir gut ...
– Wahrscheinlich, weil ich denke, daß du mich brauchst und daß ich etwas für dich tun kann.
– Valentin ... für alles suchst du eine Erklärung ... wie verrückt du bist...
– Vielleicht, weil ich nicht mag, daß die Dinge mich treiben ... ich will wissen, warum etwas geschieht.
– Valentin ... darf ich dich berühren?
– Ja ...

– Ich möchte ... dein Muttermal ... berühren, dieses kleine dicke Muttermal über deiner Braue.
– ...
– Und so darf ich dich auch berühren?
– ...
– Und so?
– ...
– Ekelt es dich nicht, daß ich dich streichle?
– Nein...
– Du bist sehr gut ...
– ...
– Du bist wirklich sehr gut zu mir ...
– Nein, der Gute bist du.
– Valentin ... wenn du willst, du kannst mit mir machen, was du möchtest ... denn ich selber möchte.
– ...
– Wenn es dich nicht ekelt.
– Sag doch sowas nicht. Ohne zu reden, ist es besser.
– Ich rutsch ein bißchen an die Wand.
– ...
– Man sieht aber auch gar nichts in dieser Finsternis.
– ...
– Langsam ...
– ...
– Nein, so tut es zu weh.
– ...
– Warte, nein, so ist es besser, laß mich die Beine hochnehmen.
– ...
– Langsam, bitte, Valentin.
– ...
– So...
– ...
– Danke .... danke ...
– Danke, dir auch ...
– Dir ... So hab ich dich vor mir, obwohl ich dich nicht

sehen kann in der Dunkelheit ... Au ... es tut noch immer weh.

— ...

— Jetzt, ja, jetzt fängt es an, schön zu sein, Valentin ... Es tut nicht mehr weh.

— Fühlst du dich besser?

— Ja ...

— ...

— Und du? ... Valentin, sag ...

— Ich weiß nicht ... frag mich nicht ... ich weiß einfach nicht ...

— Ach, wie schön ...

— Sprich nicht, Molinita, nur für einen kleinen Moment.

— Ich hab aber ... so ein merkwürdiges Gefühl.

— ...

— Grade hab ich mir unwillkürlich mit der Hand an die Braue gelangt, um das Muttermal zu suchen.

— Was für ein Muttermal? ... Ich habe ein Muttermal, nicht du.

— Ja, ich weiß schon. Aber ich habe mit der Hand an meine Braue gelangt, um das Muttermal zu berühren ... das ich nicht habe.

— ...

— Es steht dir so gut, wie schade, daß ich es nicht sehen kann.

— ...

— Ist es schön für dich, Valentin?

— Sei still, sei ein bißchen still.

— ...

— ...

— Und weißt du, was ich noch gefühlt habe, Valentin? wenn auch nur für eine Minute?

— Was denn, sag? aber bleib so, ganz ruhig ...

— Nur für eine Minute kam es mir so vor, als wäre ich gar nicht da ... weder hier noch draußen ...

— ...

– Es kam mir vor, als ob ich gar nicht da wäre ... als ob nur du da wärst ...

– ...

– Daß ich nicht mehr ich bin. Daß ich jetzt ... du bin.

Zwölftes Kapitel

– Guten Morgen . . .
– Guten Morgen, Valentin . . .
– Hast du gut geschlafen?
– Ja . . .
– . . .
– Und du, Valentin?
– Was?
– Ob du gut geschlafen hast?
– Ja, danke . . .
– . . .
– Vorhin hab ich gehört, daß der Mate ausgetragen wird. Du willst keinen, oder?
– Nein, ich trau ihm nicht.
– . . .
– Was willst du zum Frühstück? Tee oder Kaffee?
– Was trinkst du, Molinita?
– Ich, Tee, aber wenn du Kaffee willst, das macht auch nicht mehr Arbeit. Oder besser, es macht überhaupt keine Arbeit. Was du lieber magst.
– Vielen Dank, mach mir Kaffee, bitte.
– Willst du vorher austreten, Valcntin?
– Ja, bitte, laß aufmachen.
– Schön . . .
– . . .
– . . .
– Weißt du, warum ich Kaffee möchte, Molinita?
– Nein . . .
– Um richtig wach zu werden und lesen zu können. Nicht lange, eine oder zwei Stunden oder etwas länger, aber gut genützte Stunden. Damit ich wieder in meinen früheren Arbeitsrhythmus hineinkomme.
– Das ist gut.
– . . . und vor dem Essen dann eine kleine Ruhepause.
– . . .

— Molina ... wie hast du dich heute früh gefühlt?
— Gut ...
— Ist dir die schlechte Laune vergangen?
— Ja, aber ich bin wie betäubt ... Ich denke nicht, ich kann an nichts denken.
— Das ist gut ... von Zeit zu Zeit.
— Aber es geht mir gut, ich bin froh.
— ...
— Sogar vor dem Reden habe ich Angst, Valentin.
— Red nicht ... und denk auch nicht.
— ...
— Wenn du dich gut fühlst, dann denk an nichts, Molina. Du kannst denken, woran du willst, es wird dir die Stimmung verderben.
— Und du?
— Ich will auch nicht denken, ich werde jetzt studieren. Das ist immer meine Rettung.
— Rettung wovor? ... vor der Reue über das, was geschehen ist?
— Nein, ich bereue nichts. Ich habe immer mehr den Eindruck, daß Sex die pure Unschuld ist.
— Darf ich dich um was bitten ... ganz im Ernst?
— ...
— Daß wir heute ... über nichts ... sprechen, daß wir nicht diskutieren. Nur für heute bitte ich dich darum.
— Wie du willst.
— Und du fragst nicht, warum?
— Warum?
— Weil ich ... weil ich mich so gut ... so wunderbar gut fühle, und ich möchte nicht, daß mich irgendwas um dieses Gefühl bringt.
— Gerne.
— Valentin ... ich glaube, seit ich ein kleines Kind war, habe ich mich nicht mehr so glücklich gefühlt. Seit mir meine Mama irgendein Spielzeug geschenkt hat, oder sowas.
— Weißt du was? Denk an irgendeinen schönen Film

... und wenn ich aufgehört habe zu lesen, fängst du an und erzählst ihn mir, wärend wir das Essen machen.
– Schön ...
– ...
– Und was für einen Film möchtest du, daß ich dir erzähle?
– Einen, der dir besonders gefällt, denk dabei nicht an mich.
– Und wenn er dir nicht gefällt?
– Nein, wenn er dir gefällt, Molina, wird er mir auch gefallen, selbst wenn er mir nicht gefällt.
– ...
– Sei nicht so schweigsam. Ich meine, wenn dir etwas gefällt, dann freue ich mich, denn ich fühl mich in deiner Schuld, nein, was sag ich da, denn du warst gut zu mir und ich bin dir sehr dankbar. Und es erleichtert mich, wenn ich weiß, daß etwas dir Freude macht.
– Wirklich?
– Wirklich, Molina. Und weißt du, was ich gern wissen möchte? Nur eine Albernheit ...
– Sag ...
– Ich möchte wissen, ob du dich an irgendein Spielzeug erinnerst, das du besonders gern gehabt hast, lieber als jedes andere ... eines, das dir deine Mutter gekauft hat.
– Eine Puppe ...
– Uiiii ...
– Weshalb lachst du so?
– Au, wenn sie nicht rasch aufschließen, mach ich mich voll ...
– Aber was kommt dir denn so komisch vor?
– Weil ... hahahaha, ich sterbe ... hahahaha, weil ich doch ein guter Psychologe gewesen bin ...
– Was ist los?
– Nichts ... ich wollte nur wissen, ob irgendein Zusammenhang besteht zwischen diesem Spielzeug und mir ...
– Recht geschieht dir ...
– Und du bist sicher, daß es kein Puppenmann war?

– Nein, eine Puppe mit hellblonden Zöpfen, als Tirolerin angezogen, die die Augen auf und zu machen konnte.
– Hahaha, ich muß gleich austreten, ich halte es nicht mehr aus, uiiii ...
– Ich glaube, das ist das erste Mal, daß du lachst, seit ich das Pech hatte, in deine Zelle zu kommen.
– Das stimmt doch nicht.
– Ich schwör dir, noch nie hab ich dich lachen sehen.
– Aber ich hab doch so oft gelacht ... und über dich.
– Ja, aber immer, wenn das Licht gelöscht war. Ich schwör dir, ich hab dich noch nie lachen sehen.

....

....

– Es ist in Mexico, in einem sehr tropischen Hafen. Im Morgengrauen fahren die Fischer mit ihren Booten hinaus, es ist nicht mehr lang bis zum Tagesanbruch. Von fern dringt Musik zu ihnen. Das einzige, was sie vom Meer aus sehen können, ist eine strahlend erleuchtete Luxusvilla mit großen Balkonen, die in einem märchenhaften Garten steht, in dem nur Jasmin wächst, dahinter kommt ein Palmenhain und dann der Strand. Nur noch ein paar Gäste sind auf dem Maskenball, das Orchester spielt mit Maracas und Bongos einen sehr melodischen Rhythmus, einen langsamen, eine Art Habanera. Nur noch einzelne Paare tanzen, ein einziges hat noch die Masken auf. Der berühmte Karneval von Veracruz geht zu Ende, und die Sonne, die in diesem Augenblick aufgeht, kündigt leider den Aschermittwoch an. Die beiden mit den Larven sind ein perfektes Paar, sie als Zigeunerin verkleidet, sehr groß und mit Wespentaille, dunkel, das Haar in der Mitte gescheitelt und lose bis auf die Hüften, und er, sehr kräftig, ebenfalls dunkel, mit Backenbart, das Haar nach einer Seite gekämmt und leicht toupiert, dazu einen großen Schnurrbart. Sie hat eine ganz kleine, gerade Nase, ein Profil, das fein ist, aber auch Charakterstärke verrät. Auf der Stirn hängen ihr ein paar Goldmünzen, und sie hat eine weiße Bluse an, eine von denen mit Gummizug im Ausschnitt,

die man über eine Schulter fallen lassen kann oder über beide Schultern, eben eine Zigeunerbluse, verstehst du?
– Ungefähr, ist nicht wichtig, erzähl weiter.
– Und die Taille, ganz eng. Und der Rock ...
– Beschreib mir den Ausschnitt, überspring nichts ...
– Schön, er stammt aus dieser reizenden Mode, wo der Ausschnitt tief reichte und der Brustansatz zu sehen war, aber nicht dadurch, daß die Brüste durch das Mieder hochgepreßt wurden wie zwei Bojen. Nein, man sah wenig, aber man sah doch, daß da etwas war, besser gesagt, es ließ sich erraten.
– Aber was war nun in diesem Fall – viel oder wenig?
– Viel, und der Rock wahnsinnig weit, aus Tüchern, eine Unmenge von Schals in allen Farben, aus Tüll, die am Gürtel festgemacht waren, und dadurch sah man die Beine, wenn sie tanzte, aber nur wenig. Und er ist als Domino verkleidet, das heißt mit einem Cape, sonst nichts, darunter Anzug und Krawatte. Er sagt zu ihr, daß dieser Tanz der letzte sein wird, den das Orchester spielt, und daß es Zeit ist, die Larven abzunehmen. Sie sagt zu ihm, nein, und die Nacht muß zu Ende gehen, ohne daß er weiß, wer sie ist, und ohne daß sie weiß, wer er ist. Denn sie werden sich nie wiedersehen, ihre Begegnung war so vollkommen, wie eine Begegnung auf einem Maskenball sein kann, aber nicht mehr. Er läßt nicht locker und nimmt die Larve ab, der Typ ist göttlich, und sagt ihr noch einmal, daß er sein Leben lang auf sie gewartet hat und daß er sie jetzt nicht wegläßt. Und er schaut auf einen märchenhaften Solitär, den sie am Finger trägt, und fragt sie, ob der Ring etwas bedeutet, eine gefühlsmäßige Bindung. Sie sagt, ja, und er möchte doch draußen in seinem Wagen auf sie warten, bis sie sich am Spiegel gepudert und neu geschminkt hat. Das ist der schicksalhafte Augenblick, denn er geht hinaus und wartet und wartet, und sie kommt nicht wieder. Schön, jetzt spielt der Film in Mexico-City, und man sieht den Jungen als Reporter in einer großen Abendzeitung arbeiten. Ah, aber ich habe vergessen, dir zu sagen, daß sie,

während sie tanzen, sagt, wie wunderschön diese Melodie ist und wie schade, daß es keinen Text dazu gibt, und da sagt er ihr, daß er selber ein halber Dichter ist. Und kurz und gut, eines Nachmittags ist er in der Zeitungsredaktion, es herrscht ein irrsinniges Durcheinander von Leuten, die kommen und gehen, und da sieht er, wie andere einen höchst skandalösen Artikel über eine Schauspielerin und Sängerin vorbereiten, die sich vor einiger Zeit zurückgezogen hat und seither von einem wahnsinnig mächtigen Geschäftsmann protegiert wird, einem gefürchteten Magnaten, der ein halber Mafioso ist, aber sein Name wird nicht genannt. Und wie er die Fotos ansieht, wird der Junge nachdenklich, denn diese phantastisch schöne Frau, die ihre Karriere im Revuetheater angefangen hat und später eine erfolgreiche Schauspielerin geworden ist, wenn auch nicht für lange, weil sie sich bald zurückgezogen hat, schön, diese Frau kommt ihm so bekannt vor und wie er auf einem Foto ihre Hand sieht, die ein Champagnerglas hält, und an dieser Hand einen seltsamen Solitär, da weiß er Bescheid, wer das ist. Er stellt sich dumm und fragt die anderen aus, was sie mit dem allen vorhaben, und erfährt, daß es ein reißerischer Artikel werden soll, es fehlen ihnen nur noch ein paar Fotos, wo sie sich auf der Bühne nackt auszieht, aber die werden sie auch bald bekommen. Sie haben auch ihre Adresse, weil sie ihr nachspioniert haben, und das nützt er aus und sucht sie in ihrem Haus auf. Er sieht sie an wie geblendet, sie trägt einen Morgenmantel aus schwarzem Tüll. Die Wohnung ist supermodern mit eingebauten Lampen und indirekter Beleuchtung, bei der man nicht weiß, woher sie kommt, und alles ist aus heller Seide, die Vorhänge aus Seide, die Sesselbezüge aus Seide und auch die runden, beinlosen Taburetts. Sie legt sich halb auf einen Diwan, um ihm zuzuhören. Er erzählt ihr, was passiert ist, und verspricht ihr, alle Fotos und alles, was die anderen geschrieben haben, auf die Seite zu räumen, damit sie den Artikel nicht veröffentlichen können. Sie dankt ihm tief bewegt. Er fragt sie, ob sie in diesem goldenen Käfig glücklich ist. Ihr gefällt es nicht, daß er so etwas sagt, aber sie erzählt ihm die Wahrheit, daß sie erschöpft gewesen ist von dem Kampf im Theater, wo sie eine Stufe nach der anderen bis zur höchsten erklommen hat, und daß sie sich deshalb von dem Angebot eines Mannes hat überzeugen lassen, von dem sie geglaubt hat, daß er gut ist. Dieser superreiche Mann ist mit ihr auf Reisen gegangen, damit sie die Welt sieht, aber nach der Rückkehr in sein Land ist er immer eifersüchtiger und eifersüchtiger geworden, bis er sie beinahe zur Gefangenen gemacht hat. Sie war es bald leid, nichts zu tun, und hat ihn gebeten, sie wieder auftreten zu lassen, aber er hat abgelehnt. Der Junge sagt, daß er ihretwegen zu allem bereit wäre und vor dem anderen keine Angst hätte. Da sieht sie ihm vom Diwan aus fest in die Augen und holt sich eine Zigarette. Er geht zu ihr, um ihr die Zigarette anzuzünden, und da küßt er sie. Sie umarmt ihn, für einen Moment läßt sie sich hinreißen von ihrem Gefühl und sagt ihm, daß sie ihn braucht ... aber da sagt er, sie soll mit ihm gehen, sie soll alles zurücklassen, Juwelen, Pelzmäntel, Kleider, Magnaten, und mit ihm kommen. Aber davor hat sie Angst. Der Junge sagt ihr, sie soll nicht feige sein, gemeinsam werden sie weit kommen. Sie bittet ihn um ein paar Tage Zeit. Er besteht auf jetzt oder nie. Sie sagt, er soll gehen. Er sagt, nein, daß er ohne sie hier nicht weggehen wird und packt sie an den Armen und schüttelt sie, wie um die Angst von ihr abzuschütteln. Da reagiert sie, aber gegen ihn, sie sagt, daß alle Männer gleich sind, daß sie kein Gegenstand ist und sich nicht herumschieben läßt, wie es ihnen gefällt, aus purer Laune, und daß sie es ihr überlassen müssen, ihre Entscheidungen zu treffen. Da sagt er zu ihr, daß er sie nie wiedersehen will, und geht zur Tür. Sie, wütend, sagt, er soll einen Augenblick warten, und geht in ihr Schlafzimmer und kommt mit einem Haufen Geldscheinen zurück und sagt, das ist die Bezahlung für den Gefallen, den er ihr erwiesen hat, nämlich, den Artikel zu vernichten. Er wirft ihr das Geld vor die Füße und geht. Aber schon auf der

Straße reut es ihn, daß er so aufgebraust ist. Er weiß nicht, was er tun soll, und geht in eine Taverne trinken, und dort sitzt, kaum zu sehen zwischen den Rauchschwaden, ein Pianist und spielt die selbe sehr langsame, traurige Tropenmelodie, zu der der Junge auf dem Karneval mit ihr getanzt hat. Der Junge trinkt und trinkt und entwirft dabei Verse zu dieser Musik, und dabei denkt er an sie, und dann singt er, denn er hat eine sehr passable Stimme: »Und wenn du auch ... in deiner Einsamkeit gefangen lebst ... so sagt mir deine Seele doch, ich liebe dich.« Und wie geht es weiter? schön, es geht ein Stück weiter, und dann heißt es: »Es schmerzen mich deine Augen, es schmerzen mich deine Hände, es schmerzen mich deine Lippen, die auch lügen können ... und meinen Schatten frag ich, ob diese Lippen, die ich liebe, in einem heiligen Kuß ... in einem heiligen Kuß ...« und wie weiter? ungefähr ... »noch immer lügen können.« Und dann heißt es: »Schwarze Blumen ... des Schicksals, trennen uns ohne Gnade, aber der Tag wird kommen ... wo du mein bist, mein bist für immer ...« Erinnerst du dich an diesen Bolero?
— Ich glaube nicht. Ich weiß nicht ... Erzähl weiter.
— Am nächsten Tag sieht der Junge in der Zeitungsredaktion, wie alle nach dem Artikel über die Schauspielerin suchen, ihn aber nicht finden. Klar, denn er hat alles in seinen Schreibtisch eingeschlossen. Und weil sie nichts finden können, beschließt der Chefredakteur, sie sollen die ganze Sache aufgeben, weil sie unmöglich das ganze Material wieder zusammenbringen können. Der Junge atmet erleichtert auf, und nachdem er eine Zeitlang geschwankt hat ... wählt er ihre Nummer. Und sagt ihr, daß sie ganz beruhigt sein kann, der Artikel wird nicht erscheinen. Sie bedankt sich bei ihm, er entschuldigt sich für alles, was er im Haus zu ihr gesagt hat, und bittet, daß er sie sehen darf, er schlägt eine Verabredung vor. Sie akzeptiert. Er bittet um Erlaubnis, aus der Zeitung weggehen zu dürfen, der Chef erteilt sie, und dabei sagt er ihm, daß er seit einigen Tagen nicht gut aussieht. Unterdessen

richtet sie sich zum Ausgehen her, sie zieht ein sehr hübsches, sehr auf Taille gearbeitetes schwarzes Samtkostüm an, ohne Bluse, wie es damals Mode war, und mit einer Brillantbrosche auf dem Revers, und dazu trägt sie einen weißen Tüllhut, der aussieht wie eine weiße Wolke hinter ihrem Kopf. Und die Haare sind oben zusammengefaßt und nach innen eingeschlagen. Und erst wie sie die Handschuhe anzieht, weiße Handschuhe, die zum Hut passen, denkt sie daran, wie gefährlich diese Verabredung werden kann, denn gerade in diesem Augenblick, wo sie unschlüssig ist, ob sie gehen soll oder nicht, ist der Magnat heimgekommen. Und der Magnat, ein reifer, schon angegrauter Mann um die Fünfzig, ein bißchen dick, aber als Mann sehr stattlich, fragt sie, wohin sie geht. Sie sagt, zum Einkaufen, er bietet ihr an, sie zu begleiten, sie sagt, daß er sich langweilen würde, weil sie Stoffe aussuchen muß. Der Magnat macht ein Gesicht, als ob er etwas ahnt, macht ihr aber keinen Vorwurf. Da benützt sie die Gelegenheit und sagt ihm, daß er kein Recht hat, sie schief anzusehen, daß sie alles tut, was er will, daß sie darauf verzichtet hat, zum Theater zurückzukehren oder im Radio zu singen, aber daß er etwas dagegen hat, daß sie Einkäufe macht, das wäre die Höhe. Da sagt der Magnat, daß er jetzt wegfährt und daß auch sie gehen und alles einkaufen kann, was sie will, aber sollte er je erfahren, daß sie ihn hintergeht ... dann wird er sich nicht an ihr rächen, weil er genau weiß, daß er ohne sie nicht leben kann, sondern er wird sich an dem Mann rächen, der es gewagt hat, sich ihr zu nähern. Der Magnat geht hinaus, sie geht einen Augenblick später, sie weiß nicht, was sie dem Chauffeur sagen soll, weil ihr die Worte des Magnaten noch im Ohr liegen: »Ich werde mich an dem Mann rächen, der es gewagt hat, sich dir zu nähern.« Inzwischen sitzt der Junge in einer Luxusbar und wartet auf sie und schaut auf die Uhr und begreift, daß sie nicht mehr kommen wird. Er verlangt noch einen Whisky, einen doppelten. Eine Stunde vergeht, zwei Stunden, und er ist schon total betrunken, aber er vertuscht es und steht auf und hält sich gerade. Er geht in die Zeitungsredaktion, setzt sich an seinen Schreibtisch und läßt sich vom Laufburschen einen doppelten Kaffee bringen. Und arbeitet, um über der Arbeit alles zu vergessen. Am nächsten Tag kommt er früher als sonst, und der Chefredakteur ist überrascht und bedankt sich, daß er gekommen ist, um ihm zu helfen, weil dies ein schwieriger Tag ist. Er vertieft sich in seine Arbeit und ist auch bald mit allem fertig und überreicht dem Chef, was er gemacht hat, und der beglückwünscht ihn, weil das, was er geschrieben hat, so gut ist, und sagt ihm, daß er für heute gehen kann. Da geht der Junge hinaus, ein Kollege lädt ihn ein, einen Schluck mit ihm zu trinken, anfangs weigert er sich, aber der andere bittet ihn, er soll ihn begleiten, oder nein, warte, der Chef selber lädt ihn ein, in seinem Büro einen Schluck zu trinken, weil der Junge das Problem dieses Tages gelöst hat, das heißt er hat einen Artikel geschrieben über einen Fall schwerer Unterschlagung in der Regierung, und das möchte der Chef feiern. Danach also geht der Junge auf die Straße, aber schon quasi mit dem linken Bein, der Wein hat ihn traurig gemacht, und ehe er es merkt, steht er vor ihrem Haus. Er kann nicht widerstehen, geht hin und läutet. Die Haushälterin fragt, was er wünscht. Er bittet, mit der Herrin des Hauses sprechen zu dürfen, die gerade mit dem Magnaten Tee trinkt, es ist genau fünf Uhr, und eben hat der Magnat ihr ein herrliches Juwel mitgebracht, eine Smaragdkette, damit sie ihm die Szene vom Tag zuvor verzeiht. Sie befiehlt der Haushälterin, zu sagen, daß sie nicht da ist, aber er ist schon hereingegangen. Da versucht sie, die Dinge wieder in Ordnung zu bringen, und berichtet dem Magnaten die Affaire mit dem Artikel und dankt dem Jungen und erzählt dem Magnaten auch, daß er, der Junge, kein Geld annehmen wollte, sie weiß nicht, was sie noch sagen soll, um die Sache in Ordnung zu bringen, aber er, der Junge, wird wütend, weil er sieht, wie sie den Arm des Magnaten nimmt, und sagt, daß ihn alles anekelt und daß er sie nur um eines bittet, ihn auf immer zu vergessen. Weder sie noch der Magnat sagen ein Wort, der Junge geht, aber auf einem Tisch hinterläßt er ein Stück Papier mit dem Text, den er auf die Melodie geschrieben hat. Der Magnat schaut das Mädchen an, dem die Tränen in den Augen stehen, weil sie in den Jungen verliebt ist und es nicht mehr leugnen kann, vor allem sich selbst gegenüber kann sie es nicht leugnen, das ist das Schlimmste. Der Magnat blickt ihr fest in die Augen und fragt sie, was sie für diesen Hungerleider von einem Zeitungsschreiber empfindet. Sie kann nicht antworten, etwas schnürt ihr die Kehle zu, aber wie sie sieht, daß dem anderen der Kamm schwillt, schön, da schluckt sie ein paarmal und sagt, daß dieser Hungerleider von einem Zeitungsschreiber ihr nichts bedeutet, aber das schon, daß sie mit ihm in diese Zeitungsgeschichte verwickelt war. Und da fragt sie der Magnat, welche Zeitung es ist, und wie er erfährt, daß es genau die Zeitung ist, die unerbittliche Nachforschungen über die dunklen Geschäfte der Mafia anstellt, verlangt er von ihr, sie soll ihm den Namen des Jungen nennen, damit er ihn irgendwie bestechen kann. Aber in panischer Angst, daß der Magnat sich in Wirklichkeit nur an dem Jungen rächen will . . . weigert sie sich, den Namen zu sagen. Da gibt ihr der Magnat eine gewaltige Ohrfeige und wirft sie zu Boden. Und geht. Und sie liegt auf dem Teppich, der wie Hermelin aussieht, und auf dem Hermelin ihr schwarzes Haar, und die Tränen, die ihr übers Gesicht rinnen, sehen wie Sterne aus . . . Und da blickt sie auf . . . und sieht auf einem der seidenen Taburetts . . . ein Stück Papier. Sie steht auf, nimmt es und liest es . . . »Und wenn du auch in deiner Einsamkeit gefangen bist, so sagt mir deine Seele doch . . . ich liebe dich. Schwarze Blumen des Schicksals . . . trennen uns ohne Gnade, aber der Tag wird kommen . . . wo du mein bist, mein bist für immer . . .« und dann preßt sie das zerknitterte Papier an ihr Herz, das vielleicht genauso zerknittert ist wie das Papier, genauso . . . oder noch mehr.

– Erzähl weiter.

– Der Junge ist genauso fertig wie sie, er kehrt nicht zu seiner Arbeit zurück, sondern zieht von Kneipe zu Kneipe. Die Zeitungsleute suchen ihn, finden ihn aber nicht, sie rufen ihn an, und er antwortet, aber wie er die Stimme des Chefredakteurs hört, hängt er auf. Die Tage vergehen, bis er auf der Straße in einer Zeitung die Ankündigung liest – es ist das Blatt, in dem er arbeitet –, daß ein großer Artikel über das Privatleben eines großen ehemaligen Stars erscheinen wird. Er zittert vor Wut. Er geht in die Zeitung, dort ist alles geschlossen, weil es schon spät abends ist, der Nachtwächter läßt ihn hinein, ohne Verdacht zu schöpfen, er geht an seinen Schreibtisch und sieht, daß die Schubladen aufgebrochen sind, damit der Schreibtisch, den er aufgegeben hat, einem neuen Reporter übergeben werden kann, und dabei haben sie das ganze Material gefunden. Daraufhin geht er in die Druckerei, die weit entfernt ist, und wie er ankommt, ist es schon früher Morgen, und er sieht, daß die Nummer der Abendausgabe bereits über die Rotationsmaschinen läuft. Verzweifelt hält er mit Hammerschlägen die Maschine an, und damit ist die ganze Auflage dieser Nummer der Abendzeitung verloren, denn die Druckerschwärze fließt aus und alles wird ruiniert. Ein Schaden von Tausenden und Abertausenden von Pesos, Millionen, ein Sabotageakt. Er verschwindet aus der Stadt, aber er wird aus dem Syndikat ausgeschlossen, und so kann er nie mehr in seinem Leben als Journalist arbeiten. Von einem Besäufnis zum andern, immer auf der Suche nach seinen Erinnerungen, kommt er an den Strand von Veracruz. In einer finsteren Kaschemme weit draußen im Hafen spielt ein typisch einheimisches Orchester auf diesem Instrument, das wie ein Tisch aus kleinen Brettchen aussieht . . .

– Auf dem Xylophon.

– Du weißt immer alles, Valentin, wie machst du das?

– Los, erzähl weiter, es interessiert mich.

– Schön, auf diesem Instrument spielen sie eine todtraurige Melodie. Und er schreibt mit dem Messer einen Text dazu in den Tisch, in den schon eine Menge Inschriften,

Herzen, Namen und auch unflätige Wörter eingeritzt sind, und dann singt er das Lied: »... Wenn sie dir von Liebe sprechen und von Illusionen und dir Sonne, Mond und Sterne schenken wollen ... dann denke du an mich und sag kein Wort ... dann wirst du fühlen ... was echte Liebe ist ... und wenn sie von dir wissen wollen, wie es dir einst ergangen ist, dann sage eine Lüge, sag, ich komme von weit, aus einer seltsamen Welt ...« und da sieht er sie im Geist vor sich, oder genauer, er sieht sie auf dem Grund seines Schnapsglases, und sie wird größer und größer, bis sie ihre natürliche Größe erreicht hat, und dann geht sie durch die elende Kaschemme und blickt ihm in die Augen, während sie den Text weitersingt: »... denn was Leid ist, hab ich nie erfahren, weil ich mich auf Liebe nicht verstehe, Liebestränen hab ich nie geweint ...« und dann singt er zwischen all den Betrunkenen, die ihn weder sehen noch hören, und blickt ihr dabei in die Augen: »... denn wo ich geh und stehe, erzähl ich von deiner Liebe wie von einem goldenen Traum ...« und sie fährt fort: »... und wenn du deinen Groll vergessen hast, dann wirst du nicht mehr sagen, daß mein Abschied dich ins Unglück stieß ...« Und dann liebkost er das Luftgebilde seiner Erinnerung, das an seiner Seite an diesem Tisch sitzt, und singt: »... und wenn sie wissen wollen, wie es mir ergangen ist, dann will ich eine Lüge sagen, ich komme, werd ich sagen, aus einer seltsamen Welt ...« Und während sich beide mit Tränen in den Augen anblicken, singen sie im Duett, ganz leise, wie gehaucht: »... Liebesleiden hab ich nie erfahren, nur der Liebe Seligkeit, Liebestränen hab ich nie geweint ...« Und wie er sich die Tränen abwischt, weil er sich schämt, ein Mann zu sein und zu weinen, sieht er klarer und erkennt, daß sie nicht mehr neben ihm sitzt. Und verzweifelt nimmt er das Glas und hebt es unter die Augen, und was er jetzt darin sieht, ist nur sein eigenes Spiegelbild, er selbst, verwahrlost auf dem Grund des Glases, und da schleudert er das Glas mit aller Kraft gegen die Wand, daß es in tausend Stücke zerspringt.

– Warum erzählst du nicht weiter?
– ...
– Mach kein so trauriges Gesicht ...
– ...
– Verdammt, ich hab dir gesagt, daß heute keine Traurigkeit hier aufkommt, und sie wird auch nicht aufkommen.
– Schüttel mich nicht so ...
– Heute werden wir mit denen draußen fertig.
– Du hast mich erschreckt.
– Du sollst nicht traurig werden und auch nicht erschrekken ... ich möchte nur mein Versprechen halten, sonst nichts. Und erreichen, daß du alles Häßliche vergißt. Heut früh hab ich dir mein Wort gegeben, daß du heute an nichts Trauriges denken wirst. Und das werd ich halten, noch dazu, wo es nicht mal Mühe kostet. Es ist leicht, dich davon abzubringen, daß du an traurige Dinge denkst ... und solange ich das erreichen kann, wenigstens heute ... werd ich nicht zulassen, daß du an traurige Dinge denkst.

DREIZEHNTES KAPITEL

— Wie es wohl heute nacht draußen aussieht?
— Wer weiß, Molina. Es ist sicher nicht kalt, aber sehr feucht. Also wird der Himmel bewölkt sein, vielleicht mit tiefhängenden Wolken, solchen, die das Licht der Straßenlaternen widerspiegeln.
— Ja, so eine Nacht wird es sein.
— Und die Straßen sind sicher naß, ohne daß es geregnet hat, und unten liegt ein bißchen Nebel.
— Valentin ... mich macht die Feuchtigkeit immer nervös, dann juckt mich der ganze Körper, aber heute nicht ...
— Ich fühl mich auch gut.
— Ist dir das Essen bekommen?
— Ja, das Essen ...
— Es ist kaum mehr was da.
— Meine Schuld, Molina.
— Unsere, wir haben alle beide mehr gegessen als sonst.
— Vor wieviel Tagen haben sie dir das Paket gebracht?
— Vor vier Tagen. Und für morgen ist noch ein bißchen Käse da, ein bißchen Brot, Mayonnaise ...
— Und Orangenmarmelade. Und ein halber englischer Pudding. Und Milchcrem.
— Und sonst nichts, Valentin?
— Doch, ein Stück glaciertes Obst. Das Stück Kürbis, das du dir aufgehoben hast.
— Ich bring es nicht übers Herz, es zu essen, immer heb ich es auf, und nie kommt der richtige Moment. Aber morgen teilen wir es.
— Nein, das ist dein Stück.
— Nein, morgen müssen wir den Gefängnisfraß essen, und als Nachtisch verspeisen wir den glacierten Kürbis.
— Morgen reden wir darüber.
— Ja, ich will jetzt an nichts denken, Valentin. Laß mich nur auf den Mond.

— Bist du müde?

— Nein, aber es geht mir gut, ich bin ganz ruhig ... Nein, ich bin mehr als ruhig ... Aber werd nicht böse, wenn ich dir jetzt was Albernes sage. Ich bin glücklich.

— So muß es sein.

— Und wie schön ist es, sich glücklich zu fühlen, weißt du, Valentin ... es kommt einem vor, als wär's für alle Zeiten, als würde man sich nie mehr schlecht fühlen.

— Ich fühl mich auch gut, das klapprige Scheißbett ist schön warm, und ich weiß, daß ich gut schlafen werde.

— Ich fühle eine Wärme in der Brust, Valentin, das ist das Schönste. Und der Kopf ist frei, nein, Quatsch, der Kopf ist voll mit lauen Dunstwölkchen. Ich bin ganz voll davon. Ich weiß nicht, vielleicht spür ich noch immer ... wie du mich berührst.

— ...

— Stört es dich, daß ich darüber rede?

— Nein.

— Wenn du bei mir bist, das hab ich dir schon gesagt, bin ich nicht mehr ich, und das ist eine Erleichterung. Und danach, bis ich einschlafe und wenn du schon in deinem Bett liegst, bin ich auch nicht ich. Es ist ganz komisch ... Wie soll ich dir das erklären?

— Sag's mir, komm.

— Hetz mich nicht, ich muß mich erst konzentrieren ... Und wenn ich dann allein im Bett bin, bin ich aber auch nicht du, ich bin jemand anders, der weder Mann noch Frau ist, der sich aber fühlt wie ...

— Außer Gefahr.

— Ja, das ist es. Woher weißt du das?

— Weil ich dasselbe gefühlt habe.

— Und warum fühle ich so?

— Ich weiß es nicht ...

— Valentin ...

— Was?

— Ich möchte dir etwas sagen, aber lach nicht.

— Sag.

– Jedes Mal, wenn du in mein Bett gekommen bist... möchte ich ... nachher ... am liebsten nicht mehr aufwachen, wenn ich eingeschlafen bin. Natürlich würde mir Mama leid tun, weil sie dann allein wäre ... aber wenn es nur um mich ginge, würde ich am liebsten nicht mehr aufwachen. Und das ist nichts, was mir nur so durch den Kopf schießt, sondern wirklich, das einzige, was ich will, ist sterben.

– Zuerst mußt du mir den Film fertig erzählen.

– Ufff, da fehlt noch viel, heute nacht schaff ich das nicht.

– Wenn du mir in den letzten Tagen noch ein bißchen erzählt hättest, würden wir heute nacht damit fertig. Warum wolltest du mir nicht weiter erzählen?

– Ich weiß nicht.

– Denk dran, daß es vielleicht der letzte Film ist, den du mir erzählen kannst.

– Vielleicht deshalb, wer weiß.

– Erzähl mir noch ein bißchen vor dem Einschlafen.

– Aber nicht bis zu Ende, es fehlt noch viel.

– Nur so lang, bis du müde wirst.

– Schön, wo waren wir stehen geblieben?

– Da, wo er in der Kaschemme sitzt und sie ihm auf dem Grund seines Glases erscheint und er ihr ein Lied singt.

– Ja, und daß sie Duett singen. In der Zwischenzeit hat sie aber den Magnaten ... verlassen, sie hat sich geschämt, weiter so zu leben, und beschlossen, wieder zu arbeiten. Sie stellt sich als Liedersängerin in einem Nachtclub vor und ist sehr nervös, denn sie soll noch am selben Tag debütieren, und in der Nacht wird sie wieder vor dem Publikum stehen, und diesen Nachmittag ist die Generalprobe. Sie tritt in einem langen Kleid auf, wie sie sie immer trägt, trägerlos, das Oberteil eng anliegend, die Wespentaille, und dann der sehr weite Rock, mit schwarzen Pailletten besetzt, aber der Glanz der Pailletten ist nur ein leichter Schimmer. Das Haar, in der Mitte gescheitelt, fällt schlicht bis auf die Schulter. Sie wird von einem Klavierspieler begleitet, und die Kulisse ist nur ein weißer

Seidenvorhang, von einem Band aus dem gleichen Stoff gerafft, denn überall, wohin sie geht, will sie Seide fühlen, und auf der Seite steht eine griechische Säule aus imitiertem weißem Marmor, auch das Klavier ist weiß, ein Flügel, aber der Pianist im schwarzen Smoking. In der Boîte laufen alle wie verrückt herum, die Tische werden gedeckt, der Boden gewichst, Nägel werden eingeschlagen, aber sobald sie erscheint und die ersten Töne auf dem Klavier erklingen, verstummen alle. Und sie singt, oder nein, noch nicht, man hört die ersten Klaviertöne und wie aus der Ferne, fast unhörbar, eine Maraca-Kadenz, und ihr zittern die Hände und ihre Augen stehen voll zärtlicher Tränen, sie reicht einem Bühnenarbeiter, der in den Kulissen steht, ihre Zigarette, stellt sich neben die griechische Säule und singt mit tiefer, aber melodischer Stimme die Einleitung, fast im Sprechton, und denkt dabei an den Jungen ». . . alle sagen, daß Vergessen seinen Grund im Fernsein hat, aber glaub mir, das ist nicht die Wahrheit . . . seit dem letzten Tag, den ich mit dir verbrachte . . . ist mein Leben nur noch Grausamkeit«, und da entwickelt das unsichtbare Orchester die volle Lautstärke und sie setzt ihre ganze Stimme ein ». . . du nahmst auf deinen Lippen den heiligen Kuß mit dir, den ich – für dich? – ja, nur für dich! bewahrte . . . die ganze Welt voll Liebe, die du in meinen Augen fandest, nahmst du in deinen Augen mit . . .« und hier kommt ein Zwischenspiel des Orchesters, und sie macht einen kleinen Spaziergang über die Bühne und setzt mit voller Stimme wieder ein ». . . Wie konntest du von mir gehen, da wir uns so sehr liebten . . . da du in meinem Herzen diesen Sturm von Liebe fandest . . . Auch wenn wir weit entfernt sind, wirst du weinen wie ein Kind und einen Menschen suchen, der dich liebt wie ich . . .«

— Ich hör zu, mach weiter.

— Wie sie zu Ende gesungen hat, ist sie ganz in sich versunken, und alle Arbeiter, die den Saal für die Nacht herrichten, applaudieren wie wahnsinnig. Und sie geht in die Garderobe, glücklich, weil sie glaubt, durch ihr Auftreten wird er erfahren, daß sie nicht mehr bei dem Magnaten lebt. Aber in der Garderobe erwartet sie eine schreckliche Überraschung. Der Magnat hat den Nachtclub gekauft und befohlen, daß er sofort geschlossen wird, noch vor dem Debut. Und gleichzeitig kommt der Befehl, allen ihren Schmuck zu beschlagnahmen, denn der Magnat hat mit dem Juwelier ausgemacht, er soll so tun, als wäre der Schmuck noch nicht bezahlt, und alles in diesem Stil. Da wird ihr klar, daß der Magnat beschlossen hat, sie an der Arbeit zu hindern und ihr das Leben unmöglich zu machen, klar, damit sie wieder zu ihm zurückkehrt. Aber sie läßt sich nicht unterkriegen und beschließt mit ihrem Agenten, alles nur Erdenkliche zu versuchen, bis sie zu einem guten Vertrag kommt. Dem Jungen in Veracruz geht es nicht viel besser, er sieht, daß seine Ersparnisse zu Ende gehen und daß er Arbeit suchen muß. Journalist kann er nicht mehr sein, weil er auf der schwarzen Liste des Syndikats steht, und ohne Empfehlungen und mit dem vom Trinken gezeichneten Gesicht und seinem verwahrlosten Äußeren bekommt er auch anderswo keine Anstellung. Schließlich findet er Arbeit als Tagelöhner in einer Sägemühle, und da arbeitet er ein paar Tage, aber bald ist er am Ende seiner Kräfte, sein Organismus ist vom Alkohol unterminiert, er hat nie Appetit, keinen Bissen bringt er hinunter. Eines Tages während der Mittagspause besteht ein Kumpel darauf, daß er etwas ißt, und er probiert einen Bissen, aber er kann ihn nicht runterbekommen, er hat immer nur Durst, Durst. Und noch am selben Nachmittag bricht er ohnmächtig zusammen. Und sie müssen ihn in ein Krankenhaus bringen. Im Fieber ruft er nach ihr, und sein Arbeitskamerad durchsucht alle seine Papiere, um ihre Adresse zu finden, und ruft in Mexico an, aber sie, klar, lebt nicht mehr in der Luxusvilla, aber die Haushälterin, die eine gute Frau ist, richtet ihr, die jetzt in einer billigen Pension wohnt, alles aus, sie fährt sofort nach Veracruz, und da kommt die schrecklichste Szene, sie hat nämlich kein Geld für die Fahrt, und der Besitzer der Pension ist ein alter, widerlicher Dicker, und sie bittet ihn, daß er ihr das Geld leiht, aber er sagt, nein. Da schmeichelt sie ihm, und sofort sagt der scheußliche Dicke, ja, er leiht ihr das Geld, aber nur wenn ... Pünktchen, Pünktchen. Und man sieht, wie er in ihr Zimmer geht, was das Mädchen dem Scheusal vorher niemals erlaubt hätte. Und der Junge liegt im Krankenhaus, und der Arzt kommt herein mit einer Krankenschwester und sieht sich die Tafel an, auf der steht, wie es dem Kranken geht, und fühlt seinen Puls und schaut nach dem Weißen in seinen Augen und sagt, daß er schon ganz gut reagiert, daß er aber sehr auf sich aufpassen muß, gut essen und viel ruhen, und nie mehr trinken darf. Und der Junge denkt, woher nehmen ... wo er doch im Elend ist, aber da sieht er weit weg, in einem Türrahmen am anderen Ende des Gebäudes eine Gestalt und traut seinen Augen nicht. Sie kommt herein, sieht jeden Kranken an, um zu sehen, ob es nicht der Junge ist, langsam kommt sie näher, und alle Kranken schauen sie an wie eine Erscheinung. Sie ist ganz einfach, aber himmlisch angezogen, ganz in Weiß, ein schlichtes, duftiges Kleid, das Haar aufgesteckt und kein einziges Juwel. Klar, weil sie keinen Schmuck mehr hat, aber für den Jungen hat das eine ganz bestimmte Bedeutung, nämlich daß sie mit dem Luxusleben, das ihr der Magnat geboten hat, gebrochen hat. Wie sie ihn sieht, kann sie es nicht glauben, daß er es ist, weil er so elend aussieht, und die Tränen kommen ihr in die Augen, und da steht gerade der Arzt und sagt ihm, daß er ihn entlassen kann, und der Junge sagt, er weiß nicht, wohin, aber sie sagt, doch, sie hat ein Haus mit Garten, nur ein kleines, bescheidenes Häuschen, aber beschattet von Palmen und umspielt von salziger Meerluft. Und zusammen gehen sie fort, sie hat dieses Häuschen gemietet, das fast auf dem Land liegt, dort, wo die Vorstädte von Veracruz aufhören. Ihm ist noch schwindlig vor Schwäche, sie richtet ihm ein Bett her, aber er bittet sie, sie soll ihm lieber eine Hängematte aufspannen im Garten, zwischen zwei von den vielen Palmen, die rings um das Haus stehen.

Und da legt er sich hinein, und sie nehmen sich bei den Händen, sie schauen sich in die Augen und können den Blick nicht abwenden, er sagt, daß er bald wieder gesund sein wird aus Freude, sie hier zu haben, und daß er eine ordentliche Arbeit finden und ihr nicht zur Last fallen wird, aber sie antwortet, darüber soll er sich keine Gedanken machen, sie hat Geld gespart, und erst wenn er vollständig ausgeheilt ist, wird sie erlauben, daß er arbeiten geht, und schweigend schauen sie sich voll Liebe an, und von fern hallen die Lieder der Fischer herüber, eine zarte Musik auf Saiteninstrumenten, man weiß nicht, ob es Gitarren oder Harfen sind. Und leise, wie in einem Hauch, gibt er der Melodie einen Text, er spricht fast mehr, als er singt, in dem sehr langsamen Rhythmus, den diese Instrumente in weiter Ferne spielen, ». . . du bist in mir . . . ich bin in dir . . . warum denn weinen . . . warum denn leiden. Ich möchte mein Glück verschweigen . . . damit die Welt es nie erfährt . . . doch in mir ruft die Sehnsucht, zu leben, zu lieben . . . Ich bin glücklich . . . und glücklich bist du . . . du liebst mich . . . ich liebe dich mehr . . . Ich bin so verliebt, daß ich vergessen habe, was war . . . und heute bin ich glücklich . . . weil ich dich weinen sah aus Liebe zu mir . . .«

– Hör noch nicht auf.

– Die Tage vergehen, und er fühlt sich viel besser, aber er macht sich Gedanken, weil sie ihm nicht erlaubt, sie auch nur bis vor das Luxushotel zu begleiten, in dem sie jede Nacht singt. Nach und nach zernagt ihn die Eifersucht. Er hat sie gefragt, warum in den Zeitungen keine Ankündigungen über ihre Darbietungen als Star erscheinen, und sie hat gesagt, das ist, um den Magnaten nicht auf die Spur zu bringen, und daß der Magnat ihn umbringen lassen kann, wenn er ihn im Hotel sieht, und da fängt der Junge an zu glauben, daß sie sich mit dem Magnaten trifft. Und eines Tages geht er in das Superluxushotel, das eine international anerkannte Nachtbar hat. Aber nirgends ist sie angekündigt und niemand kennt sie oder hat sie je gesehen, sie erinnern sich an sie, das schon, aber als an einen Star aus früheren Jahren. Da ist er völlig verzweifelt und läuft ziellos in den Hafenvierteln herum, wo die Kaschemmen sind. Und er kann nicht glauben, was er da sieht: an einer Ecke steht sie unter einer Laterne ... als Dirne. So hat sie sich das Geld für seinen Lebensunterhalt verdient. Da versteckt er sich, damit sie ihn nicht sieht und geht völlig aufgelöst in das Haus zurück. Wie sie im Morgengrauen kommt, tut er, was er sonst nie getan hat: er stellt sich schlafend. Am nächsten Tag steht er früh auf, um Arbeit zu suchen, aber ihr sagt er irgendeinen Vorwand zur Entschuldigung. Und bei Einbruch der Nacht kehrt er zurück, ohne irgend etwas gefunden zu haben. Sie war schon besorgt. Er stellt sich, als ob alles in Ordnung wäre, aber kurz bevor sie weggehen will, um, wie sie sagt, zu singen, bittet er sie, dazubleiben, denn die Nacht birgt Gefahren, sie soll doch bei ihm bleiben, er hat Angst, sie nie mehr wiederzusehen. Sie bittet ihn, sich zu beruhigen, denn sie muß unbedingt fortgehen, weil die Miete bezahlt werden muß, und der Arzt hat für ihn, ohne daß er es weiß, eine neue, sehr teure Behandlung vorgeschlagen, und dazu müssen beide zusammen am nächsten Tag zum Arzt. Und so geht sie fort ... Da wird ihm klar, welche Last er für sie ist, wie weit sie sich erniedrigen muß, um ihn zu retten. Der Junge sieht die Fischerboote, die bei Anbruch der Nacht an die Mole zurückkehren, er geht ans Ufer hinunter, ein wunderbarer Vollmond scheint, aber wenn er sich in den stillen Wellen der Tropennacht spiegelt, zerbricht er in kleine Stücke. Kein Lüftchen weht, alles ist still und ruhig, nur nicht das Herz des Jungen. Die Fischer summen im Chor, mit geschlossenem Mund, sie stimmen eine tieftraurige Melodie an, und der Junge singt dazu, seine Verzweiflung diktiert ihm die Worte. »... Mond, der du brichst ... über dem Dunkel ... meiner Einsamkeit ... wohin ziehst du? wohin ziehst du? Gehst du auf nächtliche Streife ... weil sie gegangen ist ... mit wem? ... mit wem? ... Sag ihr, daß ich sie liebe, sag ihr, daß ich sterbe ... während ich warte ... daß sie zurückkehrt, daß sie zurückkehrt ... Streifzüge sind gefährlich, sie schmerzen ... und enden in Tränen ...« Und wie sie im Morgengrauen zurückkommt, ist er schon nicht mehr da, er hat einen Zettel hinterlassen, auf dem steht, daß er sie wahnsinnig liebt, daß er ihr aber nicht zur Last fallen will, und sie soll ihn nicht suchen, denn wenn Gott sie wieder zusammenführen will ..., werden sie sich treffen, auch wenn sie sich nicht suchen ... Und daneben steht ein Aschenbecher voller Zigarettenstummel, und da liegt auch eine Streichholzschachtel, die er vergessen hat, eine von denen, wie man sie in den Hafenkneipen bekommt, und da wird ihr klar, daß er sie gesehen hat ...

– Und damit ist es aus?

– Nein, es geht noch weiter, aber den Schluß lassen wir für einen anderen Tag.

– Du bist müde.

– Nein.

– Was dann?

– Dieser Film deprimiert mich, ich weiß wirklich nicht, warum ich angefangen habe, ihn dir zu erzählen.

– ...

– Valentin, ich habe ein schlimmes Vorgefühl.

– Was denn?

– Daß sie mich in eine andere Zelle verlegen werden und sonst nichts, daß sie mich nicht freilassen werden und ich dich nicht mehr sehen werde.

– ...

– Ich war so glücklich ... und während ich dir den Film erzählt habe, hat sie mich wieder eingeholt, die Trübsal ...

– Du darfst den Ereignissen nicht vorgreifen, was weißt du, was passiert?

– Schau, freizukommen ist mir nur wichtig wegen der Gesundheit meiner Mama. Aber dann hab ich die Sorge, daß sich um dich ... niemand kümmert.

– Und an dich denkst du nicht?

– Nein.

– …
– …
– Molina, ich möchte dich etwas fragen.
– Was denn?
– Es ist kompliziert. Schön … folgendes: physisch bist du doch genauso ein Mann wie ich …
– Uh …
– Doch, du bist in keiner Weise minderwertig. Warum versuchst du nicht einmal … wie ein Mann zu sein, wie ein Mann vorzugehen? Ich meine nicht mit Frauen, wenn dich Frauen nicht anziehen. Aber mit einem anderen Mann.
– Nein, das paßt nicht zu mir …
– Warum?
– Darum.
– Genau das versteh ich nicht … Alle Homosexuellen sind doch nicht so …
– Stimmt, es gibt solche und solche. Aber ich nicht, ich … finde nur so Befriedigung.
– Schau, ich versteh davon nichts, aber ich will dir etwas erklären, wenn auch nur stockend, na ja …
– Ich höre.
– Ich meine, wenn du gern eine Frau bist … dann solltest du dir deshalb nicht vorkommen … als wärest du minderwertig.
– …
– Ich weiß nicht, ob du mich verstehst, was meinst du?
– …
– Ich meine, daß du nicht dafür, daß du es so magst, mit irgendwas zu bezahlen brauchst, mit Schmeicheleien, mit Bitten um Verzeihung. Du brauchst dich deshalb nicht zu … unterwerfen.
– Aber wenn ein Mann … mein Mann ist, dann muß er befehlen, damit er sich wohl fühlt. Das ist nur natürlich, denn er ist dann … der Herr im Haus.
– Nein, der Herr im Haus und die Frau im Haus müssen gleich stehen. Wenn nicht, dann ist es Ausbeutung.

– Aber dann macht es keinen Spaß.
– Was?
– Schön, das ist ziemlich intim, aber wenn du es wissen willst . . . Spaß macht es erst, wenn du vor einem Mann, der dich umarmt, ein bißchen Angst hast.
– Nein, das ist schlecht. Wer hat dir diese Idee in den Kopf gesetzt? Das ist ganz schlecht.
– Aber ich empfinde es so.
– Du empfindest es nicht so, sondern dir hat einen Bären aufgebunden, wer dir den Kopf mit diesem Quatsch vollgestopft hat. Um Frau zu sein, braucht man nicht . . . was weiß ich . . . ein Märtyrer zu sein. Schau . . . wenn ich nicht Angst hätte, daß es sehr weh tut, würde ich dir vorschlagen, daß du es mit mir machst, nur um dir zu beweisen, daß »Mann« sein zu nichts berechtigt.
– Reden wir nicht mehr darüber, das ist ein Gespräch, das zu nichts führt.
– Im Gegenteil, ich möchte diskutieren.
– Aber ich nicht.
– Warum nicht?
– Darum, und Schluß. Ich bitte dich darum.

Vierzehntes Kapitel

Direktor: Ja, Fräulein, verbinden Sie mich mit Ihrem Chef, bitte. Danke ... Wie gehts? Was gibt es Neues bei Ihnen? Hier wenig. Ja, genau deshalb rufe ich Sie an. In ein paar Minuten sehe ich ihn. Ich weiß nicht, ob Sie sich daran erinnern, daß wir Molina noch acht Tage Zeit gegeben haben. Außerdem haben wir es so angestellt, daß Arregui denken mußte, wir würden Molina wegen seiner Anwartschaft auf bedingte Freilassung in eine andere Zelle verlegen. Genau, es war Molinas eigene Idee, ja. Caramba .... Ja, tatsächlich, die Zeit drängt. Natürlich, wenn sie diese Information brauchen, ehe die Gegenoffensive gestartet wird, das verstehe ich, natürlich. Ja, in ein paar Minuten sehe ich ihn, und eben deshalb rufe ich vorher bei Ihnen an. Gesetzt den Fall, daß er nichts für mich hat ... daß er absolut nichts auszusagen hat, gesetzt den Fall, daß nicht der geringste Fortschritt erzielt worden ist, was mache ich dann mit Molina? Glauben Sie? In wieviel Tagen? Morgen schon? Warum morgen? Ja, natürlich, wir dürfen keine Zeit verlieren. Ja, ich verstehe, heute nicht, damit Arregui Zeit hat, sich etwas auszudenken. Ausgezeichnet, wenn er ihm eine Botschaft mitgibt, dann wird Molina uns zur Zelle führen. Die Schwierigkeit ist nur, daß er nicht merkt, daß er überwacht wird. Aber sehen Sie, ... mit Molina stimmt etwas nicht, irgend etwas ... sagt mir, ich weiß nicht, wie ich mich ausdrücken soll ... daß Molina kein sauberes Spiel spielt ... daß er mir etwas verheimlicht. Sie glauben, daß Molina sich auf ihre Seite gestellt hat? Ja, aus Furcht vor Repressalien seitens der Leute von Arregui, das kann auch sein. Ja, Arregui kann ihn auch bearbeitet haben, wer weiß, mit welchen Methoden. Kann sein, auch deshalb. Bei einem Typ wie Molina ist es schwer, die Reaktionen vorherzusehen, eben letztlich ein unmoralischer Mensch. Es gibt auch noch eine andere Möglichkeit, nämlich, daß Molina versucht freizukommen, ohne sich mit irgend jemand zu kompromittieren, weder mit uns noch mit Arregui. Daß Molina auf seiten Molinas steht und sonst nichts.   Ja, der Versuch lohnt.   Und es gibt auch noch eine andere Möglichkeit.   Ja, entschuldigen Sie, daß ich Sie unterbreche ...   nämlich die folgende: wenn Molina uns zu nichts führt ... das heißt, wenn er uns heute keinerlei Information bringt und auch morgen nicht, ehe er hinausgeht ... und uns auch nicht zu den Leuten von Arregui führt, wenn er auf freiem Fuß ist, ... schön, dann bleibt uns immer noch eine Möglichkeit.   Man könnte nämlich in der Zeitung veröffentlichen oder durchblicken lassen, wie immer, daß Molina, oder genauer, daß ein Agent XY der Polizei Informationen über die Zelle Arreguis gegeben hat und daß dieser Agent, der Agent XY, sich dabei als Häftling dieser Anstalt getarnt hat. Wenn die Leute Arreguis das erfahren, werden sie nach ihm suchen, um mit ihm abzurechnen, und dabei können wir sie überraschen. Alles in allem gibt es viele Möglichkeiten, sobald Molina draußen ist.   Ah, das freut mich.   Danke, danke. Ja, ich rufe Sie an, sobald Molina aus dem Büro ist. Einverstanden ...   Ich rufe Sie sofort an.   Sehr gut. Bis später.

DIREKTOR: Kommen Sie herein, Molina.
HÄFTLING: Guten Tag, Herr Direktor.
DIREKTOR: Es ist gut, Unteroffizier, Sie können uns allein lassen.
UNTEROFFIZIER: Zu Befehl, Herr Direktor.
DIREKTOR: Wie gehts, Molina?
HÄFTLING: Gut, Herr Direktor.
DIREKTOR: Was gibt es Neues?
HÄFTLING: Das ist die Sache, Herr Direktor.
DIREKTOR: Gibt es irgendeinen Fortschritt?

HÄFTLING: Soviel ich sehe, nicht, Herr Direktor. Dabei war es mein sehnlichster Wunsch, wie Sie sich denken können...

DIREKTOR: Nichts? Gar nichts?

HÄFTLING: Nichts.

DIREKTOR: Sehen Sie, Molina, ich hatte alles vorbereitet, um Sie auf freien Fuß zu setzen, falls Sie mir irgendwelche Informationen bringen. Ich sage Ihnen noch mehr: die Papiere für Ihre bedingte Freilassung sind bereits fertig. Es fehlt nur mehr meine Unterschrift.

HÄFTLING: Herr Direktor ...

DIREKTOR: Sehr schade.

HÄFTLING: Ich habe alles getan, was ich konnte, Herr Direktor.

DIREKTOR: Gibt es denn nicht auch nur die geringste Anspielung auf irgend etwas? Nicht die winzigste Spur? ... Ein beliebiges Element würde genügen ... und wir könnten etwas unternehmen. Schon ein solches kleines Element würde es rechtfertigen, daß ich meine Unterschrift unter das Papier setze.

HÄFTLING: Sie können sich denken, Herr Direktor, daß es mein größter Wunsch ist, aus dem Gefängnis zu kommen ... Aber es wäre noch schlimmer, wenn ich irgend etwas erfinden würde. Arregui ist wirklich wie ein Grab. Der Typ ist völlig verschlossen und total mißtrauisch, er ist einfach ... unmöglich, er ist ... nicht menschlich.

DIREKTOR: Sehen Sie mir in die Augen, Molina, sprechen wir menschlich, denn wir, Sie und ich, sind doch Menschen ... Denken Sie an Ihre Mutter, an die Freude, die Sie ihr machen würden. Und denken Sie auch daran, daß wir Sie schützen werden, damit Ihnen nichts zustößt, wenn Sie dann wieder auf der Straße sind.

HÄFTLING: Wenn ich erst einmal draußen stünde, wäre mir alles gleich.

DIREKTOR: Wirklich, Molina, Sie brauchen keinerlei

Repressalien zu fürchten, wir werden Sie ständig überwachen, Sie werden unter perfektem Schutz stehen.

HÄFTLING: Das weiß ich, Herr Direktor. Und ich danke Ihnen sehr, daß Sie daran denken, daß ich Bewachung nötig habe ... Aber was soll ich tun? Schlimmer wäre es, wenn ich etwas erfinden würde, was nicht stimmt.

DIREKTOR: Schön ... es tut mir leid, Molina ... Unter diesen Umständen kann ich nichts für Sie tun.

HÄFTLING: Dann ist es also mit allem aus? mit der bedingten Freilassung, meine ich? Besteht keine Hoffnung mehr?

DIREKTOR: Nein, Molina. Wenn Sie uns keine Informationen bringen, sehe ich mich außerstande, Ihnen zu helfen.

HÄFTLING: Nicht einmal eine Empfehlung wegen guter Führung, gar nichts?

DIREKTOR: Nichts, Molina.

HÄFTLING: Und die Zelle? Läßt man mich wenigstens in derselben Zelle?

DIREKTOR: Weshalb? Möchten Sie nicht lieber bei Leuten sein, die ... mitteilsamer sind als Arregui? Es muß doch ziemlich trostlos sein, mit jemand zusammen zu sein, der nicht spricht?

HÄFTLING: Es ist nur ... weil ich die Hoffnung noch nicht aufgegeben habe, daß er mir eines Tages etwas erzählt.

DIREKTOR: Nein, ich glaube, Sie haben genug getan, um uns zu helfen, Molina. Wir verlegen Sie in eine andere Zelle.

HÄFTLING: Bitte, Herr Direktor, bei allem, was Ihnen heilig ist ...

DIREKTOR: Aber was ist denn los? ... Haben Sie sich mit Arregui angefreundet?

HÄFTLING: Herr Direktor ... solange ich bei ihm bin, kann ich hoffen, daß er mir etwas erzählt ... und wenn er mir etwas erzählt, kann ich hoffen, daß ich freigelassen werde ...

DIREKTOR: Ich weiß nicht, Molina, ich muß erst darüber nachdenken. Aber ich glaube nicht, daß es geht.

HÄFTLING: Wirklich, Herr Direktor, bei allem, was Ihnen heilig ist.

DIREKTOR: Beherrschen Sie sich, Molina. Und wir haben nichts mehr zu besprechen, gehen Sie jetzt.

HÄFTLING: Danke, Herr Direktor. Für alles, was Sie für mich tun können, danke, schon im voraus.

DIREKTOR: Sie können gehen.

HÄFTLING: Danke ...

DIREKTOR: Bis bald, Molina.

UNTEROFFIZIER: Haben Sie gerufen, Herr Direktor?

DIREKTOR: Ja, Sie können den Häftling begleiten.

UNTEROFFIZIER. Sehr wohl, Herr Direktor.

DIREKTOR: Obwohl ... vorher möchte ich dem Häftling noch etwas sagen. Molina ... halten Sie sich morgen mit Ihren Sachen bereit, um die Zelle zu verlassen.

HÄFTLING: Ich bitte Sie ... Nein, nehmen Sie mir nicht die einzige Mög ...

DIREKTOR: Einen Moment, ich habe noch nicht zu Ende gesprochen. Halten Sie sich morgen mit Ihren Sachen bereit, weil Sie ab morgen bedingt freigelassen sind.

HÄFTLING: Herr Direktor ...

DIREKTOR: Ja, morgen in aller Frühe.

HÄFTLING: Danke, Herr Direktor ...

DIREKTOR: Und alles Gute, Molina.

HÄFTLING: Danke, Herr Direktor, danke ...

DIREKTOR: Nichts zu danken, Mann, lassen Sie es sich gut gehen.

HÄFTLING: Ist das auch Ihr Ernst?

DIREKTOR: Selbstverständlich ist das mein Ernst.

HÄFTLING: Ich kann es nicht glauben.

DIREKTOR: Glauben Sie es nur ... und betragen Sie sich ordentlich draußen. Denn es bekäme Ihnen nicht gut, weiter mit Schuljungen Unfug zu treiben, Molina.

HÄFTLING: Schon morgen?

DIREKTOR: Ja, morgen in aller Frühe.

HÄFTLING: Danke . . .

DIREKTOR: Gut, gehen Sie schon, ich habe zu tun.

HÄFTLING: Danke, Herr Direktor.

DIREKTOR: Nichts zu danken.

HÄFTLING: Ah, eine Sache noch . . .

DIREKTOR: Was ist?

HÄFTLING: Obwohl ich morgen fortgehe . . . wenn jemand mich besuchen gekommen wäre, meine Angehörigen oder der Rechtsanwalt . . .

DIREKTOR: Sprechen Sie . . . oder wollen Sie, daß der Unteroffizier hinausgeht?

HÄFTLING: Nein, das heißt . . . wenn jemand mich besuchen gekommen wäre, hätte er nicht wissen können, daß ich morgen gehen kann . . .

DIREKTOR: Was wollen Sie damit sagen? . . . Ich verstehe Sie nicht. Reden Sie schon, ich habe viel zu tun.

HÄFTLING: Ja, wenn sie mich besuchen gekommen wären, hätten sie mir ein Paket mitgebracht . . . Und um vor Arregui den Schein zu wahren . . .

DIREKTOR: Nein, das ist jetzt nicht mehr von Bedeutung. Sagen Sie ihm, daß sie nichts mitgebracht haben, weil der Rechtsanwalt wußte, daß Sie freikommen. Morgen werden Sie zu Hause essen, Molina.

HÄFTLING: Es war nicht meinetwegen, Herr Direktor. Es war wegen Arregui . . . um so zu tun . . .

DIREKTOR: Wir wollen nicht übertreiben, Molina. Es ist gut.

HÄFTLING: Verzeihen Sie, Herr Direktor.

DIREKTOR: Alles Gute.

HÄFTLING: Vielen Dank. Für alles.

. . . .

. . . .

– Armer Valentin, du schaust auf meine leeren Hände.

– Das hab ich gar nicht gemerkt. Ich hab's getan, ohne es zu wollen.

– Die Augen sind dir davongelaufen, armer Schatz.

– Was für Ausdrücke! . . . Und? erzähl, schnell!

– Sie haben mir kein Paket mitgebracht. Du mußt entschuldigen.
– Das ist doch nicht deine Schuld.
– Ach, Valentin ...
– Was ist los?
– Ach, du weißt ja nicht ...
– Los, was soll die Geheimnistuerei?
– Du weißt nicht ...
– Los ... was ist passiert? Sag!
– Morgen gehe ich.
– Aus der Zelle? ... So ein Quatsch.
– Nein, sie lassen mich gehen, ich bin frei.
– Nein ...
– Doch, sie haben mir Freiheit auf Widerruf gegeben.
– Aber das ist doch phantastisch ...
– Ich weiß nicht ...
– Aber nicht möglich ... das ist doch das Fabelhafteste, was dir passieren konnte.
– Aber ... und du? ... Du wirst allein zurückbleiben.
– Nein, das ist doch nicht zu fassen, ein solches Glück, Molinita! Fabelhaft! Fabelhaft! ... Sag mir, daß es wirklich stimmt, oder führst du mich an der Nase herum?
– Nein, wirklich.
– Einfach fabelhaft!
– Schön von dir, daß du dich so für mich freust.
– Ja, ich freue mich für dich, aber auch wegen was anderem ... es ist einfach unwahrscheinlich.
– Warum, was ist denn daran so unwahrscheinlich?
– Molina, du wirst mir zu etwas Unwahrscheinlichem helfen, und ich versichere dir, daß du dabei nicht das geringste Risiko eingehst.
– Was denn?
– Hör zu ... In diesen letzten Tagen ist mir ein großartiger Aktionsplan eingefallen, und ich kam um vor Wut bei dem Gedanken, daß ich ihn nicht an meine Leute weitergeben kann. Das Hirn hab ich mir zermartert nach einer Lösung ... und du servierst sie mir auf dem Tablett.

– Nein, Valentin, dazu taug ich nicht. Du bist verrückt.
– Hör mir einen Augenblick zu. Es wird ganz einfach sein. Du lernst alles auswendig, und Schluß. Das ist alles.
– Nein, du bist verrückt. Sie können mir nachgehen, alles mögliche können sie tun, um herauszubringen, ob ich mit euch unter einer Decke stecke.
– Dafür gibt es eine Lösung. Du läßt einfach ein paar Tage vergehen, zwei Wochen. Und ich sage dir, was du tun mußt, um festzustellen, ob sie dir nachgehen oder nicht.
– Nein, Valentin, ich gehe mit Freiheit auf Widerruf, die kleinste Kleinigkeit, und sie sperren mich wieder ein.
– Ich versichere dir, daß nicht das mindeste Risiko dabei ist.
– Valentin, ich bitte dich inständig. Ich will über nichts auch nur ein Wort erfahren. Weder wo sie sind noch wer sie sind, gar nichts.
– Würdest du dich nicht freuen, wenn ich eines Tages auch freikäme?
– Von hier?
– Ja, frei.
– Wie sollte ich mich nicht darüber freuen ...
– Dann mußt du mir aber auch helfen ...
– Es gibt nichts auf der Welt, was ich lieber täte. Aber, hör zu, zu deinem eigenen Besten bitte ich dich darum ... gib mir keine Information, erzähl mir nichts über deine Genossen. Ich hab kein Geschick für solche Sachen, wenn sie mich erwischen, laß ich alles raus.
– Ich bin für meine Genossen verantwortlich, nicht du. Wenn ich dich um etwas bitte, dann tu ich es, weil ich weiß, daß kein Risiko dabei ist. Du brauchst nur ein paar Tage vergehen zu lassen und jemand anzurufen, von einem öffentlichen Telefon aus, nicht von zu Hause. Und dich mit jemand an einem falschen Ort zu verabreden.
– Was heißt an einem falschen Ort?
– Ja, für den Fall, daß die Telefonleitung meiner Genossen überwacht wird. Deshalb mußt du einen verschlüsselten Ort angeben, du sagst zum Beispiel, in der Konditorei Rio

de Oro, und sie wissen, daß ein anderer Ort gemeint ist, telefonisch machen wir es mit allem so, verstehst du? Wenn wir einen Ort nennen, beziehen wir uns in Wirklichkeit auf einen anderen. Zum Beispiel das Kino Monumental ist das Haus eines unserer Kameraden, und das Hotel Plaza ist eine Straßenecke in Boedo.

– Ich habe Angst davor, Valentin.

– Wenn ich dir alles erkläre, vergeht dir die Angst. Dann siehst du, wie leicht es ist, eine Botschaft zu übermitteln.

– Aber wenn die Telefonleitung überwacht wird, dann hänge ich drin, oder nicht?

– Wenn du von einem öffentlichen Telefon aus anrufst, nicht, und wenn du die Stimme verstellst, und das ist kinderleicht, ich bringe es dir bei. Es gibt tausend Methoden, zum Beispiel mit einem Karamellbonbon im Mund sprechen, mit einem Zahnstocher unter der Zunge ... Das ist wirklich nichts, weißt du.

– Nein, Valentin.

– Später reden wir nochmal drüber.

– Nein!

– Wie du willst.

– ...

– Was ist los?

– ...

– Verkriech dich nicht ... schau mich an.

– ...

– Versteck nicht das Gesicht im Kopfkissen, tu das nicht, bitte.

– Valentin?

– Was ist?

– Es tut mir leid, dich allein zu lassen.

– Es soll dir nicht leid tun. Sei froh, daß du deine Mutter wiedersiehst und sie pflegen kannst. Das war's doch, was du dir gewünscht hast, stimmt's?

– ...

– Komm, schau mich an.

– Rühr mich nicht an.

– Schön, ist schon gut, Molinita.
– . . . Wirst du mich vermissen?
– Klar werd ich dich vermissen.
– Valentin, ich hab vor einiger Zeit ein Gelübde abgelegt, ich weiß nicht, vor wem, vor Gott, obwohl ich nicht besonders gläubig bin.
– Ja . . .
– Nämlich, daß es der größte Wunsch meines Lebens wäre, hier rauszukommen und Mama pflegen zu können. Und daß ich dafür alles opfern würde, daß alles, was mich betrifft, danach kommen sollte, nur um das eine hab ich gebeten, daß ich Mama pflegen kann. Und mein Wunsch ist in Erfüllung gegangen.
– Dann freu dich doch darüber. Es ist sehr großzügig von dir, zuerst an eine andere Person zu denken und nicht an dich selbst. Du kannst stolz darauf sein, daß du so bist.
– Aber ist das gerecht, Valentin?
– Was denn?
– Daß ich immer leer ausgehe . . . daß ich mein Leben lang nichts wirklich für mich habe?
– Schön, aber du hast deine Mutter, das ist eine Verantwortung, und du mußt sie übernehmen.
– Ja, das stimmt.
– Also?
– Hör zu. Mama hat ihr Leben gelebt, sie hat es hinter sich, sie hat ihren Mann und ihren Sohn gehabt . . . Sie ist alt und ihr Leben ist beinahe abgelaufen . . .
– Ja, aber sie lebt noch.
– Ja, und ich lebe auch . . . Aber wann fängt mein Leben an? Wann wird die Reihe an mir sein, irgend etwas zu haben?
– Man muß sich fügen, Molinita. Du hast das Glück, daß sie dich freilassen. Freu dich darüber. Draußen kannst du neu anfangen.
– Ich will bei dir bleiben. Das einzige, was ich jetzt will, ist bei dir bleiben.
– . . .

— Schämst du dich, daß ich darüber spreche?
— Nein ... oder eigentlich: ja ...
— Ja, was?
— Genau das, ich schäme mich ein bißchen.
— Valentin ... wenn ich diese Botschaft durchgebe, meinst du, daß du dann früher herauskommst?
— Schön, auf diese Weise wird unserer Sache geholfen.
— Aber es ist nicht so, daß sie dich dann gleich herauslassen. Du meinst nur, daß sie dann schneller die Revolution machen?
— Ja, Molinita.
— Nicht, daß sie dich aus einem anderen Grund freilassen?
— Nein, Molina.
— ...
— Zerbrich dir den Kopf nicht, denk nicht daran. Später werden wir das diskutieren.
— Es bleibt nicht mehr viel Zeit zum Diskutieren.
— Wir haben die ganze Nacht.
— ...
— Und vergiß nicht, du mußt mir noch den Film fertig erzählen. Seit Tagen willst du mir nicht mehr erzählen.
— Weil mich dieser Film ganz traurig macht.
— Alles macht dich traurig.
— Du hast recht ... Alles, außer einer Sache.
— Red keinen Quatsch.
— Doch, es ist ein Elend, aber es ist so. Alles macht mich traurig. Daß sie mich in eine andere Zelle verlegen könnten, macht mich traurig, daß sie mich freilassen wollen, macht mich traurig. Alles, außer einer Sache.
— Draußen wird es dir gut gehen, du wirst alles vergessen, was du im Knast durchgemacht hast, du wirst sehen.
— Ich will aber nicht vergessen!
— Schön ... jetzt reicht's aber. Verschon mich mit deinem Quatsch, bitte!
— Verzeih ...
— ...
— Bitte, Valentin, sag, daß du mir verzeihst.

. . .

— Ich erzähl dir den Film zu Ende, wenn du willst. Und außerdem versprech ich dir, daß ich dich nicht mehr mit meinen Problemen nerven werde.

— . . .

— Valentin . . .

— Was willst du?

— Ich werde die Botschaft nicht durchgeben.

— Ist gut.

— Denn ich habe Angst, daß sie mich verhören werden, ehe ich rauskomme.

— Wie du meinst.

— Valentin . . .

— Was?

— Bist du mir böse?

— Nein.

— Möchtest du, daß ich dir den Film fertig erzähle?

— Nein, weil du keine Lust dazu hast.

— Doch, wenn du willst, erzähl ich ihn fertig.

— Es lohnt nicht, ich kann mir vorstellen, wie er ausgeht.

— Er geht gut aus, nicht?

— Ich weiß nicht, Molina.

— Siehst du, du weißt es nicht. Ich erzähl ihn dir fertig.

— Wie du willst.

— Wo waren wir stehen geblieben?

— Ich erinnere mich nicht mehr.

— Mal sehen . . . Ich glaube, wir waren da, wo er sieht, daß sie sich zur Prostituierten macht, damit er zu essen hat, und daß sie begriffen hat, daß er es weiß. Und wie sie im Morgengrauen ins Haus zurückkommt, ist er schon nicht mehr da.

— Ja, da waren wir.

— Schön, inzwischen hat der Magnat nach ihr gesucht, weil er erfahren hat, daß sie im schlimmsten Elend lebt, und da bereut der Typ, was er getan hat. Und an diesem Morgen hält ein luxuriöses Auto vor dem Haus am Meer. Es ist der Chauffeur des Magnaten, der nach ihr geschickt worden ist. Sie schlägt es ab, und nach einer Weile kommt der Magnat selber. Er sagt, daß er ihr verzeiht, daß er alles, was er getan hat, aus Liebe getan hat, aus Verzweiflung, sie zu verlieren. Sie erzählt ihm, was geschehen ist, und schluchzt untröstlich. Da ist der Magnat völlig zerknirscht und sagt, wenn sie zu solchen Opfern fähig gewesen ist, dann nur, weil sie diesen Mann liebt und immer lieben wird. Und dann sagt er, »das gehört dir«, und übergibt ihr einen Koffer, in dem ihr ganzer Schmuck ist, und küßt sie auf die Stirn und geht. Nun fängt sie an, den Jungen wie verrückt zu suchen, denn durch den Verkauf des Schmucks hat sie Geld im Überfluß, um ihn in den besten Sanatorien bei den besten Ärzten zur Kur zu schicken. Aber nirgendwo findet sie ihn, bis sie anfängt, die Gefängnisse und die Krankenhäuser abzusuchen. Und in einem Saal mit Schwerkranken findet sie ihn endlich. Sein Organismus ist zerstört, einmal durch den Alkohol und dann durch Hunger und Kälte. Die Kälte in all den Nächten, wenn er am Strand auf dem Boden schlief, weil er nicht wußte, wohin. Wie er sie sieht, lächelt er und bittet sie, zu ihm zu kommen und ihn zu umarmen. Sie kniet vor dem Bett nieder, und so umarmen sie sich. Er sagt, letzte Nacht hätte er Angst gehabt, er würde sterben, weil sich seine Krankheit so sehr verschlimmert hat, aber am Morgen hätte er sich außer Gefahr gefühlt und gedacht, daß er sie suchen wird, sobald es ihm besser geht, weil alles, was sie getrennt hat, nicht wichtig ist, und daß sie irgendwie zusammen von vorne anfangen werden. Da schaut das Mädchen die Krankenschwester an, eine Nonne, die am Fußende des Bettes steht, als wollte sie sich von ihr bestätigen lassen, was er sagt, nämlich daß er wieder gesund wird. Aber die Nonne schüttelt fast unmerklich den Kopf. Und er redet weiter, er erzählt ihr, daß ihm bedeutende Zeitungen wieder Arbeit angeboten hätten, daß sie ihm sogar vorgeschlagen hätten, ihn als Korrespondenten ins Ausland zu schicken, und daß sie beide zusammen weit weggehen würden, um alles, was sie ausgestanden haben, zu vergessen. Erst jetzt merkt das Mädchen, daß er im Fieber redet und schwer krank ist. Er sagt ihr, daß er noch einen Text für sie geschrieben hat, aber daß sie das Lied singen muß, und er haucht ihr nur eben die Worte zu, und sie wiederholt sie, und eine Hintergrundmusik erklingt, als käme sie vom Meer, denn in seinem Fieberwahn stellt er sich vor, daß er mit ihr zusammen im Licht der Abenddämmerung an einer Fischermole steht. Und er sagt und sie wiederholt, ». . . wenn ich traurig bin, denk ich an dich . . . wenn ich fröhlich bin, denk ich an dich. Seh ich andre Augen, küß ich einen andern Mund, spür ich einen fremden Duft . . . denk ich an dich . . .«, und von der Mole aus schauen sie auf den Horizont, weil dort ein Segelschiff kommt, ». . . Ich trage dich in mir, tief innen in mir . . . Ich trage dich in meiner Seele, ich denke an dich . . .«Und das Segelschiff legt an der kleinen Fischermole an, und der Kapitän gibt ihnen ein Zeichen, sie sollen an Bord gehen, weil sie gleich abfahren werden, denn der Wind ist günstig und wird sie weit forttragen in ein stilles, heiteres Meer, und dann geht der Text weiter, ». . . Wie hätt ich je gedacht . . . so ganz von dir erfüllt zu sein . . . wie hätt ich je gedacht, daß du mein Herz mir stiehlst . . . Darum, mein Leben . . . denk ich an dich . . . von nah und fern denk ich an dich . . . Bei Nacht und bei Tag, wie eine Melodie, bist du in meiner Seele . . . und ich denke an dich . . .« Und er stellt sich vor, daß sie beide zusammen an Bord des Segelschiffs stehen und umschlungen in die unendliche Ferne hinausschauen, man sieht nichts mehr außer dem Meer und dem Himmel, denn die Sonne ist bereits hinter dem Horizont verschwunden. Und das Mädchen sagt zu ihm, daß das Lied wunderschön ist, aber er antwortet nicht, er liegt mit offenen Augen da, vielleicht war das letzte, was er im Leben gesehen hat, wie sie beide an Bord des Segelschiffs stehen, für immer umschlungen, und ins Glück fahren.

– Wie traurig.

– Aber es ist noch nicht zu Ende. Da umarmt sie ihn und

schluchzt verzweifelt. Und läßt ihr ganzes Geld und ihre Juwelen bei den Nonnen im Krankenhaus, damit sie die Armen pflegen, und dann wandert sie und wandert wie eine Schlafwandlerin und kommt an das kleine Haus, wo sie ein paar Tage lang so glücklich gewesen sind, und dann wandert sie den Strand entlang, es dämmert schon, man hört die Fischer, die seine Lieder singen, die sie von ihm gehört und gelernt haben, und junge Pärchen stehen da und betrachten den Sonnenuntergang, und jetzt hört man das Lied, das er in dem glücklichen Augenblick ihrer Wiederbegegnung gesungen hat, aber jetzt singen es die Fischer, und die verliebten Pärchen hören zu, ». . . du bist in mir, ich bin in dir . . . warum denn weinen, warum denn leiden . . . Ich möchte mein Glück verschweigen, damit die Welt es nie erfährt . . . doch in mir ruft die Sehnsucht zu leben, um zu lieben . . .«, und ein alter Fischer fragt sie nach ihm, und sie sagt, er ist fortgegangen, aber das macht nichts, weil er immer bei ihnen sein wird, wenn auch nur in der Erinnerung an ein Lied, und sie geht allein weiter und schaut in die Sonne, die schon untergeht, und man hört, ». . . Ich bin glücklich, und glücklich bist du . . . du liebst mich . . . ich liebe dich mehr . . . Ich bin so verliebt, daß ich vergessen habe, was war . . . und heute bin ich glücklich, weil ich dich weinen sah aus Liebe zu mir . . .« Und weil es schon fast dunkel ist, sieht man nur eben noch ihre Silhouette, weit draußen, die ziellos immer weiter wandert wie eine Seele im Fegefeuer. Und plötzlich sieht man ihr Gesicht in Großaufnahme mit Tränen in den Augen, aber mit einem Lächeln auf den Lippen . . . und wenn sie nicht gestorben ist, dann lebt sie noch heute.

— Ja . . .

— Was für ein geheimnisvoller Schluß, nicht?

— Nein, der ist gut, der ist das Beste am ganzen Film.

— Und warum?

— Der Schluß besagt, daß sie sich, obwohl ihr nichts geblieben ist, freut, wenigstens eine echte Beziehung in ihrem Leben gehabt zu haben, auch wenn sie nun zu Ende ist.

– Aber leidet man nicht viel mehr, wenn man glücklich gewesen ist, und plötzlich ist alles aus?
– Man muß sich eins immer genau klarmachen, Molina. Im Leben eines Menschen, ob es nun kurz oder lang ist, ist alles provisorisch. Nichts ist für immer.
– Ja, aber es sollte doch wenigstens ein bißchen andauern.
– Man müßte die Dinge so annehmen können, wie sie sind, wir sollten das Gute, das uns widerfährt, schätzen, auch wenn es nicht von Dauer ist. Denn nichts ist für immer.
– Ja, das sagt sich leicht. Aber so empfinden, das ist was anderes.
– Dann mußt du eben nachdenken und dich überzeugen.
– Ja, aber das Herz hat seine Gründe, die die Vernunft nicht kennt. Und das hat ein französischer Philosoph gesagt, einer der besten. Damit hab ich dich reingelegt. Und ich glaub sogar, daß ich mich an den Namen erinnere, Pascal. Was sagst du jetzt?
– Ich werde dich vermissen, Molinita . . .
– Und wenn's auch nur die Filme sind . . .
– Und wenn's auch nur die Filme sind . . .
– . . .
– Jedesmal, wenn ich glacierte Früchte sehe, werde ich an dich denken.
– . . .
– Und jedesmal, wenn ich im Schaufenster einer Braterei ein Hähnchen am Spieß sehe.
– . . .
– Denn irgendwann einmal komme auch ich an die Reihe, und sie lassen mich frei.
– Ich geb dir meine Adresse.
– Schön.
– Valentin . . . wenn zwischen uns etwas geschehen ist . . . ich hab immer aufgepaßt, daß nicht ich anfange, denn ich wollte nichts von dir, wenn es nicht von dir selbst kam. Spontan, mein ich.
– Ja.

— Aber zum Abschied möchte ich dich um etwas bitten . . .

— Was denn?

— Etwas, was du nie getan hast, obwohl wir viel Schlimmeres getan haben.

— Was?

— Einen Kuß.

— Stimmt.

— Aber morgen, eh ich gehe. Erschrick nicht, ich bitte dich nicht, daß du es jetzt gleich tust.

— Schön.

— . . .

— . . .

— Ich möchte gern wissen . . . hat es dich angewidert, mir einen Kuß zu geben?

— Uhmm . . . Wahrscheinlich war's die Angst, daß du dich in eine Pantherfrau verwandelst, wie in dem ersten Film, den du mir erzählt hast.

— Ich bin keine Pantherfrau.

— Stimmt, du bist keine Pantherfrau.

— Eine Pantherfrau zu sein, ist schrecklich traurig, niemand und nichts kann sie küssen.

— Du bist die Spinnenfrau, du fängst die Männer in deinem Netz ein.

— Wie hübsch! Das gefällt mir.

— . . .

— Valentin, du und meine Mama, ihr seid die beiden Menschen, die ich auf der Welt am meisten geliebt habe.

— . . .

— Und wirst du mich auch in guter Erinnerung bewahren?

— Ich hab viel von dir gelernt, Molinita . . .

— Du bist verrückt, von einem Esel wie mir . . .

— Und ich möchte, daß du froh von hier weggehst und mich in genau so guter Erinnerung bewahrst wie ich dich.

— Und was hast du von mir gelernt?

— Das ist schwer zu erklären. Auf jeden Fall habe ich deinetwegen viel nachgedacht, das ist sicher.

– Deine Hände sind immer warm, Valentin.
– Und deine immer kalt.
– Ich verspreche dir etwas, Valentin ... daß ich immer froh sein will, wenn ich an dich denke, wie du es mir gesagt hast.
– Und versprich mir noch etwas ... sorg dafür, daß du respektiert wirst, erlaub niemandem, daß er dich schlecht behandelt oder dich ausbeutet. Denn niemand hat das Recht, einen andern auszubeuten. Verzeih, wenn ich dir das nochmal sage, denn ich hab's dir schon einmal gesagt, und du hast es nicht gern gehört.
– ...
– Molina, versprich mir, daß du dich von niemandem zur Sau machen läßt.
– Ich versprech's dir.
– ...
– Räumst du schon die Bücher weg, so früh?
– ...
– Willst du nicht warten, bis sie das Licht löschen?
– ...
– Frierst du nicht, wenn du dich ausziehst?
– ...
– Wie schön du bist ...
– ...
– Ah ...
– Molinita ....
– Was?
– Nichts ... Tu ich dir weh?
– Nein ... au, doch, so, ja, so.
– Tut's weh?
– Laß mich lieber wie neulich die Beine hochnehmen. So, über die Schultern.
– ...
– So ...
– Sei still, sei eine Weile still.
– Ja.
– ...

– Valentin . . .
– Was?
– Nichts . . . nichts.
– . . .
– Valentin . . .
– . . .
– Valentin . . .
– Was ist?
– Nein, nichts, eine Dummheit . . . die ich dir sagen wollte.
– Was?
– Nein, besser nicht.
– . . .
– . . .
– Was ist, Molina? Wolltest du mich um das bitten, worum du mich vorhin gebeten hast?
– Was?
– Den Kuß.
– Nein, es war was anderes.
– Willst du nicht, daß ich ihn dir jetzt gebe?
– Wenn es dich nicht ekelt.
– Mach mich nicht böse.
– . . .
– . . .
– Danke.
– Danke dir.

. . . .

. . . .

– Valentin . . . .
– . . .
– Valentin, schläfst du schon?
– Was?
– Valentin . . .
– Sag schon . . .
– Du mußt mir alle Informationen geben . . . für deine Genossen . . .
– Wie du willst.

– Du mußt mir alles sagen, was ich tun soll.
– Schön.
– Solange, bis ich es gut auswendig kann.
– Einverstanden ... War es das, was du mir vorhin sagen wolltest?
– Ja ...
– ...
– Aber eins, Valentin, und das meine ich ganz ernst ... Bist du sicher, daß sie mich nicht verhören werden, wenn ich rausgehe?
– Ich bin sicher.
– Dann tu ich alles, was du mir sagst.
– Du weißt nicht, wie froh du mich machst.

Fünfzehntes Kapitel

Bericht über Luis Alberto Molina, Häftling 3.018, am 9. dieses bedingt freigelassen, gegenwärtig unter Aufsicht des Überwachungsdienstes CISL in Zusammenarbeit mit dem telefonischen Überwachungsdienst TISL.

Mittwoch, den 9. Der Häftling wurde um 8^{30} freigelassen und kam um 9^{05} im Taxi allein vor seinem Haus an. Er hat seine Wohnung, Juramento 5020, den ganzen Tag nicht verlassen, mehrere Male öffnete er das Fenster, blickte in verschiedene Richtungen, sah dann mehrere Minuten lang ununterbrochen in Richtung Nordwest. Die Wohnung liegt im dritten Stock und hat keine hohen Häuser als Gegenüber.

Um 10^{16} telefonierte er, fragte nach Lalo, und als dieser am Apparat war, sprachen sie mehrere Minuten lang und nannten sich bei verschiedenen weiblichen Vornamen, die sie im Lauf des Gesprächs wechselten, zum Beispiel Teresa, Ni, China, Perla, Caracola, Pepita, Carla und Tina. Der unter dem Namen Lalo Angerufene verlangte wiederholt, der Häftling solle ihm über seine »Eroberungen« im Gefängnis berichten. Der Häftling antwortete, daß alles, was man sich über sexuelle Beziehungen in den Gefängnissen erzähle, Lüge sei, und daß er keinerlei »Zerstreuung« gehabt habe. Sie verabredeten sich für das Wochenende zu einem Kinobesuch. Sooft sie sich bei neuen Namen nannten, lachten sie.

Um 18^{22} rief der Häftling bei einer Frau an, die er Tante Lola nannte. Er sprach lang mit ihr, offensichtlich handelte es sich um eine Schwester seiner Mutter, sie besprachen hauptsächlich den Gesundheitszustand der Mutter des Häftlings und bedauerten, daß es der Frau nicht möglich sei, sie zu pflegen, da sie selber krank sei.

Donnerstag, den 10. Der Häftling verließ um 9^{35} das Haus und ging zu der Reinigungsanstalt Ecke Pampa/Triunvi-

rato, zwei Blocks von seinem Haus entfernt. Er gab ein großes Kleiderpaket ab. Dann war er in dem Warenhaus, das einen halben Block weiter in der Gamarra liegt. Auf dem Rückweg kaufte er Zigaretten in einem Kiosk in der Avalo-Gasse, Ecke Pampa. Von dort kehrte er in sein Haus zurück.
Um 11^{04} wurde er von Verwandten angerufen, die er Onkel Arturo und Tante Maria Esther nannte und die ihm alles Gute für seine Zukunft wünschten. Darauf rief er eine nach der Stimme zu schließen junge Person namens Estela an, mutmaßlich eine Cousine, denn sie gab den Hörer an ihre Mutter weiter, die der Häftling manchmal Chicha und manchmal Tante Chicha nannte. Sie beglückwünschte ihn, daß er wegen guter Führung freigekommen sei, ehe er seine Strafe verbüßt habe. Sie lud ihn für den nächsten Sonntag zum Mittagessen ein, dabei kam es zu einem Austausch von seltsamen Sätzen, die möglicherweise darauf zurückzuführen sind, daß die Gesprächsteilnehmer Wörter wiederholten, die der Häftling als kleines Kind benützte, wenn er Essen verlangte. Auf die nicht sehr deutlich formulierte Frage, was er essen wolle, antwortete er, »Löwenfeisch«. Es scheint sich um bloßes Kauderwelsch zu handeln, doch empfiehlt sich Aufmerksamkeit. Um 17^{00} öffnete der Häftling trotz der Kälte das Fenster und blieb lange davor stehen, wobei er wie am Tag zuvor nach Nordwest blickte. Um 18^{46} rief ihn derselbe Lalo an, mit dem er bereits tags zuvor telefoniert hat, und lud ihn zu einer Spazierfahrt im Auto einer Freundin ein, was der Häftling unter der Bedingung annahm, um 21^{00} wieder im Haus zu sein, damit er mit seiner Mutter und seiner Tante zu Abend essen könne. Die Tante, namens Cuca, lebt in der Wohnung und kauft morgens in der Bäckerei und der Molkerei ein, manchmal auch nachmittags in dem sechs Blocks von der Wohnung entfernten Supermarkt an der Ecke Avenida Triunvirato/Roosevelt. Minuten später kam der Häftling herunter, wartete vor der Tür, und in einem Fiat fuhren zwei Subjekte vor, jedoch nicht ein Mann und eine Frau,

wie angekündigt. Einer der beiden, ein Mann von vierzig, umarmte den Häftling, sobald er ausgestiegen war, und küßte ihn in sichtlicher Rührung auf beide Wangen, während der andere hinter dem Steuer sitzen blieb und durch die Art, wie er dem Häftling die Hand gab, den Eindruck erweckte, diesen nicht zu kennen. Ein Mann um die fünfzig. Die mit dem Auto zurückgelegte Strecke verlief über die Pampa zur Avenida Cabildo, dann die Cabildo hoch bis Pacifico, durch die Santa Fe, dann Retiro, Leandro Alem, Plaza de Mayo, Avenida de Mayo, Congreso, Callao, Corrientes, Reconquista und verschiedene Straßen in dem Viertel San Telmo. Dabei wurde der Wagen verschiedentlich vor neuen Kaffee-Konzert-Lokalen angehalten, die in den letzten Jahren in dieser Gegend zahlreich eröffnet wurden. Auch vor Antiquitätenhandlungen. Bei mehreren Gelegenheiten sah der Häftling in Verdachthaltung nach hinten, weil er offenbar das ihm folgende Auto bemerkt hatte. Von dem Viertel San Telmo fuhr der Wagen ohne nochmaligen Aufenthalt bis an die Wohnung des Häftlings.
Bezüglich der gestern von Mitgliedern der TISL geäußerten Bemerkung über die Notwendigkeit, die von dem Häftling und dem oben erwähnten Lalo benutzten weiblichen Vornamen hinsichtlich eines möglicherweise in ihnen verborgenen Codes aufmerksam zu untersuchen, wird darauf hingewiesen, daß der Ton dieser Gespräche scherzhaft und äußerst ausschweifend ist. Auf jeden Fall wird die gebotene Aufmerksamkeit darauf gewendet.
Freitag, den 11. Um 11^{45} Anruf eines Mannes mit brüchiger Stimme, den der Häftling »Pate« nannte. Wegen des gespannten Tons konnte dieser Anruf zunächst als verdächtig erscheinen, die Stimme schien verstellt zu sein, Gesprächsthema jedoch war das künftige Betragen des Häftlings. Der »Pate«, der dies auch zu sein schien, empfahl anständiges Benehmen auf der Straße und vor allem bei der Arbeit, er rief dem Häftling ins Gedächtnis, daß die Beziehung zu Minderjährigen in dem Geschäft, in

dem er als Dekorateur beschäftigt war, der Grund seiner Inhaftierung gewesen sei. Das Gespräch endete beiderseits kalt, fast beleidigend. Einige Minuten später rief der erwähnte Lalo an, wie gewöhnlich gaben sie sich verschiedene Frauennamen, diesmal waren es, wie anzunehmen, Namen von Schauspielerinnen, denn sie nannten sich Greta, Marilyn, Merle, Gina, Hedi (?). Wir wiederholen, daß nicht der Eindruck erweckt wurde, als handle es sich bei diesen Namen um einen Code, sondern um einen zwischen beiden üblichen Scherz. Der Ton der Unterhaltung war angeregt, der Freund teilte dem Häftling mit, daß Bekannte in Kürze eine Boutique mit mehreren Schaufenstern eröffnen wollten und mit einem anderen Dekorateur wegen Finanzierungsschwierigkeiten bis jetzt noch nicht zu einer Gehaltsabsprache gekommen seien. Er gab dem Häftling die Telefonnummer und die Adresse, damit er kommenden Montag dort anrufen könne: 42-5874 bzw. Berrutti 1805.
Um 15 Uhr verließ der Häftling das Haus und ging mehr als zwanzig Blocks bis zur Cabildo und betrat das Kino Belgrano. Im Saal waren wenig Menschen, er setzte sich allein, sprach mit niemand; ehe er ging, suchte er die Toilette auf, wohin ihm, angesichts der Enge der Räumlichkeiten, der Beamte nicht folgte, um keinen Verdacht zu erregen, und kam bald zurück. Er ging durch Parallelstraßen zu Fuß nach Hause, blieb verschiedentlich stehen und blickte aufmerksam Häuser und Geschäfte an. Einige Minuten vor 19^{00} betrat er sein Haus.
Kurz darauf rief er eine Nummer an, unter der mit »Restaurant« und einem Namen geantwortet wurde, der wegen des Stimmengewirrs und der Geräusche an der Theke einer Bar oder eines Restaurants nicht zu verstehen war. Der Häftling äußerte den Wunsch, mit Gabriel sprechen zu dürfen. Dieser kam gleich darauf an den Apparat, zeigte sich zunächst überrascht und verblüfft, dann aber sehr liebevoll. Seine Stimme klang maskulin und schien auf Herkunft aus einem Armenviertel der Stadt zu

deuten. Sie vereinbarten, sich am folgenden Tag um die gleiche Stunde anzurufen, falls es dem Häftling nicht möglich sein sollte, zur Zeit des Dienstantritts des als Gabriel Angeredeten ins Restaurant zu kommen, bei dem es sich vermutlich um einen Kellner dieses Lokals handelt. Zweideutigkeiten an manchen Stellen des Gesprächs wurden vermerkt, die Feststellung der Identität Gabriels dürfte von entscheidender Bedeutung sein. Sofort darauf trat der Häftling ans Fenster, öffnete es jedoch nicht, sicherlich der Kälte wegen, schob aber den Vorhang zurück und blieb mehrere Minuten lang stehen, wie gewöhnlich den Blick nach Nordwest gerichtet, das heißt nach der Straßenkreuzung Juramento/Bauness oder, um die Richtung genauer zu bestimmen, nach dem Viertel Villa Devoto, in dem die Strafanstalt liegt.
Samstag, den 12. Er verließ mit seiner Mutter und seiner Tante das Haus, sie nahmen ein Taxi, kamen um 15^{25} am Kino Gran Savoy in der Avenida Cabildo an. Im Kino saßen sie zusammen und sprachen mit niemandem. Sie verließen das Kino um 17^{40} und nahmen diesmal ein Colectivo an der Ecke Monroe/Cabildo. Einen Block vor ihrem Haus stiegen sie aus und gingen lachend das letzte Stück zu Fuß. Sie unterbrachen den Weg bei einer Bäckerei, wo sie Kuchen kauften. Um 19 Uhr rief der Häftling in dem Restaurant an, dessen Name diesmal deutlich verständlich war, Restaurant Mallorquín, der als Gabriel Angesprochene kam ans Telefon und der Häftling sagte ihm, er könne ihn nicht besuchen, weil er seiner Mutter Gesellschaft leisten müsse. Gabriel sagte, er habe am Montag Tagschicht, aber morgen, Sonntag, sei das Restaurant wie gewöhnlich geschlossen. Er schien etwas verärgert über die Verschiebung. Wie aus einem anderen Bericht hervorgeht, hat es die für die Zone zuständige Dienststelle des CISL übernommen, die Identität des Kellners Gabriel zu überprüfen. Ein entsprechender Bericht wird morgen vorgelegt, sobald er abgeschlossen ist.
Sonntag, den 13. In Besitz des Berichts. Der Geschäftsfüh-

rer des Mallorquín – es handelt sich um ein seit fast fünfzig Jahren verpachtetes spanisches Restaurant in der Salta 46 – sagte aus, daß Gabriel Armando Solé in der Tat seit fünf Jahren als Kellner im Restaurant beschäftigt sei und daß über seine persönliche Ehrbarkeit kein Zweifel bestehe. Er habe nie extremistische politische Ideen geäußert, habe an Gewerkschaftsversammlungen nicht teilgenommen, auch über freundschaftliche Beziehungen zu politischen Aktivisten sei nichts bekannt.
Ein einziger Anruf im Haus des Häftlings um 10^{43}. Die Frau, die schon vor Tagen angerufen hatte, Tante Chicha, sprach auch jetzt wieder in diesem kindlichen Gestammel, aber diesmal war klar, daß sie den Häftling und seine Mutter um 13 Uhr in ihrem Haus erwartete, sie sollten nicht zu spät kommen, denn sie habe etwas gekocht, was sie zunächst mit einem verballhornten Wort bezeichnete, was sich dann aber deutlich als Canelloni herausstellte. Um 12^{30} verließen der Häftling, seine Mutter und Tante das Haus, nahmen ein Taxi an der Ecke Triunvirato/Pampa. Sie stiegen vor der Nummer 1998, einem einstöckigen Haus in der Dean Funes, im Stadtviertel Patricios aus. Sie wurden von einer dicken, grauhaarigen Frau schon im Vorgarten mit Bekundungen großer Herzlichkeit empfangen. Sie verließen das Haus um 18^{55}, eine weibliche Person unbestimmten Alters brachte sie in ihrem Fiat 660 wieder nach Hause. Zu vermerken ist, daß der Chauffeur des Mietwagens während der langen Fahrt mehrmals zurückgeblickt hat, weil ihm auffiel, daß ein anderer Wagen ihm folgte, auch der Häftling wandte sich mehrmals um, nicht hingegen die beiden Damen. Die Fahrerin des Fiat schien bei der Rückfahrt nichts wahrgenommen zu haben.
Montag, den 14. Um 10^{05} rief der Häftling die bereits erwähnte Nummer der Boutique an, die seit Freitag, den 11. ordnungsgemäß telefonisch überwacht wird. Es ist die Nummer des Ladengeschäfts in der Calle Berrutti, das im Hinblick auf künftige Vorfälle noch nicht durchsucht worden ist. Der Gesprächsteilnehmer sagte, seine Dienste

würden in der Tat gebraucht, und bat den Häftling, nächsten Montag, den 21. zu einem Gespräch über die Gehaltsfrage vorbeizukommen, er beklagte, daß der Architekt den Kostenvoranschlag für die in dieser Woche abzuschließende Renovierung des Lokals überschritten habe und er deshalb den Schaufensterdekorateur nicht angemessen bezahlen könne. Anschließend rief der Häftling den Kellner Solé im Mallorquín an. Er sagte, er könne nicht ins Zentrum kommen, er müsse bei seiner Mutter bleiben. Solé zeigte sich verstimmt, eine neue Verabredung wurde nicht getroffen, der Häftling versprach, Mitte der nächsten Woche wieder anzurufen. Solé scheidet als Kontaktperson faktisch aus, doch empfiehlt es sich, das Telefon des Mallorquín weiter abzuhören. Um 15 Uhr trat der Häftling ans Fenster und blickte wie gewöhnlich eine Zeitlang unbewegt nach Nordwest. Um 16^{18} verließ er das Haus und ging an den Kiosk, wo er zwei Zeitschriften kaufte. Aufgrund der Großbuchstaben der Überschrift konnten wir eine als die Modezeitschrift *Claudia* ausmachen. Politische Zeitschriften werden an diesem Kiosk nicht verkauft.

....

....

Sonntag, den 20. Um 11^{48} Anruf Lalos. Er schlug vor, wie vergangenen Sonntag mit Mecha Ortiz im Auto eine Spazierfahrt zu machen. Vermutlich ist dies der Spitzname der Person, die bei der letzten Fahrt den Fiat gesteuert hat. Sie redeten sich wieder mit verschiedenen Vornamen an, doch glauben wir nicht, daß sie einen Code darstellen. Die Namen waren Delia, Mirta, Sylvia, Nini, Líber, Paulina etc. und bezogen sich mit ziemlicher Sicherheit auf Schauspielerinnen des argentinischen Films früherer Jahre. Der Häftling lehnte die Einladung ab, da er mit seiner Mutter verabredet sei. Um 15^{15} trat er ans Fenster, das diesmal offen war, vermutlich weil die Sonne schien und die Kälte nachgelassen hatte, und stand da lange und blickte wie gewöhnlich in dieselbe Richtung.

Um 17^{04} verließ er mit seiner Mutter das Haus, sie nahmen ein Colectivo an der Ecke Pampa/Avenida Triunvirato, stiegen an der Ecke Avenida de Mayo/Lima aus und gingen zwei Blocks zu Fuß bis zum Theater Avenida und kauften zwei Sitzplätze für die Operettenaufführung. Danach sahen sie bis zu Beginn der Vorstellung um 18^{15} Auslagen an. Während der Pause ging der Häftling auf die Toilette, sprach aber mit niemandem. Nach der Vorstellung, die sie im Parkett verbrachten, verließen sie das Theater um 20^{40}. In der Konditorei in der Avenida de Mayo/Ecke Santiago de Estero tranken sie Schokolade und aßen Törtchen, sprachen aber mit niemandem. Zur Rückfahrt nahmen sie das gleiche Colectivo an der Ecke Avenida de Mayo/ Bernardo de Irigoyen.
Montag, den 21. Der Häftling verließ das Haus um 8^{37}, nahm ein Colectivo bis zur Avenida Cabildo, dort ein anderes bis Santa Fe/Callao, von da ging er fünf Blocks zu Fuß bis zu dem Ladengeschäft in der Calle Berrutti 1805. Er sprach mit zwei Männern, sie besichtigten die für Auslagen vorgesehenen Räume, eine Tasse Kaffee wurde ihm angeboten. Er verließ das Haus und kehrte in zwei Colectivos auf demselben Weg in seine Wohnung zurück. Um 11^{30} rief er seinen Freund Lalo im Banco de Galicia an, wo dieser arbeitet, sie sprachen diesmal ernsthaft, sicherlich weil das Individuum an seinem Arbeitsplatz sprach. Der Angeklagte teilte lediglich mit, er habe ausgemacht, am nächsten Tag die Arbeit aufzunehmen, obwohl noch kein Gehalt festgelegt worden sei. Der zweite Anruf an diesem Tag kam von der Tante Lola, die mit der Mutter des Angeklagten sprach, beide waren erfreut über die Nachricht, daß der Angeklagte Arbeit gefunden habe.
Dienstag, den 22. Der Häftling verließ das Haus um 8^{05} und kam kurz vor 9 Uhr vor der Boutique an, wobei er die letzten Blocks fast im Laufschritt zurücklegte. Um 12^{30} verließ er das Geschäft, um in einer Milchstube in der Calle Juncal, zwischen Ayacucho und Rio Bamba, zu Mittag zu essen. Dort befindet sich ein öffentliches Telefon, und dort

tätigte er einen Anruf. Es ist zu vermerken, daß er die Nummer dreimal wählte und jedesmal unmittelbar danach aufhängte. Danach sprach er etwa drei Minuten. Das Telefonat ist auffällig, wenn man in Betracht zieht, daß sich auch in dem Geschäft, in dem der Häftling arbeitet, ein Telefon befindet, während er in der Milchstube Schlange stehen mußte, bis das Telefon frei wurde. Unverzüglich wurden die Telefone im Haus des Angeklagten, im Restaurant Mallorquín und in der Bank, in der sein Freund Lalo arbeitet, kontrolliert, und dabei wurde festgestellt, daß er mit keinem dieser Anschlüsse gesprochen hat. Der Häftling verließ seinen Dienst um 19 Uhr und kam kurz nach 20 Uhr in seinem Haus an.

Mittwoch, den 23. Der Häftling verließ sein Haus um 7^{45} und war um 8^{51} an seiner Arbeitsstelle. Um 10 Uhr rief er von dort seinen Freund Lalo in dessen Wohnung an, dankte ihm für die Empfehlung und gab den Hörer an einen der Ladenbesitzer weiter, der seinerseits mit Lalo sprach und ihn immer Soraya nannte. An einer Stelle des Gesprächs erfuhr man auch den Grund für diesen Spitznamen, denn das Individuum sagte wörtlich: »so heißt du für alle Zeiten, weil du eine Frau bist, die keine Kinder kriegen kann«. Umgekehrt nannte Lalo den anderen aus demselben Grund Königin Fabiola. Es ist darauf hinzuweisen, daß die Art, wie sie ständig die Namen wechseln, den Schluß nahelegt, daß dies nicht vorsätzlich geschieht, sondern ein Spiel ist, hinter dem sich kein Code verbirgt. Um 12^{30} verließ der Häftling das Haus, nahm ein Taxi und fuhr bis zum Stammhaus des Banco Mercantil, ging an den Schalter für Sparguthaben, hob eine Summe ab und nahm von dort ein Taxi bis zur Calle Suipacha 157. Er betrat dort ein Notariat, wohin ihm zu folgen aus Gründen, die auf der Hand liegen, nicht möglich war. Achtzehn Minuten später verließ er das Notariat und nahm ein Taxi bis in die Calle Berrutti. Dort wickelte er ein Sandwich aus, das er am Morgen von zu Hause mitgenommen hatte, und aß es stehend, während er mit einem der beiden Ladenbesitzer

Stoff abmaß. Um 19^{20} verließ er seine Arbeitsstelle und kehrte mit den üblichen Verkehrsmitteln um 20^{15} in seine Wohnung zurück. Um 21^{04} ging er nochmals aus, nahm ein Colectivo bis an die Ecke Federico Lacroze/Alvarez Thomas, dort stieg er in ein anderes Colectivo um und fuhr bis an die Ecke Avenida Cordoba/Medrano. Von dort ging er zu Fuß bis zur Kreuzung Soler/Medrano, in der Nähe der Ecke blieb er auf der Medrano stehen und wartete dort ungefähr eine Stunde. Es ist darauf hinzuweisen, daß diese Ecke einer Person, die dort verabredet ist, eine totale Überwachung aus vier Richtungen ermöglicht, da nur wenige Meter von dieser Ecke eine andere Straße, die Costa Rica, in die Kreuzung einmündet, woraus zu schließen ist, daß sie von einem Experten in der Abwehr von Polizeiüberwachung ausgesucht wurde. Der Häftling wartete, ohne mit jemandem zu sprechen, mehrere Autos fuhren vorüber, doch hielt keines an. Der Häftling kehrte nach Hause zurück, anscheinend ohne zu bemerken, daß er überwacht wurde. Der Stab des CISL nimmt an, daß er mit jemandem verabredet war, der die polizeiliche Überwachung wahrgenommen hat.

Donnerstag, den 24. Laut separatem Bericht hat der Häftling seine sämtlichen Ersparnisse von der Bank abgehoben und nur den zur Aufrechterhaltung des Kontos erforderlichen Mindestbetrag zurückgelassen. Er besaß dieses Geld schon vor seiner Inhaftierung. In dem Notariat »José Luis Neri Castro« hinterlegte er einen auf den Namen seiner Mutter lautenden versiegelten Umschlag, in dem sich nach Aussage des vorgenannten Notars lediglich das abgehobene Geld befand. Die Aktivitäten des Häftlings waren geringfügig, er fuhr am Morgen in seinen Dienst, aß dort ein Sandwich und trank wie gewöhnlich mehrmals am Tag im Geschäft Kaffee. Er kehrte von dort direkt in seine Wohnung zurück, wo er um 20^{10} ankam. Wir vermerken außerdem, daß auf höheren Befehl Presseberichte über angebliche vertrauliche Aussagen Arreguis gegenüber dem Häftling und dessen Vorgehen als Agent

des Geheimdienstes unterbleiben sollen. Der Beschluß wurde aufgrund der Annahme gefaßt, daß eine Kontaktnahme des Häftlings mit den Leuten Arreguis als möglich, ja als unmittelbar bevorstehend betrachtet wird.
Freitag, den 25. Der Häftling fuhr am Morgen zu seiner Arbeit, verließ die Arbeitsstelle um 12^{30} und aß in der einige Blocks entfernten Pizzeria, Las Heras 2467, allein zu Mittag. Zuvor telefonierte er im öffentlichen Fernsprecher und tätigte dabei, wie schon das letzte Mal, den dreimaligen Anruf mit unmittelbar folgendem Einhängen des Hörers. Er aß allein, oder genauer, er probierte das Essen nur, das er fast gänzlich auf dem Teller zurückließ. Er verließ seine Arbeitsstelle um 18^{40}, nahm in der Callao ein Colectivo bis zur Congreso, wo er in die Untergrundbahn umstieg und bis zur Station José Maria Moreno fuhr. Er ging zu Fuß bis zur Ecke Riglos/Formosa. Dort wartete er dreißig Minuten, und dies war die von der Direktion angeordnete Zeitspanne, nach welcher er, falls niemand mit ihm Kontakt aufnehmen würde, festgenommen und anschließend verhört werden sollte. Die beiden Agenten der CISL, die bereits mit der Patrouille in Verbindung standen, schritten zur Verhaftung. Der Angeklagte verlangte den Haftbefehl zu sehen. In diesem Augenblick wurde aus einem fahrenden Auto geschossen, wobei der CISL-Agent Joaquín Perrone und der Häftling verletzt wurden. Die wenige Minuten später eintreffende Patrouille konnte die Jagd nach dem Fahrzeug der Extremisten nicht mehr aufnehmen. Von den zwei Verwundeten starb Molina, noch ehe die Patrouille Erste Hilfe leisten konnte. Der Agent Perrone wurde am Schenkel verletzt und erlitt schwere Quetschungen durch den Sturz. Aufgrund des Ablaufs der Geschehnisse gelangten Vasquez und die Mitglieder der Patrouille zu der Überzeugung, daß die Extremisten sich entschlossen hatten, Molina zu eleminieren, damit er nicht aussagen könne. Außerdem weist der am Vortag getätigte Abzug aller seiner Ersparnisse von der Bank darauf hin, daß der Häftling selbst befürchtet hat, es

könne ihm etwas zustoßen. Vorausgesetzt, daß er sich der Tatsache seiner Überwachung bewußt war, war sein Plan, im Falle er durch die Ordnungskräfte der CISL bei einer verdächtigen Handlung überrascht werden sollte, möglicherweise einer der beiden folgenden: entweder beabsichtigte er, mit den Extremisten zusammen zu entkommen, oder er war bereit, sich von ihnen eliminieren zu lassen.

Der vorliegende Bericht, im Original und mit drei Durchschlägen angefertigt, wird an die entsprechenden Dienststellen weitergeleitet.

SECHZEHNTES KAPITEL

– Welche Wunde schmerzt Sie am meisten?
– Ah . . . ah . . . ah . . .
– Sprechen Sie nicht, Arregui . . . wenn es Ihnen zu weh tut.
– Hhh . . . . hier . . . und . . .
– Sie haben Verbrennungen dritten Grades. Diese Barbaren!
– Ah . . . au . . . nein . . . bitte . . .
– Und wieviel Tage haben Sie nichts zu essen bekommen?
– D . . . dr . . . drei . . . .
– Diese Bestien . . .
– . . .
– Hören Sie . . . Sie dürfen nichts sagen, versprechen Sie es mir.
– . . .
– Geben Sie nur ein Zeichen mit dem Kopf, ob Sie wollen oder nicht. Denn was die mit Ihnen gemacht haben, ist brutal, und Sie werden tagelang furchtbar leiden . . . Hören Sie, ich kann in die Erste-Hilfe-Station gehen, wo im Augenblick niemand ist, und Ihnen Morphium holen, damit Sie schlafen können. Wenn Sie einverstanden sind, nicken Sie. Aber sagen Sie es niemandem, sonst setzen sie mich auf die Straße.
– . . .
– Gut, in einer Minute werden Ihre Schmerzen vergehen.
– . . .
– So, nur ein kleiner Stich, und Sie werden sich besser fühlen.
– . . .
– Zählen sie bis vierzig.
– . . . *eins, zwei, drei, vier, fünf, sechs, sieben, acht, neun, zehn, elf, zwölf, dreizehn, vierzehn, fünfzehn . . .*
– Die Schläge, die sie Ihnen gegeben haben, sind unglaublich. Und die Verbrennungen in den Leisten . . . Das

dauert Wochen, bis es vernarbt ist. Aber Sie dürfen es niemandem sagen, sonst bin ich verloren. Schon morgen wird es Ihnen weniger weh tun.

— *neunundzwanzig, dreißig, einunddreißig, zweiunddreißig, drei . . . unddreißig, was kommt danach? man hört keine Schritte mehr. Kann es sein, daß sie mich nicht mehr verfolgen? Es ist so finster, daß ich keinen Schritt weitergehen würde, wenn Sie nicht wären, der Sie den Weg kennen und vorausgehen, ich hätte Angst, in irgendeinen Schacht zu fallen. Und wie kann ich eine solche Strecke zurückgelegt haben, wo ich so erschöpft bin und nichts gegessen habe? Und wie kann ich gehen, ohne zu fallen, obwohl ich dazwischen einschlafe? »Hab keine Angst, Valentin, der Krankenwärter ist ein guter Mensch, er wird auf dich aufpassen.« Martha . . . wo bist du? wann bist du gekommen? ich kann die Augen nicht aufmachen, weil ich schlafe, aber komm doch bitte näher, Martha . . . . sprich weiter zu mir, willst du mich nicht berühren? »Hab keine Angst, ich hör dir zu, aber nur unter einer Bedingung, Valentin«, welche Bedingung?, »daß du mir keinen deiner Gedanken verheimlichst, denn sonst kann ich dich nicht mehr hören, auch wenn ich es wollte«, hört uns denn auch niemand zu?, »niemand«, Martha, es ist mir sehr schlecht gegangen . . . »ich möchte wissen, wie es dir jetzt geht«, aber ist auch niemand da, der zuhört, jemand, der nur darauf wartet, daß ich meine Genossen verrate? »nein«, Martha, Liebste, ich hör dich in mir sprechen, denn »ich bin in dir«, ist das wahr? Und wird es immer so sein? »nein, das ist nur, solange ich keine Geheimnisse vor dir habe und du keine vor mir hast«, also erzähl ich dir alles, nämlich dieser Krankenwärter, der so gut ist, führt mich durch ein langes, langes Tunnel bis zu einem Ausgang, »ist es sehr dunkel?«, ja, er hat gesagt, daß man am anderen Ende, sehr weit weg, ein Licht sieht, aber ich weiß nicht, ob es stimmt, weil ich schlafe und die Augen nicht aufmachen kann, so sehr ich mich anstrenge, »woran denkst du in diesem Augenblick?«, meine Lider sind so schwer, daß ich sie nicht heben kann, ich bin so müde, »ich höre Wasser rauschen, und du?«, Wasser, das zwischen Felsen rinnt, ist immer sauber, und wenn ich mit der Hand bis dorthin reichen könnte, wo das Wasser läuft, würde ich die Fingerspitzen naß machen und dann die Wimpern, um sie aufzubekommen, aber ich habe Angst, Martha, »du hast Angst, daß du aufwachst und wieder in der Zelle bist«, dann stimmt es gar nicht, daß mir jemand hilft, zu entkommen? ich weiß nicht, aber diese milde Wärme, die ich jetzt in den Händen spüre und auf dem Gesicht ist wie Sonnenwärme, »vielleicht wird es eben Morgen«, ich weiß nicht, ob das Wasser sauber ist, ob ich mich aufraffe und einen Schluck trinke? »wenn man dem Wasser nachgeht, kommt man mit Sicherheit dorthin, wo es ins Freie tritt«, ja, das ist wahr, aber was ich sehe, kommt mir wie eine Wüste vor, da sind keine Bäume, keine Häuser, nur die Dünen, immerfort Dünen, so weit man sehen kann, »ist es nicht vielleicht das Meer, statt der Wüste?« Ja, das Meer, und da ist ein langes Stück heißer Strand, ich muß rennen, um mir nicht die Fußsohlen zu verbrennen, »was siehst du noch?«, weder auf der einen noch auf der anderen Seite der Küste ist das bunte Segelschiff aus Pappkarton zu sehen, »und was hört man?«, nichts, man hört keine Maracas, nur das Rauschen der Wellen, sonst nichts, manchmal kommt eine größere Welle und brandet mit aller Wucht und läuft bis dorthin, wo die Palmen beginnen, Martha . . . ich glaube, eine Blume ist auf den Strand gefallen, »eine wilde Orchidee?«, ja, die Wellen kommen und werden sie fortschwemmen ins Meer, und wie kommt es, daß der Wind sie gerade in dem Augenblick fortweht, wo ich sie fassen will?, und er weht sie aufs Meer hinaus, aber es macht nichts, daß sie unter dem Wasser verschwindet, denn ich kann tauchen, ich springe hinein, an der Stelle, wo die Blume, wie ich genau weiß, untergegangen ist. . ., sieht man jetzt eine Frau, eine Eingeborene, ich könnte sie einholen, wenn sie nicht so rasch schwimmen würde, ich kann sie nicht einholen, Martha, und unter Wasser kann ich nicht schreien und ihr zurufen, sie soll keine Angst haben, »unter Wasser hört man, was einer denkt«, sie sieht mich an und hat keine Angst, sie hat sich ein Männerhemd um die Brust gebunden, aber ich bin schon so müde, ich habe keinen Sauerstoff mehr in den Lungen, weil ich so lange unter Wasser geschwommen habe, aber, Martha, die Eingeborene nimmt mich an der Hand und bringt mich wieder an die Oberfläche, sie legt einen Finger auf die Lippen, zum Zeichen, daß ich nicht sprechen soll, die nassen Knoten sind so fest, daß sie sie ohne meine Hilfe nicht aufbinden kann, und während ich die Knoten aufbinde, schaut sie auf die andere Seite... ich habe nicht gewußt, daß ich nackt bin, und ich streife sie, die Insulanerin umarmt mich, rot vor Scham, meine Hand ist warm und berührt sie und trocknet sie, ich berühre ihr Gesicht, das lange Haar, das bis auf die Taille fällt, die Hüften, den Nabel, die Brüste, die Schultern, den Rücken, den Bauch, die Beine, die Füße, wieder den Bauch, »darf ich dich bitten zu denken, sie ist ich?« ja, »aber sag nichts zu ihr, mach ihr keinen Vorwurf, laß sie glauben, daß ich ich bin, auch wenn es nicht ganz stimmt«, mit dem Finger auf den Lippen macht mir die Eingeborene ein Zeichen, ich soll nichts sagen, aber dir, Martha, erzähle ich alles, ich fühle dasselbe, was ich bei dir gefühlt habe, weil du bei mir bist, und bald wird ein weißer, warmer Strahl in mir aufsteigen, ich werde sie überschwemmen, ach, Martha, welche Glückseligkeit, ich erzähle dir alles, damit du nicht gehst, damit du jeden Augenblick bei mir bist, vor allem jetzt, in diesem Augenblick, damit du nicht auf den Gedanken kommst, gerade in diesem Augenblick wegzugehen, dem schönsten von allen, jetzt, ja, rühr dich nicht, schweigend ist es besser, jetzt, jetzt, und nachher, gleich nachher erzähl ich dir auch, daß die Eingeborene die Augen schließt, weil sie müde ist, sie will ausruhen, und wenn ich die Augen zumache, wer weiß, wann ich sie dann wieder aufmachen werde, meine Lider sind so schwer, wenn es Nacht ist, werde ich es nicht merken, daß ich die Augen geschlossen habe, »und friert dich nicht? es ist Nacht und du schläfst aufgedeckt, die Meerluft ist frisch, war dir nicht kalt die ganze Nacht über? das mußt du mir erzählen«, nein, nein, mir war nicht kalt, im Rücken habe ich das glatte, warme Bettuch gespürt, auf dem ich alle Nächte geschlafen habe, seit ich auf die Insel gekommen bin, ich weiß nicht, wie ich dir das erklären soll, Liebste, aber das Bettuch kommt mir vor als . . . wäre es in Wirklichkeit die weiche, warme Haut einer Frau, und als wäre hier nichts anderes zu sehen als die Haut der liegenden Frau, ich bin wie ein Maiskorn in ihrer Hand, sie liegt im Meer und hebt die Hand hoch, und von dort oben kann ich sehen, daß diese Insel eine Frau ist, »die Eingeborene?«, das Gesicht kann ich nicht sehen, es ist weit entfernt, »und das Meer?«, wie immer, ich schwimme unter Wasser, und man sieht den Grund nicht, so tief ist es, aber unter Wasser hört meine Mutter alles, was ich denke, und wir sprechen, soll ich dir erzählen, was sie mich fragt? »ja«, schön . . . sie fragt mich, ob es wahr ist, was in den Zeitungen gestanden hat, daß mein Zellenkamerad bei einer Schießerei ums Leben gekommen ist, und ob es meine Schuld ist, und ob ich mich nicht schäme, daß ich ihm solches Unglück gebracht habe, »was hast du geantwortet?«, daß es meine Schuld war, daß ich sehr traurig bin, aber daß man nicht traurig sein darf, denn nur er allein weiß, ob er traurig war oder ob er froh war, zu sterben, sich aufzuopfern für eine gute Sache, das kann nur er wissen, und ach, Martha, das wünsche ich wirklich von ganzem Herzen, daß er froh gestorben ist, »für eine gute Sache? hmm . . . ich glaube, er hat sich umbringen lassen, weil er dadurch wie eine Filmheldin gestorben ist, und ganz und gar nicht für eine gute Sache«, das weiß nur er, und vielleicht weiß nicht einmal er es, aber ich kann in der Zelle nicht schlafen, weil ich mich daran gewöhnt habe, daß er mir jede Nacht Filme erzählt wie Wiegenlieder, und wenn ich einmal freikomme, kann ich ihn nicht anrufen und ihn zum Essen einladen, und er hat mich so oft eingeladen, »und was möchtest du in diesem Augenblick am liebsten essen?« ich schwimme mit dem Kopf über Wasser, dadurch verliere ich die Inselküste nicht aus den Augen, und wenn ich an den Strand komme, bin ich sehr müde, der Sand brennt nicht mehr, weil die Sonne nicht mehr so stark scheint, und ehe es Nacht wird, muß ich irgendeine Frucht im Urwald suchen, du weißt nicht, wie schön dieses Gewirr von Palmen und Lianen ist, nachts ist alles wie silbern, weil der Film nur schwarz-weiß ist, »und die Hintergrundmusik?« ganz leise Maracas und Trommeln, »ist das kein Anzeichen für Gefahr?«, nein, die Musik und das Aufleuchten eines starken Scheinwerfers kündigen den Auftritt einer seltsamen Frau an, die ein langes, schimmerndes Kleid trägt, »aus Silberlamé, das die Figur wie ein Futteral umspannt?«, ja, »und das Gesicht?«, trägt eine Maske, die ebenfalls silbern ist, aber ... die Arme ..., sie kann sich nicht rühren, hier im dichtesten Urwald ist sie in einem Spinnennetz hängengeblieben oder nein, das Spinnennetz kommt aus ihrem eigenen Körper hervor, aus ihrem Unterleib und aus ihren Hüften kommen Fäden wie Stricke, vor denen mir ekelt, obwohl sie, wenn man sie streichelt, vielleicht genauso weich sind wie was anderes, aber mir ist, als berührte ich die Fäden, »spricht sie nicht?«, nein, sie weint, oder nein, sie lächelt, aber eine Träne rinnt über ihre Wange, »eine Träne, die wie ein Diamant schimmert?«, ja, und ich frage sie, warum sie weint, und in einer Großaufnahme, die über die ganze Leinwand reicht, antwortet sie mir am Ende des Films, daß sie gerade das nicht weiß, weil es ein so geheimnisvoller Schluß ist, und ich antworte ihr, daß es gut so ist, daß der Schluß das Beste am ganzen Film ist, denn er bedeutet, daß ... und da ließ sie mich nicht mehr weiterreden, sie sagte, daß ich immer für alles Erklärungen suche, und daß ich in Wirklichkeit nur aus Hunger rede, auch wenn ich nicht den Mut hätte, es einzugestehen, und sie sah mich an, aber immer trauriger, und immer mehr Tränen rannen ihr übers Gesicht, »immer mehr Diamanten«, und ich wußte nicht, was tun, um ihr die Traurigkeit zu vertreiben, »ich weiß, was du mit ihr gemacht hast, und ich bin nicht eifersüchtig, weil du sie in deinem Leben nicht mehr wiedersehen wirst«, sie war eben so traurig, verstehst du?, »aber du hast es gern getan, und das sollte ich dir nicht verzeihen«, aber ich werde sie in meinem ganzen Leben nicht wiedersehen, »und stimmt es, daß du großen Hunger hast?«, ja, es stimmt, und die Spinnenfrau wies mir mit dem Finger einen Weg in den Urwald, und jetzt weiß ich nicht, was ich zuerst essen soll von all den Dingen, die ich gefunden habe, »schmecken sie gut?«, ja, ein Brathähnchenschenkel, Kekse mit einem großen Stück frischem Käse und gekochter Schinken in eingerollten Scheiben, und eine herrliche glacierte Frucht, glacierter Kürbis, und zum Schluß esse ich mit dem Löffel so viel Milchcrem, wie ich will, ohne Angst, daß sie alle wird, denn es ist viel da, und ich werde so müde, Martha, du kannst dir nicht vorstellen, wie gern ich jetzt schlafen möchte, nachdem ich alles gegessen habe, was ich dank der Spinnenfrau gefunden habe, und wenn ich noch einen Löffel Milchcrem gegessen und geschlafen habe . . . »möchtest du schon wieder aufwachen?«, nein, erst sehr, sehr viel später, denn dadurch, daß ich soviel leckere Dinge gegessen habe, bin ich so schläfrig geworden, und im Traum werde ich weiter mit dir sprechen, geht das? »ja, das ist ein Traum, und wir sprechen miteinander, so daß du nachher keine Angst zu haben brauchst, ich glaube, daß niemand uns mehr trennen kann, weil wir dem Schwierigsten auf den Grund gekommen sind«, was ist das Schwierigste?, »herauszufinden, daß ich in deinem Denken lebe und dich so für alle Zeiten begleite, und du nie mehr allein sein wirst«, ja, klar, das ist es, was ich nie vergessen darf, wenn wir beide dasselbe denken, sind wir zusammen, auch wenn ich dich nicht sehen kann, »so ist es«, wenn ich also auf der Insel aufwache, gehst du mit mir, »möchtest du nicht für immer an einem so schönen Ort bleiben?«, nein, es ist gut so, ich habe genug ausgeruht, wenn ich erst einmal alles gegessen und dann geschlafen habe, werde ich wieder stark sein, denn meine Genossen warten auf mich, damit wir den*

Kampf wieder aufnehmen, »das ist das einzige, was ich nicht wissen will, den Namen deiner Genossen«, ach, Martha, wie sehr ich dich liebe! das war das einzige, was ich dir nicht sagen konnte, ich hatte solche Angst, daß du mich danach fragen würdest, und dadurch hätte ich dich für immer verloren, »nein, mein lieber Valentin, das wird nicht geschehen, denn dieser Traum ist kurz, aber glücklich.«

Jurek Becker
Der Boxer
Roman
st 2954. 304 Seiten

Erzählt wird die Lebensgeschichte des jüdischen Überlebenden Aron Blank, von dessen Familie außer ihm allein sein Sohn den Holocaust überlebte und den er seit dessen zweitem Lebensjahr nicht mehr gesehen hat. Jurek Becker ist in diesem Roman etwas Außergewöhnlichem nachgegangen: den Folgen des Krieges, die nicht untersucht und registriert werden.

Louis Begley
Wie Max es sah
Roman
st 2955. 208 Seiten

In einer Villa am Comer See trifft Max Charlie Swan, mit dem er zwanzig Jahre vorher in Harvard studiert hatte. Charlie wird von Toby begleitet, einem »Geschöpf von atemberaubender, vollkommener Schönheit«. Sein Geliebter?
»Auf den ersten Blick ist es ein mondäner Gesellschaftsroman – nur ist eben gar kein Verlaß auf den ersten Blick, und die unsichtbare Zündschnur dieses Buches brennt knisternd, ehe uns die Sprengung ins Gesicht schlägt.« *Peter Demetz, FAZ*

Thomas Bernhard
Der Untergeher
st 2956. 244 Seiten

Der Erzähler schreibt über den Klaviervirtuosen Glenn Gould, als er erfährt, daß sein Freund Wertheimer sich umgebracht habe. Die drei hatten sich in Salzburg bei einem Musikkurs von Horowitz kennengelernt. Und je mehr der Erzähler an seinen »Versuch über Glenn« denkt, um so deutlicher wird ihm, daß er sich Klarheit über Wertheimer, den »Untergeher«, wie Gould ihn schon früh genannt hatte, verschaffen will.

Bertolt Brecht
Der Kinnhaken und andere Box- und Sportgeschichten

Herausgegeben und mit einem Nachwort von Günter Berg

st 2957. 166 Seiten

Obwohl das Boxen brutal, unvernünftig, im Grunde wahnsinnig und absolut primitiv ist, hat dieser Männersport seit je eine große Faszination ausgeübt – so auch auf Bertolt Brecht, der am inszenierten Boxkampf große dramatische Qualitäten entdeckt. Daß Brecht ein Fachmann in Sachen Faustkampf war, machen die heir zusammengestellten Texte deutlich.

Max Frisch
Mein Name sei Gantenbein

Roman

st 2958. 296 Seiten

Der Erzähler erfindet mögliche Lebensgeschichten dreier Personen. Da ist Gantenbein, der einen Blinden spielt, um so genauer seine Umwelt beobachten zu können. Radikaler gefaßt, entfaltet Max Frisch in diesem Roman sein zentrales Thema – das Problem der menschlichen Identität, die Spannung des Ichs zum anderen – heiterer, reicher als bisher.

Norbert Gstrein
Einer
Erzählung
st 2959. 120 Seiten

Jakob ist *Einer*. In der Küche des elterlichen Dorfgasthauses lassen Jakobs Mutter und seine Brüder das gescheiterte Leben von Jakob Revue passieren.
»Nirgendwo in diesem erstaunlichen Buch gibt es Überflüssiges, Langatmiges, sondern nur von Anfang bis Ende den Sog ins Innere einer Geschichte, die vom Scheitern am Leben mit dem Scheitern an der Sprache erzählt.« *Christina Weiss, Die Zeit*

Peter Handke
Die Angst des Tormanns beim Elfmeter
Erzählung
st 2960. 120 Seiten

Ein Mord geschieht, der Täter reist in ein Dorf an der Grenze, seine Entdeckung durch die Polizei steht bevor. Dies ist der Fall des ehemaligen Tormanns Josef Bloch. Peter Handke erzählt den Prozeß einer Entfremdung, im Mittelpunkt steht die innere Entwicklung Blochs.

Hermann Hesse
Narziß und Goldmund
Erzählung
st 2961. 324 Seiten

Der faszinierende Roman Hermann Hesses über den Gegensatz zwischen Geist- und Sinnenmenschen und ihre produktive Vereinigung im Künstler ist ein Loblied der Freundschaft, voller Abenteuer und romantischer Realistik – erzählt mit großer sprachlicher Schönheit, »ein wunderschönes Buch«, so Thomas Mann.

»Der Kuß der Spinnenfrau«, ein K[illegible]man. Zwei Häftlinge haben einen Zeit[illegible] für die langen Abende gefun[illegible] wegen Homosexualität a[illegible] Gefängnis verurteilt, e[illegible] linksextremer Aktivitäten [illegible] Valentin ausführlich alte Hollywoodfilme. Dabei kommen sie sich, jeder auf seine Weise, näher.

st

ISBN 3-518-39466-5 DM 15,00
9 783518 394663